河北省林业
鳞翅目昆虫图谱

Lopidoptera Insect Atlas of Forestry in Hebei Province

梁傢林　宋淑霞　主编

中国林業出版社

图书在版编目(CIP)数据

河北省林业鳞翅目昆虫图谱 / 梁傢林, 宋淑霞主编
. -- 北京 : 中国林业出版社, 2023.11
ISBN 978-7-5219-2428-2

Ⅰ. ①河… Ⅱ. ①梁… ②宋… Ⅲ. ①鳞翅目—河北
—图谱 Ⅳ. ①Q969.420.8-64

中国国家版本馆CIP数据核字(2023)第223526号

策划编辑：刘家玲　宋博洋
责任编辑：宋博洋
装帧设计：北京八度出版服务机构

———————————————

出版发行：中国林业出版社
（100009，北京市西城区刘海胡同 7 号，电话 83143625）
电子邮箱：cfphzbs@163.com
网址：www.forestry.gov.cn/lycb.html
印刷：河北京平诚乾印刷有限公司
版次：2023 年 11 月第 1 版
印次：2023 年 11 月第 1 次
开本：889mm×1194mm　1/16
印张：30
字数：500 千字
定价：600.00 元

《河北省林业鳞翅目昆虫图谱》

编写委员会

主　　编：梁傢林　　宋淑霞

副 主 编：崔国卿　　解晓军　　谢　升　　左占鹏

参编人员：何建斌　　李　硕　　张　鹏　　刘　臣

孟祥娟　　高泽敏　　翟金玲　　邓莲琴

张梦晨　　李　梅

前 言

《河北省林业鳞翅目昆虫图谱》是笔者在野外调查遇见且鉴定出的昆虫（基本不包括已编入《张家口林果花卉昆虫》种类，只收录了《张家口林果花卉昆虫》中图片不好的种类和个别鉴定错的种类），共计58科864种，图片1167张。其中，河北省新记录166种。每种昆虫由下列内容组成：生态照片、中文名、分类地位、学名、分布（其中“朝鲜”指朝鲜半岛）、寄主和危害、形态特征、简单的生物学特性（其中，如5～7月，则表明5、6、7月均有出现）。

本书可作为农林生产和科研人士、昆虫爱好者等的参考书，也为河北昆虫多样性保护积累一些资料。

昆虫种类繁多、形态各异，是地球上数量最多的动物群体，在所有生物种类中占了50%以上，踪迹几乎遍布世界的每一个角落，直到21世纪初，人类已知的昆虫有100余万种，但仍有许多种类尚待发现，鳞翅目昆虫学名Lepidoptera 由希腊词Lepidos（鳞片）和pteron（翅）组成，说明其两对膜质翅盖满鳞片。鳞翅目是昆虫纲中仅次于鞘翅目的第二大目，包括蛾、蝶两类昆虫，属有翅亚纲全变态类。全世界已知约20万种，中国已知8000余种。此类昆虫体小至大型，虹吸式口器，身体、翅上都有鳞片（鳞毛）并形成各色斑纹；触角丝状、羽毛状或棒状；全变态，幼虫为多足型（3对胸足，2～5对腹足），腹足有趾钩，身体上有多条纵向条纹，各节密布分散的刚毛或毛瘤、毛簇、枝刺等，其颜色、宽窄变化大；绝大多数为植食性，多能吐丝结茧或结网。但成虫一般取食花蜜，不为害植物（仅少数吸果夜蛾可吸食苹果、梨、桃等果实的汁液），蛹为被蛹。卵多为圆形、半球形或扁圆形。幼虫是为害虫态。

枣尺蛾（雄）

枣尺蛾（雌）

蛾类1年发生1代或数代，也有需要2年或3年完成1个世代的。每一代都需要经过卵、幼虫、蛹和成虫四个虫期。幼虫期是它一生中摄取营养期，也是为害农林生产时期，尤其幼虫在3龄以后，取食量特别大，所以防治害虫必须在3龄以前。随着种类的不同，越冬的虫期也不同，其中以幼虫和蛹越冬者较多，而以卵和成虫越冬者较少。性二型现象在蛾类中表现得很突出，有些蛾类的雌性具有特殊的能够分泌芳香物质的腺体，可吸引雄性。有些尺蛾的翅只在雄性中发育完全，而雌性的翅变短，或不发达，并且不能飞行。

季节二型现象在蛾类也很明显地表现出来，即所谓夏型与秋型。夏型体色浅而鲜艳，秋型体色深而发暗，例如黄斑长翅卷蛾的夏型前翅为金黄色，后翅灰白色，而秋型前翅却成了暗褐色，后翅灰褐色，很可能被误认为两个不同种类，实际是同一种受不同温度、湿度、食物等外界因素的影响所致。另外，透翅蛾的一些种类外形非常像蜂，其实是拟态。还有一些夜蛾种类前后翅色泽差异极大，前翅暗灰黑色，后翅有鲜艳的黄、红色彩斑，能起保护和警戒作用。蛾类除极少数螟蛾、夜蛾的幼虫是水栖之外，大部分都是陆栖。成虫期和幼虫期的食性完全不同：成虫期仅吸食花蜜或其他液体，有的种类根本不取食；幼虫期则咀食叶片，有卷叶、折叶和缀叶成巢隐藏取食的，还有结鞘或织丝成网的。有的种类钻蛀植物组织为害：如潜入叶内、果皮下的潜叶蛾，钻入根茎的钻心虫，蛀入果树的食心虫。也有的种类能引起虫瘿。还有一些种类是为害粮食、皮毛等的仓库害虫。

丝带凤蝶夏型

丝带凤蝶秋型

有些蛾类飞翔能力很强，能够远距离迁移，在夜蛾中有许多这样的例子，尤其粘虫是大家熟知的大害虫，在春季由南方迁飞到北方，在秋季又从北方迁返南方。它在北方因为冬季低温不能越冬，经过如此迁飞，大大增加了它的生活范围和为害面积。昆虫的迁飞与鸟类不同，不是原来的个体可以从南迁到北又从北返南。因为昆虫的寿命短，迁来的早已死去，回迁的则是它们的后代。甚至在迁移过程中，可以在中途尚有停留转接站，即在中途繁殖1代再向北迁移。这种习性在防治害虫工作中往往引起迷惑，不易辨明其来踪去迹，事实上凡是越冬期不明，春季突然而来，秋季突然而去，大概都属此例。

蛾类幼虫一般都是植食性，包括吃活的或死的植物、种子、储粮、植物标本等。体型较大的幼虫能把整个叶片食尽，体型较小的幼虫潜叶食成隧道或咬成小洞，有的吐丝结网成巢，潜居为害，有的吐丝卷叶或粘叶为害。号称活化石植物的银杏，一向很少有昆虫为害，但也有大蚕蛾等害虫发生。有些蛾类幼虫是肉食性的，例如夜蛾科的紫胶白虫，专门吃紫胶虫，苜蓿夜蛾幼虫有时捕食一些菜粉蝶的蛹；棉铃虫能互相残杀。桑蚕和柞蚕的丝是宝贵的衣服原料，是中国首先发明利用的。

幼虫期还往往具有某些特殊的保护，例如蓑蛾幼虫身体外部套了一个囊状外罩，可以避免外敌的侵袭，潜叶蛾幼虫在叶片内部生活，卷蛾和织叶蛾幼虫把寄主植物叶片卷成各种形状，为它自己造一所“房屋”。

巢蛾幼虫和天幕毛虫吐丝筑成严密的网幕，集体居住，鸟类和寄生昆虫都不能侵犯。

到了生长成熟时期，化蛹或越冬之前，往往做成丝茧来保护自己，丝茧有单层与双层之别，茧外还可有树叶、木屑等附着，加强了保护和掩蔽作用。也有在土下作茧的，天蛾幼虫的泥茧往往在土下几寸深处。刺蛾幼虫的钙质茧上有花纹，形似雀蛋。

黑袍蓑蛾

大蓑蛾护囊

榆潜叶蛾幼虫为害状

天幕毛虫吐丝网幕

为害方式多种多样：①直接食叶为害（黏虫、舟形毛虫、菜青虫等）；②卷叶、缀叶为害（稻纵卷叶螟、顶梢卷叶蛾、苹果巢蛾等）；③潜叶为害（旋纹潜叶蛾、金纹细蛾等）；④蛀茎为害或串皮为害（玉米螟、二化螟、葡萄透翅蛾、苹果透翅蛾等）；⑤蛀果为害（苹小食心虫、梨小食心虫、梨大食心虫、大豆食心虫等）；⑥地下蛀根为害（地老虎类）；⑦蛀食仓储存粮为害（印度谷螟、麦蛾等）。此外，本目还有著名的经济昆虫家蚕。

鳞翅目主要科为夜蛾科(甜菜夜蛾)，是该目中最大的科，此外还有螟蛾科（玉米螟）、蚕蛾科（家蚕）、刺蛾科（黄刺蛾）、斑蛾科（梨星毛虫）、灯蛾科（美国白蛾）、举肢蛾科（核桃举肢蛾）、毒蛾科（金毛毒蛾）、天蛾科（榆绿天蛾）、虎蛾科（葡萄虎蛾）、蓑蛾科（大蓑蛾）、枯叶蛾科（白杨枯叶蛾）、窗蛾科（玉米窗蛾）、天蚕蛾科（樗蚕）、卷叶蛾科（苹果卷叶蛾）、旋叶蛾科（苹果旋叶蛾）、麦蛾科（麦蛾）、透翅蛾科（白杨透翅蛾）、粉蝶科（菜粉蝶）、凤蝶科（茴香凤蝶）、蛱蝶科（葡萄蛱蝶）、灰蝶科（小灰蝶）、斑蝶科（斑蝶）、眼蝶科（眼蝶）、樗蚕科（臭椿樗鸡）、茧饿科（苹果茧蛾）等。

蛾类是鳞翅目中最大的类群，占到鳞翅目种类的90%左右，蝶类占10%。蛾类的外观变化很多，难以作一般描述。大多数蛾类夜间活动，体色黯淡；也有一些白天活动、色彩鲜艳的种类。飞蛾破茧而出后产下卵就死亡了。

蛾类与蝶类的主要区别有以下三个方面。

首先是外形方面，触角的形状是它们最主要的区别。蝶类触角细长，通常呈棒状，腹部非常细。蛾类的触角形状多样，一般不呈棒状，腹部粗大。而且，蛾类身上有“粉”，非常容易抖落，蝶类则没有。

其次是生活习性。蝶类喜欢早晚静息，白天自由飞翔。静息时，蝶类的两对翅竖直上举或呈“V”形竖立于背部。蛾类基本在黎明、薄暮或夜间活动。它们大多有不同程度的趋光性, 许多蛾类喜欢在路灯旁或在灯光下飞舞，这才有了“飞蛾扑火”一说。并且蛾类休息时，翅分展左右或向后平置，叠在腹部背面。其成虫的口器特化成一个卷曲且较长的喙，用来吮食花蜜。但许多种蛾类口器退化，不摄食。

最后是生活史。蝶类和蛾类的一生要经过卵、幼虫、蛹、成虫四个形态完全不同的阶段。蝶类幼虫不作茧，所以蛹裸露。而蛾类像家蚕一样，它的幼虫吐丝作茧。

蝴蝶有许多名贵的品种，例如金斑喙凤蝶珍贵而稀少，是中国唯一的蝶类国家一级保护野生动物，排世界八大名贵蝴蝶之首。由于人们对蝴蝶的钟爱，以及一些植被遭受破坏，使得这些珍贵的蝴蝶逐渐处于濒危状态。为了保护生物的多样性，人们应该保护它们，不随意捕捉，并保护它们的栖息地。

蝴蝶固然美丽，但蛾类中也有佼佼者，例如绿尾大蚕蛾。绿尾大蚕蛾因其成虫鳞翅鲜艳美丽，是一种具有较高价值的观赏昆虫；也是林木上常见的害虫之一，其幼虫食叶为害。其寄主主要有杨、柳、核桃、樱桃、苹果、杏等。因而既要保护蛾类的多样性，又要防止其幼虫过度危害果树等作物。

凭以上特征可以了解普通的蛾类，但蛾类的种类众多，其中也不乏大型美丽者，如不仔细观察，极易混淆为蝶类。

北方纬夜蛾

网蛱蝶

大家都知道，成虫主要的任务就是择偶、交配、产卵、繁衍后代。有些昆虫到达成虫期取食器官已经退化，不再取食，而雌、雄虫的生殖功能则完全成熟，待交配产卵后便死亡。也有些昆虫，成虫羽化后还要大量取食才能完成繁殖后代的任务，这些种类往往寿命较长。

昆虫的种类不同，其完成婚配的方式也不相同。通常有以下几种：①雄虫成群地飞舞吸引雌虫前来交配，例如蚊子等；②雄虫的鸣声吸引雌虫，例如蝉、螽斯、蝗虫等；③雌虫的发光器吸引雄虫，例如萤火虫等；④雌虫能放出性外激素，以气味来吸引雄虫，例如家蚕蛾等。某些蛾类只要雌虫分泌数量极其微小的性外激素，大约十亿分之一克左右，几千米外的雄虫便闻香而来。昆虫的交配也是很有趣的现象。摇蚊以及许多种吸血蚊虫在交配时，有群飞的现象，即大量雄虫在空中成群飞舞，雌虫一经飞入舞圈中，即被雄虫抓住交配。属于鳞翅目昆虫的家蚕，虽然幼虫十分能吃，但成虫从丝茧中羽化出来后就不再吃东西了。此时的成虫精子和卵子完全成熟，雌虫的腹部末端能释放出性外激素，雄虫凭着气味便能找到伴侣进行婚配。它们的交配成“一”字型，雄虫和雌虫的腹部末端相接，交配与产卵完成之后，成虫便相继死去。直翅目的蝗虫的繁殖方式与家蚕不同，它们经过最后一次蜕皮羽化为成虫，此时的成虫生殖功能尚未成熟，还要靠大量取食进一步发育。成虫性成熟后，活动力增强，常飞集一处寻伐伴侣，故此时往往会发生成虫点片集中的现象，有时还会形成大群体迁飞。雄虫的性成熟通常比雌虫早几天，身体较小但活动力很强。雄虫靠摩擦发声招来雌虫，然后爬到雌虫背上进行交配，雌虫一生可进行多次婚配。蜻蜓的婚配也很有特色，成双成对地在空中飞行中进行。

河北省常年森林病虫害发生面积700万亩[①]左右，森林病虫害发生危害形势严峻，常发成灾性病虫

① 1亩=1/15hm^2，下同。

害种类有30多种，且成灾种类不断增多。美国白蛾、红脂大小蠹等危险性病虫害有扩散蔓延趋势；杨树病虫害、松毛虫等常发性病虫害在一些地方接连暴发成灾；松线小卷蛾、黄连木尺蠖、叶蜂类、天幕毛虫、樗蚕等偶发性害虫时有暴发危害；果树病虫害发生面积居高不下。因此，林业有害生物已经成为影响河北省林业正常发展、对林业资源造成严重破坏的一个重要因素，对京津周围生态环境安全构成严重威胁。

河北省现有松林面积超过1115万亩，约占全省有林地面积的10%，主要分布在燕山、太行山、坝上等重要生态区和生态脆弱区，承担着涵养水源、保持水土、防风固沙、保护生物多样性、维护自然生态系统健康稳定等重要生态功能，是建设首都水源涵养功能区和京津冀生态环境支撑区的重要根基，也是河北省主要的生态林和重要的景观林绿化树种。同时，河北省西柏坡、北戴河、承德避暑山庄、清西陵、清东陵、塞罕坝机械林场、雾灵山、冬奥会赛场、雄安新区等众多红色教育基地、名胜古迹、旅游胜地、自然文化遗产保护地、自然保护区、重大国际活动场所周边等都以松树景观资源为主，周边天津、辽宁、山东、河南四省（市）均有松材线虫病疫情发生，最近的疫点天津市蓟州区距离河北省直线距离仅30km，可以说“病临城下”。疫情传入河北省风险高、概率大。一旦松树感染疫病，并大面积扩散危害，造成的生态损失、经济损失和社会影响不可估量，防范入侵任务艰巨。

本书是笔者多年工作的小结。在河北省林业鳞翅目昆虫图谱的调查、研究和本书写作、出版过程中，得到了许多人士的帮助和支持。由于作者知识水平有限，书中难免有疏漏之处，敬请读者批评指正。

梁傢林

2023年1月

目　录

前　言

枯叶蛾科

小黄长角蛾

目 鳞翅目 科 长角蛾科

学名 *Nemophora staudingerella* (Christoph, 1881)

分布 河北、北京、青海、黑龙江、吉林、辽宁、湖北、贵州；日本，俄罗斯。

寄主和危害 幼虫取食地面上的枯叶（具较专的食性）。

形态特征 翅展17～20mm；雄蛾触角是翅长的3倍多，雌蛾约为1.5倍；翅近中部具1条黄色横带，内外侧具银灰色边，翅端半部具大片紫色鳞片。

生物学特性 河北6、7月可见成虫，雌蛾具趋光性。

小黄长角蛾

褐带织蛾

目 鳞翅目 科 织蛾科

学名 *Periacma delegate* Meyrick

分布 河北、北京、陕西、黑龙江、河南、山东、台湾；日本，朝鲜。

形态特征 成虫翅展13～16mm；体翅基色橙黄色，前翅散布紫褐色鳞片，缘毛同翅色，在臀角外呈灰色，前足跗节基2节黄色，其余黑色。

生物学特性 河北1年发生1代。6、7月可见成虫，具趋光性。

褐带织蛾

双线织蛾

目 鳞翅目　科 织蛾科

学名 *Promalactis* sp.

分布 河北、北京。

寄主和危害 幼虫缀植物叶片，卷叶或蛀入茎中。

形态特征 翅展约15mm；触角白色和褐色相间；唇须向上及头顶后方伸，灰褐色，端节白色，散生黑褐色鳞片；胸部及鞘翅橙红色或橙黄色，翅中带及外缘红褐色，中带前缘部明显，内侧白纹不达前缘，外侧白纹在中部稍折，其外侧尚有红褐色斑。

生物学特性 河北6～7月可见成虫，具趋光性。

双线织蛾

点线织蛾

目 鳞翅目　科 织蛾科

学名 *Promalactis suzukiella* (Matsumura, 1931)

分布 河北、北京、山西、甘肃、天津、河南、浙江、安徽、江西、福建、台湾、湖南、湖北、广东、广西、四川、重庆、贵州、西藏；日本，朝鲜，俄罗斯。

形态特征 翅展10～13mm；体及前翅深褐色或黄褐色，颜面银白色，下唇须褐色，第2节内侧银白色，第3节深褐色，镰刀形，向上向后伸；前翅基半部有2条平行的银白色斜横带，在翅前缘的4/5有银白色圆斑，横带及斑的外围有深褐色鳞片。

生物学特性 河北6、8月可见成虫，具趋光性。

点线织蛾

米仓织蛾

目 鳞翅目 科 织蛾科

学名 *Martyinga xeraula* (Meyrick, 1910)

分布 河北、北京、陕西、宁夏、天津、河南、山东、浙江、云南等；日本，朝鲜，泰国，印度，北美。

寄主和危害 幼虫为仓库害虫，蛀食大米等谷物。

形态特征 前翅长8～10mm；头顶黄色，鳞片向上，中部贴伏；前翅黄褐色，具紫色光泽，中室中部及端部各有1黑色斑，近翅端具浅色“W”形横纹。

生物学特性 河北5、6月可见成虫，具趋光性。

米仓织蛾

红色草细蛾

目 鳞翅目 科 细蛾科

学名 *Euspilapteryx isograpta* Meyrick

分布 河北、黑龙江、吉林、辽宁、山东、安徽、江苏、上海、浙江、江西、福建、台湾；日本，印度。

寄主和危害 幼虫危害茳草。

形态特征 翅展11mm左右；唇须镰刀状，第三节向上弯曲，末端尖；前翅灰黑色，前缘1/3、3/4处各有1枚长椭圆形白黄色斑，后缘1/4处有1斜三角形白黄色斑，1/2处有等腰三角形的白黄色斑，各斑点外围有黑色的边缘；足灰黑色，胫节、跗节上有白色环纹；后翅灰黑色，缘毛长。

生物学特性 河北7月可见成虫，具趋光性。

红色草细蛾

黑胸扁蛾

目 鳞翅目　科 谷蛾科

学名 *Opogona* sp.

分布 河北、北京、山东。

形态特征 翅展10mm左右；触角基节、头顶黑褐色，前翅前缘基部黑褐色；前翅基半黄色，端半灰褐色，交界处曲折黑边。

生物学特性 河北6月可见成虫。

黑胸扁蛾

白缘星尖蛾

 鳞翅目　 尖蛾科

学名 *Pancalia isshikii amurella* Gaedike, 1967

分布 河北*、北京、陕西、天津、河南、福建；俄罗斯。

形态特征 翅展11～12mm；头胸鳞毛光滑，紫黑色，具闪光；唇须上曲，伸过头顶；雌蛾触角黑色，近端部白色，雄蛾触角全黑；前翅黄褐色，基部、前缘及端部紫黑色，翅面具7丛竖鳞，具银色闪光，前缘3丛，其中第3丛斜生，外方为白色毛丛，后缘4丛，其中第4丛着生在缘毛内；缘毛紫黑色，后角端部灰白色。

生物学特性 河北3、4、6～8月可见成虫在花上吸蜜。

白缘星尖蛾

* 文中星号标记为河北省首次记录种，余同。

四点绢蛾

目 鳞翅目 科 绢蛾科

学名 *Scythris sinensis* (Felder et Rogenhofer, 1875)

四点绢蛾

分布 河北、北京、陕西、甘肃、新疆、辽宁、天津、河南、浙江；朝鲜，俄罗斯，欧洲。

寄主和危害 幼虫取食藜、草地滨藜的叶片。

形态特征 翅展11～17mm；前翅黑褐色或黑色，近翅基及翅端各具1黄色斑；或前翅无斑纹，呈黑色型，腹部杏黄色，雄性背面基3节黑褐色。

生物学特性 河北4、6～8月可见成虫活动吸食花蜜。幼虫在植物叶片上吐丝，并把叶片咬成许多孔洞。

灵芝蚀谷蛾

目 鳞翅目 科 谷蛾科

学名 *Nemapogon gerasimovi* Zagulajev

灵芝蚀谷蛾

分布 河北、北京、陕西、新疆、吉林、天津；哈萨克斯坦，俄罗斯。

寄主和危害 可取食蘑菇，也可取食储藏的菌干。

形态特征 成虫翅展12～16mm；头部具锈黄色毛丛；前翅黄褐色，散生黑褐色鳞片，常常聚集成斑纹，在翅基2/5处具黑褐色纹，在翅前缘处稍细，但斑纹有变化，缘毛端半部淡黄色。

生物学特性 河北1年发生1代。幼虫做袋形虫巢，带巢行走，7月可见成虫。

苹果微蛾

目 鳞翅目 科 微蛾科

学名 *Stigmella* sp.

分布 河北*、北京。

寄主和危害 幼虫潜食植物，偶尔潜食果或茎。

形态特征 成虫体长2.5mm；头冠丛黄褐色，蓬松；触角紫黑色，具浅灰色环，长度伸达不及翅的1/2；胸背及前翅紫黑色，前翅中部具1黄白色横带，缘毛灰色，端部白色，尤以后角更明显。

生物学特性 河北1年发生1代。5月下旬至6月上旬可见成虫，具趋光性。

苹果微蛾

李冠潜蛾

目 鳞翅目 科 冠潜蛾科

学名 *Tischeria ganuacella* Duponchel

分布 河北、黑龙江、吉林、辽宁、北京、天津、山西；欧洲，亚洲等。

寄主和危害 蔷薇科植物。

形态特征 翅展8mm左右；头顶有浓密的鳞片丛向前伸出，颜面鳞片密布呈三角形，触角基部有一束毛丛伸在复眼前；翅棕褐色，每个鳞片端呈白色，因此翅面上形成白色小斑点；后翅披针形，缘毛长。

生物学特性 河北7月可见成虫。

李冠潜蛾

密云草蛾

目 鳞翅目 科 草蛾科

学名 *Ethmia cirrhocnemia* Lederer

分布 河北、北京、天津、山西、陕西、甘肃、宁夏；蒙古，俄罗斯，伊朗。

密云草蛾

形态特征 翅展25mm左右；头部灰黑色，复眼灰白色，胸部灰色，有黑色圆斑4枚；腹部橘黄色，基部有黑斑；前、中足灰黑色，有黑斑；前翅灰褐色，翅面上有5枚黑色圆斑，从翅前缘端部开始，经顶角、外缘直到臀角，有11枚黑色圆斑；后翅呈灰黑色，较前翅略深。

生物学特性 河北7月可见成虫，具趋光性。

桃展足蛾

目 鳞翅目 科 举肢蛾科

学名 *Stathmopoda auriferella* Walker

分布 河北、北京、陕西、山西、河南、山东、江苏、浙江、上海、江西、福建、台湾、香港、四川；日本，朝鲜，俄罗斯等。

桃展足蛾

寄主和危害 幼虫取食桃、苹果、葡萄等果实。

形态特征 成虫翅展10～15mm；触角黄褐色，雄性鞭节具细长的纤毛；唇须细长，上伸超过头顶；胸背黄色，具5个灰褐色斑纹，斑纹数可减少，或只剩后缘中央斑；前翅基部2/5黄色，翅端3/5褐色，端半部前缘具黄色斑或无，翅前缘基部具褐斑，或延伸至翅中部。

生物学特性 河北1年发生1代。6～8月可见成虫。

柿展足蛾

目 鳞翅目 科 举肢蛾科

学名 *Stathmopoda masinissa* Meyrick

分布 河北、北京、陕西、河南、山东、安徽、江苏、湖北、福建、台湾；日本，朝鲜，泰国、斯里兰卡。

寄主和危害 幼虫寄主为柿树、黑枣、猕猴桃、梨、石榴，以蛀果为主。

形态特征 成虫翅展15～17mm；头部土黄色，具光泽；唇须细，向上曲，伸过头顶；体背及前翅紫褐色至褐色，胸部中央黄褐色；前翅近端部具土黄色横带。

生物学特性 河北1年发生2代，以老熟幼虫在树皮缝或树干基部附近土中结茧越冬。越冬幼虫在4月中、下旬开始结蛹，5月上旬成虫开始羽化，5月中、下旬为盛期。成虫白天静伏于叶背，夜间活动。6、8月可见成虫，具趋光性。

柿展足蛾

核桃展足蛾

目 鳞翅目 科 举肢蛾科

学名 *Atrijuglans hetaohei* Yang, 1977

分布 河北、北京、甘肃、陕西、山西、河南、山东、台湾、四川、贵州；日本。

寄主和危害 幼虫蛀食核桃嫩果，蛀食处变黑或整个果实变黑色。

形态特征 翅展12～14mm；黑褐色，有光泽；前翅端1/3外具半月形白斑，后缘基1/3处具1椭圆形白斑，有时不明显。

生物学特性 河北1年发生1代。河北6月可见成虫，具趋光性。

核桃展足蛾

核桃展足蛾

小翅蛾

目 鳞翅目 科 小翅蛾科

学名 *Palaeomicroides* sp.

分布 河北*。

形态特征 翅展8～12mm；小型，头部黄褐色密生长毛，触角粗，基半部紫色，后半部蓝色，复眼蓝色；前翅橙黄色具紫色带状的斑纹与光泽。

生物学特性 河北7月可见成虫。

小翅蛾

胡枝子树麦蛾

目 鳞翅目 科 麦蛾科

学名 *Agnippe albidorsella* Snellen

分布 河北、北京、陕西、宁夏、甘肃、天津、河南、山东、江苏、安徽、浙江、江西、西藏；日本，朝鲜，俄罗斯。

寄主和危害 幼虫取食胡枝子。

形态特征 成虫翅展9～10.2mm；头白色，额两侧黑色；下唇须白色，但基部白色，顶端褐色；胸及翅基片白色，前翅黑色，翅基1/3处具白色宽横带，向后缘扩大，翅2/3处前后各有1个三角形白斑。

生物学特性 河北1年发生1代。5～7月可见成虫，具趋光性。

胡枝子树麦蛾

槭灰麦蛾

目 鳞翅目 科 麦蛾科

学名 *Altenia inscriptella* Christoph

分布 河北、北京。

寄主和危害 幼虫取食茶条槭。

形态特征 前翅长7.5mm；下唇须上伸弯曲，端节长于第2节，黑褐色，中部浅色；前翅灰白色，内线具“T”形黑斑，外线具“U”形黑斑，翅前缘呈黑斑形。

生物学特性 河北5、7月可见成虫，具趋光性。

槭灰麦蛾

指角麦蛾

目 鳞翅目 科 麦蛾科

学名 *Deltophora digitiformis* Li et Wang

分布 河北*、北京、天津、河南。

形态特征 成虫翅展12.5～14.5mm；头赭黄色，胸部灰棕色，杂赭黄色鳞片；前翅灰黄色，散布黑色斑点，前缘具许多棕色斑点，前翅共有3个明显黑色斑点，这些斑点具赭黄色晕圈。

生物学特性 河北1年发生1代。7、8月可见成虫，具趋光性。

指角麦蛾

麦蛾

目 鳞翅目 科 麦蛾科

学名 *Sitotroga cerealella* Olivier

分布 中国广泛分布。

寄主和危害 成虫在室内取食麦类、稻谷、米、玉米等粮食及谷类。在野外可取食禾本科杂草种子。

形态特征 成虫翅展13～16mm；体灰黄色，头顶光滑无毛丛，唇须向上弯曲，伸过头顶，端节尖；触角丝状，不及前翅长；前翅淡黄褐色至灰黄色，翅端常常色泽较深，有时在基部1/3及端部1/3具不明显的黑褐色斑纹，后翅比前翅略窄。

生物学特性 河北1年发生多代。

麦蛾

甘薯麦蛾

目 鳞翅目 科 麦蛾科

学名 *Helcystogramma teiannulella* (Herrich-Schäffer, 1854)

分布 国内分布广（除新疆、宁夏、青海、西藏等）；日本，朝鲜，俄罗斯，欧洲，印度。

寄主和危害 甘薯、圆叶牵牛等旋花科植物，在缀叶中取食。

形态特征 翅展18mm；体黑褐色，唇须向上弯曲，伸过头顶；触角丝状，约为前翅的2/3；前翅褐至黑褐色，中部具3个斑纹，其中2个斑芯为黄白色，另一个黑色，有时这些斑点不甚明显；翅外缘具黑色点列。

生物学特性 河北3、6、7、9、10月可见成虫，具趋光性。

甘薯麦蛾

山楂棕麦蛾

目 鳞翅目　科 麦蛾科

学名 *Dichomeris derasella* Denis et Schiffermüller

分布 河北、北京、陕西、甘肃、青海、宁夏、辽宁、河南、安徽、浙江、福建、湖南；朝鲜，俄罗斯，土耳其、欧洲。

寄主和危害 幼虫取食山楂、桃、樱桃、悬钩子等。

形态特征 翅展20～22mm；体翅黄棕色，下唇须第2节具鳞毛簇，前伸，第3节细长，镰刀形；前翅顶角尖，外缘斜直，翅中室及附近具褐色斑，有时仅中室基部斑点较为明显。

生物学特性 河北1年发生1代。6、7月可见成虫。

山楂棕麦蛾

杏白带麦蛾

目 鳞翅目　科 麦蛾科

学名 *Agnippe syrictis* (Meyrick, 1936)

分布 河北、北京、陕西、山西、河南；日本，俄罗斯。

寄主和危害 幼虫取食杏、桃、苹果、樱桃等。

形态特征 翅展8.5～9.5mm；头白色，复眼周围具黑褐色鳞片；触角黑褐色，具白环；前翅黑褐色，近顶角处具1个小白斑，后缘白色，与黑色相接处呈波纹状，翅端较尖。

生物学特性 河北1年发生3代，以结茧蛹在枝干皮缝中越冬。河北7、8月可见成虫，具趋光性。

杏白带麦蛾

泛壮鞘蛾

目 鳞翅目　科 鞘蛾科

学名 *Coleophora versurella* Zeller

分布 河北、北京、陕西、青海、新疆、黑龙江、天津、上海；印度，阿根廷。

寄主和危害 幼虫的寄主植物为皱果、凹头、滨藜等。

形态特征 成虫翅展11～15mm；停息时触角前伸，基部稍大，体翅淡黄白色，前翅具浅黄色纵条，翅面上散生少数褐色鳞片。

生物学特性 河北1年发生2代。5、7、9月可见成虫。

泛壮鞘蛾

华北落叶松鞘蛾

目 鳞翅目　科 鞘蛾科

学名 *Coleophora sinensis* Yang

分布 河北、山西。

寄主和危害 落叶松。

形态特征 体长3～4mm，翅展8.5～11mm；头部光滑，无单眼，触角丝状，26～28节，与身体几乎等长；翅狭长，被银灰色鳞片，后缘具长缘毛，有光泽，前翅顶端1/3部分颜色稍浅；雌蛾颜色浅，腹部较粗大，雄蛾颜色稍深，腹部细而短。

生物学特性 河北1年发生1代。成虫羽化后不久即交配及产枝基叉和树皮粗糙处越冬。

华北落叶松鞘蛾

河北冠蛾

目 鳞翅目 科 冠蛾科

学名 *Ypsolopha hebeiensis* Yang

分布 河北、北京。

形态特征 成虫翅展17.5mm；唇须长，上弯，白色，第2节外侧基部2/3褐色，端节尖；触角褐白相间；体头、胸背白色，肩片黑褐色，前翅黑褐色，端部约1/3灰褐色，两者间具白线，但不达前缘，后缘白斑，呈波状起伏。

生物学特性 河北1年发生1代。9、10月可见成虫，具趋光性。

河北冠蛾

冬青卫矛巢蛾

目 鳞翅目 科 巢蛾科

学名 *Yponomeuta griseatus* Moriuti, 1977

分布 河北、北京、陕西、山东、河南、上海、浙江、安徽、广西；日本。

寄主和危害 幼虫取食扶芳藤、大叶黄杨。

形态特征 翅展17～19mm；体及前翅淡浅灰褐色，胸部中央具5个黑色斑点，两侧翅基片各具1黑斑；触角丝状，伸达翅长的约3/5处；前翅有41～52个很小的黑斑点，呈纵向5列；缘毛与翅同色，顶角后具或大或小的黑色缘毛区。

生物学特性 河北1年发生3～4代。4～8月可见成虫，具趋光性。11月还可见幼虫。

冬青卫矛巢蛾

瘤枝卫矛巢蛾

目 鳞翅目 科 巢蛾科

学名 *Yponomeuta kanaiellus* Matsumura, 1931

分布 河北、北京、陕西、黑龙江、吉林、河南、浙江；日本。

寄主和危害 幼虫取食瘤枝卫矛和卫矛。

形态特征 翅展14～19mm；体背及翅白色，稍发污，尤以翅端较为明显；胸部中央具5个黑色斑点，两侧翅基片各具1黑斑；前翅具19～25个较大黑斑点，呈纵向4列。

生物学特性 河北6、7月可见成虫，具趋光性。

瘤枝卫矛巢蛾

东京巢蛾

目 鳞翅目 科 巢蛾科

学名 *Yponomeuta tokyonellus* Matsumura

分布 河北、北京、宁夏、黑龙江、辽宁、天津、河南、上海、江苏、安徽、江西；日本。

寄主和危害 幼虫取食丝棉木。

形态特征 翅展24～29mm；体背及翅白色，有光泽；胸部背面2个黑斑位置稍低于翅基片上的2个黑斑，前翅具黑点60～80个；有时第4行几无斑点，减少到约50个小黑点。

生物学特性 河北6、7月可见成虫。

东京巢蛾

榆菜蛾

目 鳞翅目　科 菜蛾科

学名 *Ypsolopha vittellus* (Linnaeus)

分布 河北、青海、甘肃；日本，欧洲，北美。

寄主和危害 榆、梨等。

形态特征 翅展18～20mm；头部及下唇须灰白色，胸部灰褐色。下唇须第2节鳞片长；前翅深灰色，有深褐色斑分散在前缘、外缘和后缘上；前缘、外缘呈点或短条状，后缘斑大而明显，紧贴在后缘上呈点或短条状，后翅淡灰白色，缘毛长。

榆菜蛾

广鹿蛾

目 鳞翅目　科 鹿蛾科

学名 *Amata emma* (Butler)

分布 河北、山西、山东、江苏、台湾、浙江、福建、湖北、湖南、广东、广西、四川、贵州、云南；印度，缅甸，日本。

形态特征 翅展24～36mm；头、胸黑褐色，颈板黄色；触角端部白色，其余部分黑褐色；前翅有6个透明斑，前翅梯形，基部1个近方形或稍长，中部2个，前斑梯形，后斑圆形或菱形，端部3个斑狭长形；后翅后缘基部黄色，前缘区下方具一较大透明斑；腹部黑褐色，各节背面和侧面具黄带；后足胫节有中距。

生物学特性 河北7月上中旬可见成虫。

广鹿蛾交尾

广鹿蛾

黑鹿蛾

目 鳞翅目　科 鹿蛾科

学名 *Amata ganssuensis* (Grum-Grshimailo)

分布 河北、山西、黑龙江、内蒙古、山东、陕西、甘肃、青海。

寄主和危害 胃菊等。

形态特征 翅展26～36mm；体黑色，带有蓝绿或紫色光泽；触角全部黑色。下胸具2个黄色侧斑；翅黑色，带蓝紫或红色光泽；前翅具6个白斑，后翅具2个白斑，翅斑大小变异较大；腹部第1、5节上有橙黄色带。

生物学特性 河北6月中旬至7月下旬可见成虫。

黑鹿蛾

核桃瘤蛾

目 鳞翅目　科 瘤蛾科

学名 *Nola distributa* Walker

分布 河北、山西、河南、陕西。

寄主和危害 幼虫取食核桃叶片。

形态特征 翅展19～24mm，灰褐色；雌虫触角丝状，雄虫触角羽毛状；前翅前缘基部及中部有3个隆起的深色鳞簇，组成3块明显的黑斑；从前缘至后缘有3条由黑色鳞片组成的波状纹，后缘踣有一褐色斑纹。

生物学特性 河北1年发生2代。以蛹在石堰缝中（占95%左右）、土缝中、树皮裂缝中及树干周围的杂草和落叶中越冬。河北5、7、8月可见成虫。

核桃瘤蛾

锈点瘤蛾

目 鳞翅目 科 瘤蛾科

学名 *Nola aerugula* Hübner

分布 河北、北京、黑龙江；日本，朝鲜，俄罗斯和欧洲。

寄主和危害 幼虫取食蒙古栎、三叶草、百脉根、桦、柳、杨等多种植物。

形态特征 成虫翅展15～20mm；体翅白色，或为灰色；唇须前伸，较长；触角短，未及前翅的1/2，具短栉节；具灰褐色横线；具内线、外线、亚缘线和缘线，有时这些横线不明显。

生物学特性 河北1年发生1代。7、8月可见成虫，具趋光性。

锈点瘤蛾

平米瘤蛾

目 鳞翅目 科 瘤蛾科

学名 *Evonima mandschuriana* Oberthür

分布 河北、北京、黑龙江、河南、江西、四川；日本，朝鲜，俄罗斯。

寄主和危害 幼虫取食苹果、蒙古栎、青冈等的叶子。

形态特征 成虫翅展17～26mm；头胸白色，下唇须褐色，短，前伸；前翅基半部棕褐至黑褐色，基部除前缘外白色，端半部白色，染灰色鳞片，缘毛暗褐色，在顶角处灰白色；后翅暗褐色。

平米瘤蛾

刺槐袋蛾

目 鳞翅目 科 袋蛾科

又名 黑肩蓑蛾

学名 *Acanthopsyche nigraplaga* Wileman

分布 河北*、北京、辽宁、山东、江苏；日本。

寄主和危害 幼虫取食刺槐、槐、榆、山桃等多种木本植物和芦苇等草本植物。

形态特征 雄蛾翅展20～23mm，体被黑色绒毛；翅半透明，翅基具黑色鳞毛；袋长20～33mm，褐色至暗褐色。

生物学特性 河北1年发生1代。以卵在袋囊中雌虫的蛹壳内越冬。

刺槐袋蛾虫巢

刺槐袋蛾成虫

大袋蛾

目 鳞翅目 科 袋蛾科

学名 *Cryptothelea vaeiegata* Snellen

分布 河北、江苏、安徽、福建、江西、山东、河南、湖北、湖南、广东、四川、云南、台湾。

寄主和危害 为害栎、柏木、刺槐、枫杨、泡桐、油桐、油茶。

形态特征 雌雄异型，雄体翅暗褐色，前翅沿翅脉黑褐色，翅面前后缘略带黄褐至赭褐色；雌成虫蛆状，头小淡赤色，胸背中央有1条褐色隆脊，后胸腹面及第7腹节后缘密生黄褐色绒毛环。

生物学特性 河北1年发生1代。以老熟幼虫在袋囊中越冬。河北5月中下旬可见成虫，具趋光性。

大袋蛾

暗地衣袋蛾

目 鳞翅目 科 袋蛾科

学名 *Taleporia* sp.

分布 河北*、北京。

寄主和危害 取食树干上的地衣。

形态特征 前翅长8mm左右；雄蛾体及前翅暗褐色，具金属光泽。前翅外缘圆突；触角丝状，一侧具细栉枝；头顶具毛丛。

生物学特性 河北6月可见成虫，具趋光性。

暗地衣袋蛾

杨大透翅蛾

目 鳞翅目 科 透翅蛾科

学名 *Aegeria apiformis* Clerck

分布 河北*、陕西、青海；欧洲，北美。

寄主和危害 幼虫为害杨、柳。

形态特征 翅展45～50mm；头部淡黄色，复眼黑褐色，胸部黑褐色；腹部黄色宽阔，有2条深褐色带；双翅透明，前翅沿前缘淡黄褐色，前、后翅缘毛暗褐色。

生物学特性 河北7月可见成虫。幼虫多选择7年生以上的树干基部和根部，蛀食木质部。被害树树皮干枯开裂，生长衰弱，易风倒、风折，可致死亡。

杨大透翅蛾

杨大透翅蛾

苹果透翅蛾

目 鳞翅目 科 透翅蛾科

学名 *Conopia hector* Butler

分布 河北*、辽宁、山东、中间、陕西；日本。

寄主和危害 幼虫蛀食苹果、桃、梨、樱桃树枝干。

形态特征 翅展22mm；体黑色有蓝闪光，下唇须腹面黄色，胸足有黄纹；腹部背面第4、5节有黄色带；翅透明；前翅边缘及翅脉黑色，中央透明，翅前缘至后缘有1条黑色粗纹。

生物学特性 河北1年发生1代。以幼虫在树皮下作茧越冬，次年春天继续为害而后化蛹，化蛹前先咬一羽化孔，但不咬破表皮。河北6、7月可见成虫。

苹果透翅蛾

白杨透翅蛾

目 鳞翅目 科 透翅蛾科

学名 *Parathrene tabaniformis* Rottenberg

分布 河北、北京、内蒙古、江苏、浙江、陕西；俄罗斯，欧洲。

寄主和危害 幼虫为害1～2年生银白杨、毛白杨、小叶杨、青杨、美国白杨的树干、侧枝顶梢、嫩芽。

形态特征 翅展33mm；头部半圆，头胸间有橙黄色鳞片，下唇须基部黑色密布黄毛，胸部背面黑色，两侧有橙黄色鳞片，腹部各节有橙黄色横带；前翅黑褐色，中室与后缘略透明；后翅透明。似胡峰。

生物学特性 河北1年发生1代。以幼虫在树干内越冬。河北6月可见成虫。

白杨透翅蛾幼虫

白杨透翅蛾蛹

白杨透翅蛾成虫

海棠透翅蛾

目 鳞翅目 科 透翅蛾科

学名 *Synanthedon haitangvora* Yang

分布 河北、河南、山东、山西、北京、天津；朝鲜。

寄主和危害 幼虫蛀食苹果、梨、桃、杏、海棠、沙果等果树。

形态特征 翅展6～19mm，体黑色并有蓝色光泽，头后缘环生黄白色鳞毛，复眼紫褐色，胸部两侧各有黄斑，翅脉黑色，翅脉间透明，腹部第2节和第4节后缘各有一黄色环纹（苹果透翅蛾第4～5节各有一黄色环）。雌蛾尾部有两丛黄白色毛丛。雄蛾尾部有扇状丝毛丛。

生物学特性 河北1年发生1代。以幼虫在皮层内结茧过冬。6月可见成虫。

海棠透翅蛾成虫（雄）

海棠透翅蛾成虫（雌）

树形网蛾

目 鳞翅目 科 网蛾科

学名 *Camptochilus aurea* Butler

分布 河北*、北京、云南；日本。

形态特征 成虫翅展25～30mm；体黄褐色；前翅基部有肩形突出，然后前缘下曲，至端部又高起；翅面布满网纹，有1树形斜线从前缘顶角附近斜向后缘中部，与后翅斜向贯通，棕色及褐色，向下伸出4支红褐色斜线，如树根的根须；前翅前缘中部有1三角形斑棕色。

生物学特性 河北1年发生1代。6、7月可见成虫，具趋光性。

树形网蛾

树形网蛾

金盏网蛾

目 鳞翅目　科 网蛾科

学名 *Camptochilus sinuosus* Warren

金盏网蛾

分布 河北*、华南、台湾；印度。

形态特征 成虫翅展27～28mm；黄色褐斑有金光；前翅有肩弯曲，前缘中部外侧有1三角形褐色斑，翅基褐色有4条弧线，中室下方至后缘褐色晕斑，向外渐淡，有若干网纹；后翅基半部褐色，有金黄色花蕊形斑纹。

生物学特性 河北1年发生1代。7、8月可见成虫。

角斑娟网蛾

 鳞翅目　 网蛾科

学名 *Herdonia papuensis* Warren

分布 河北*、山东、云南。

寄主和危害 石榴。

形态特征 成虫体长10～14mm，翅展27～40mm；体淡黄褐色；前翅黄白色微透明；顶角尖而下弯，有1个弯钩形角钩，紫棕色，臀角亦有不规则的棕色条纹；前缘中部微内陷；后缘微呈弧形内陷；后翅半透明，翅基有近圆形斑，棕色，内线棕色，粗而略弯。

生物学特性 河北1年发生1代。以幼虫越冬，6月中旬至7月下旬可见成虫。

角斑娟网蛾

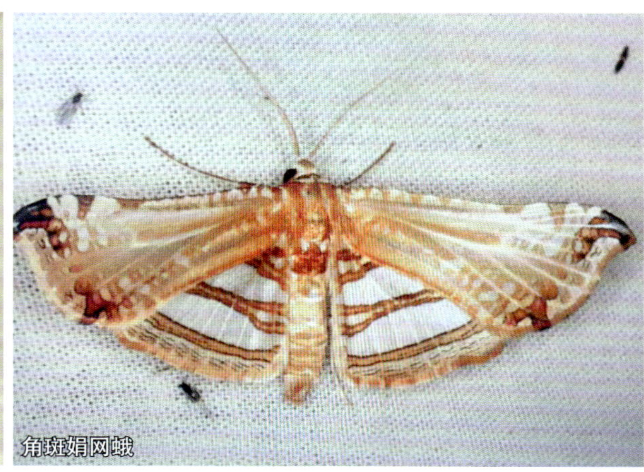
角斑娟网蛾

尖尾网蛾

目 鳞翅目　科 网蛾科

学名 *Thyris fenestrella* (Scopoli, 1763)

分布 河北、北京、新疆、黑龙江、吉林、江苏、浙江、湖北、福建；俄罗斯，欧洲。

寄主和危害 幼虫取食牛蒡等植物。

形态特征 翅展15～16mm；头胸部棕色，腹部黑褐色，或体黑褐色；翅黑褐色，前缘具数个棕色斑，前翅中室端具1个白斑，长方形，下方具1个三角形白斑，后翅具3个白斑，大，后2个常相连，翅面具许多小棕斑；缘毛白色和黑色相间；雄性腹末尖。

生物学特性 河北7、8月可见成虫。

尖尾网蛾

尖尾网蛾

中带网蛾

目 鳞翅目　科 网蛾科

学名 *Rhodoneura midfascia* Chu et Wang

分布 河北、北京、湖北。

寄主和危害 栎树。

形态特征 翅长雄12～13mm，雌12～14mm；体枯黄色，触角丝状，枯黄色；腹面色稍浅；胸足褐黄色，前足有胫刺，后足有距2对；前、后翅均枯黄色，内带双线，中带宽，其外侧突出成扇形，各带间有褐色网纹；后翅内带及中带与前翅近似。

生物学特性 河北7月可见成虫，具趋光性。

中带网蛾

杨氏圆舞蛾

目 鳞翅目 科 舞蛾科

学名 *Brenthia yangi* Liu,Wang et Li

分布 河北*、北京、天津、山西、河南、山东。

寄主和危害 幼虫取食扁担秆叶肉等多种植物。

形态特征 前翅长3mm；体及翅灰褐色至黑褐色，具铜色光泽；前翅具不规则淡色横纹，翅外缘具黑色斑纹，其黑斑的近翅端具2个小黑点，黑斑上常具蓝紫金色闪光；后翅近基部具长形环斑，外缘具1条淡色带。

生物学特性 河北1年发生1代。以蛹在枯枝落叶中越冬。产卵于扁担秆叶反面，3、4粒叠在一起。河北5月下旬至8月可见成虫。

杨氏圆舞蛾

榆舞蛾

目 鳞翅目 科 舞蛾科

学名 *Choreutis atrosignata* (Christoph, 1888)

分布 河北*、北京、吉林；日本，俄罗斯。

寄主和危害 幼虫取食榆叶肉。

形态特征 前翅长5.2mm；触角丝状，具黑白相间环形纹，体背及前翅褐色，前翅短宽，内线和中线不很清楚，外线黑褐色，前部部分宽大，后半较窄，缘线黑褐色，细，缘毛暗紫红色。

生物学特性 河北9月可见成虫，具趋光性。幼虫用丝把叶片边缘粘缀成虫巢，在其中（叶正面）生活，取食叶肉，在虫巢内化蛹。

榆舞蛾

桃蛀果蛾

目 鳞翅目 科 蛀果蛾科

又名 桃小食心虫

学名 *Carposina sasakii* Matsumura, 1900

分布 除西藏、新疆外中国广泛分布；日本，朝鲜，俄罗斯。

寄主和危害 幼虫蛀食多种蔷薇科和鼠李科的果实。

形态特征 翅展13～18mm。雄蛾下唇须短，上举，雌蛾下唇须长，前伸；前翅前缘大部黑色，在近顶角处扩大成三角形，在三角形斑上及内侧具7簇黄褐色或蓝褐色斜立鳞片；雄蛾触角每节腹面两侧具纤毛，而雌蛾无。

生物学特性 河北7～8月可见成虫。

桃蛀果蛾

百花翼蛾

目 鳞翅目 科 翼蛾科

学名 *Alucita baihua* Yang

分布 河北*、北京。

形态特征 体长4.8mm，翅展11mm；体翅灰褐色；唇须向下，基2节内侧灰白色，外侧被长鳞片，近三角形，每片鳞毛褐、灰白相间，端节细长，尖端黑褐色；复眼旁具单眼；前翅第1支具5个黑褐斑，整个前翅具中横带和亚缘带，深灰褐色。

生物学特性 河北1年发生2代。3、9、10月可见成虫，具趋光性。

百花翼蛾

榆凤蛾

目 鳞翅目　科 风蛾科

学名 *Epicopeia mencia* Moore

分布 河北、北京、黑龙江、吉林、辽宁、河南、山东、江苏、浙江、江西、台湾、湖北、贵州；日本，朝鲜，俄罗斯，越南。

寄主和危害 幼虫危害榆树。

形态特征 翅展78～93mm；体黑色，下唇须红色，翅基片具红斑，腹部背面红色，中央具大黑斑，两侧各具有1列小黑点；前翅黑褐色至黑色，后翅外缘有2排红斑；雌蛾前翅比雄蛾宽大，后翅尾突短宽，雄蛾尾突较长。另有白带型，前后中部具白色宽横带，前翅外缘有白斑列。

生物学特性 在河北1年发生1代。以蛹在表土层越冬，5～7月成虫出现。幼虫被厚蜡粉，通常在枝端取食叶片。

榆凤蛾成虫

榆凤蛾成虫

榆凤蛾幼虫

艾蒿滑羽蛾

目 鳞翅目　科 羽蛾科

学名 *Hellinsia lienigiana* (Zeller, 1852)

分布 河北、北京、陕西、河南、山东、上海、浙江、安徽、江西、福建、台湾、湖北、湖南、四川、贵州；日本，朝鲜，澳大利亚，俄罗斯至欧洲，非洲，东南亚。

寄主和危害 菊科的北艾、艾草和滨菊等。

形态特征 翅展15～17mm；触角约为前翅长的1/2；腹部每节后缘具清楚或不清楚的黑褐色点；前翅散布黑褐色鳞片，在4/7处开裂，在未开裂部分的2/5处正中央具1褐色斑点，开裂处具较大的褐色斑，第1野区缘基部具1个长方形褐斑，其他地方散布褐斑。

生物学特性 河北6～9月可见成虫，具趋光性。

艾蒿滑羽蛾

甘薯异羽蛾

目 鳞翅目　科 羽蛾科

学名 *Emmelina monodactyla* (Linnaeus, 1758)

分布 河北、北京、陕西、甘肃、宁夏、青海、新疆、内蒙古、黑龙江、天津、山西、山东、浙江、江西、福建、四川；日本，印度，中亚，欧洲，北非，北美。

寄主和危害 幼虫取食甘薯、旋花。

形态特征 翅展18～28mm；前翅分2支，具2个黑褐斑，1个位于中室的中央偏基部，另1个位于分叉处，后翅分为3支；腹部前端具近三角形白斑，背线白色，两侧灰褐色，各节后缘具棕色点。

生物学特性 河北4、5、7～10月可见成虫，具趋光性。

甘薯异羽蛾

胡枝子小羽蛾

目 鳞翅目　科 羽蛾科

学名 *Fuscopptilia emarginata* (Snellen, 1884)

分布 河北、北京、陕西、甘薯、内蒙古、黑龙江、吉林、辽宁、山西、河南、山东、江苏、安徽、江西、福建、四川、贵州；日本，朝鲜，俄罗斯，蒙古。

寄主和危害 胡枝子。

形态特征 翅展17～25mm；前翅基部和裂口中间的1/2处和3/5处各具1个黑褐斑，前斑近后缘，后斑近前缘，有时此两斑不明显；裂口前具1个黑褐斑，缘毛白色，每叶顶角、臀角具黑褐色缘毛。

生物学特性 河北6～8月可见成虫，具趋光性。

胡枝子小羽蛾

菊鸟羽蛾

目 鳞翅目　科 羽蛾科

学名 *Platyptilia farfarella* (Zeller, 1867)

分布 河北。

形态特征 翅展24mm左右；体色灰黄褐色，前翅中央于前缘上有1枚黑褐色的三角斑，近顶角有2条灰白色的斜带，近后缘于翅基处具不明显的黑褐色斑；腹背中央有2条黑褐色的横斑，横斑中央具不明显的角突。

生物学特性 河北7月可见成虫，具趋光性。

菊鸟羽蛾

黑点羽蛾

目 鳞翅目　科 羽蛾科

学名 *Adaina microdactyla* (Hübner, 1813)

分布 河北。

形态特征 翅展27mm左右；体色灰白色，前翅分叉处的基部各有1枚黑色小斑点，缘毛细长；后翅短小，停息时置于前翅之下，后足平贴于腹部侧缘，各足白色，转节上具短刺(距)。

生物学特性 河北7月可见成虫，具趋光性。

黑点羽蛾

黑眉刺蛾

目 鳞翅目　科 刺蛾科

学名 *Narosa nigrisigna* Wileman

分布 河北、北京、甘肃、辽宁、山东、台湾、江西、湖南、四川、云南。

寄主和危害 幼虫取食核桃、紫荆等植物。

形态特征 成虫翅展18～25mm；体翅白色，前翅近顶角处常具1斜生的黑褐色大斑；翅缘具黑点列。

生物学特性 河北1年发生2代。以幼虫在枝干上结茧越冬，5～8月可见成虫，具趋光性。

黑眉刺蛾成虫　黑眉刺蛾幼虫

角齿刺蛾

目 鳞翅目 科 刺蛾科

学名 *Rhamnosa angulata kwangtungensis* Hering

分布 河北、浙江、福建、广东、四川；朝鲜。

形态特征 成虫体长12mm，翅展26～36mm；头和胸背红褐色；前翅浅红褐色，有2条暗色平行斜线，分别从前缘近翅尖3/4处向后斜伸至后缘1/3和齿形毛簇外缘；后翅黄褐色，臀角色深；腹部褐黄色。

生物学特性 河北1年发生1代。7月可见成虫，具趋光性。

角齿刺蛾

枯刺蛾

目 鳞翅目 科 刺蛾科

学名 *Mahanta quadrilinea* Moore

分布 河北*、台湾、四川、云南；锡金。

形态特征 成虫翅展51～52mm；头和胸背黄褐色，背面中央有1褐色线，颈板褐黄色，翅基片红褐色，中央有1白色横线；腹部和前翅褐黄色，前翅后缘蒙有一层灰色，中央有2条互相平行的暗褐色斜线，1条从前缘中央向内斜伸至后缘1/3，另1条从前缘近翅尖向内斜伸至后缘2/3，每线外侧和外缘蒙有一层灰色；后翅褐黄色。

生物学特性 河北1年发生1代。7月可见成虫。

枯刺蛾

枣奕刺蛾

目 鳞翅目 科 刺蛾科

学名 *Phlossa conjuncta* Walker

分布 河北、北京、辽宁、河南、陕西、甘肃、黑龙江、山东、安徽、江苏、浙江、江西、福建、台湾、湖北、湖南、广东、广西、海南、四川、贵州、云南、西藏；日本，朝鲜，越南，印度。

寄主和危害 幼虫取食苹果、梨、桃、枣、核桃、柿子、杏等植物。

形态特征 成虫翅展24～31mm；体背灰褐色至棕褐色，胸部橘黄色或橘红色；前翅外缘具1条铜色光泽的横带，中部紧缩，两端外缘呈折角形。

生物学特性 河北1年发生1代。7、8月可见成虫，具趋光性。

枣奕刺蛾成虫

枣奕刺蛾蛹

枣奕刺蛾幼虫

长腹凯刺蛾

目 鳞翅目 科 刺蛾科

学名 *Caissa longisaccula* Wu et Fang

分布 河北*、北京、辽宁、河南、山东、浙江、安徽、福建、湖北、湖南、广西、四川、贵州。

形态特征 成虫体翅21～28mm；体翅浅黄色，具褐色或黑褐色区域；前翅中部具黑褐色横带，前宽后窄，带中部灰白色；休息时上翘腹末。

生物学特性 河北1年发生1代。7、8月可见成虫，具趋光性。

长腹凯刺蛾

长腹凯刺蛾

丽绿刺蛾

目 鳞翅目 科 刺蛾科

学名 *Parasa lepida* Cramer

分布 河北、江苏、浙江、江西、四川、贵州、云南；越南，印度，日本。

寄主和危害 樱花、海棠、月季、紫荆、刺槐、悬铃木、枫杨、杨、茶。

形态特征 成虫体长8～11mm，翅展29～39mm；头、胸背绿色，中央有1褐色纵纹向后延伸至腹背，前胸腹面有长圆形绿斑2块；足、腹部黄褐色；前翅翠绿色基斑紫褐色，尖刀形，从前室向上约伸占前缘的1/4，外缘带宽，从前缘向后渐宽，灰红褐色，其内有弧形外曲；后翅内半部黄稍带褐色。

生物学特性 河北1年发生2代。以老龄幼虫在干上结茧越冬。5、7月可见成虫。

丽绿刺蛾

背刺蛾

目 鳞翅目 科 刺蛾科

学名 *Belippa horrida* Walker

分布 河北*、浙江、江西、福建、台湾、云南。

形态特征 成虫翅展30～38mm；全体黑混杂褐色；前翅内线不清楚，灰白色锯齿形，内线两侧较黑，横脉纹明白色，新月形，外线不清晰，明白色波浪形，顶角具黑斑，内掺有明白色，外缘翅脉明白色，端线细、明白色；后翅灰黑色，外缘色渐浅，后缘和端线明白色。

生物学特性 河北1年发生1代。7月可见成虫，具趋光性。

背刺蛾

背刺蛾

锯纹岐刺蛾

目 鳞翅目　科 刺蛾科

又名 紫刺蛾　学名 *Apoda dentatus* Oberthür

分布 河北、浙江、贵州；日本，俄罗斯。

寄主和危害 梅、梨、李、樱桃、栗、栎、榛、茶、柳等。

形态特征 翅展23～25mm；体和前翅褐灰色，胸背和前翅较暗；前翅基部有1银白点，中央有1黑色松散斜带，从前缘中央下放伸至后缘1/3，外线白色，微锯齿形，从前缘2/3向外曲伸至臀角，外线与翅尖之间的前缘有1条向后呈弧形白线，中室下角与臀角之间有1模糊白斑，白斑向内呈楔形纹伸至后缘中央，端线细白色；后翅褐灰色，臀角有1模糊黑点。

生物学特性 河北7月可见成虫，具趋光性。

锯纹岐刺蛾

纵带球须刺蛾

目 鳞翅目　科 刺蛾科

又名 柿黑刺蛾　学名 *Scopelodes contracta* Walker, 1855

分布 河北、北京、陕西、甘肃、河南、江苏、浙江、江西、台湾、湖北、广东、广西、海南；日本，朝鲜。

寄主和危害 幼虫取食柿、板栗、樱花、香椿等多种植物。

形态特征 翅展雌蛾43～45mm，雄蛾30～33mm；体背暗灰色，前翅雌蛾褐色，雄蛾暗褐至黑褐色，前翅中央具1条黑色纵纹（雌蛾不显）；下唇须毛簇褐色，端部黑色；雄蛾触角栉状，雌蛾丝状。

生物学特性 河北7月可见成虫，具趋光性。

纵带球须刺蛾

拟三纹环刺蛾

目 鳞翅目 科 刺蛾科

学名 *Birthosea trigrammoidea* Wu et Fang

分布 河北、北京、陕西、辽宁、河南、山东、浙江。

寄主和危害 幼虫取食柞树。

形态特征 翅展20～25mm；体黄褐至暗褐色，前翅褐色，具3条细灰褐或灰白色带，前2条带近于平行，线内的褐色带明细宽于浅色带，后1条在翅缘，伸向翅臀角上方。

生物学特性 河北7、8月可见成虫，具趋光性。

拟三纹环刺蛾　　拟三纹环刺蛾

灰双线刺蛾

目 鳞翅目 科 刺蛾科

又名 两线刺蛾

学名 *Cania biline* (Walker)

分布 河北、江苏、浙江、江西、福建、台湾、广东、四川、云南；越南，印度，马来西亚，印度尼西亚。

寄主和危害 香蕉、茶等。

形态特征 翅展23～38mm；头和颈板赭黄色，胸背褐灰色，翅基片灰白色；腹褐黄色；前翅灰褐黄色，有两条外衬浅黄白边的暗褐色横线，在前缘近翅尖发出，以后互相平行，稍外曲，分别伸达后缘的1/3和2/3。

生物学特性 河北7月可见成虫，具趋光性。

灰双线刺蛾

客刺蛾

目 鳞翅目　科 刺蛾科

学名 *Ceratonema retractatum* Walker

分布 河北、西藏、云南；印度。

形态特征 翅展20～23mm；体和前翅赭色，有3条暗褐色横线，中线直斜，从前缘中央稍后一点伸至后缘中央，外线波浪形，亚端线从前缘中线稍后点斜向外伸；后翅浅黄色，靠近臀角有1赭色纵纹。

生物学特性 河北7月可见成虫，具趋光性。

客刺蛾　客刺蛾

梨娜刺蛾

目 鳞翅目　科 刺蛾科

学名 *Narosoideus flavidorsalis* (Staudinger, 1887)

分布 河北、北京、陕西、黑龙江、吉林、山西、河南、山东、江苏、浙江、江西、福建、台湾、湖北、广东、广西、四川、贵州、云南；日本，朝鲜，俄罗斯。

寄主和危害 幼虫取食苹果、梨、柿子、枣、樱花等。

形态特征 翅展30～35mm；体背黄褐色，前翅棕褐色或暗褐色，后缘基部1/3黄色，外横线暗褐色或黑褐色，明显，广弧形；翅面具银白色鳞片，有时分布广，外线外侧及内侧中室端处无银色区。

生物学特性 河北7、8月可见成虫，具趋光性。

梨娜刺蛾幼虫

梨娜刺蛾成虫

梨娜刺蛾成虫

黄娜刺蛾

目 鳞翅目  科 刺蛾科

学名 *Narosoideus fuscicostalis* (Fixsen, 1887)

黄娜刺蛾

分布 河北、北京、甘肃、辽宁、山东、浙江；朝鲜。

形态特征 翅展25～32mm；体赭黄色，胸部毛发达，前翅同体色，或稍深或稍浅，外线常较明显，褐色、弧形，触角双栉状，分枝到末端。

生物学特性 河北7月可见成虫。

汉刺蛾

 目  鳞翅目  科 刺蛾科

学名 *Hampsonella dentata* (Hampson)

汉刺蛾成虫

汉刺蛾幼虫

分布 河北*。

寄主和危害 幼虫取食板栗叶片。

形态特征 翅展34～38mm；体暗红褐色至暗褐色，密被灰褐色毛，触角丝状；前翅红褐色，被厚鳞粉，内横线和中横线黑褐色，内横线和中横线略呈锯齿状，并且内横线和中横线之间充满黑紫色，中横线外侧有1枚浅红褐色大斑，大斑中央为浅黄褐色，浅黄褐色外缘呈明显锯齿状；缘线黄褐色，内缘有黑线纹；缘毛长，黄褐色，中部有2个深褐色斑点，斑点前后连成线；后翅暗褐色，有明显的外缘线，缘线与缘毛同前翅。

生物学特性 河北1年发生1代。以蛹在树根处的石块下或10cm内的松土中越冬。7月下旬至8月上旬可见成虫，具趋光性。

黄刺蛾

目 鳞翅目 科 刺蛾科

学名 *Monema flavescens* Walker, 1855

分布 河北及全国各地；日本，朝鲜，俄罗斯。

寄主和危害 幼虫食性广泛，取食苹果、梨、桃、枣、核桃、山楂、杨柳、柿、杏榆等90多种植物。

形态特征 翅展29～36mm；体背黄色；前翅内半黄色，外半黄褐色，在黄褐色区域内具1暗褐色倒“V”字形纹，在中室端及后缘基部1/3处各有暗褐色点，有时此2点不显。

生物学特性 河北1年发生1代。河北6～8月可见成虫，具趋光性。

黄刺蛾成虫

黄刺蛾幼虫

扁刺蛾

目 鳞翅目 科 刺蛾科

学名 *Thosea sinensis* (Walker, 1855)

分布 河北、北京、陕西、甘肃、黑龙江、吉林、辽宁、河南、山东、安徽、江苏、浙江、福建、台湾、湖北、湖南、广东、香港、广西、四川、贵州、云南；朝鲜，越南。

寄主和危害 幼虫取食苹果、梨、杏、桃、樱桃、枣、核桃等。

形态特征 翅展28～39mm，体灰白色至灰褐色，零星散布褐色鳞毛；前翅褐灰色至浅灰色，散布褐色鳞片，外线褐色，内侧色浅，较深色的个体在中室端具黑褐斑。

生物学特性 河北6、7月可见成虫，具趋光性。

扁刺蛾

中国绿刺蛾

目 鳞翅目 科 刺蛾科

学名 *Parasa sinica* Moore, 1877

分布 河北、北京、陕西、甘肃、黑龙江、吉林、辽宁、天津、河南、上海、江西、台湾、湖北、湖南、广东、广西、四川、云南；日本，朝鲜，俄罗斯。

寄主和危害 幼虫取食苹果、梨、杏、桃、樱桃、柿、枣、栎等植物。

形态特征 翅展21～26mm；体背绿色，腹部苍黄色；前翅绿色，翅基具菱形褐斑，褐色外缘带较宽，内缘中下部具1个大齿形突。

生物学特性 河北6月可见成虫，具趋光性。

中国绿刺蛾

榆木蠹蛾

目 鳞翅目 科 木蠹蛾科

学名 *Holcocerus vicarius* (Walker, 1865)

分布 河北、北京、陕西、甘肃、宁夏、内蒙古、黑龙江、吉林、辽宁、天津、山西、河南、山东、江苏、上海、安徽、四川；日本，朝鲜，俄罗斯，越南。

寄主和危害 幼虫蛀食多种阔叶树如榆、柳、杨、丁香、刺槐等植物的茎或根。

形态特征 体长23～40mm，翅展46～86mm；体灰褐色；触角丝状，不达鞘翅前缘的1/2；头顶毛丛、领片和翅基片暗褐灰色，中胸白色，后缘具1黑色横带；前翅暗褐色，翅端具许多黑色网纹，中室及其上方为煤黑色，中室端上具1明显白斑。

生物学特性 河北2～3年发生1代。河北5～9月可见成虫，具趋光性。

榆木蠹蛾成虫

榆木蠹蛾幼虫

黄胸木蠹蛾

 鳞翅目  木蠹蛾科

学名 *Cossus chinensis* Rothschild, 1912

分布 河北、北京、陕西、甘肃、宁夏、山东、江苏、福建、四川、云南。

寄主和危害 柳、柑橘等。

形态特征 翅展60～80mm；头顶毛丛领片鲜黄色，翅基片及胸背土褐色，后胸具黑横带，其前方为银灰色；触角单栉状，栉齿宽大；前翅顶角较尖，基色暗褐，布满网状细纹；无明显粗横纹，在翅顶角及翅中具白云状斑。

生物学特性 河北6、7月可见成虫，具趋光性。

黄胸木蠹蛾

白斑木蠹蛾

目 鳞翅目 科 木蠹蛾科

学名 *Catopta albonubilus* Graeser, 1888

分布 河北、北京、陕西、甘肃、青海、新疆、内蒙古、黑龙江、山西；朝鲜，俄罗斯，蒙古。

形态特征 翅展31～38mm；体灰褐色，具丝光；触角雌蛾单栉状，雄蛾双栉齿状；前翅短阔，顶角几为直角；翅基半部及外缘具多个黑色纵短纹，具2块大白斑，1块在中室端，另1块在中室中下方靠近翅后缘处（或另在后角具白斑）。

生物学特性 河北6、8、9月可见成虫，具趋光性。

白斑木蠹蛾

白斑木蠹蛾

芳香木蠹蛾

目 鳞翅目　科 木蠹蛾科

学名 *Cossus cossus orientalis* Gaede, 1929

分布 河北、北京、陕西、甘肃、青海、宁夏、内蒙古、辽宁、天津、山西、山东；日本，朝鲜。

寄主和危害 杨、柳、榆、槐、梨、苹果、桃等。

形态特征 翅展雄54～67mm，雌56～82mm；头顶毛丛及领片鲜黄色，翅基片及胸背乳黄色，后胸具1黑色横带，腹部灰色至暗褐色；触角单栉状；前翅亚外缘线黑色，明显。

生物学特性 河北7月可见成虫，具趋光性。

芳香木蠹蛾

小线角木蠹蛾

目 鳞翅目　科 木蠹蛾科

学名 *Holcocerus insularis* Staudinger, 1892

分布 河北、北京、陕西、宁夏、内蒙古、黑龙江、吉林、辽宁、天津、山东、江苏、上海、安徽、江西、福建、湖南；日本，俄罗斯。

寄主和危害 幼虫钻蛀多种果树和绿化树种的树干，如苹果、榆叶梅、山楂、海棠、银杏、白玉兰、丁香、樱花、五角枫、栾树。

形态特征 翅展35～45mm；体翅灰褐色，触角线状；前翅密布黑褐色弯曲的线纹，中室前缘一带颜色较深，亚外缘线黑色，明显，外缘具一些褐纹与缘毛上的褐斑相连。

生物学特性 河北6～8月可见成虫，具趋光性。

小线角木蠹蛾

多斑豹蠹蛾

目 鳞翅目　科 木蠹蛾科

学名 *Zeuzera multistrigata* Moore, 1881

分布 河北、北京、陕西、辽宁、上海、浙江、江西、湖北、广西、四川、贵州、云南；日本，缅甸，印度，孟加拉国。

寄主和危害 寄生多种阔叶树，如核桃、枣、山楂、杨等。

形态特征 翅展41～68mm；体白色，具黑色或蓝黑色斑；触角雌蛾丝状，雄蛾基半部双栉齿状；胸背具6个黑斑点，第1腹节背面具左右1对黑斑，不连；其余腹背具1黑横带；前翅具许多闪蓝光的黑斑点。

生物学特性 河北7、8月可见成虫，具趋光性。

多斑豹蠹蛾

白薇小卷蛾

目 鳞翅目　科 卷蛾科

学名 *Epiblema tetragonana* Stephens

分布 河北、黑龙江、吉林、辽宁；欧洲。

形态特征 翅展14mm左右；唇须前伸、稍向上曲，末节部分隐藏在第2节鳞毛中；前翅深色，后缘中部有以白色为主的长圆形大斑1个；前翅近顶角处有4对钩状纹；后翅深褐色，较前翅略浅。

生物学特性 河北1年发生1代。7、8月可见成虫。

白薇小卷蛾

落黄卷蛾

目 鳞翅目　科 卷蛾科

学名 *Archips issikii* Kodama

分布 河北、北京、陕西、甘肃、青海、内蒙古、黑龙江、辽宁、天津、山东；日本，朝鲜，俄罗斯。

寄主和危害 幼虫取食冷杉、落叶松等。

形态特征 成虫雄蛾翅展17.5～23.5mm；头、胸背及翅面部分区域具紫色光泽；前翅前缘褶长，约为翅前缘长的1/3，基斑大，中带前缘窄，后半部宽阔，且外侧半部颜色较浅，中室外侧具1黑斑；亚端纹弯月形。

生物学特性 河北1年发生1代。8月可见成虫，具趋光性。

落黄卷蛾

棉双斜卷蛾

目 鳞翅目　科 卷蛾科

学名 *Clepsis pallidana* Fabricius

分布 河北、北京、陕西、甘肃、宁夏、青海、新疆、黑龙江、吉林、内蒙古、天津、山东、四川；日本，朝鲜，俄罗斯，欧洲。

寄主和危害 幼虫取食多种植物（绣线菊、棉、苜蓿）的顶芽和叶片。

形态特征 成虫翅展15～20mm；体淡黄色至金黄色；唇须前伸，末节下垂；前翅具红褐色斜斑，其中中带从前缘的中部伸向近臀角处。

生物学特性 河北1年发生1代。6～9月可见成虫。

棉双斜卷蛾

忍冬双斜卷蛾

目 鳞翅目 科 卷蛾科

学名 *Clepsis rurinana* Linnaeus

忍冬双斜卷蛾

忍冬双斜卷蛾

分布 河北、北京、陕西、宁夏、青海、黑龙江、吉林、辽宁、天津、山西、河南、山东、安徽、浙江、湖南、四川；日本，朝鲜，俄罗斯，欧洲。

寄主和危害 幼虫取食忍冬、栎、槭、荨麻、蔷薇等多种植物叶片。

形态特征 成虫翅展14.5～22.5mm；体翅浅黄褐色，前翅中带褐色，前窄后宽，中带的内缘清晰，浅弧形内凹，亚端纹端部三角形，后缘细，并伸达翅的后角。

生物学特性 河北1年发生1代。8、9月可见成虫，具趋光性。

沙果窄纹卷蛾

目 鳞翅目 科 卷蛾科

学名 *Cochylimorpha jaculana* Snellen

沙果窄纹卷蛾

分布 河北、北京、陕西、宁夏、黑龙江、天津、山西、河南、山东；日本，朝鲜，俄罗斯。

寄主和危害 幼虫取食沙果叶片。

形态特征 成虫翅展16.5～21.5mm；头胸部灰白色，中带黑褐色，在近前缘1/4处消失；翅端有时锈黄色。

生物学特性 河北1年发生2代。8月可见成虫，具趋光性。

异花小卷蛾

目 鳞翅目 科 卷蛾科

学名 *Eucosma abacana* Erchoff

分布 河北、北京、甘肃、青海、内蒙古、黑龙江、吉林；日本，俄罗斯，蒙古。

寄主和危害 幼虫取食艾属植物。

形态特征 翅展14～18mm；头部灰白色；触角灰褐色；前翅斑纹有变化，或白色具橙色条纹，或深褐色斑纹不明显；圆形肛上纹的下半部分具3排黑色小斑点，很特殊。

生物学特性 1年发生1代。7月下旬可见成虫。

异花小卷蛾

白头花小卷蛾

 鳞翅目  卷蛾科

学名 *Eucosma niveicaput* Walsingham

分布 河北、北京、陕西、青海、内蒙古、山西；俄罗斯，蒙古，欧洲。

形态特征 翅展13～17mm；头顶灰白色，额白色；前翅前缘基半部钩状纹不显，端半部具4钩状纹，其中第2对斜伸向外侧；肛上纹具2行黑点列。

生物学特性 河北1年发生1代。8月可见成虫，具趋光性。

白头花小卷蛾

杨突小卷蛾

目 鳞翅目 科 卷蛾科

学名 *Gibberifera simplana* Fischer von Röslerstamm

分布 河北、北京、陕西、甘肃、吉林、河南、台湾、湖南；日本，朝鲜，俄罗斯，欧洲。

寄主和危害 幼虫取食杨柳科植物。

形态特征 翅展12～14mm；前翅银白色，前缘具一列由黑白色组成的钩状纹；基斑黑色，中带不明显，仅在前翅后缘隐约可见；顶角黑色，外缘具黑短纹列，或不明显。

生物学特性 1年发生1代。7月可见成虫。

杨突小卷蛾

豌豆镰翅小卷蛾

 鳞翅目  卷蛾科

学名 *Ancylis badiana* Denis et Schiffermüller

分布 河北、北京、陕西、黑龙江、河南、浙江、江西、四川；日本，朝鲜，蒙古，俄罗斯。

形态特征 成虫翅展12～16mm；下唇须前伸，与额部的毛成簇状，黄白色；头顶灰褐色；前翅黄白色，后缘基半部深黄褐色，合拢时呈长卵形，前翅端半部具众多斜带，最内侧深黄褐色，宽大而明显，其中后部具2条纵向的剑形黑纹，外缘除顶角外浅色。

生物学特性 河北1年发生2～3代。4、7、8月可见成虫，具趋光性。

豌豆镰翅小卷蛾

豆镰翅小卷蛾

目 鳞翅目　科 卷蛾科

学名 *Ancylis paludana* (Barrett)

豆镰翅小卷蛾

分布 河北*、黑龙江、吉林、辽宁；欧洲。

寄主和危害 幼虫为害山黑豆。

形态特征 翅展13mm；头部及唇须白色；唇须前伸，第2节末端鳞毛长，末节细，部分被第2节鳞毛所遮盖；前翅白褐色，基斑深褐色，只占翅基部的一半，其他一半呈白色，中带凸出到顶角基部，肛上纹褐色，有光泽；前翅比较宽，前缘钩状纹4对，顶角和缘毛形成镰刀状；后翅和缘毛灰褐色。

生物学特性 河北6月可见成虫，具趋光性。

鼠李镰翅小卷蛾

 鳞翅目　 卷蛾科

学名 *Ancylis unculana* Haworth

分布 河北*、黑龙江、吉林、辽宁；朝鲜，欧洲。

寄主和危害 幼虫为害杨柳、悬钩子、灯台树、鼠李、李等。

形态特征 翅展18mm；头顶有褐色丛毛，触角灰褐色；唇须外侧淡灰褐色，内侧灰白色，有长鳞毛，形成等腰三角形，末节小，被鳞毛所遮盖；前翅银白色，由基部中点开始经中室上缘折向后缘中点斜向臀角，在中室底角附近又折向后缘中点，形成一个大半圆形的暗红褐色斑，另由前缘中点斜向臀角，在中室底角附近又折向顶角和外缘间，形成一个三角形淡红褐色斑，两斑之间有分散的褐色鳞片，前缘有一系列由暗褐色、银白色、淡红褐色组成的钩状纹，近顶角部分有的钩状纹延长形成银色带，顶角凸出呈镰刀状；后翅灰褐色；腹部灰褐色，末端灰黄色。

生物学特性 河北7月可见成虫，具趋光性。

鼠李镰翅小卷蛾

栎镰翅小卷蛾

目 鳞翅目　科 卷蛾科

学名 *Ancylis mitterbacheriana* (Denis et Schiffermüller)

分布 河北*、北京、山东；俄罗斯，欧洲。

寄主和危害 取食麻栎、栓皮栎。

形态特征 前翅长10mm；前翅灰褐色，顶角突出；翅后部灰白色，并在近中部呈角形向前缘延伸；前缘具众多钩向纹。

生物学特性 河北5月可见成虫，具趋光性。

栎镰翅小卷蛾

细圆卷蛾

目 鳞翅目　 科 卷蛾科

学名 *Neocalyptis liratana* Christoph

分布 河北、北京、陕西、甘肃、青海、黑龙江、天津、河南、浙江、安徽、江西、福建、台湾、湖南、四川、云南、贵州；日本，朝鲜，俄罗斯。

形态特征 成虫翅展14.5～20.5mm；体翅背面土黄色；前翅前缘基部1/3隆起，其后平直；中带细，斜置，仅前端1/3清晰，其后模糊；亚端纹明显，近半圆形，翅端部散布灰褐色短纹。

生物学特性 河北1年发生1代。8月可见成虫，具趋光性。

细圆卷蛾

尖突窄纹卷蛾

目 鳞翅目 科 卷蛾科

学名 *Cochylimorpha cuspidata* Ge

分布 河北、北京、陕西、甘肃、宁夏、新疆、天津、内蒙古、黑龙江、辽宁、山西、河南、安徽、湖北；朝鲜。

形态特征 翅展13～14.5mm；头白色，下唇须下垂，外侧黄褐，内侧白色，胸及翅基片白色；前翅黄白色，翅基中央具1黄褐色纵斑，斑纹可扩大，中带黄褐色，斜置，中部外突，中带后缘外侧具1黄褐斑，亚端斑黄褐色，中部略扩大，顶端具1小黄褐斑，外缘及缘毛黄褐色至褐色。

生物学特性 河北5、6月可见成虫，具趋光性。

尖突窄纹卷蛾

松梢小卷蛾

目 鳞翅目 科 卷蛾科

学名 *Rhyacionia pinicolana* Doubleday

分布 河北、北京、陕西、黑龙江、吉林、辽宁、宁夏、内蒙古、天津、山西、河南、江西、福建、贵州；日本，朝鲜，俄罗斯，欧洲。

寄主和危害 幼虫蛀食油松、樟子松等的新梢，使梢枯萎而易风折，也可蛀食雄花序和球果。

形态特征 翅展16～23mm；体及翅锈褐色，具银白色斑，在前翅前缘可见近10个银白色斑。

生物学特性 河北1年发生1代。6～8月可见成虫，具趋光性。

松梢小卷蛾

栗黑小卷蛾

目 鳞翅目　科 卷蛾科

学名 *Cydia glandicolana* Danilevsky

分布 河北、北京、宁夏、甘肃、天津；日本，朝鲜，俄罗斯。

寄主和危害 幼虫蛀食壳斗科植物的种实。

形态特征 翅展14～21mm；体翅黑褐色，触角约为前翅长的1/2，每节基部颜色较浅；前翅具黄色钩状纹9对，翅后缘中部具灰白色云状斑，外侧具黑斑，肛上纹内具3或4条黑色短横线。

生物学特性 河北8月可见成虫，具趋光性。

栗黑小卷蛾

保花翅小卷蛾

目 鳞翅目　科 卷蛾科

学名 *Lobesia yasudai* Bae et Komai

分布 河北、北京、陕西、甘肃、黑龙江、山西、河南、安徽、湖北、湖南；日本，朝鲜。

形态特征 翅展9～13.5mm；头顶浅黄棕色，鳞毛不整齐；下唇须前伸或上举；胸背褐色，稍带紫光；前翅前缘的钩状纹不甚明显，翅后缘近中部具黑褐色三角形斑，前缘近中部具1弯折的黑斑，外侧具1圆形黑斑，此2斑间常具黑鳞；亚端纹为1赭色圆斑，其内侧具1近卵形赭色斑。

生物学特性 河北8月可见成虫，具趋光性。

保花翅小卷蛾

苹黑痣小卷蛾

目 鳞翅目 科 卷蛾科

学名 *Rhopobota naevana* Hübner

苹黑痣小卷蛾

分布 河北、北京、陕西、甘肃、内蒙古、黑龙江、吉林、辽宁、天津、河南、浙江、安徽、江西、福建、台湾、湖北、湖南、广东、四川、贵州、云南、西藏；日本，朝鲜，俄罗斯，蒙古，印度。

寄主和危害 幼虫取食苹果、水曲柳、女贞、海棠、杏、花椒、水腊等。

形态特征 翅展12～16mm；体背及前翅灰褐色，具黑斑或黑褐色斑纹，前翅前缘具多对白色钩状纹，顶角延长，下曲成钩状；后缘2/5处具1明显黑斑，两翅合并时呈长方形；翅外半部中央具1纵向黑斑，有时外围具稍浅色斑。

生物学特性 河北1年发生2代。5～7月、9月可见成虫，具趋光性。

栎小卷蛾

目 鳞翅目 科 卷蛾科

学名 *Olethreutes captiosana* Falkovitsh

分布 河北、北京、甘肃、陕西、青海、宁夏、新疆、内蒙古、黑龙江、吉林、河南；日本，朝鲜，俄罗斯，欧洲。

寄主和危害 幼虫取食菊科艾属植物。

形态特征 翅展14～21mm；前翅中域近后缘处具2个相连的黑斑，其内具3个银白色斑，其后方无银白斑。

生物学特性 河北7月可见成虫，具趋光性。

栎小卷蛾

栎小卷蛾

草小卷蛾

目 鳞翅目 科 卷蛾科

学名 *Celypha flavipalpana* (Herrich-Schäffer, 1851)

分布 河北、北京、陕西、甘肃、宁夏、青海、新疆、内蒙古、黑龙江、吉林、天津、河南、山东、浙江、安徽、湖北、湖南、四川、贵州；日本，朝鲜，俄罗斯，蒙古，欧洲。

寄主和危害 幼虫取食百里香等。

形态特征 翅展13～16mm；下唇须白色，头浅黄褐色；胸背及前翅具杂色的斑纹，翅近中部具1较宽的白色横带，带内可见不连续的黄褐细纹，翅顶角处具5对白色钩状纹，其中基部的1对斜伸向翅外缘中部。

生物学特性 河北6～8月可见成虫，具趋光性。

草小卷蛾

岱岔小卷蛾

目 鳞翅目 科 卷蛾科

学名 *Enarmonodes recreantana* (Kennel, 1900)

分布 河北、北京、黑龙江；日本，俄罗斯。

形态特征 翅展12～16mm；头部黄棕色，头顶杂有褐色鳞片；下唇须前伸，第2节鳞毛膨松，端节细小，前翅褐色，散生黄色鳞片；基斑黑褐色，外缘中部向外突出，与中带间具黄褐色条纹；翅前缘具10条左右的黄白色钩状纹，中带至顶角的钩状纹下具深橘黄色条纹。

生物学特性 河北7、8月可见成虫，具趋光性。

岱岔小卷蛾

白钩小卷蛾

目 鳞翅目 科 卷蛾科

学名 *Epiblema foenella* (Linnaeus, 1758)

分布 河北、北京、陕西、甘肃、宁夏、青海、内蒙古、黑龙江、吉林、天津、山东、江苏、浙江、安徽、江西、福建、台湾、湖北、湖南、广西、四川、贵州、云南；日本，朝鲜，俄罗斯，蒙古，中亚，印度。

白钩小卷蛾

白钩小卷蛾

白钩小卷蛾

寄主和危害 幼虫取食艾、芦蒿的茎和根。

形态特征 翅展17～26mm。头黄白至浅褐色，胸背及翅褐色至深褐色，带紫色光泽，前翅从后缘基部1/3具1条白斑伸向翅中部，并成1钩状，翅顶角处具数条斜纹，臀角处白色；有时白斑的"钩"柄短，或"钩"柄很长，与翅缘的白斑相连。

生物学特性 河北5～8月可见成虫，具趋光性。

点铅卷蛾

目 鳞翅目 科 卷蛾科

学名 *Ptycholoma plumbeolana* Bremer

分布 河北、黑龙江、吉林、辽宁；俄罗斯。

形态特征 翅展24mm左右；唇须前伸，末节比较长；前翅土黄色与黑褐色混杂，雄性黑褐色比雌性多；翅面上除有黑褐色中带和端纹外，还有许多行铅色点条斑；雄性色深者斑纹不清楚，色淡者斑纹比较清楚，尤其中带最明显；后翅暗褐或淡黑褐色。

生物学特性 河北7月可见成虫，具趋光性。

点铅卷蛾

杜鹃长翅卷蛾

目 鳞翅目　科 卷蛾科

学名 *Aclerris latifasciana* Haworth

分布 河北*、山东；俄罗斯，欧洲。

寄主和危害 幼虫取食杜鹃、柳、绣线菊、越橘等。

形态特征 翅展18mm左右；唇须灰黄色，直向前或下垂，第2节膨大；头、胸部褐色；前翅端部略膨大，前缘在基部1/3地方强烈弯曲，顶角稍突而尖，外缘倾斜，稍凹陷；前翅灰褐色，前缘有近半椭圆形深褐色斑1块；后翅褐色。

生物学特性 河北7月可见成虫，具趋光性。

杜鹃长翅卷蛾

棉褐带卷蛾

目 鳞翅目　科 卷蛾科

学名 *Adoxophyes honmai* Yasuda, 1998

分布 河北、北京、陕西、甘肃、河南、山东、江苏、浙江、安徽、福建、台湾、湖南、广东、广西、海南、四川、贵州；日本。

寄主和危害 幼虫取食棉、茶、柑橘等。

形态特征 翅展15.5～21.5mm；体背及翅黄褐色，前翅中部具1明显的“h”形纹，即具明显的弯曲分支，延伸达臀角，有时交叉处前可缩小或断裂；雄蛾前翅前缘褶约占前缘的1/2。

生物学特性 河北7～9月可见成虫，具趋光性。

棉褐带卷蛾　棉褐带卷蛾

苹黄卷蛾

目 鳞翅目 科 卷蛾科

学名 *Archips ingentanus* (Christoph, 1881)

分布 河北*、北京、黑龙江；日本，朝鲜，俄罗斯。

寄主和危害 幼虫取食苹果、梨、栎、绣球属、水曲柳、桦、槭等多种树木或草本植物。

形态特征 雄蛾翅展18～25mm；体翅色有变化，前翅顶角稍突出，顶角下外缘稍内凹；前缘褶达中带的外侧，中带前窄后宽。雌蛾翅展23～34mm；下唇须短小，略上举；前翅顶角强烈伸出，翅面多网纹，基斑稍模糊，中带前缘褐色较为明显，中部呈1线纹，与后缘的模糊斑相连。亚端纹近于三角形，内侧具1线纹连向中带后缘。

生物学特性 河北7月可见成虫，具趋光性。

苹黄卷蛾

鹅耳枥长翅卷蛾

目 鳞翅目 科 卷蛾科

学名 *Acleris cristana* (Denis et Schiffermüller)

分布 河北*、北京、黑龙江、吉林、台湾；日本，俄罗斯，欧洲。

寄主和危害 幼虫取食鹅耳枥、榆、李、山楂、蔷薇等。

形态特征 前翅长12mm；体色灰色，扁平，前翅具竖鳞，前翅近中部稍凹陷，顶角稍突出而尖。

生物学特性 河北1年发生1代。以成虫越冬。河北4、5、10月可见成虫，具趋光性。

鹅耳枥长翅卷蛾

梨黄卷蛾

目 鳞翅目　科 卷蛾科

学名 *Archips breviplicana* (Walsingham)

分布 河北、黑龙江、吉林、辽宁；俄罗斯，朝鲜，日本。

寄主和危害 梨、苹果。

形态特征 雄翅展18～25mm，雌翅展23～30mm；雄头部及前胸褐色，前缘褶短于前缘的1/4，前翅黄褐色，斑纹黑褐色，基斑、中带与端纹清楚；雌前翅顶角突出明显，后翅灰黄色较深。

生物学特性 河北7月可见成虫，具趋光性。

梨黄卷蛾

后黄卷蛾

目 鳞翅目　科 卷蛾科

学名 *Archips asiaticus* (Walsingham)

分布 河北、北京、陕西、甘肃、宁夏、天津、河南、江苏、浙江、安徽、江西、福建、湖南、广东、四川；朝鲜。

寄主和危害 幼虫取食苹果、李、日本樱花、梨、花楸等多种植物嫩叶和果实。

形态特征 雌雄二型。雄蛾翅展20.5～24.5mm；下唇须短，上伸；前翅黄褐色，具红褐色斑纹，前缘褶大，长于前缘的1/3，亚端纹弯月形，大，占前缘的1/3。雌蛾翅展23.0～28.6mm。前翅顶角强烈凸出，基斑和中带模糊。

生物学特性 河北8月可见成虫，具趋光性。

后黄卷蛾

苹大卷叶蛾

目 鳞翅目 科 卷蛾科

学名 *Choristoneura longicellana* (Walsinghan, 1900)

分布 河北、北京、陕西、甘肃、内蒙古、黑龙江、天津、山东、江苏、安徽、江西、湖北、湖南、四川、云南；日本，朝鲜，俄罗斯。

寄主和危害 幼虫取食苹果、山楂、梨、柿子、鼠李、柳、栎、槐等的叶片、花和果实。

形态特征 雄蛾翅展18～24mm，雌蛾翅展26～32mm；头、胸黄褐色，雄蛾胸端部具1黑斑；雄蛾前翅近四方形，前缘褶很长，伸达中横带外侧，在近基部后缘具1黑色斑点，中带由翅前缘中部向臀角延伸，先窄后宽；雌蛾前翅在顶角之前凹陷，顶角凸出。

生物学特性 河北6～9月可见成虫，具趋光性。

苹大卷叶蛾

桃褐卷蛾

目 鳞翅目 科 卷蛾科

学名 *Pandemis dumetana* (Treitschke, 1835)

分布 河北、北京、陕西、甘肃、宁夏、黑龙江、湖北、四川、云南；日本，朝鲜，俄罗斯，欧洲。

寄主和危害 幼虫取食多科多种植物，如野决明、大豆、白桦、苹果、李、杨、柳、栎、核桃楸等。

形态特征 雄蛾翅展15.5～17.5mm，雌蛾翅展23.5～26.5mm；下唇须长，前伸；胸背灰褐色；前翅前缘中部之前均匀隆起，其后平直，顶角近直角；前翅底色土黄色，斑纹灰褐色，基斑大，中带后半部宽于前半部，亚端纹小，常具下伸的细线。

生物学特性 河北8月可见成虫，具趋光性。

桃褐卷蛾

隐黄卷蛾

目 鳞翅目  科 卷蛾科

学名 *Archips arcanus* Razowski, 1977

分布 河北、北京、陕西、河南、浙江、湖南、云南。

形态特征 雄蛾翅展14.5～23.5mm；前翅宽，顶角明显突出，下方明显内凹，前缘褶宽阔，伸达翅前缘的1/3；基斑指状，中带前窄后宽，且颜色渐浅，亚端纹弯月形，细长，伸达前缘中部内侧。

生物学特性 河北7、8月可见成虫，具趋光性。

隐黄卷蛾

植黑小卷蛾

目 鳞翅目 科 卷蛾科

学名 *Endothenia gentianaeana* (Hübner, 1799)

分布 河北*、北京、安徽、江西；日本，朝鲜，俄罗斯，蒙古，欧洲，北美。

寄主和危害 幼虫生活在起绒草头状花序的中央空隙内，吸食汁液。

形态特征 翅展13～19mm；头顶具暗灰色竖鳞；下唇须第2节具长粗鳞，末节短小；后胸背面具暗褐色竖鳞；前翅斑纹有变，具银灰、黑褐、黄棕等鳞片，翅基及中部黑褐色，翅端1/3黄白色，顶角处色深。

生物学特性 河北4、6月可见成虫，具趋光性。

植黑小卷蛾

溲疏新小卷蛾

目 鳞翅目 科 卷蛾科

学名 *Olethreutes electana* (Kennel, 1901)

分布 河北、北京、甘肃、黑龙江、吉林、天津、安徽、浙江、四川、云南；日本，朝鲜，俄罗斯。

寄主和危害 幼虫取食菊科艾属植物。

形态特征 翅展14～19mm；头淡黄白色，头顶具褐色毛丛，胸背暗褐色，具棕红色毛；前翅暗褐色，基部1/3具黄白色横带，外横线灰白色，前缘具5对上钩形纹。

生物学特性 河北6、7月可见成虫，具趋光性。

溲疏新小卷蛾

双条银纹卷蛾

目 鳞翅目 科 卷蛾科

学名 *Eugnosta dives* (Butler, 1878)

分布 河北*、北京、陕西、宁夏、内蒙古、黑龙江、吉林、辽宁、山东、江苏；日本，俄罗斯。

形态特征 翅展17～22mm；下唇须向前平伸，黄褐色，杂白毛；胸及前翅黄褐色，具银色斑，斑纹特殊。此种有无斑型，即无银斑，前翅黄色，仅在翅中部具4个小褐斑。

生物学特性 河北7月可见成虫，具趋光性。

双条银纹卷蛾

河北狭纹卷蛾

目 鳞翅目　科 卷蛾科

学名 *Gynnidomorpha permixtana* (Denis et Schiffermüller, 1775)

分布 河北、北京、陕西、宁夏、辽宁、山东、上海、湖南、四川、贵州；日本，朝鲜，俄罗斯，蒙古，阿富汗，欧洲。

形态特征 翅展9～14mm；下唇须前伸，略上举，较短小；体翅背面黄褐色；前翅前缘基半部褐色，中带褐色，主干前1/3直，而后内折至翅后缘2/5处，在前1/3处分支，延伸至臀角，再于1/2处分支，几乎直达后缘；顶斑褐色，可与第1分支相接；延伸翅斑颜色较深。

生物学特性 河北6、8月可见成虫，具趋光性。

河北狭纹卷蛾

双小卷蛾

目 鳞翅目　科 卷蛾科

学名 *Olethreutes doubledayana* (Barrett, 1872)

分布 河北、北京、陕西、黑龙江、吉林、天津、河南、安徽；日本，朝鲜，俄罗斯，欧洲。

寄主和危害 幼虫取食三叶草、野慈姑。

形态特征 翅展10～13mm；下唇须上举，端节细小，尖；前翅前缘第3、4对白色钩状纹融合，直达翅后缘；第7对斜生，伸达至翅外缘。

生物学特性 河北6、7月可见成虫，具趋光性。

双小卷蛾

杨柳小卷蛾

目 鳞翅目 科 卷蛾科

学名 *Gypsonoma minutana* (Hübner, 1799)

杨柳小卷蛾

分布 河北、北京、陕西、甘肃、宁夏、青海、黑龙江、山西、河南、山东；日本，朝鲜，俄罗斯，蒙古，阿富汗，伊朗，欧洲。

寄主和危害 幼虫取食柳、杨。

形态特征 翅展12～15mm；胸背及前翅具杂色的斑纹，翅近中部具1较宽的白横带，带内外侧散布杂色斑纹；翅顶角处具数条斜纹。

生物学特性 河北5～7月可见成虫。

麻小食心虫

 鳞翅目  卷蛾科

学名 *Grapholita delineana* (Walker, 1863)

麻小食心虫

分布 河北、北京、陕西、甘肃、天津、河南、山东、浙江、安徽、江西、福建、台湾、湖北、四川；日本，朝鲜，俄罗斯，欧洲，北美。

寄主和危害 幼虫取食大麻、葎草、草莓的叶片。

形态特征 翅展11～15mm；体翅茶褐色或灰褐色，有时翅中域具紫色光泽；前翅前缘具9～10个黄白色钩形纹，后缘中部具4条黄白色或白色的平行弧形纹。

生物学特性 河北1年发生2～3代。第1代幼虫在茎部形成虫瘿，2～3代幼虫取食嫩果。河北5～8月可见成虫。

桦叶小卷蛾

目 鳞翅目 科 卷蛾科

学名 *Epinotia* (*Panoplia*) *ramella* Linnaeus

分布 河北*、黑龙江、吉林、辽宁；日本，欧洲。

寄主和危害 幼虫取食桦、杨等。

形态特征 翅展15mm左右；唇须灰白色，向前伸；雄性前翅无前缘褶；前翅灰白色，前缘十分拱起，有10对主要的钩状纹；最明显的特征是在后缘靠基部2/5处有1块黑色梯形斑；肛上纹圆形，银白色，有黑色点状斑；后翅灰褐色。

生物学特性 河北7月可见成虫，具趋光性。

桦叶小卷蛾

黄色卷蛾

目 鳞翅目 科 卷蛾科

学名 *Chonristoneura longicellana* (Walsingham)

分布 河北、黑龙江、吉林、辽宁、北京、天津、山西、河南、湖北、湖南；日本，朝鲜，俄罗斯。

寄主和危害 苹果。

形态特征 翅展雄19～24mm，雌23～34mm；雄蛾头部有淡黄褐色长鳞毛，前翅近四方形，前缘褶很长，但在基部有一段缺少；翅淡黄褐色，有深色基斑和中带，在近基部后缘上有1黑斑点。雌前翅延长，呈长方形，前缘凸出，在近顶角地方凹陷，顶角凸出；后翅灰褐色，顶角黄色。

生物学特性 河北6、7月可见成虫，具趋光性。

黄色卷蛾

丽刺小卷蛾

目 鳞翅目 科 卷蛾科

学名 *Pelochrista ornata* Kuznetsov, 1967

分布 河北*、北京、上海、江苏；俄罗斯。

形态特征 前翅长9.5～10.0mm；下唇须粗大前伸；前翅狭长，顶角具半圆形白斑，其内具黑斑，独立或与内侧相连；近翅后角具“之”字形黑斑。

生物学特性 河北9月可见成虫，具趋光性。

丽刺小卷蛾

苦楝小卷蛾

目 鳞翅目 科 卷蛾科

学名 *Enarmonia koenigana* Fabricius

分布 河北*、山东、安徽、江苏、上海、浙江、江西、福建、台湾；日本，印度，大洋洲。

形态特征 翅展14mm左右；头顶有橘黄色丛毛，触角黑褐色，唇须橘黄色，向前伸；前翅基部2/3淡灰黄色，端部1/3黑褐色，中间夹杂有银色条纹，翅面上密布橘黄色点条状不规则斑纹，前缘有一系列钩状纹，在基部2/3部分成褐色斑点，端部1/3部分成白色钩状纹；后翅灰褐色；足黄色。

生物学特性 河北7月可见成虫，成虫夜晚趋光但不容易发现。

苦楝小卷蛾

岱岔小卷蛾

目 鳞翅目 科 卷蛾科

学名 *Enarmonodes recreantana* Kennel

分布 河北、黑龙江、吉林、辽宁；俄罗斯。

形态特征 翅展10～11mm；头部鳞片褐色或黄白色，唇须前伸；前翅褐色，基斑、中带和端纹黑褐色，基斑外侧突出呈尖角，中带与基斑之间有黄褐条纹，前缘有10组左右白色钩状纹，中带至顶角的钩状纹下有深橘黄色条纹，缘毛前1/3呈黄色，后2/3呈褐色；后翅褐色。

生物学特性 河北6、7月可见成虫。

岱岔小卷蛾

松梢小卷蛾

目 鳞翅目 科 卷蛾科

学名 *Rhyacionia pinicolana* (Doubleday, 1849)

分布 河北、北京、陕西、宁夏、内蒙古、黑龙江、吉林、辽宁、天津、山西、河南、江西、福建、贵州；日本，朝鲜，俄罗斯，欧洲。

寄主和危害 幼虫蛀食油松、樟子松等的新梢，使梢枯萎而易风折，也可蛀食雄花序和球果。

形态特征 翅展16～23mm；体及翅锈褐色，具银白色斑。

生物学特性 河北6～8月可见成虫，具趋光性。

松梢小卷蛾

尖瓣灰纹卷蛾

目 鳞翅目 科 卷蛾科

学名 *Cochylidia richteriana* (Fischer von Röslerstamm, 1837)

分布 河北、北京、宁夏、青海、内蒙古、黑龙江、辽宁、天津、山西、山东、安徽、湖南、四川；日本，朝鲜，蒙古，俄罗斯，欧洲。

形态特征 翅展11.0～13.5mm；前翅灰黄色，前缘1/4稍深色；中带明细，黄褐色，但前端灰褐色；后缘2/3处具黑斑点。

生物学特性 河北4～6月可见成虫，具趋光性。

尖瓣灰纹卷蛾

豆微小卷蛾

目 鳞翅目 科 卷蛾科

学名 *Dichrorampha alaicana* Rebel, 1910

分布 河北、北京、新疆、河南、四川；俄罗斯，中亚。

形态特征 翅展15～19mm；前翅灰褐色，杂黄褐色；前翅前缘端部第3对钩状纹出发的铅色暗纹达肛上纹外缘线，第4对钩状纹线“S”形，达肛上纹内缘，前翅外缘具1列黑点，后缘中部具黄白色背斑，内可见3条暗色纹（有时仅可见1条），伸达翅中部。

生物学特性 河北6月可见成虫，具趋光性。

豆微小卷蛾

毛榛子长翅卷蛾

目 鳞翅目 科 卷蛾科

学名 *Acleris delicatana* (Christoph)

分布 河北、黑龙江、吉林、辽宁；日本，俄罗斯。

寄主和危害 鹅耳枥、栎。

形态特征 翅展16～17mm；头部淡黄色，胸部黄褐色；前翅底色由浅褐至深褐色；前缘基部1/3强烈凸出，后突然下降，平伸到翅顶；由最凸出点到臀角方向有1对平行白色线，由平行线到翅顶角，覆一层白色鳞片；在中室顶端有一丛竖立鳞片，接近顶角处也有一小丛竖立鳞片，二丛竖鳞中间有一丛更小的竖立鳞片；后翅灰褐色。

生物学特性 河北7月可见成虫，具趋光性。

毛榛子长翅卷蛾

粗梗平祝蛾

目 鳞翅目 科 祝蛾科

学名 *Lecithocera tylobathra* Meyrick

分布 河北、北京、四川。

寄主和危害 幼虫以枯枝落叶为食。

形态特征 翅展13～16mm；体及前翅黄褐色至土黄色；下唇须尖细、弯曲，伸过头顶；触角基部1/4明显加粗；前翅中部具2个黑斑，前缘基部边缘黑褐色，缘毛灰黄色。

生物学特性 河北7月可见成虫，具趋光性。

粗梗平祝蛾

微红梢斑螟

目 鳞翅目 科 螟蛾科

学名 *Dioryctria rubella* Hampson

微红梢斑螟

分布 河北、黑龙江、吉林、辽宁、北京、内蒙古、陕西、甘肃、河南、山东、江苏、安徽等。

寄主和危害 松树的重要枝梢害虫。幼虫危害主梢和侧梢。主梢被害后引起侧梢的丛生，使树冠形成畸形，不能成材。

形态特征 体长10～16mm，翅展22～23mm；全体灰褐色；触角丝状；前翅灰褐色，有3条灰白色波状横纹，中室有1个灰白色肾形斑，后缘近内横线内侧有1个黄斑，外缘黑色；后翅灰白色；足黑褐色。

生物学特性 河北1年发生1代，以幼虫在被害梢内越冬。次年4月初越冬幼虫开始活动，5月中旬开始化蛹，6月上中旬羽化成虫。

松梢斑螟

目 鳞翅目 科 螟蛾科

学名 *Dioryctria splendidella* Herrich-Schäffer

分布 河北、黑龙江、辽宁、江苏；朝鲜，日本，俄罗斯。

寄主和危害 油松、赤松、马尾松、黑松，幼虫蛀食嫩梢，主梢受害较多。

形态特征 翅展22～23mm；翅斑纹稍白，灰褐色；前翅暗褐色有3条灰白色波纹状横带，中室有1个灰白斑，外缘黑色；后翅灰白色。

生物学特性 河北1年发生2代。以幼虫越冬，到翌年春季取食新梢。

松梢斑螟幼虫

松梢斑螟成虫

果梢斑螟

目 鳞翅目 科 螟蛾科

学名 *Dioryctria pryeri* Ragonot

分布 河北、北京、陕西、甘肃、黑龙江、吉林、辽宁、天津、山西、河南、山东、江苏、浙江、安徽、江西、福建、湖北、湖南、广西、四川、云南；日本，朝鲜。

寄主和危害 蛀食油松、华山松、白皮松、云杉等针叶树球果及嫩梢。

形态特征 翅展22～28mm；前翅赤褐色，近基部后缘常较浅，近翅基具1条灰色短横线，内外横线银灰色，波形，外线中部向外突出呈角状，两线之间暗赤褐色，中室端具1个新月形白斑，此斑的上方、下方及内后方常具银灰色云状斑；后翅灰褐色，外缘稍深。

果梢斑螟

生物学特性 河北1年发生1代。多以初龄幼虫在雄花序越冬，少数在球果或梢内越冬。河北7月可见成虫，具趋光性。

豆荚斑螟

目 鳞翅目 科 螟蛾科

学名 *Etiella zinckenella* Treitschke

分布 河北、北京、陕西、甘肃、宁夏、新疆、天津、河南、山东、安徽、福建、湖北、湖南、广东、四川、贵州、云南；世界广泛分布。

寄主和危害 幼虫危害叶、蕾、花及豆荚，卷叶危害或蛀入荚内取食幼嫩籽粒，荚内及蛀孔外常堆积粪便，轻者把豆粒蛀成缺刻、孔洞，重则把整个豆荚蛀空，受害豆荚味苦，造成落蕾、落花、落荚和枯梢。

形态特征 成虫体长10～12mm；灰褐色或暗黄褐色；前翅狭长，沿前缘有1条白色纵带，近翅基有1条黄褐色宽横带；后翅黄白色，边缘色泽较深。

豆荚斑螟

生物学特性 河北1年发生3～4代，以老熟幼虫在寄主植物或晒场附近的土表下结茧越冬。第二年春天4～5月成虫陆续羽化出土，成虫夜间活动，白天潜伏，有趋光性。

黑斑金草螟

目 鳞翅目 科 螟蛾科

学名 *Chrysoteuchia atrosignata* Zeller

分布 河北、江苏、湖北、江西、湖南、福建、四川；日本。

形态特征 翅展25～27mm；头白色，额圆；触角灰褐色；下唇须灰褐色，第3节基部及末端白色；胸部白色杂有褐色鳞片，腹部灰褐色末端黄色；前翅白色有灰褐色斑纹，内横线黄色两侧有黑褐细线，外横线为2条黄褐色平行细线，顶角有1条黑褐色斑纹，外缘臀角有3枚黑点成排，缘毛褐色有闪光；后翅灰白，缘毛白色至灰褐色。

生物学特性 河北1年发生1代。6月可见成虫。

白条峰斑螟

目 鳞翅目 科 螟蛾科

学名 *Acrobasis injunctella* Christoph

分布 河北、北京、陕西、辽宁、天津、河南、山东、上海、江苏、江西、湖北、贵州；日本，朝鲜。

寄主和危害 幼虫取食苹果、海棠。

形态特征 前翅长7～8mm；体背及前翅褐色或黑褐色，具金色鳞片；前翅内线白色，上半部较粗，下半部外侧灰黄色或黄棕色，中室斜上方具1三角形白斑，有时内有黑斑；外线白色，稍波形，有时中部不明显；后翅灰褐色，无斑。

生物学特性 河北1年发生1代。7、9月可见成虫，具趋光性。

巴塘暗斑螟

目 鳞翅目 科 螟蛾科

又名 皮暗斑螟

学名 *Euzophera batangensis* Caradja

分布 河北、北京、天津、山东、江苏、浙江、福建、湖北、湖南、广东、四川、云南；日本，朝鲜。

寄主和危害 幼虫蛀食枣、杏、核桃、刺槐、槐、柳、榆、木麻黄、杉等多种树木的愈伤组织。

形态特征 翅展13.5～20mm；体色及斑纹变化较大，体及前翅常灰褐色；下唇须黑褐色，上卷，过头顶；前翅内横线类白色，内外具黑褐边，中部有1向外弯曲的尖角；外横线灰白色，波状或锯齿状，中室端斑黑褐色；缘线由黑褐点组成。

生物学特性 河北4～6、9月可见成虫，具趋光性。

巴塘暗斑螟

白点黑翅野螟

目 鳞翅目 科 螟蛾科

学名 *Heliothela nigralbata* Leech

分布 河北、北京、江苏、浙江；日本，朝鲜，俄罗斯。

形态特征 翅展10～13mm；前后翅黑褐色，前翅前缘顶角前具黄白色斑，后翅中央具白斑；这2个斑在翅的反面均可见。

生物学特性 河北1年发生2代。4、5、7、8月可见成虫，成虫白天访花，具趋光性。

白点黑翅野螟

双色云斑螟

目 鳞翅目 科 螟蛾科

学名 *Nephopterix bicolorella* Leech

分布 河北、北京、天津、河南、浙江、福建、湖北、湖南、云南、贵州；日本，朝鲜，印度。

形态特征 翅展24～29mm；体狭长，头灰褐色，胸背棕紫色，腹背灰褐色（带红色）；前翅棕紫色，基半中部具2条暗紫色纵纹，端半部暗紫色至黑色。

生物学特性 河北6、7月可见成虫，具趋光性。

双色云斑螟

白斑黑野螟

目 鳞翅目 科 螟蛾科

学名 *Phlyctaenia tyres* Cramer

分布 河北*、贵州、福建、台湾、广东、海南、云南；日本，越南，缅甸，印度，斯里兰卡，菲律宾，印度尼西亚。

形态特征 翅展42～46mm；黑色带紫光泽；头部黑色，两侧白色；触角黑褐色；胸、腹部背面有4条黑白色纵条纹；前翅上有大小不等的透明斑14～15个；除后翅上有大小不等的透明棕带外，翅面上还有大小不等的透明斑11个；雄蛾腹末有黑褐色毛丛。

生物学特性 河北1年发生1代。7月可见成虫，具趋光性。

白斑黑野螟

白桦角须野螟

目 鳞翅目 科 螟蛾科

学名 *Agrotera nemoralis* Scopoli

分布 河北、北京、黑龙江、天津、山东、江苏、浙江、福建、广西、四川、贵州、台湾；日本，朝鲜，俄罗斯，欧洲。

寄主和危害 幼虫取食白桦、千金榆等。

形态特征 翅展16～22mm；胸、腹基部和翅基部白色，散布橙黄色鳞片，腹端部及翅大部分黄褐色或暗褐色，内、外横线黑褐色，中室端斑细线状，黑褐色，外围以锈黄色大斑；前翅外缘近顶角处内陷，此处缘毛白色。

生物学特性 河北1年发生1代。6、7月可见成虫，具趋光性。

白桦角须野螟

中国软斑螟

目 鳞翅目 科 螟蛾科

学名 *Asclerobia sinensis* Caradja

分布 河北、北京、陕西、甘肃、黑龙江、天津、山东、安徽、四川、云南。

形态特征 翅展14.5～21mm；体翅背面米黄色，前翅狭长，长约是宽的3倍，内横线灰褐色，前翅伸达翅基，后缘外侧具橙黄色鳞片；翅中室具2个黑褐斑点；前翅外缘褐色；下唇须黑褐色，上举，过头顶；触角柄节黄白色。

生物学特性 河北8月可见成虫，具趋光性。

中国软斑螟

垂斑纹丛螟

目 鳞翅目　科 螟蛾科

学名 *Stericta flavopuncta* Inoue et Sasaki

分布 河北、北京、河南、广西、四川、贵州、云南；日本。

形态特征 翅展21～27mm；下唇须黑褐色，上伸达头顶；鳞突端部渐粗，达胸部；前翅基部和端部黑褐色，中部赭黄或黄白色，前缘具2枚黑色斑纹，其中外侧的斑纹实为外线的一部分，是外线断裂而成，中室端斑黑色。

生物学特性 河北1年发生1代。8月可见成虫，具趋光性。

垂斑纹丛螟

双线须岐角螟

目 鳞翅目　科 螟蛾科

又名 花蕾螟

学名 *Trichophysetis cretacea* Butler

分布 河北、北京、黑龙江、山东、江苏、浙江、福建、湖北、广东、广西、海南、四川、云南；日本，俄罗斯，澳大利亚。

寄主和危害 在南方蛀食茉莉花，是茉莉花产区的一种主要害虫。

形态特征 翅展12～16mm；头白色，下唇须暗褐色，长前伸；胸部及腹部白色，但胸部后端及腹3～6节褐色；前翅白色，基线、内横线、外横线茶褐色，中室端具白色新月形斑，具褐色环；后翅内外线黑褐色。

生物学特性 河北6、8月可见成虫，但少。

双线须岐角螟

双线棘丛螟

目 鳞翅目 科 螟蛾科

学名 *Termioptycha bilineata* Wileman

分布 河北、北京、湖北、四川；日本。

寄主和危害 幼虫缀叶，取食火炬树、黄栌。

形态特征 翅展20～25mm；体背红褐色，前翅浅红褐色，横线黑色，内线斜地伸向后侧缘，稍呈弧形，不达前缘，前缘的外侧具黑斑；外线在中部明显外凸，有时在线外侧具大片暗褐区；下唇须大，上伸，远过于头顶，末节棒形，雄蛾粗大，雌蛾细。

生物学特性 河北5～7月可见成虫，具趋光性。

双线棘丛螟

纯白草螟

目 鳞翅目 科 螟蛾科

学名 *Pseudocatharylla simplex* Zeller

分布 河北、北京、陕西、甘肃、黑龙江、辽宁、天津、山东、江苏、浙江、福建、台湾、湖南、广西、四川、贵州、西藏；日本，俄罗斯。

形态特征 翅展21～22mm；头白色；下唇须白色、细长，伸出头长的2倍，基节及第2节下侧黄褐色；下颚须白色基部黄褐色；触角黄褐色；胸、腹部白色；足黄褐色；前翅宽阔，雪白色，翅前缘有1条黄褐色细线；后翅雪白色；前翅腹面及后翅腹面前缘暗褐色。

生物学特性 河北1年发生1代。7、8月可见成虫，具趋光性。

纯白草螟

丛毛展须野螟

目 鳞翅目 科 螟蛾科

学名 *Eurrhyparodes contortalis* Hampson

分布 河北、四川、台湾；俄罗斯。

寄主和危害 翅展3～6mm；头及胸黄白色，下唇须两侧、额上方及领片淡红，足上侧及后足毛丛淡红色；腹部淡红色，背面有成排白点侧面有白线；前翅淡黄色，翅脉及边缘淡红色，中室中央有1斑及1大型中室斑与前缘带相连，后翅黄白色，半透明，从内域中央到外缘有淡红色带，端域自前缘至中室下角，引伸波浪状淡红色细线，中室外至M_2脉有1透明斑，其间有许多黄点；缘毛深红色。

生物学特性 河北1年发生1代。8月可见成虫。

丛毛展须野螟

粗缨突野螟

目 鳞翅目 科 螟蛾科

学名 *Udea lugubralis* Leech

分布 河北、河南、浙江、福建、湖北、湖南、四川、贵州、陕西、云南；日本，朝鲜，俄罗斯。

形态特征 成虫翅展22mm左右；头顶浅黄褐色，胸背面灰褐色，腹面乳白色；前翅灰褐色；前中线深褐色；中室圆斑和中室端脉斑深褐色；后中线黑褐色，缘毛黑褐色；后翅中室端脉斑在前角和后角各形成1个小斑点；后中线不明显。

生物学特性 河北1年发生1代。8月可见成虫，具趋光性。

粗缨突野螟

大豆网丛螟

目 鳞翅目 科 螟蛾科

学名 *Teliphasa elegans* Butler

分布 河北、北京、陕西、湖北、湖南、福建、广西、四川；日本、朝鲜、俄罗斯。

寄主和危害 幼虫在苹果、桃、柿子、核桃、大豆等叶面吐丝，把叶收拢成果，外出取食叶片。

形态特征 翅展24～35mm；前翅暗褐色、褐色或黑褐色带绿色，但内外横线间常灰白至灰褐色，有时色暗，中室内可见2个黑斑，外线黑色，斜伸向外再弯回，后直伸至后缘。

生物学特性 河北1年发生1代。6～8月可见成虫，具趋光性。

大豆网丛螟

大黄缀叶野螟

目 鳞翅目 科 螟蛾科

学名 *Botyodes principalis* Leech

分布 河北*、安徽、浙江、湖北、江西、福建、台湾、广东、四川、云南。

形态特征 翅展42～45mm；下唇须黄色，下侧白色；雄性触角基节有深凹陷，其周围有齿状毛簇；前翅硫黄色，中室中央有1个小黑点，中室端脉上有1个肾形内中淡黄色的黑色斑纹构成，翅顶角以下翅外缘铁锈色宽带；后翅硫黄色，中室有1个新月形黑色斑纹，外横线黑褐色宽阔锯齿状，顶角有1个铁锈色斑纹。

生物学特性 河北1年发生1代。7月可见成虫。

大黄缀叶野螟

稻筒水螟

目 鳞翅目 科 螟蛾科

学名 *Nymphula fluctuosalis* Zeller

分布 河北*、河南、宁夏、福建、台湾、广东、广西、四川、云南、贵州等。

寄主和危害 水稻、睡莲、水生杂草等。幼虫生活在水中，把稻叶咬成碎片并吐丝连缀成筒状，隐居在筒中为害。

稻筒水螟

形态特征 体长6～7mm，翅展13～19mm；头、胸、腹部白色，生有黑色斑点；前翅亚基线、内横线黑色倾斜，从中室至内缘褐黄色，中室上角具不明显褐黄色斑纹1条，附1黑点，又生十分倾斜的暗黄色宽带1条，从前缘向下角弯曲；后翅从中室到内缘具1倾斜亚基线，在内缘与另1条从前缘中央伸出的斜线相交，缘线褐黄色。

生物学特性 河北1年发生1代。幼虫生活在水中，幼虫腹部两侧伸出丝状细长的气管鳃进行呼吸，幼虫老熟后吐丝作茧化蛹。7月可见成虫。

浩波水螟

目 鳞翅目 科 螟蛾科

学名 *Paracymoriza prodigalis* Leech

分布 河北、北京、陕西、山西、河南、浙江、福建、台湾、广东、贵州；日本，朝鲜。

形态特征 翅展15～25mm；触角长约为前翅长的3/4；体翅白色，具黄色和褐色斑，翅面斑纹特殊；前翅中室下常具三角形白斑，中室外侧具卵形褐斑，内有3条白色横线。

生物学特性 河北1年发生1代。7、8月可见成虫，具趋光性。

浩波水螟

褐萍水螟

目 鳞翅目　科 螟蛾科

学名 *Nymphula turbata* Butler

分布 河北、北京、陕西、黑龙江、吉林、辽宁、河南、山东、江苏、上海、浙江、安徽、福建、台湾、湖北、湖南、广东、广西、重庆、四川、贵州、云南；日本，朝鲜，俄罗斯。

寄主和危害 幼虫取食水稻、满江红、田字草、水萍、鸭舌草。

形态特征 翅展10～28mm；前翅暗褐色，具4条明显可见的弯曲的横线，在内侧或外侧具白边，中线和外线之间的颜色较浅，尤其在翅的前半部分；后翅斑纹与前翅相近。

生物学特性 河北1年发生1代。8月可见成虫，具趋光性。

褐萍水螟

长须曲角水螟

 鳞翅目　 螟蛾科

学名 *Camptomastix hisbonalis* Walker

分布 河北、北京、山东、山西、福建、台湾、湖北、湖南、广东、香港、四川、云南；日本，印度。

形态特征 翅展18～22mm；头胸部暗赤褐色；下唇须向前平伸，多毛；前翅暗赤褐色，内外横线暗褐色，内线的内侧和外线的外侧衬灰白边，中室端有1个白斑。

生物学特性 河北7月可见成虫，具趋光性。

长须曲角水螟

棉水螟

目 鳞翅目 科 螟蛾科

学名 *Nymphula interruptalis* (Pryer)

棉水螟

分布 河北、黑龙江、吉林、江苏、浙江、湖南、福建、安徽、广东、四川、云南；日本，朝鲜，俄罗斯。

寄主和危害 幼虫取食睡莲、棉。

形态特征 翅展28～35mm；头及触角上部白色；触角暗黄色，丝状；胸部黄褐色，前翅橙黄色，翅基部有2条白色宽波纹状线，中室中央有1褐色边缘的圆纹，前缘有一褐色边缘的三角形纹，其下侧有1白色圆纹，翅前缘向下有一长形白色大斑，外缘有一条白色亚外缘带，其内侧白色外侧褐色，缘毛灰褐色；后翅橙黄色，基部白色，中央有宽阔白色带，其上方有2条褐色波纹状横线。

生物学特性 河北7、8月可见成虫，具趋光性。

稻显纹纵卷水螟

目 鳞翅目 科 螟蛾科

学名 *Susumia exigua* (Butler)

稻显纹纵卷水螟

分布 河北、广西、广东；日本。

寄主和危害 水稻、旱稻。

形态特征 翅展14～15mm；头、胸腹黄褐，胸部较暗，腹部后缘白色，末节有黑点；翅黄褐色，前翅前缘与外缘为宽褐色带，有3条褐色横线；后翅外缘为宽褐色带，有2条横线。

生物学特性 河北1年发生2～3代。以幼虫在稻秆内越冬。河北7月可见成虫，具趋光性。

三环须水螟

目 鳞翅目　科 螟蛾科

学名 *Mabra charonidis* (Walker)

三环须水螟

分布 河北、黑龙江、江苏、浙江、湖南；朝鲜，日本，俄罗斯。

形态特征 翅展17～20mm；头部黄白色；下唇须具备白色，其余暗褐色；触角淡褐色，并有黑色环纹；翅面黄褐色；前翅内横线暗褐色，四周暗褐色环纹，外横线暗褐色，缘毛白色，内侧有暗褐色线；后翅中室有1淡黄色圆环纹。

生物学特性 河北7月可见成虫，具趋光性。

豆褐齿叶野螟

目 鳞翅目　科 螟蛾科

学名 *Omiodes indicate* Fabricius

豆褐齿叶野螟

分布 河北、陕西、河南、福建、台湾、湖北、广东、四川、云南；日本，越南，新加坡，印度，斯里兰卡，非洲，美洲。

寄主和危害 幼虫取食大豆、菜豆。

形态特征 成虫翅展19～20mm；体翅橘红色；前翅中室圆斑黑褐色，端斑弯月形；外线黑褐色，在中部内折，后半段与中室端斑处于同一位置。

生物学特性 河北1年发生1代。9、10月可见成虫，具趋光性。

扶桑四点野螟

目 鳞翅目 科 螟蛾科

学名 *Lygropia quaternalis* Zeller

分布 河北、北京、陕西、湖北、福建、台湾、广东、贵州、四川、云南；日本，缅甸，越南，印度等。

寄主和危害 幼虫危害扶桑、黄连木、栗树、柞树、橡树等。

形态特征 翅展20mm；鲜橘黄色；头、胸及腹部有白斑纹；前翅具5条明显的横纹和4个黑斑，其中3个黑斑位于前缘，另1个位于中室端；后翅有4条宽橘黄色横带。

生物学特性 河北1年发生1代。7、8月可见成虫，具趋光性。

扶桑四点野螟

贯众伸喙野螟

目 鳞翅目 科 螟蛾科

学名 *Uresiphita gracilis* (Butler)

分布 河北、北京、黑龙江、河南、天津、山东、安徽、江西、福建、台湾、湖北；日本，朝鲜，俄罗斯。

寄主和危害 幼虫取食贯众。

形态特征 翅展20～24mm；头顶褐色，胸腹背色与翅同色，翅黄色、黄褐色或红褐色，前翅前缘和外缘褐色，中室内、中室下和中室端外具褐色环纹；前后翅缘毛淡黄色，基部黑褐色。

生物学特性 河北1年发生1代。5～8月可见成虫，具趋光性。

贯众伸喙野螟

褐翅棘趾野螟

目 鳞翅目 科 螟蛾科

学名 *Anania egentalis* Christoph

分布 河北、北京、河南、湖北、四川、贵州；日本，俄罗斯。

形态特征 翅展22～24mm；前翅外线外突部分锯齿形，似“W”形，前翅缘毛以暗褐为主，后翅缘毛以灰白为主。

生物学特性 河北1年发生1代。6～8月可见成虫，具趋光性。

褐翅棘趾野螟

红黄野螟

目 鳞翅目 科 螟蛾科

学名 *Pyrausta tithonialis* Zeller

分布 河北、北京、陕西、甘肃、青海、新疆、内蒙古、河南、四川、云南；日本，朝鲜，蒙古。

形态特征 前翅长8～9mm；头顶黄色，下唇须腹面乳白色，背面褐色；前翅玫瑰红色，基部黄色，内外线黄白色；后翅褐色。

生物学特性 河北1年发生1代。7月可见成虫。

红黄野螟

红纹细突野螟

目 鳞翅目 科 螟蛾科

学名 *Ecpyrrhorrhoe rubiginalis* Hübner

分布 河北、北京、陕西、新疆、内蒙古、天津、河南、广东；日本，伊朗，西亚，欧洲。

形态特征 翅展16～22mm；头顶及胸背棕黄色，前后翅黄色，具褐色斑纹，前翅外横线在前半部呈半圆形，后内伸进“Z”字形达翅后缘；或前翅以褐色为主，着生黄色斑纹。

生物学特性 河北1年发生1代。4、5月可见成虫。

红纹细突野螟

红缘须歧角螟

目 鳞翅目 科 螟蛾科

学名 *Trichophysetis rufoterminalis* Christoph

分布 河北*、北京、浙江、安徽、湖北、福建、台湾；日本，俄罗斯。

寄主和危害 幼虫取食鸡矢藤。

形态特征 翅展10～12mm；体背白色，腹中部淡褐色；前翅白色，内、外横线暗褐色，细弱，在中部向外突出成角；前缘基部暗褐色，并与内横线内侧的暗褐斑相连；翅外缘红褐色，中具1列黑斑，或黑斑几乎相连。

生物学特性 河北1年发生1代。7、8月可见成虫。

红缘须歧角螟

黄斑野螟

目 鳞翅目 科 螟蛾科

学名 *Pyrausta pullatalis* Christoph

分布 河北、北京、陕西、河南、贵州；日本，俄罗斯。

形态特征 翅展15～19.5mm；额黑色，两侧具黄白色纵纹，胸腹及翅黑色；前翅近顶角处具椭圆形黄色斑；后翅近中部具很细的浅黄线，缘毛基部黑色，端白色或黄色。

生物学特性 河北1年发生2代。5～9月可见成虫。

黄斑野螟

黄斑野螟

黄翅缀叶野螟

目 鳞翅目 科 螟蛾科

学名 *Botyodes diniasalis* Walker, 1859

黄翅缀叶野螟

分布 河北、北京、陕西、宁夏、黑龙江、吉林、辽宁、河南、山东、江苏、浙江、湖北、福建、台湾、四川、云南；日本，朝鲜，缅甸，印度。

寄主和危害 幼虫取食杨、柳，缀叶做果。

形态特征 体长12mm，翅展约30mm；体黄色，头部褐色，两侧有白条；触角淡褐色；胸、腹部背面淡黄褐色；雄成虫腹末有1束黑毛；翅黄色，中室中央有1个小斑点，斑点下侧有1条斜线伸向翅内缘，中室端脉有1块暗褐色肾形斑及1条白色新月形纹，外横线暗褐色波状，亚缘线波状；后翅有1块暗色中室端斑，有外横线和亚缘线。

生物学特性 河北1年发生4代。以幼虫在树皮缝、枯落物下及土缝中结茧越冬。翌年4月萌芽后开始取食为害，6月上、中旬越冬代成虫出现；7月中旬为成虫为害盛期，成虫有趋光性，将卵产于新梢叶背。

黄带歧角螟

目 鳞翅目 科 螟蛾科

学名 *Endotricha mesenterialis* Walker

分布 河北、北京、河南、陕西、山西、浙江、福建、江西、山东、湖北、湖南、广东、广西、贵州、云南、宁夏、台湾；日本，印度尼西亚。

形态特征 翅展18～20mm；头顶金黄色，喙黄色，下唇须红褐色，下颚须黑色，触角黄褐色，胸部和翅基片黄褐色，前翅基域紫褐色，中域淡黄色，外域紫红色，前缘有黑白相间的短线；内横线黄色，外弯成角，外横线黄色，中室端斑黑色，缘毛黄或紫红色；后翅紫褐色；足黄褐色。

生物学特性 河北1年发生1代。7月可见成虫。

黄带歧角螟

黄缘红带野螟

目 鳞翅目 科 螟蛾科

学名 *Pyrausta contigualis* South

分布 河北、北京、甘肃、天津、辽宁、河南、四川、陕西；日本，朝鲜。

形态特征 翅展19～23mm；额橘黄色，两侧有白条纹；下唇须橘黄色，基部白色；下颚须、触角橘黄色；胸腹部背面橘黄色；前翅金黄色，前缘密布玫瑰红色鳞片，内横带、外横带玫瑰红色，中室内有1个暗褐色小点，中室端脉斑暗紫褐色、月牙形，翅外缘及缘毛金黄色；后翅暗褐色，翅中有1条黄色宽横带，缘毛黄色。

生物学特性 河北1年发生2代。4、7、8月可见成虫。

黄缘红带野螟

黄缘红带野螟

灰黑齿螟

目 鳞翅目　科 螟蛾科

学名 *Clupeosoma cinerum* Warren

分布 河北、重庆、北京、陕西、山东、湖北、台湾、四川。

寄主和危害 幼虫取食瑞香、毛瑞香。

形态特征 翅展21～26mm；头黑色，两侧有白色条纹；下唇须平伸，黑褐色，基部及内侧白色；胸、腹部背面灰褐色，腹面及足白色；前翅紫灰褐色，散布赭色鳞片，内横线赭色向外倾斜，外横线赭色中部向外弯曲，中室外由前缘至后缘有1个纺锤形赭褐色斑纹；后翅紫褐色，外横线赭色平直，中室外有1个赭色斑纹。

生物学特性 河北1年发生1代。6～9月可见成虫，具趋光性。

灰黑齿螟

灰直纹螟

目 鳞翅目　科 螟蛾科

学名 *Orthopygia glaucinalis* Linnaeus

分布 河北、黑龙江、吉林、辽宁、青海、江苏、湖北、广东、四川。

寄主和危害 幼虫取食枯叶、谷物、干草及栎类叶片。

形态特征 翅展21～22mm；头、触角、下唇须橄榄灰色；肩板鳞片略长于胸部；胸、腹部背面赭黄色，中、后足胫节有长毛缨；前翅黄绿色至红褐色，中部前缘有黄色刻点，内、外横线淡黄色，横线前缘有黄斑，中室端有1个暗色斑；后翅灰褐色，内、外横线淡灰色，在后缘靠近；双翅缘毛淡灰色。

生物学特性 河北1年发生1代。7月可见成虫。

灰直纹螟

茴香薄翅野螟

目 鳞翅目 科 螟蛾科

学名 *Evergestis extimalis* Scopoli

茴香薄翅野螟

分布 河北、山东、江苏、陕西、四川、宁夏、内蒙古、黑龙江、云南、青海、山西、广东等。

寄主和危害 危害茴香、甜菜、白菜、油菜、荠菜、萝卜、甘蓝、芥菜等作物。幼虫吐丝卷叶，取食心叶和种芽或食害采种株种荚，受害荚上出现孔洞。

形态特征 成虫体长11～13mm，翅展28mm；体黄褐色；头圆形黄褐色；触角微毛状；下唇须向前平伸，第2、3节末端具褐色鳞；下颚须白色；胸部、腹部背面浅黄色，下侧具白鳞；前翅浅黄色，翅外缘具暗褐色边缘，翅后缘有宽边；后翅浅黄褐色，边缘生褐曲线。

生物学特性 河北1年发生2代，以老熟幼虫在2～3cm土层中结茧越冬。6～8月可见成虫。

金黄螟

目 鳞翅目 科 螟蛾科

学名 *Pyralis regalis* Denis et Schiffermüller

金黄螟

分布 河北、北京、陕西、甘肃、内蒙古、黑龙江、吉林、辽宁、天津、山西、河南、山东、浙江、江西、福建、台湾、湖北、湖南、广东、广西、海南、四川、贵州、云南；日本，朝鲜，俄罗斯。

寄主和危害 茶树类。

形态特征 翅长约9mm；头部灰黄色，胸背暗褐色，腹背黄白色，前翅前缘、内、外横线之间呈金黄色，其余均呈紫褐色，内横线白色宽短到中室下缘止，外横线从前缘起似长方形白斑，内横线中部外侧有1小黑点，缘毛金黄色；后翅紫红色，基部前缘苍白色，内横线白色，外横线金黄色，缘毛紫红色。

生物学特性 河北1年发生1代。6～9月可见成虫，具趋光性。

赤双纹螟

目 鳞翅目　科 螟蛾科

又名 赤巢螟　学名 *Herculia pelasgalis* Walker

分布 河北、北京、陕西、湖南、山东、台湾、湖北、河南、广西、海南、四川、贵州、西藏；日本，朝鲜，欧洲。

形态特征 翅展18～19mm；体背及前翅红褐色，稍带紫色，有时色浅；前翅散布黑色鳞片，内横线淡黄色，前缘中部具1列黄斑点，外线淡黄色，前缘扩展为1枚三角形斑点，中室处具1褐斑，有时不明显；缘毛黄色，但基部紫红色。

生物学特性 河北7月可见成虫，具趋光性，但稀有。

赤双纹螟　赤双纹螟

金双带草螟

目 鳞翅目　科 螟蛾科

学名 *Miyakea raddeellus* Caradja

分布 河北、北京、陕西、黑龙江、天津、山西、河南、山东、江苏、浙江、安徽、福建、广西、贵州、西藏；朝鲜，俄罗斯。

形态特征 翅展17～30mm；前翅淡黄色，散布深褐色鳞片，翅中及翅顶角各具2条金黄色带，带间银白色，外缘中部后具7个黑斑点。

生物学特性 河北1年发生1代。7、8月可见成虫，具趋光性。

金双带草螟　金双带草螟

榄绿岐角螟

目 鳞翅目　科 螟蛾科

学名 *Endotricha olivacealis* Bremer

分布 河北、山东、湖北、湖南、福建、台湾、海南、四川、西藏。

形态特征 翅展20～22mm；头红褐色，额平斜；下唇须红褐色，内侧淡黄色；胸部背面橄榄黄，腹部红色；前翅基域及外缘红褐色，中域及前缘橄榄黄色，散布有红色鳞片，翅前缘有黄、黑相间的斑列，中室端斑黑色月牙形，内横线黄色向内环弯，外横线淡黄色，内侧有黑色镶边与外缘平行，外缘线黑色，缘毛暗红色，顶角下及后角处缘毛黄色；足黄褐色。

生物学特性 河北1年发生2代。5～9月可见成虫。

榄绿岐角螟

并脉岐角螟蛾

目 鳞翅目　科 螟蛾科

学名 *Endotricha consocia* Bulter

分布 河北、北京、甘肃、天津、河南、江苏、浙江、江西、福建、台湾、广西、海南、四川、贵州、云南；日本。

形态特征 翅展18～20mm；前翅前缘黑褐色，具1列白点，中基部黄褐色，端部红褐色，杂有黑褐鳞，内线白色，近前缘弯成角状，亚缘线黑色，波状，缘毛基半深褐色，端部黄白色；后翅与前翅相似，但外线白色明显。

生物学特性 河北7月可见成虫，具趋光性，但量特少。

并脉岐角螟蛾

库氏岐角螟

目 鳞翅目 科 螟蛾科

学名 *Endotricha kuznetzovi* Whalley

分布 河北、北京、黑龙江、福建；日本，朝鲜，俄罗斯。

形态特征 翅展18～22mm；体背及翅砖红色，胸部有时黄色，前翅前缘黑褐色，具许多小白斑；翅中具黄白色宽带，不达前缘，外角处另有1黄白斑；亚外缘线较直，明显；外缘线间断的黑色缘线；后翅与前翅相似。

生物学特性 河北7月可见成虫，具趋光性。

库氏岐角螟

栗叶瘤丛螟

目 鳞翅目 科 螟蛾科

学名 *Orthaga achatina* Butler

分布 河北、北京、陕西、江苏、浙江、江西、福建、湖南、四川、云南；日本，朝鲜。

寄主和危害 壳斗科的板栗、栎类等。

形态特征 翅展23～30mm；前翅暗褐色，内外横线间淡黄棕色，外横线黑褐色，细锯齿状，自前缘2/3处向后伸出，在中部前稍向外突出；雄蛾具腺状突起，位于前缘下方，靠近外横线。

生物学特性 河北1年发生1代。8月可见成虫，具趋光性。

栗叶瘤丛螟

麻楝棘丛螟

目 鳞翅目　科 螟蛾科

学名 *Termioptycha margarita* Butler

分布 河北*、北京、浙江、江西、湖北、湖南、福建、台湾、广东、海南、四川、云南；日本，印度，斯里兰卡。

寄主和危害 幼虫取食麻楝。

形态特征 翅展28mm；头部白色混杂有黑色鳞片；下唇须淡褐色，外侧黑色内侧白色；胸部白色混有黄褐色鳞片，腹部灰白色；前翅白色，基部黑褐色，前缘中部有黑褐色长形斑纹，中室端有黑点，横线内侧有黑色镶边，由外横线至外缘黑褐色；后翅基部白色至外缘逐渐变深，外缘暗色，外横线细弱暗褐色；两翅缘毛暗褐色基部白色；足内侧白色外侧褐色，跗节暗褐色各节末端白色。

生物学特性 河北1年发生1代。6、7月可见成虫，具趋光性。

麻楝棘丛螟

毛锥岐角螟

目 鳞翅目　科 螟蛾科

学名 *Cotachena pubescens* Warren

分布 河北、北京、山东、湖北、福建、台湾、广东、广西、海南、云南；日本，朝鲜，马来西亚，印度尼西亚，印度。

形态特征 翅展17～23mm；体背黄白色；前翅前缘及中域黑褐色，中室中央具1方形白斑，内侧具1小白斑，中室端外侧具1新月形白斑，其内下方具1方形白斑，各白斑的两侧颜色深，黑褐色或黑色；外缘线黑褐色，缘毛黄色；后翅外横线褐色，弯曲，不完整。

生物学特性 河北7、8月可见成虫，具趋光性。

毛锥岐角螟

棉褐环野螟

目 鳞翅目 科 螟蛾科

学名 *Haritalodes derogate* Fabricius

分布 河北、北京、陕西、内蒙古、天津、山西、河南、山东、江苏、浙江、安徽、江西、福建、台湾、湖北、湖南、广东、广西、四川、贵州、云南；日本，朝鲜，印度。

寄主和危害 幼虫取食棉、木槿、蜀葵等卷叶。

形态特征 翅展22～34mm；胸部及腹基部具黑斑，腹大部具黑色或黑褐色横条；前后翅内、外横线和亚缘线褐色，波状纹；缘线黑褐色，弧形；前翅中室和外侧具黑褐色环形纹，近似“OR”形；雄蛾腹末节基部有1黑色横纹。

生物学特性 河北1年发生1代。7～9月可见成虫，具趋光性。

岷山目草螟

目 鳞翅目 科 螟蛾科

学名 *Catoptria minshani* Blészynski

分布 河北、北京、陕西、甘肃、宁夏、内蒙古、吉林、天津、山西、河南、浙江、贵州、西藏。

形态特征 翅展18～23mm；前翅黄褐色，具2个白斑，内斑长，约为翅长之半，基部窄尖；外斑菱形，几乎被黑鳞所围；下唇须前伸，长约为复眼直径的3倍。

生物学特性 河北1年发生1代。7、8月可见成虫，具趋光性。

葡萄卷叶野螟

目 鳞翅目 科 螟蛾科

学名 *Sylepta luctuosalis* Guenee

分布 河北、黑龙江、江苏、浙江、福建、陕西、云南、广东、台湾；日本，朝鲜，印度。

寄主和危害 幼虫为害葡萄，卷叶成圆筒形隐藏其间食害。

形态特征 翅展31mm；灰黑色；前翅灰黑褐色，基部有淡黄色纹，外侧淡黄纹分成2枝；后翅灰黑褐色，中央有2个淡黄条纹。

生物学特性 河北1年发生2～3代。以幼虫在落叶或树皮下越冬。8月可见成虫。

葡萄卷叶野螟

乳翅卷野螟

目 鳞翅目 科 螟蛾科

学名 *Pycnarmon lactiferalis* Walker

分布 河北、北京、陕西、黑龙江、吉林、河南、浙江、台湾、湖北、广东、四川、贵州、云南；日本，朝鲜，缅甸，印度尼西亚，印度，斯里兰卡。

形态特征 翅展19～22mm；体翅乳白色，腹部背部略黄，胸部中央具1黑点，腹部第2节具1对黑点，前翅9个黑点，部分黑点与淡褐色横纹相连，斑点界限不清楚。

生物学特性 河北1年发生1代。7、8月可见成虫。

乳翅卷野螟

三纹齿叶野螟

目 鳞翅目　科 螟蛾科

学名 *Omiodes tristrialis* Bremer

三纹齿叶野螟

分布 河北、北京、河南、山东、江苏、浙江、安徽、江西、福建、台湾、湖北、湖南、广东；日本，俄罗斯，缅甸，印度尼西亚，印度。

寄主和危害 幼虫取食茭白。

形态特征 翅展25～32mm；体翅背面褐色至暗褐色；额黄白色，具3条暗褐色纵纹，中间1条较粗；腹部各节后缘白色或色浅；前翅中室端斑新月形，黑褐色，中室的圆斑黑褐色，小；外线黑褐色，中段1/3外凸，后1/3位于中室端斑的下方；缘线黑褐色；后翅的外线与前翅相似。

生物学特性 河北1年发生1代。7月可见成虫，具趋光性。

伞双突野螟

目 鳞翅目　科 螟蛾科

学名 *Sitochroa palealis* Denis et Schiffermüller

伞双突野螟

分布 河北、北京、陕西、新疆、黑龙江、山西、河南、江苏、湖北、广东、云南；朝鲜，俄罗斯，印度，欧洲。

寄主和危害 幼虫取食茴香、防风、独活、白芷、胡萝卜等。

形态特征 翅展33～34mm；头及胸背浅绿色，下唇须背面褐色，前翅及缘毛浅绿色，外线隐约可见；后翅浅绿色，前缘2/3处及顶角具1褐斑。

生物学特性 河北1年发生1代。7、8月可见成虫，具趋光性。

饰纹广草螟

目 鳞翅目　科 螟蛾科

学名 *Platytes ornatella* Leech

分布 河北、北京、陕西、甘肃、宁夏、青海、内蒙古、黑龙江、吉林、天津、山西、河南、山东、浙江、安徽、江西、四川、贵州、西藏；日本，朝鲜，俄罗斯。

形态特征 翅展14～22mm；下唇须白色，外侧杂褐色，前伸，长，约为复眼直径的3倍；前翅具白色纵宽纹，几达外缘，前翅端半具“之”字形横纹；后翅灰白色。

生物学特性 河北1年发生1代。7月可见成虫。

饰纹广草螟

细条纹野螟

目 鳞翅目　科 螟蛾科

学名 *Tabidia strigiferalis* Hampson

分布 河北、北京、陕西、甘肃、黑龙江、浙江、安徽、福建、海南、四川；朝鲜，俄罗斯。

形态特征 翅展20～24mm；前足腿节具黑色条纹，胫节近中部具黑环；腹部背面无黑点，或除末节外各节具黑色纵条；前翅基部、中室内、中室端及中室下各有1黑斑，中室外侧具1排黑色短纵纹，排列成圆弧形；亚外缘线由黑斑排列成弧形。

细条纹野螟

细条纹野螟

生物学特性 河北1年发生2代。5、7、8月可见成虫。

桃蛀野螟

目 鳞翅目　科 螟蛾科

学名 *Conogethes punctiferalis* (Guenée)

桃蛀野螟

分布 河北、北京、甘肃、辽宁、天津、陕西、河南、山东、江苏、安徽、浙江、江西、福建、台湾，湖北、湖南、广东、广西、四川、云南、贵州、西藏；日本，朝鲜，印度尼西亚，印度，斯里兰卡。

寄主和危害 幼虫取食桃、苹果、板栗、棉、向日葵、马尾松、蓖麻等多种植物的小枝及玉米等茎、穗，也会蛀食苹果等果实。

形态特征 翅展20～29mm；黄色，胸腹部背面具黑斑，腹末2节无斑，有时黑斑减少，前后翅均具众多黑斑。

生物学特性 河北5～10月均可见成虫，具趋光性。

艳双点螟

目 鳞翅目　科 螟蛾科

学名 *Orybina regalis* Leech

分布 河北*、湖南、浙江、江西、四川、云南；朝鲜。

形态特征 翅展25mm；火红色；前翅沿前缘及翅基部稍偏朱红色，外域各有1个大型黑边柠檬黄白色斑，斑点外缘有锯齿，斑点下侧有1条伸向翅内缘的红线；后翅有1条不甚明显的横线。

生物学特性 河北1年发生1代。7月可见成虫，具趋光性。

艳双点螟

艳双点螟

黄斑紫翅夜螟

目 鳞翅目 科 螟蛾科

学名 *Rehimena phrynealis* Walker

分布 河北、北京、天津、河南、江苏、浙江、安徽、台湾、湖北、广东、香港、海南、云南；朝鲜，尼泊尔，印度，澳大利亚。

形态特征 翅展17～21mm；头背及下唇须橘红色，胸背及翅暗紫褐色，前翅内横线橘红色，宽大，前缘处更宽，顶角处具1黄色大斑，外缘中部及缘毛黄色。

生物学特性 河北1年发生1代。6～8月可见成虫。

黄斑紫翅夜螟

茶须野螟

目 鳞翅目 科 螟蛾科

学名 *Nosophora semitritali* Lederer

分布 河北*、浙江、四川、福建、湖南、台湾、广东、云南；日本，缅甸，印度尼西亚。

寄主和危害 记载幼虫为害茶树，在北方不明。

形态特征 翅展30mm；茶色；下唇须褐黄色，下侧白色；腹部基部白色，端部淡红色；前翅茶色，前缘到中室末端和外缘暗褐色，中室外有1半圆透明白斑，内横线与外横线深褐色弯曲；后翅茶褐色，中室有1方形斑和1个大白透明斑。

生物学特性 河北7月可见成虫，具趋光性。

茶须野螟

乌苏里褶缘野螟

目 鳞翅目　科 螟蛾科

学名 *Paratalanta ussurialis* Bremer

分布 河北、黑龙江、福建、四川、台湾、云南；日本，朝鲜，俄罗斯。

形态特征 翅展18～27mm；头部淡茶褐色，两侧有白条；触角淡茶褐色；雄蛾微毛状；下唇须下部白色，其余茶褐色；胸部、腹部背面淡黄，腹部白色；雄蛾前翅前缘有淡褐色宽带向顶角折向外缘，内横线及外横线淡褐色弯曲，中室内有1小斑，中室外有1淡褐色大斑；后翅外横线淡赭色弯曲，外缘有宽褐色带。

生物学特性 河北7月上中旬可见成虫。

乌苏里褶缘野螟

芬氏羚野螟

 鳞翅目　 螟蛾科

学名 *Pseudebulea fentoni* Butler

分布 河北、河南、浙江、福建、湖北、湖南、广西、四川、贵州；日本，朝鲜，印度尼西亚，印度，俄罗斯。

形态特征 翅展23～29mm；头顶浅黄色至浅褐色；前翅浅黄色；翅基部至后中线中间大部分褐色；前中线浅黄色，中室半透明，中室圆斑褐色；后中线褐色；缘毛黄色；后翅浅黄色；中室端脉斑褐色；腹部背面黄色，腹面乳白色。

生物学特性 河北7月可见成虫。

芬氏羚野螟

狭翅切叶野螟

目 鳞翅目 科 螟蛾科

学名 *Herpetogramma pseudomagna* Yamanaka

分布 河北、河南、浙江、福建、湖北、四川、甘肃；日本。

形态特征 翅展24～30mm；额、胸部、腹背面淡褐色或淡黄褐色；前、后翅褐色；前翅中室圆斑和中室端斑黑褐色，两斑之间淡黄色；前中线暗褐色，波状外弯；后中线内侧及后中线外侧具黄色带纹；后翅中室端部黑褐色；后中线暗褐色，翅缘毛灰白色或灰褐色。

生物学特性 河北7～8月可见成虫，具趋光性。

狭翅切叶野螟

狭翅切叶野螟

暗纹紫褐螟

目 鳞翅目 科 螟蛾科

学名 *Scenedra umbrosalis* Wileman

分布 河北、北京；日本，俄罗斯。

形态特征 前翅长8mm；体背及前翅紫褐色，下唇须金黄色，杂褐鳞；额及头顶金黄色；触角具众多细栉毛；前翅内外横线在前缘呈橘黄斑，波状，外横线淡黄褐色，在前缘具较大橘黄斑，两线内侧各具大片黑鳞；缘线黑色；缘毛基半紫红色，端半黑褐色。

生物学特性 河北5月可见成虫，具趋光性。

暗纹紫褐螟

黑褐双纹螟

目 鳞翅目　科 螟蛾科

学名 *Herculia japonica* Warren

分布 河北、湖北、四川、广东；日本，朝鲜。

形态特征 翅展24mm左右；头部深褐色；触角淡褐色，下唇须向上斜伸；胸、腹部背面深黑色，腹面白褐色；前翅及后翅黑褐色并有2条黄色的横纹，缘毛黄色。

生物学特性 河北6、7月可见成虫，具趋光性。

黑褐双纹螟

柯基纹丛螟

目 鳞翅目　科 螟蛾科

学名 *Stericta kogii* Inous et Sasaki

分布 河北、北京、甘肃、辽宁、天津、河南、浙江、福建、广西、海南、贵州；日本。

形态特征 前翅长8～10mm；前翅基部深紫黑色，外缘几乎直线型，中部赭褐色或黄白色，外部黑褐色，外横线灰白色，前缘内侧具1枚黑斑，横线后半部不明显，融入黑褐色区域中。

生物学特性 河北7月可见成虫，具趋光性。

柯基纹丛螟

白带网丛螟

目 鳞翅目　科 螟蛾科

学名 *Teliphasa albifusa* Hampson

分布 河北、河南、浙江、福建、湖北、广西、四川、云南、台湾；日本，朝鲜，印度。

形态特征 成虫体长18mm，翅展34～38mm；前翅基部黄色，杂黑色鳞片，中部白色，散布黄绿色鳞片；端部灰褐色，散布淡黄色或黄褐色鳞片，或黑褐色，散布棕黄色鳞片；内横线黑色，折线状，外横线黑色，较宽，波状；足棕黄色，杂黑色或白色鳞片，各节间具白色环纹。

生物学特性 河北7月可见成虫，具趋光性。

白带网丛螟

缀叶丛螟

目 鳞翅目　科 螟蛾科

学名 *Locastra muscosalis* (Walker, 1865)

分布 河北、北京、山东、浙江、福建、湖北、湖南、广东、广西、四川、云南；日本，印度，斯里兰卡。

寄主和危害 幼虫取食核桃，胡桃楸、板栗、香椿、黄栌、火炬树等。

形态特征 翅展20～34mm；头、胸及腹基部红褐色，腹大部灰褐色；头胸及足具厚毛丛；前翅暗褐色，翅基大部黑褐色，内横线深褐色，小锯齿弧形；外横线锯齿形，中部凸向外，呈半圆形。

生物学特性 幼虫群集，吐丝做巢。河北6、7月可见成虫，具趋光性。

缀叶丛螟

艾锥额野螟

目 鳞翅目 科 螟蛾科

学名 *Loxostege aeruginalis* (Hübner, 1796)

分布 河北、北京、陕西、青海、天津、山西、河南、湖北；日本，朝鲜，俄罗斯，欧洲。

寄主和危害 幼虫取食艾叶。

形态特征 翅展22～25mm；体及翅白色，具烟黑色斑纹；前翅中室内具1长卵形斑；内后侧具1个斜生“V”字形斑，外侧另有1大斑；亚缘线和缘线窄。

生物学特性 河北5～8月可见成虫，具趋光性。

艾锥额野螟

白蜡卷须野螟

目 鳞翅目 科 螟蛾科

学名 *Palpita nigropunctlais* (Bremer, 1864)

分布 河北、北京、陕西、黑龙江、吉林、辽宁、河南、江苏、浙江、福建、台湾、广东、湖北、四川、贵州、云南；日本，越南，印度尼西亚，菲律宾，印度，斯里兰卡。

寄主和危害 幼虫取食白蜡、女贞、丁香等。

形态特征 翅展28～36mm；体翅白色，触角内侧白色，背侧黄褐色；前翅前缘棕黄色，其内侧具3个小黑点，中室下角具1小黑点。

生物学特性 河北5、8、9月可见成虫，具趋光性。

白蜡卷须野螟

黑斑蚀叶野螟

目 鳞翅目　科 螟蛾科

又名 黑斑网脉野螟　学名 *Lamprosema sibirialis* (Milliére, 1879)

分布 河北、北京、黑龙江、湖北、江西、福建、四川、贵州；日本，朝鲜。

形态特征 翅展17～22mm；体背及翅淡黄色，具黑褐色斑纹；前翅前缘除横线和翅端黑褐色外黄色，无黑色环纹；前后翅缘毛灰白色，基部黑褐色，但后角处具白色缘毛。

生物学特性 河北6、7月可见成虫，具趋光性。

黑斑蚀叶野螟

横线镰翅野螟

目 鳞翅目

科 螟蛾科

学名 *Circobotys heterogenalis* (Bremer, 1864)

分布 河北、北京、山西、河南、山东、江苏、江西、福建、湖南、贵州；日本，朝鲜，俄罗斯。

寄主和危害 幼虫取食竹。

形态特征 翅展19～26mm；体背及翅橙黄色至黄褐色，腹节后缘具白环；雄蛾前翅较尖；前翅外缘稍褐，内横线稍波形，外横线前大部锯齿形，后向内直伸再折向后缘，中室及末端各有1褐斑；后翅具外横线，其外褐色。

生物学特性 河北7月可见成虫，具趋光性。

横线镰翅野螟

横线镰翅野螟

红云翅斑螟

目 鳞翅目 科 螟蛾科

学名 *Oncocera semirubella* (Scopoli, 1763)

分布 河北、北京、陕西、甘肃、青海、宁夏、吉林、黑龙江、天津、河南、山东、江苏、浙江、安徽、江西、福建、台湾、湖南、广东、四川、贵州、云南；日本，俄罗斯，印度，欧洲。

寄主和危害 幼虫取食多种苜蓿、百脉根。

形态特征 翅展24～32mm；前翅前缘具1条白色纵带，中间具明显的桃红色宽带，翅后缘鲜黄色；有时桃红色宽带缩小，甚至仅翅缘及缘毛桃红色；后翅灰白色，无斑。

生物学特性 河北6～9月可见成虫，具趋光性。

红云翅斑螟　红云翅斑螟

银翅黄纹草螟

目 鳞翅目 科 螟蛾科

学名 *Xanthocrambus argentarius* (Staudinger, 1867)

形态特征 翅展19.0～25.5mm；头白色，下唇须赭色，外侧淡褐色，前翅银白色，前缘和后缘黄褐色，外横线黄褐色，具2个大锯齿，其中前1个伸向外缘；后翅和缘毛白色。

生物学特性 河北7、8月可见成虫，具趋光性。

银翅黄纹草螟

楸蠹野螟

目 鳞翅目　科 螟蛾科

学名 *Sinomphisa plagialis* (Wilenman, 1911)

分布 河北、北京、陕西、辽宁、天津、河南、山东、江苏、浙江、安徽、湖北、四川、贵州；日本，朝鲜。

寄主和危害 幼虫蛀食楸树、梓树小枝。

形态特征 翅展33.0～33.5mm；下唇须黑褐色，前伸；体及翅污白色，具褐色斑；前后翅翅脉褐色；中室下方具褐色方形大斑。

生物学特性 河北7、8月可见成虫，具趋光性。

楸蠹野螟

杠柳原野螟

目 鳞翅目　 螟蛾科

学名 *Euclasta stoetzneri* (Caradja, 1927)

分布 河北、北京、陕西、甘肃、宁夏、内蒙古、吉林、黑龙江、天津、山西、河南、山东、福建、湖北、四川、西藏；蒙古。

寄主和危害 幼虫取食杠柳。

形态特征 翅展26～38mm；体翅灰白色，头部褐色，均白色纵条；前翅底色棕色褐色，中部具1条纵向白色宽带，翅外缘和后缘脉间染有白色，缘线黑褐色，缘毛基部白色，端部褐色；后翅雪白色，近顶角处褐色。

杠柳原野螟

杠柳原野螟

生物学特性 河北4～7月可见成虫，具趋光性。

黄绒野螟

目 鳞翅目　科 螟蛾科

学名 *Crocidophora auratalis* (Warren, 1895)

分布 河北、北京、天津、河南、广东、贵州；日本。

寄主和危害 幼虫取食日本紫珠。

形态特征 翅展19～23mm；额黄褐色，两侧具白色纵条；下唇须腹面白色，背面黄褐色；前翅黄色至黄褐色，斑纹褐色，内线直，稍弧形，中室端斑稍弯，外线2/3后陡然内折，到达中室端斑处折向后缘，缘毛黄白色，基部暗褐色。

生物学特性 河北8月可见成虫，具趋光性。

黄绒野螟

尖锥额野螟

目 鳞翅目　科 螟蛾科

又名 黄草地螟　学名 *Sitochroa verticalis* (Linnaeus, 1758)

分布 河北、北京、陕西、甘肃、青海、宁夏、新疆、内蒙古、黑龙江、辽宁、天津、山西、山东、江苏、四川、云南、西藏；日本，朝鲜，印度，俄罗斯，欧洲。

寄主和危害 幼虫为害大豆、苜蓿、甜菜、紫苜蓿等。

形态特征 翅展26～28mm；前翅具黄褐色或褐色斑纹，内线波状，中室内和中室端具斑纹，外线和亚缘线小锯齿状，两线的纹路较为一致；后翅具黑褐色的外线和亚缘线；前后翅反面具明显而大的黑褐纹。

尖锥额野螟

生物学特性 河北5～9月可见成虫，具趋光性。

聚螟蛾

目 鳞翅目 科 螟蛾科

学名 *Lista ficki* (Christoph, 1881)

分布 河北*。

形态特征 翅展22mm左右；翅面灰褐色或橙褐色，前翅中央有一条镶细黑边的橙黄色横带，后翅斑纹近似前翅，展翅时橙色带相连，横带至外缘暗紫红色。

生物学特性 河北7月可见成虫，具趋光性。

聚螟蛾

白点暗野螟

目 鳞翅目 科 螟蛾科

又名 白点暗水螟

学名 *Bradina atopalis* (Walker)

分布 河北、北京、天津、辽宁、河南、上海、浙江、福建、山东、湖北、广东、广西、四川、云南、陕西、台湾；日本。

形态特征 翅展19～24mm；额黄色，后端两侧白色或黄白色，胸部和腹部背面淡褐色或黄褐色，腹面色浅；前翅中线、后中线、外缘线、中室端斑黑色或黑褐色；中室端斑新月形，其外侧白色；前中线向外弯曲；后中线位于翅基部约2/3处，略外弯，与外缘近平行。

生物学特性 河北6、7月可见成虫，具趋光性。

白点暗野螟

黑纹栉角斑螟

目 鳞翅目 科 螟蛾科

学名 *Ceroprepes nigrolineatella* Shibuya

分布 河北、河南、天津、吉林、广西、贵州、云南、陕西、甘肃、青海、宁夏；日本，朝鲜。

形态特征 翅展20～26mm；头顶灰白色或黑色；胸部及翅基片黑褐色；前翅灰褐色，内横线锯齿状，内侧具长条形黑色鳞毛脊，周围镶白色鳞片，外侧镶黑边，黑边外侧近后缘处具一模糊的灰白色；缘毛灰褐色；后翅半透明，淡褐色。

生物学特性 河北7月可见成虫，具趋光性。

黑纹栉角斑螟

秘野螟蛾

目 鳞翅目 科 螟蛾科

学名 *Pyrausta mystica taitungensis* Heppner, 2005

分布 河北*。

形态特征 翅展23mm左右；体色黑色，前翅各有2枚分离的白斑，近前缘的斑较长，翅面黑色，后翅斑纹近似前翅，翅基及胸腹背板具蓝紫色光泽。

生物学特性 河北5、7月可见成虫，具趋光性。

秘野螟蛾

元参棘趾野螟

目 鳞翅目 科 螟蛾科

学名 *Anania verbascalis* (Denis et Schiffermüller, 1775)

元参棘趾野螟

分布 河北、北京、陕西、青海、天津、山西、河南、江苏、安徽、福建、湖南、广东、四川、贵州、云南；日本，朝鲜，俄罗斯，斯里兰卡，西亚，欧洲。

寄主和危害 幼虫取食菊类、元参等植物。

形态特征 翅展20～22mm；前翅内线在中后部曲折，外线前半部钩形；后稍波形伸达后缘，中室端斑条状，其外侧常常具云状不规则黑褐色纹；亚缘线锯齿形，亚缘线以外黑褐色，可见黄色的窗形纹，缘毛白色，基小部或大部黑褐色。

生物学特性 河北6～9月可见成虫，具趋光性。

稻切叶野螟

目 鳞翅目 科 螟蛾科

学名 *Psara licarsisalis* (Walker)

稻切叶野螟

分布 河北、江苏、浙江、湖南、江西、台湾、广东、广西、云南；越南，日本，朝鲜，印度尼西亚，斯里兰卡，印度，马来西亚，澳大利亚。

寄主和危害 幼虫取食水稻、甘蔗。

形态特征 翅展22～24mm；暗褐色；前翅内横线暗黑褐色向外弯曲，中室内有1枚黑斑，中室端脉有1黄褐色斑，外横线暗褐色弯曲，细锯齿状，在中室下角之间向外弯而后又向内收缩；后翅中室有1暗褐色斑，外横线不明显弯曲如锯齿状。

生物学特性 河北7月可见成虫，具趋光性。

白点黑翅野螟

目 鳞翅目　科 螟蛾科

学名 *Heliothela nigralbata* Leech

分布　河北*、北京、江苏、浙江。

形态特征　翅展15mm；黑色；头、胸、腹部以及缘毛皆黑；后翅更浓，靠近后翅基部中央有1个白色圆点。

生物学特性　河北7、8月可见成虫，具趋光性。

白点黑翅野螟

锈黄缨突野螟

 鳞翅目　 螟蛾科

学名 *Udea ferrugalis* (Hübner, 1796)

分布　河北、北京、陕西、甘肃、青海、天津、河南、山东、江苏、浙江、福建、台湾、湖北、广东、广西、四川、贵州、云南；日本，印度，斯里兰卡。

寄主和危害　幼虫取食大豆。

形态特征　翅展17～21mm；下唇须长，前伸，腹面白色，背面浅黄色；前翅黄色到深黄色，中室内及中室端各有1个暗褐色斑纹，缘毛深褐色；后翅中室下角有1个暗褐色斑点，外线由灰褐色细点组成，缘毛淡黄色。

生物学特性　河北7月可见成虫，具趋光性。

锈黄缨突野螟

二点织螟

目 鳞翅目　科 螟蛾科

学名 *Aphomia zelleri* (Joannis, 1932)

分布 河北、北京、陕西、青海、新疆、内蒙古、吉林、天津、河南、湖北、广东、四川；日本，朝鲜，斯里兰卡，欧洲。

寄主和危害 幼虫取食贮藏粮食或野外的苔藓。

形态特征 雄蛾翅展18～19mm，下唇须短；雌蛾翅展29～31mm，下唇须长，前伸；头、胸部灰白色至灰褐色；前翅灰白至暗褐色，前缘红灰褐色，中室中部及中室端各有1圆形暗褐斑。

二点织螟

二点织螟

生物学特性 河北5～8月可见成虫，具趋光性。

米蛾

目 鳞翅目　 科 螟蛾科

学名 *Corcyra cephalonica* (Stainton, 1866)

分布 河北、北京、河南、上海、湖北、广东、四川、重庆等；世界性分布。

寄主和危害 幼虫取食大米、麦麸等。

形态特征 翅展14～24mm；体翅暗褐色至淡黄褐色，头顶具明显毛丛，有时很长，下垂至额前，多为雄性，雌蛾唇须明显，前伸；前翅狭长，常常具不明显的纵条纹，翅缘具1列小黑褐点，缘毛上亦具黑褐点。

生物学特性 河北5～9月可见成虫，具趋光性。是重要的粮食害虫，其卵用于天敌昆虫的繁殖。

米蛾

桑绢野螟

目 鳞翅目 科 螟蛾科

学名 *Glyphodes pyloalis* Walker, 1859

分布 河北、北京、陕西、辽宁、山东、江苏、浙江、福建、广东、台湾、湖北、四川、贵州、云南；日本，朝鲜，越南，缅甸，印度，斯里兰卡。

寄主和危害 幼虫缀叶并取食桑叶。

形态特征 翅展21～24mm；头背白色，胸腹背面褐色至黑褐色，两侧及腹面白色；翅白色，具黄褐色至黑褐色斑纹，中室内具1小黑点或无，中室端具1褐色宽带，上部具新月斑，下部具眼斑；后翅白色，亚外缘线黑褐色，其后端内侧具1黑褐色斑。

桑绢野螟成虫

桑绢野螟幼虫

生物学特性 河北1年发生2代。河北6、8、9月可见成虫，具趋光性。

四斑绢野螟

目 鳞翅目 科 螟蛾科

学名 *Glyphodes quadrimaculalis* (Bremer et Grey, 1853)

分布 河北、北京、陕西、宁夏、黑龙江、吉林、辽宁、天津、河南、山东、浙江、福建、湖北、广东、四川、云南、贵州；日本，朝鲜，俄罗斯。

寄主和危害 幼虫取食萝藤、隔山消。

形态特征 翅展33～37mm；体背黑色，两侧白色；前翅黑色，翅中部具4个白斑，顶角处的白斑下方由5个白点组成纵列，或呈1白色横带伸达翅后缘；后翅白色，外缘具黑色宽带，双翅缘毛黑褐色，后角处缘毛白色。

生物学特性 河北6～9月可见成虫，具趋光性。

四斑绢野螟

三条扇野螟

目 鳞翅目 科 螟蛾科

学名 *Pleuroptya chorophanta* (Butler, 1878)

分布 河北、北京、陕西、宁夏、内蒙古、天津、河南、山东、江苏、浙江、安徽、江西、福建、台湾、湖北、广东、广西、四川；日本，朝鲜。

寄主和危害 幼虫取食栗、柿、泡桐、梧桐等。

形态特征 翅展24.5～28.0mm；体翅背黄色；前翅中室端斑稍弯曲，黑褐色，中室的圆斑或明显，或减弱或消失，外线黑褐色，中段1/3外凸，后1/3位于中室端斑的下方；缘线黑褐色，后翅的外线与前翅的相似。

生物学特性 河北7月可见成虫，具趋光性。

三条扇野螟

三条扇野螟

黑点蚀野螟

目 鳞翅目 科 螟蛾科

学名 *Nacoleia commixta* (Butler, 1879)

分布 河北*、北京、湖北、福建、台湾、广东、海南、四川、云南；日本，朝鲜，越南，马来西亚，印度，斯里兰卡。

形态特征 翅展18～20mm；体背及翅淡黄色，具黑褐色斑纹；前翅前缘除横线和翅端黑褐色外黄色，中部具1个黑色环纹；翅面具白色斑；有时黑褐色斑纹减少；前后翅缘毛灰褐色，基部黑褐色，但后角处灰白色缘毛。

生物学特性 河北5～8月可见成虫，具趋光性。

黑点蚀野螟

蔗茎禾草螟

目 鳞翅目 科 螟蛾科

学名 *Chilo sacchariphagus* (Bojer, 1856)

分布 河北、北京、河南、山东、江苏、湖北、福建、台湾、广东；日本，越南，菲律宾，南亚。

寄主和危害 幼虫取食高粱、甘蔗等。

形态特征 翅展25～32mm；体翅灰褐色，头部具长而前伸的小唇须；前翅脉间具褐色条纹，中室后角具1黑点；后翅白色。

生物学特性 河北6、7月可见成虫，具趋光性。

蔗茎禾草螟

亮斑扇野螟

目 鳞翅目 科 螟蛾科

学名 *Pleuroptya expictalis* (Christoph, 1881)

分布 河北*、北京、天津、河南；日本，朝鲜。

形态特征 翅展25～30mm；体黄褐色，前翅褐色，翅面具紫色闪光，前翅前缘黄，中室圆形黄色，中室端外具黄色大斑，其下也具黄色斑，形状不规则，后翅中室端具黄色大斑；前后翅外缘具1列黑褐色条状斑。

生物学特性 河北7月可见成虫，具趋光性。

亮斑扇野螟

黄杨绢野螟

目 鳞翅目　科 螟蛾科

学名 *Cydalima perspectalis* (Walker, 1859)

分布 河北*、北京、江苏、浙江、湖北、福建、湖南、广东、四川、西藏；日本，朝鲜，印度。

寄主和危害 幼虫取食小叶黄杨、雀舌黄杨。

形态特征 翅展32～48mm；体背白色，胸基部及前侧、腹端几节黑褐色；前翅周缘黑褐色，具闪光，翅中央白色，中室内有1白斑，中室端具白色肾形斑；后翅外缘黑褐色，余白色半透明；前后缘毛灰褐色，有时前后翅大白斑不明显。

生物学特性 河北8、9月可见成虫。

黄杨绢野螟成虫

黄杨绢野螟幼虫

瓜绢野螟

目 鳞翅目　科 螟蛾科

学名 *Diaphania indica* (Saunders, 1851)

分布 河北、北京、天津、河南、山东、江苏、浙江、安徽、福建、台湾、广东、广西、湖北、重庆、四川、贵州、云南；日本，朝鲜，东南亚，印度，大洋洲，非洲。

寄主和危害 幼虫取食棉、木槿、大豆、黄瓜、丝瓜、西瓜、梧桐等。

形态特征 翅展24～28mm；头胸部黑色，腹部白色，第7～8节黑色，前翅黑色，翅后缘至顶角处具1广三角形白斑；后翅白色，外缘具较宽的黑褐色带。

生物学特性 河北9月可见成虫，具趋光性。

瓜绢野螟

黄翅双突野螟

目 鳞翅目 科 螟蛾科

学名 *Sitochroa umbrosalis* (Warren, 1892)

黄翅双突野螟

分布 河北、北京、青海、山西、河南、浙江、广东、广西、海南、四川、贵州；日本，朝鲜。

形态特征 翅展21～23.5mm；体黄色，下唇须短小，稍上举；前翅较宽大，无斑纹；后翅浅灰褐色，周缘黄色，或大或小。

生物学特性 河北6、8月可见成虫，具趋光性。

豆荚野螟

目 鳞翅目 科 螟蛾科

学名 *Maruca vitrata* (Fabricius, 1787)

豆荚野螟

分布 河北、北京、陕西、内蒙古、天津、山西、山东、江苏、浙江、福建、台湾、湖北、湖南、广东、广西、海南、四川、贵州、云南；日本，朝鲜，印度，斯里兰卡，非洲。

寄主和危害 幼虫取食大豆、豇豆、田菁等豆科植物叶片。

形态特征 翅展22～30mm；体背茶褐色，前缘中基部及外缘茶褐色，中室斑白色，透明，下缘常半圆形内凹，中室斑内侧下方具1小白斑，中室斑外侧具1大型透明斑；后翅白色，具不明显的波形横线，外缘暗褐色，钝锯齿形，不达后角；中室具环形斑。

生物学特性 河北8、9月可见成虫。

三环狭野螟

目 鳞翅目 科 螟蛾科

学名 *Mabra charonialis* (Walker, 1859)

分布 河北、北京、黑龙江、山东、江苏、浙江、湖南、福建、四川；日本，朝鲜。

形态特征 翅展17～20mm；胸腹背黄色至黄褐色，前翅底色黄褐色，内、外横线黑褐色，其中外线在近后缘时曲折；前缘内外横线间具2个黑环纹，中室内具1黑色环纹，与内横线相接，中室外具1斜向近长方形斑,3条边黑褐色，此纹内侧下方有1圆形黑环纹；前后翅缘毛白色，基半部黑褐色。

生物学特性 河北7月可见成虫，具趋光性。

三环狭野螟

玉米螟

目 鳞翅目 科 螟蛾科

学名 *Ostrinia furnacalis* (Guenée, 1854)

分布 河北及全国各地玉米种植区；日本，朝鲜，俄罗斯，南亚，东南亚，澳大利亚。

寄主和危害 幼虫取食玉米、高粱和谷子等作物。

形态特征 翅展24～35mm；雌蛾体翅鲜黄色或黄褐色，内线波形，中室中部及端部具褐斑，外线锯齿形，后半部分弯向内侧，亚端线锯齿形；雄蛾色较深，前翅内外线之间、翅外缘褐色，中足胫节大于后足，但不及2倍粗；后翅淡褐色，中央有1条浅色宽带。

生物学特性 河北6、7月可见成虫，具趋光性。

玉米螟

双齿柔野螟

目 鳞翅目　科 螟蛾科

学名 *Anania curvalis* (Leech, 1889)

分布 河北、北京、陕西、青海、新疆、内蒙古、吉林、山西、江西、四川、云南；俄罗斯。

形态特征 前翅长9mm；额黄色，两侧具白纵条，下唇须黄褐色，腹面基部白色；前翅黄色，大部带赭红色，内线褐色，弯曲，中室具浅褐色圆斑，中室端斑褐色，略弯，外线前大半弧形外突，后内折伸至后缘2/3处；缘毛褐色，端部黄白色；后翅颜色比前翅稍浅，外线在中央明显外突。

生物学特性 河北6、8月可见成虫，具趋光性。

双齿柔野螟

豹纹卷野螟

目 鳞翅目　科 螟蛾科

学名 *Pycnarmon pantherata* (Butler)

分布 河北、江苏、浙江、四川、陕西、台湾；日本，朝鲜。

豹纹卷野螟

形态特征 翅展21～26mm；头部及触角淡褐色；下唇须接近白色，向上弯曲，末节尖细，第2节基部后方有黑褐色纹；胸部和腹部背面有褐色与黑褐色鳞片，腹面浅白褐色；前翅暗褐色，基部有深黑褐色斑点，中室白色透明有闪光，中室中央有1褐缘黄斑，中室外侧沿中室端脉位置有1方形黄斑，四周镶黑边，中室端脉到外缘线有白色透明半圆形斑，外缘线暗褐色较宽，缘毛褐色；后翅暗褐色，内横线模糊，缘毛褐色。

生物学特性 河北7月可见成虫，具趋光性。

紫苑沟胫野螟

目 鳞翅目　科 螟蛾科

学名 *Mutuuraia terrealis* (Treitschke, 1829)

分布 河北、北京、青海、内蒙古、福建、湖北、四川、云南；日本，欧洲，北美。

形态特征 前翅长12～14mm；头黄褐色，下唇须腹面及复眼内侧白色，胸腹部白色；前翅浅灰黄色，中室端斑稍弯曲，黑褐色，外线褐色，中段1/3外凸且锯齿形，后1/3内倾斜至后缘2/3处；缘毛端半暗褐色，端线浅色；后翅的外线与前翅的相似，缘毛在臀角处白色。

生物学特性 河北4、5、7月可见成虫，具趋光性。

紫苑沟胫野螟

柳阴翅斑螟

目 鳞翅目　科 螟蛾科

学名 *Sciota adelphella* (Fischer von Röslerstamm, 1838)

分布 河北、北京、陕西、甘肃、青海、内蒙古、辽宁、天津、河南、山东、安徽、江西、福建、四川；日本，俄罗斯，欧洲。

寄主和危害 幼虫取食杨、柳叶片。

形态特征 翅展21～24mm；体灰黄色；触角基部膨大；下唇须粗，上翘；前翅杂有灰褐色鳞片，外横线锯齿形，灰白色，两侧常暗褐色；内横线灰白色，前半段模糊，遍生黑鳞；中足胫节端2/3具1黑褐斑。

生物学特性 河北4～8月可见成虫，具趋光性。

柳阴翅斑螟

麦牧野螟

目 鳞翅目 科 螟蛾科

学名 *Nomophila noctuella* (Denis et Schiffermüller, 1775)

分布 河北、北京、陕西、宁夏、天津、河南、山东、江苏、福建、台湾、广东、四川、云南、贵州、西藏；日本，印度，俄罗斯，欧洲，北美。

寄主和危害 幼虫取食小麦、柳、苜蓿等。

形态特征 翅展23～24mm；体翅灰褐色至棕褐色，具黑色或黑褐色斑纹；前翅中室基、中室中部及下方，中室外侧各具圆形或肾形纹，前缘中部外至顶角具5个黑褐斑；有时这些斑均不明显；后翅灰白色，外侧稍深。

生物学特性 河北7～10月可见成虫，具趋光性。

麦牧野螟

赤松毛虫

目 鳞翅目 科 枯叶蛾科

学名 *Dendrolimus spectabilis* (Bulter, 1877)

分布 河北、北京、辽宁、山东、江苏；日本，朝鲜。

寄主和危害 幼虫取食油松、赤松、日本黑松针叶。

形态特征 体长22.3～34.9mm，翅展45.5～75.5mm；体色多变，由灰色至黑褐色；前翅中、外横线白色，雌蛾亚外缘斑列内侧具白斑，而雄蛾亚外缘斑列外侧具白斑。

生物学特性 河北1年发生1代。以幼虫在树下的石块或树基部的树皮缝中越冬。河北6、7月可见成虫，具趋光性。

赤松毛虫成虫

赤松毛虫卵

赤松毛虫蛹

赤松毛虫幼虫

油松毛虫

目 鳞翅目 科 枯叶蛾科

学名 *Dendrolimus tabulaeformis* Tsai et Liu, 1962

分布 河北、北京、陕西、甘肃、天津、山西、河南、山东、四川、重庆、贵州。

寄主和危害 幼虫取食油松、赤松、马尾松针叶。

形态特征 翅展雄蛾45～61mm，雌蛾57～75mm；体色多变，基色有棕、褐、灰褐、灰白等色；前翅花纹较清楚，内线和中线靠近，外线由2条组成，亚端线由9个黑褐斑组成（内侧衬淡棕色斑），其中后3斑斜列。

生物学特性 河北1年发生1代。以幼虫在树下的石块或树基部的树皮缝中越冬。河北6～8月可见成虫，具趋光性。

油松毛虫成虫
油松毛虫成虫交尾
油松毛虫幼虫
油松毛虫蛹茧
油松毛虫蛹
油松毛虫卵粒

落叶松毛虫

目 鳞翅目 科 枯叶蛾科

学名 *Dendrolimus sibircus* (Tschetverikov, 1908)

分布 河北、北京、内蒙古、黑龙江、吉林、辽宁、新疆；朝鲜，蒙古、俄罗斯、哈萨克斯坦。

寄主和危害 幼虫取食落叶松、红松、云杉、冷杉等多种针叶树。

形态特征 翅展雄蛾57～72mm，雌蛾69～85mm；体色灰白至黑褐色；前翅内、外及亚端线深褐色或黑色，外横线锯齿状，中室端白斑大而明显；亚端线有时有1列黑斑组成，其中近后角的1斑明显外移。

生物学特性 河北1年发生1代。以幼虫在树下的石块或树基部的树皮缝中越冬。河北6～8月可见成虫，具趋光性。

落叶松毛虫成虫

落叶松毛虫虫茧

落叶松毛虫幼虫

落叶松毛虫卵

落叶松毛虫成虫

黄波杂毛虫

目 鳞翅目 科 枯叶蛾科

学名 *Cyclophragma undans flaveola* Motschulsky

分布 河北、北京、内蒙古、陕西、四川。

寄主和危害 幼虫为害松、栎、榛等。

形态特征 翅展雌73～80mm，雄60～68mm；触角双栉状，体色和前翅斑纹变化很大；雄蛾颜色较深，多呈赤褐色，前翅中室端白点明显，中线至亚端线之间为黄色宽带，外线位于其内；后翅仅亚端线为断续的黄斑点；雌蛾颜色较浅，灰黄至灰褐不等。

生物学特性 河北7月可见成虫，具趋光性。

黄波杂毛虫成虫

黄波杂毛虫幼虫

黄波杂毛虫成虫

苹果枯叶蛾

目 鳞翅目 科 枯叶蛾科

学名 *Odonestis pruni* (Linnaeus, 1758)

分布 河北、北京、内蒙古、黑龙江、吉林、辽宁、山西、河南、安徽、江苏、江西、浙江、福建、台湾、湖北、湖南、四川；日本，朝鲜，俄罗斯，蒙古。

寄主和危害 幼虫取食苹果、李、樱桃、梨、梅、榆、柳、桦等。

形态特征 翅展37～64mm；体翅黄褐至红褐色；前翅内纹线褐色或黑褐色，两线内具近圆形白斑；亚端线淡褐色，波状；翅缘褐色，钝锯齿形。

生物学特性 河北1年发生1代。以幼虫越冬。河北6～9月可见成虫，具趋光性。

苹果枯叶蛾

苹果枯叶蛾

李枯叶蛾

目 鳞翅目 科 枯叶蛾科

学名 *Gastropacha quercifolia* Linnaeus

分布 河北、黑龙江、吉林、辽宁、青海、陕西、内蒙古、北京、河南、山东、甘肃、安徽、江苏、浙江、江西、湖南、台湾、广西。

寄主和危害 苹果、梨、李、杏、桃、樱桃、沙果、梅、柳、杨等。幼虫食嫩芽和叶片。

形态特征 雄成虫翅展42～66mm，雌成虫翅展62～81mm；体色变化较大，有黄褐色、褐色、赤褐色、茶褐色等；触角双栉状，唇须向前伸出，蓝黑色；前翅有波状横线3条，外缘近臀角处成齿状弧形，后缘较短；后翅有3条蓝褐色斑纹，前缘区橙黄色；静止时后翅肩角和前缘部分突出，形似枯叶状。

生物学特性 河北1年发生1代。以幼虫紧贴树皮或枝条上越冬。7月下旬至8月上旬羽化，成虫产卵在枝条上，有趋光性。

李枯叶蛾

杨枯叶蛾

目 鳞翅目　科 枯叶蛾科

学名 *Gastropacha populifolia* Esper

分布 河北、辽宁、北京、河南、山西、安徽、青海等。

寄主和危害 幼虫取食杨、旱柳、苹果、李、梨、杏等。

形态特征 翅展60～76mm，雄蛾翅展45～56mm；雌蛾触角丝状，雄蛾羽毛状；体黄褐色；前翅狭长；橙黄色；有5条黑色波状横纹；后翅有3条明显黑色斑纹。

李枯叶蛾成虫

李枯叶蛾卵

李枯叶蛾幼虫

生物学特性 河北1年发生2代。以幼虫贴伏树干上越冬。5月上旬越冬代成虫陆续羽化，卵块状产于叶背或枝干上。6月底、7月初第 1代成虫羽化、产卵。7月中旬第2代幼虫陆续孵化，危害到9月中、下旬，陆续贴伏树干越冬。

落叶松枯叶蛾

目 鳞翅目　科 枯叶蛾科

学名 *Pardebeda plagifera* Walker

分布 河北、辽宁、吉林、黑龙江；日本，朝鲜，俄罗斯。

寄主和危害 幼虫取食落叶松、杨、榛、栎等。

形态特征 翅展雌70～80mm，雄51～58mm；体翅灰褐至褐色；触角双栉状；下唇须发达向前伸，雌棕褐色，雄黑褐色，前翅中部有1褐色斜向横带，其前端宽大，而不达前缘，斑向下色渐淡并逐渐变窄，带纹的边缘有灰白色镶边，以内侧的白色镶边更清晰；亚端线由黑色的细线组成，内线不明显；后翅横线不显著。

落叶松枯叶蛾

落叶松枯叶蛾

生物学特性 河北7月可见成虫，具趋光性。

榆枯叶蛾

目 鳞翅目　科 枯叶蛾科

学名 *Phyllodesma ilicifolia* (Linnaeus, 1758)

分布 河北、北京；朝鲜，俄罗斯，中亚及欧洲。

寄主和危害 幼虫取食越橘。

形态特征 前翅长16～17mm；体翅灰褐色，胸部及前翅基部具红棕色毛，前翅具内、外横线，波纹状，黑褐色，外线伸达翅后缘的外突处；中室内具或大或小白斑，边界不清，中室端具1褐纹；亚端线褐色，线外色浅，灰白色；后翅前缘近基部外突明显，中部具黑褐带。

生物学特性 河北4、5月可见成虫，具趋光性。

榆枯叶蛾

月斑枯叶蛾

目 鳞翅目　科 枯叶蛾科

学名 *Somadasys lunatus* Lajonquière

分布 河北、山西、陕西。

形态特征 雄翅展36～41mm；体翅淡黄褐色，触角黄褐色；前翅中间有深色宽带，中室端呈银白色新月状大斑，发金属光泽，外侧有淡色宽带；后翅内半部呈深色斑纹。

生物学特性 河北6～7月可见成虫，具趋光性。

月斑枯叶蛾

栗黄枯叶蛾

目 鳞翅目　科 枯叶蛾科

学名 *Trabala vishnou* (Lefèbvre, 1827)

栗黄枯叶蛾

分布 河北、北京、陕西、甘肃、山西、河南、浙江、江西、福建、台湾、广东、广西、四川、云南；越南，柬埔寨，泰国，尼泊尔，马来西亚，印度，斯里兰卡。

寄主和危害 幼虫取食榛、柳、榆、山杨、核桃、苹果等。

形态特征 翅展39～82mm；雄蛾翅苹果绿色或黄绿色，具黄绿色或淡绿色内、外横线，有时横线不明显；中室内具1浅褐点，或不明显；后翅前半可见横线1条；雌蛾体较黄，前翅具3条横线，亚端线由褐斑组成，中室端具褐色圆斑，下方至后缘具大褐斑。

生物学特性 河北9～10月可见成虫，具趋光性。

银杏大蚕蛾

目 鳞翅目　科 大蚕蛾科

又名 核桃楸大蚕蛾　学名 *Dictyoploca japonica* Moore

银杏大蚕蛾成虫

银杏大蚕蛾幼虫

分布 河北、辽宁、吉林、黑龙江、广西。

寄主和危害 幼虫为害银杏、栗、核桃、楸、榛、蒙古栎、梨、苹果等树叶。

形态特征 翅展100～130mm；体灰褐至黄褐色；触角雌蛾栉齿状，雄蛾羽毛状；前翅内线赤褐色，内侧镶白边，内线至翅基部暗褐色；中室端部有弧形透明斑，内侧镶暗褐色宽边；外线以外暗褐色；端线灰黄色，前缘端部有小黑斑；后翅从基部到外线间有较宽的紫红色区，中室端大眼斑中间黑色，外围有灰黄圈和白、黑、紫褐色弧线。

生物学特性 河北7、8月可见成虫。

蒙蚕蛾

目 鳞翅目 科 大蚕蛾科

学名 *Caligula boisduvali* Everismann

分布 河北、黑龙江、内蒙古、台湾、陕西；蒙古，俄罗斯。

寄主和危害 幼虫为害栎、椴、榛、胡枝子、胡桃楸等。

形态特征 翅展75～107mm；黄褐色；前胸及中胸前缘灰白，中胸和肩片基部棕褐色，中胸后缘白色；前翅基部及内线紫褐色；中室端眼状斑大而圆，中部棕色，内侧有白边，外围黑圈，顶角有斜长黑纹；后翅中室端眼状斑与前翅相同；腹部棕褐色。

生物学特性 河北1年发生1代。河北7月可见成虫，具趋光性。

蒙蚕蛾成虫（雄）

蒙蚕蛾成虫（雌）

柞蚕

目 鳞翅目 科 大蚕蛾科

又名 栎蚕、槲蚕、山蚕

学名 *Antheraea pernyi* Guérin-Méneville

分布 河北、辽宁、内蒙古、山东、北京、吉林、黑龙江、江苏、浙江、贵州、湖北；欧洲。

寄主和危害 幼虫为害柞、栎、核桃、山楂。

形态特征 翅展110～137mm；体翅大多黄褐色；触角羽状；前翅顶角外伸较尖，内线褐色，内侧有白边；中室端有透明状斑，环以黄、褐、白、紫色，黑轮廓；外线为褐色暗带，通过眼状斑；亚端线褐色，外有白边；后翅斑纹基本同前翅，只是眼斑较大。

生物学特性 河北1年发生1代。7月可见成虫。

柞蚕成虫

柞蚕成虫

柞蚕幼虫

长尾大蚕蛾

目 鳞翅目 科 大蚕蛾科

学名 *Actias dubernardi* Oberthur

长尾大蚕蛾

分布 河北、湖北、湖南、福建、贵州、广西、云南。

寄主和危害 栎、樟、柳、杨、桦、苹果等。

形态特征 成虫翅展90～110mm；体白色，触角黄褐色，前胸前缘紫红色，肩板后缘淡黄色；前翅粉绿色，外缘黄色；中室有1个眼纹，中央粉红色，内侧有较宽的波形黑纹，间杂有白色鳞毛，外侧黄色；后翅有长尾突，长度超过体长的4倍，除顶端绿色外，大部分为粉红色。

生物学特性 河北1年发生2代。成虫4月及7月间出现，以蛹在附着于枝条上的茧中过冬（河北首次发现）。

绿尾大蚕蛾

目 鳞翅目 科 大蚕蛾科

学名 *Actias ningpoana* C. Felder et R. Felder, 1862

绿尾大蚕蛾成虫

绿尾大蚕蛾交尾

绿尾大蚕蛾幼虫

分布 河北、陕西、甘肃、吉林、辽宁、河南、山东、江苏、浙江、江西、福建、台湾、湖北、湖南、广东、海南、四川、云南、西藏；俄罗斯。

寄主和危害 幼虫取食柳、枫杨、栗、火炬树、核桃、苹果、梨等多种植物。

形态特征 翅展115～126mm；休息时翅平展，翅前缘及胸部具1条紫红色横带，带的前缘色浅，后缘色深，前后翅中央横脉处具1眼斑，外半侧淡黄褐色，中间透明，内侧由几条色带组成；眼斑外侧具1或2条淡褐色细纹。

生物学特性 河北1年发生2代。河北4、5、7月可见成虫，具趋光性。

黄豹大蚕蛾

目 鳞翅目　科 大蚕蛾科

学名 *Loepa wlingana* Yang, 1978

分布 河北、北京。

形态特征 前翅长45mm左右；黄色；前翅前缘基半部紫褐色，与肩板相连；内线波状，黑褐色，眼纹上半围以黑褐边，并延伸至内线基部；顶角外具桃红色斑，中间具白色闪电状纹，下方具黑褐斑。

生物学特性 河北1年发生1代。河北6、7月可见成虫，具趋光性。

黄豹大蚕蛾

黄豹大蚕蛾

樗蚕

目 鳞翅目　科 大蚕蛾科

学名 *Samia cynthia* (Drurvy, 1773)

分布 河北、北京、黑龙江、吉林、辽宁、山西、山东、江苏、上海、浙江、江西；朝鲜，日本，印度，澳大利亚，欧洲，美洲。

寄主和危害 幼虫取食臭椿、香椿、悬铃木、刺槐、花椒、泡桐、樟等。

形态特征 翅展120～135mm；前翅顶角外突，雄蛾更明显，下方具1黑眼斑，上缘白色；前后翅翅中央具1眉形斑，内具细窄的透明带或无；前后翅具1白色横带，外衬淡红棕至紫红色。

樗蚕成虫

樗蚕交尾

樗蚕幼虫

樗蚕蛹

樗蚕虫茧

生物学特性 河北1年发生1代。河北7、8月可见成虫，具趋光性。

家蚕

目 鳞翅目 科 蚕蛾科

学名 *Bombyx mori* Linnaeus

分布 全国（除青海、西藏、宁夏）。

寄主和危害 幼虫取食桑叶。

形态特征 成虫翅展30～45mm，体白色，常雄蛾颜色稍深，复眼黑色，触角双栉状，暗褐色，雄蛾栉枝长，雌蛾栉枝短。

生物学特性 河北1年发生1代，部分2代。4月可见成虫。

家蚕交尾 家蚕成虫 家蚕虫茧 家蚕幼虫

野蚕

目 鳞翅目 科 蚕蛾科

学名 *Bombyx mandarina* Moore

分布 河北、北京、陕西、甘肃、内蒙古、黑龙江、吉林、辽宁、河南、山东、安徽、浙江、江西、台湾、湖北、湖南、广东、广西、云南、西藏；日本，朝鲜。

寄主和危害 幼虫取食桑叶。

形态特征 成虫体长10～20mm，翅展31～47mm；体翅灰褐色，前翅横线明显，中室处具1肾形纹，顶角及外缘具褐边；后翅后缘中央具1新月形黑色或棕黑色斑，外围白色。

生物学特性 河北1年发生2代。6～7月及8～10月可见成虫，具趋光性。

野蚕

黄波花蚕蛾

目 鳞翅目　科 蚕蛾科

学名 *Oberthueria caeca* (Oberthür, 1880)

黄波花蚕蛾

分布 河北、陕西、甘肃、北京、黑龙江、辽宁、福建、四川、云南；俄罗斯。

寄主和危害 幼虫取食鸡爪枫。

形态特征 翅展38～41mm；体翅黄褐色，前翅顶角向外伸呈钩状，外缘前半具弧形内凹；后翅外缘中部外突。

生物学特性 河北1年发生1代。河北6、7月可见成虫，具趋光性。

枯球箩纹蛾

目 鳞翅目　 箩纹蛾科

学名 *Brahmopht halma wallichii* (Gray)

枯球箩纹蛾

分布 河北、四川、云南、台湾、湖北；印度。

寄主和危害 木犀科植物。

形态特征 体长34～38mm，翅展124～132mm；体色黄褐，触角黄褐色；胸部和腹部背面黑色具黄褐色边线，腹部背中线显著；前翅中带下部球状，上有几个黑点；中带上部外缘齿状突出；前翅端部为1枯黄斑，斑外具1小黑点；后翅基部黑色微黄，中线曲度较大；外侧布满波状纹。

生物学特性 河北1年发生1代。河北7、8月可见成虫，具趋光性。

波水腊蛾

目 鳞翅目 科 箩纹蛾科

学名 *Brahmaea undulata* (Bremer et Grey)

波水腊蛾

分布 河北、北京、山西、内蒙古、浙江、湖北、湖南；朝鲜。

寄主和危害 幼虫取食丁香、女贞、水蜡、桂花等叶片。

形态特征 体长36～38mm，翅展124～137mm；体黑褐色至黑色，前胸前缘及肩片两侧黄褐色边；前翅外缘具1列半圆形斑带，顶角具黑斑，斑带内侧具箩纹斑，共由9条组成，仅翅的后半部明显；中斑由横向的椭圆形黑斑组成，前半呈灰褐色，从后缘的第3、4斑内侧呈尖形。

生物学特性 河北1年发生1代。河北6、7月可见成虫，具趋光性。

华北抚带蛾

目 鳞翅目 科 带蛾科

学名 *Apha huabeiana* Yang

华北抚带蛾

分布 河北、北京。

寄主和危害 幼虫取食忍冬科植物。

形态特征 翅展雌55mm，雄50mm左右；雄蛾体黄褐色至褐色，具金黄色光泽，触角双栉齿状，长度不到前翅的1/3；翅颜色深浅不等，一般为黄褐色；前翅顶角在前缘区有黄斑，下侧镶褐色边；自顶角有1条淡黄色斜线向下伸至后缘中部，黄线至外缘有2条褐色波状纹；中室有1黑点。

生物学特性 河北7月中旬可见成虫，具趋光性。

喜马锥天蛾

目 鳞翅目 科 天蛾科

学名 *Neogurelca himachala sangaica* Bulter

分布 河北、北京、陕西、上海、浙江、福建、台湾、湖南、广东、香港、西藏等；日本，朝鲜。

寄主和危害 幼虫取食茜草科牛皮冻。

形态特征 成虫翅展42～46mm；腹背两侧具灰色鳞束，大，并呈片状外突；前翅狭长，外缘锯齿状；后翅前缘深度弯曲，具2个半圆形外突，停休时伸出前翅前缘之外。

生物学特性 河北1年发生1代。成虫具趋光性和假死性，触之落地不动；3、7月可见成虫。

喜马锥天蛾

葡萄缺角天蛾

目 鳞翅目 科 天蛾科

学名 *Acosmeryx naga* Moore

分布 河北、北京、浙江、湖北、湖南、海南、台湾；日本，朝鲜，印度。

寄主和危害 葡萄、猕猴桃、爬山虎、葛藤等。

形态特征 成虫翅展105～110mm；前翅各横线棕褐色，亚外缘线伸达后角，但顶角处缺；翅中室端具1小黄白斑。

生物学特性 河北1年发生1代。4～7月可见成虫，具趋光性。

葡萄缺角天蛾

平背天蛾

目 鳞翅目 科 天蛾科

学名 *Cechetra minor* Butler

分布 河北*、北京、陕西、浙江、福建、湖北、广东、四川、云南、台湾；日本，尼泊尔，泰国，越南，印度。

寄主和危害 伞萝夷、何首乌等。

形态特征 成虫翅展78～82mm；前胸背板中央具1黑点，腹部具灰褐色背线，两侧黄褐色；前翅中室端具1小黑点。

生物学特性 河北1年发生1代。7月可见成虫，具趋光性。

平背天蛾

钩翅目天蛾

目 鳞翅目 科 天蛾科

学名 *Smerinthus tokyonis* Matsumura

分布 河北、北京；日本。

寄主和危害 幼虫取食杨、柳、苹果等。

形态特征 体长29mm，翅展60～70mm；体翅灰褐色，头顶及肩板灰色；前翅狭翅，顶角弯突呈钩状，后角凸出，后缘凹入；基部色淡，有灰黑色近圆形的斑，淡色部分穿过内线突向后角伸一长尖角并与后角伸出的黑纹相连，中部的褐色带被此淡色线分成2个三角形大斑。

生物学特性 河北1年发生1代。成虫具趋光性。7月可见成虫。

钩翅目天蛾

白环红天蛾

目 鳞翅目 科 天蛾科

学名 *Pergesa askoldensis* (Oberthür)

分布 河北、黑龙江、辽宁；日本，朝鲜，俄罗斯。

寄主和危害 山梅花、紫丁香、葡萄、秦皮、鼠李等。

形态特征 体长28mm，翅展50～60mm；体橙褐色，无背毛；头、胸侧面有白线，肩板边缘有白毛；前翅狭长橙红色，内线、外线呈细的波状纹，中线为棕色宽带，顶角有1条向内倾斜的棕色斑，外缘锯齿状，缘毛白色而脉端黑褐色；后翅基部及外缘棕褐色，中间有较宽的橙黄色纵带，缘毛白色；腹部两侧橙黄色，各节间有白色细环纹。

生物学特性 河北7月可见成虫，具趋光性。

白环红天蛾

红天蛾

目 鳞翅目 科 天蛾科

学名 *Deilephila elpenor* (Linnaeus, 1758)

分布 河北、北京、新疆、吉林、江苏、台湾、四川、云南、西藏；日本，朝鲜，俄罗斯，中亚至欧洲。

寄主和危害 幼虫取食凤仙花、千屈菜、蓬子菜、柳兰、葡萄、茜草、忍冬等。

形态特征 翅展55～70mm；体翅以桃红色为主，头、胸及腹背具黄绿色纵带；肩片外缘有白边；前翅中室具白点；后翅红色，近基半部黑色。

生物学特性 河北6～8月可见成虫，具趋光性。

红天蛾

葡萄天蛾

目 鳞翅目 科 天蛾科

学名 *Ampelophaga rubiginosa* Bremer et Grey, 1853

葡萄天蛾

葡萄天蛾

分布 河北、北京、陕西、宁夏、黑龙江、吉林、辽宁、河南、山东、山西、江苏、浙江、江西、安徽、湖北、湖南、四川、广东、云南、台湾；日本，朝鲜，尼泊尔，印度。

寄主和危害 葡萄、野葡萄、爬山虎、黄荆等。

形态特征 翅展85～110mm；体背具灰白色细纵线；前翅具茶色横线，以中线为最粗大，顶角具近三角形棕色斑。

生物学特性 河北7、8月可见成虫，具趋光性。

白肩天蛾

目 鳞翅目 科 天蛾科

学名 *Rhagastis mongoliana* (Butler, 1875)

白肩天蛾

白肩天蛾

分布 河北、北京、青海、黑龙江、山西、上海、安徽、浙江、江西、台湾、湖北、湖南、广东、广西、海南、四川、贵州；日本，朝鲜，俄罗斯，蒙古。

寄主和危害 幼虫取食葡萄、凤仙花等。

形态特征 翅展47～63mm；体黄褐色至棕褐色，头胸两侧具白色纵条，胸部后缘两侧具橙黄色毛丛；前翅灰褐色，中室端具1黑点，中部具不明显的横带；顶角具1黑褐色尖形小斑。

生物学特性 河北6、7月可见成虫，具趋光性。

雀纹天蛾

目 鳞翅目　科 天蛾科

学名 *Theretra japonica* (Orza, 1869)

分布 全国；日本。

寄主和危害 葡萄、野葡萄、常春藤，白粉藤、爬山虎、虎耳草、绣球花等。

形态特征 翅展68～72mm；前胸背中线具白色长绒毛，两侧具橙黄色纵条；前翅具6条从顶角伸达后缘的暗褐色条纹，其中第1条最宽；中室端具1小黑点。

生物学特性 河北6～9月可见成虫，具趋光性。

雀纹天蛾

猪秧赛天蛾

目 鳞翅目　科 天蛾科

又名 深色白眉天蛾

学名 *Hyles gallii* (Rottemburg, 1775)

分布 河北、北京、陕西、甘肃、云南；日本，俄罗斯，尼泊尔，中亚至欧洲，北美。

寄主和危害 幼虫取食茜草、凤仙、大戟、柳叶菜等。

形态特征 翅展67～85mm；体茶褐至暗褐色，头胸两侧具白色绒毛；前翅暗褐色，翅基具白色鳞毛，翅中具黄色斜带。

生物学特性 河北5、8月可见成虫，具趋光性。

猪秧赛天蛾

红节天蛾

目 鳞翅目 科 天蛾科

又名 水蜡天蛾

学名 *Sphinx ligustri* Linnaeus, 1758

分布 河北、北京、陕西、新疆、黑龙江；欧洲，亚洲北部，非洲北部。

寄主和危害 幼虫取食广，可取食水蜡、丁香、山梅、女贞等。

形态特征 翅展79～95mm；头胸背面黑色，腹背各具黑色与桃红色横带斑，背中线褐色，具细黑中线；前翅灰黑色，亚前缘具白色纵带；后翅具2条黑色横带。

生物学特性 河北5～8月可见成虫，具趋光性。

红节天蛾

红节天蛾

豆天蛾

目 鳞翅目 科 天蛾科

学名 *Clanis bilineata tsingtauica* Mell, 1922

分布 全国（除西藏）；日本，朝鲜，印度。

寄主和危害 幼虫取食豆科植物，还可危害刺槐。

形态特征 翅展100～120mm；头及胸部具暗褐色细背线；中足胫节外侧白色；前翅前缘近中部具半圆形浅色斑。

生物学特性 河北7、8月可见成虫，具趋光性。

豆天蛾成虫

豆天蛾幼虫

灰斑豆天蛾

目 鳞翅目 科 天蛾科

学名 *Clanis undulosa* Moore, 1879

分布 河北、陕西、辽宁、山西、浙江、台湾、湖北、四川；朝鲜，俄罗斯，东南亚。

寄主和危害 幼虫取食胡枝子。

形态特征 翅展100～120mm；前翅赭黄色，具6或7条波状纹，前缘中央具半圆形取食斑；后翅黑色区域大，外侧具波形纹。

生物学特性 河北7月可见成虫。

灰斑豆天蛾

黄脉天蛾

目 鳞翅目 科 天蛾科

学名 *Laothoe amurensis sinica* (Rothschild et Jordan, 1903)

分布 河北、北京、陕西、甘肃、吉林、辽宁、浙江、四川、云南、西藏；朝鲜。

寄主和危害 幼虫取食杨、柳等植物。

形态特征 翅展88～94mm；体及翅棕灰色；前翅中部具1很宽的褐带，翅脉黄色；后翅宽而圆，停息时后翅前半露出前翅前缘外。

生物学特性 河北5、8月可见成虫，具趋光性。

黄脉天蛾

钩翅目天蛾

目 鳞翅目 科 天蛾科

学名 *Smerinthus tokyonis* Matsumura

分布 河北、北京；日本。

形态特征 翅展60～70mm；体翅灰褐色，头顶及肩板灰色；前翅狭长，顶角弯突呈钩状，后角凸出，后缘凹入；基部色淡，有灰黑色近圆形的斑，淡色部分穿过内线突向后角伸一长尖角并与后角伸出的黑纹相连，中部的褐色带被此淡色线分成2个三角形大斑；外线成褐色波状纹，顶角内侧下方有近白灰色的斑，沿外缘有一弓形的褐色斑；后翅臀角处的眼斑较扁，有蓝黑色连贯的外圈；腹部有褐斑列。

生物学特性 河北7月可见成虫，具趋光性。

钩翅目天蛾

黄边六点天蛾

 鳞翅目  天蛾科

学名 *Marumba maacki* (Bremer)

分布 河北、黑龙江；俄罗斯。

寄主和危害 栎。

形态特征 翅展80mm左右；体翅灰黄色；触角茶褐色；前翅各横线黄褐色，顶角与外缘间有棕褐色半月形斑，后角有棕黑色斑1块，其上方有1个棕黑色圆斑，缘毛黄色；后翅灰黄色，中间有1条暗带，后角有棕黑色近圆形斑2个，外呈较宽的黄色边带；前、后翅的反面灰黄色，各横线明显，棕色，外线外侧呈灰白色横线；前翅顶角及后角基部黄色，后翅后角黄色。

生物学特性 河北7、8月可见成虫，具趋光性。

黄边六点天蛾

栗六点天蛾

目 鳞翅目 科 天蛾科

学名 *Marumba sperchius* (Ménétriés, 1857)

分布 河北、北京、陕西、黑龙江、吉林、辽宁、浙江、湖北、福建、广东、四川、台湾；日本，朝鲜，俄罗斯，东南亚，印度。

寄主和危害 栗、栎、核桃。

形态特征 翅展90～120mm；从头顶至腹末具1条暗褐色背线；前翅亚端线在后角斑外侧深达后缘，并不绕到后角斑的内侧；前翅后角斑明显或不明显。

生物学特性 河北7、8月可见成虫，具趋光性。

栗六点天蛾

枣桃六点天蛾

目 鳞翅目 科 天蛾科

学名 *Marumba gaschkewitschi* (Bremer et Grey, 1853)

分布 河北、北京、陕西、内蒙古、山西、河南、山东、江苏、湖北；俄罗斯，蒙古。

寄主和危害 李、枣、梨、葡萄等。

形态特征 翅展80～110mm；胸部背面棕黄色，背线棕色；前翅近外缘处黑褐色，边缘波状，近后角处具黑斑，其前方有1黑点；后翅枯黄至粉红色，近后角处具2个黑斑。

生物学特性 河北6、8月可见成虫，具趋光性。

枣桃六点天蛾

鹰翅天蛾

目 鳞翅目 科 天蛾科

又名 细翅天蛾

学名 *Oxyambulyx ochracea* (Butler)

鹰翅天蛾

分布 河北、北京、辽宁、江苏、江西、浙江、广东、四川、台湾华南；日本，印度，缅甸。

寄主和危害 槭科、核桃科植物。

形态特征 体长38～45mm，翅展97～110mm；体翅橙黄色，头顶及肩板褐绿色，颜面白色；胸部背面黄褐色，两侧浓褐绿色，腹面橙黄色；前翅内线不显著，在近前缘及后缘有一褐绿色斑，中线和外线褐绿色波状有时不显著，顶角向下弯曲呈弓状形似鹰翅，外缘呈灰褐绿色弧形带，近后角内上方有褐色绿色及褐色斑；后翅橙黄色，有较明显的棕褐色中带及外缘带；前后翅缘毛棕褐带绿色；腹部第6节两侧及第8节背面有褐绿色斑。

生物学特性 河北7月可见成虫，具趋光性。

日本鹰翅天蛾

目 鳞翅目 科 天蛾科

学名 *Ambulyx japonica* Rothschild, 1894

日本鹰翅天蛾

分布 河北、北京、陕西、台湾、海南、四川；日本，朝鲜。

寄主和危害 幼虫取食槭类植物。

形态特征 翅展85～90mm；体翅粉灰色；颜面白色，头顶下方褐绿色；肩板及后胸两侧褐绿色；前翅基部有一墨绿色小圆点，内线褐绿色呈宽带状，中线为2条较细的褐色波状线组成，外线黑色，外线至外缘呈弓形灰褐色宽带，中室端横脉上有1黑点，顶角有1褐色斜线；后翅灰橙色，有棕黑色横线2条，外缘呈棕黑色宽带；体腹面橙黄色。

生物学特性 河北5、6月可见成虫，具趋光性。

紫光盾天蛾

目 鳞翅目 科 天蛾科

学名 *Phyllosphingia dissimilis sinensis* Jordan, 1928

分布 河北、北京、山东、黑龙江、华南；日本，印度。

寄主和危害 核桃、山核桃。

形态特征 翅展105～115mm；体翅棕褐色，全身有紫红色光泽，浅色部位更加明显；胸部背线较宽，棕黑色，腹部背线较细，紫黑色，前翅基部色稍暗，内线及外线色稍深但不明显，前缘中央有1块较大的紫色盾形斑，盾斑周围色显著加深，外缘色较深呈显著的波浪形；后翅有3条深色波浪状横带，外缘紫灰色不整齐。

生物学特性 河北7月可见成虫，具趋光性。

紫光盾天蛾

盾天蛾

目 鳞翅目 科 天蛾科

学名 *Phyllosphingia dissimilis* (Bremer, 1861)

分布 河北、北京、青海、内蒙古、黑龙江、吉林、辽宁、河南、山东、浙江、江西、福建、台湾、湖南、湖北、海南、广东、广西、贵州；日本，朝鲜，俄罗斯。

寄主和危害 核桃、山核桃。

形态特征 翅展90～115mm；前胸背中线紫黑色，较宽；腹中线黑褐色，较细；前翅前缘内有较大紫色盾形斑。

生物学特性 河北5～7月可见成虫，具趋光性。

盾天蛾

丁香天蛾

目 鳞翅目 科 天蛾科

学名 *Psilogramma increta* (Walker, 1865)

分布 河北、北京、陕西、辽宁、山西、河南、山东、上海、江苏、浙江、江西、福建、湖北、湖南、海南、四川、云南、贵州、香港、台湾；日本，朝鲜。

寄主和危害 丁香、梧桐、女贞、白蜡等。

形态特征 翅展108～126mm，前胸肩板两侧具黑色纵线，后缘具1对黑斑，内侧上方具白斑，白斑下具黄白色条斑；前翅中部具3条黑色条纹，顶角处具1弯曲的黑纹，有时翅中的黑色条纹增加或扩大成片状的黑色区域；腹部腹面白色。

生物学特性 河北5～8月可见成虫，具趋光性。

丁香天蛾

绒星天蛾

目 鳞翅目  科 天蛾科

学名 *Dolbina tancrei* Staudinger, 1887

分布 河北、北京、黑龙江；日本，朝鲜，俄罗斯。

寄主和危害 幼虫取食女贞、榛、白蜡等。

形态特征 翅展50～80mm；体色多变，灰褐色至黑褐色，有时被有绿色鳞片；前翅中室具1明显的白星；腹部腹面中央具黑斑。

生物学特性 河北4～8月可见成虫，具趋光性。

绒星天蛾

鼠天蛾

目 鳞翅目　科 天蛾科

学名 *Sphingulus mus* Staudinger, 1887

鼠天蛾　鼠天蛾

分布 河北、北京、陕西、甘肃、黑龙江、山西、河南、山东、浙江、湖北；朝鲜，俄罗斯。

寄主和危害 幼虫取食暴马丁香。

形态特征 翅展58～60mm；体灰色，胸背无斑纹，腹背中线为不明显的灰褐色细线，两侧有褐斑列；前翅灰色，中室端具明显的白点，外横线呈锯齿状，有时不太明显，缘毛白色有褐斑列。

生物学特性 河北5～7月可见成虫，具趋光性。

白须天蛾

目 鳞翅目　科 天蛾科

学名 *Kentrochrysalis sieversi* Alphéraky, 1897

白须天蛾

分布 河北、北京、黑龙江、浙江、福建、云南、四川；朝鲜，俄罗斯。

寄主和危害 幼虫取食白蜡。

形态特征 翅展80～90mm；头灰白色，触角近端部具黑斑；胸部两侧黑色，后缘有黑、白斑各1对，腹部背线棕黑色，两侧具较宽的黑色纵带；前翅中室具1个近三角形的白斑。

生物学特性 河北4月底至7月可见成虫，具趋光性。

白薯天蛾

目 鳞翅目　科 天蛾科

学名 *Agrius convolvuli* (Linnaeus, 1758)

分布 河北、北京、山西、河南、山东、江苏、安徽、浙江、福建、台湾、湖北、广东、海南、四川；欧洲，非洲，大洋洲。

寄主和危害 幼虫取食白薯、牵牛花、旋花、魔芋、扁豆、赤小豆等。

形态特征 翅展90～100mm；前翅的外、中内线各为双条深棕色尖锯齿线；腹部背中灰色具黑色细线，两侧每节有由白、桃红和黑色组成的斑纹。

生物学特性 河北5、6、8、9月可见成虫，具趋光性。

白薯天蛾

松黑条蛾

目 鳞翅目　科 天蛾科

学名 *Hyloicus caligincus* Rothschild et Jordan, 1903

分布 河北、北京、陕西、天津、山东、江苏、上海、浙江、湖北、河南、四川、广东、云南；朝鲜。

寄主和危害 幼虫取食油松、华山松、马尾松等。

形态特征 翅展60～80mm；胸部前缘及两侧具黑纹，前翅中部至少具3条黑纹，顶角具中断的黑纹，缘毛白色，具黑斑列。

生物学特性 河北4、5、7、8月可见成虫，具趋光性。

松黑条蛾

豹蠹天蛾

目 鳞翅目　科 天蛾科

学名 *Langia zenzeroides* Moore, 1872

分布 河北、北京、浙江、福建、台湾、湖北、广东、四川、云南、西藏；朝鲜，泰国，尼泊尔，越南，印度。

寄主和危害 幼虫取食桃、杏、樱桃、李、梅等蔷薇科果树叶片。

形态特征 翅展130～156mm；体灰色，肩片具黑色纵条，腹端背面鳞片细小，光滑，具3条灰白色纵条；前翅外缘锯齿状，臀角尖突。

生物学特性 河北5月可见成虫，具趋光性。

豹蠹天蛾

后黄黑边天蛾

目 鳞翅目　科 天蛾科

学名 *Haemorrhagia radians* (Walker)

分布 河北、黑龙江、江西、长江流域；日本，朝鲜。

形态特征 体长21mm，翅展44mm左右；体黄绿色，触角黑色，翅透明，边缘及各脉纹棕黑色，翅框内侧有锯齿纹，中室纵条细不明显；后翅前缘、内缘及基部为黄色，外缘棕黑色；前翅及后翅反面杏黄色，透明部分有蓝紫色闪光；腹部背面各节有金黄色鳞毛，端部中央毛丛黄色，两侧黑色，第1、2腹节两侧间有白色纹。

生物学特性 河北6、7月可见成虫。

后黄黑边天蛾

小豆长喙天蛾

目 鳞翅目　科 天蛾科

学名 *Macroglossum stellatarum* (Linnaeus, 1758)

分布 河北、北京、陕西、甘肃、内蒙古、青海、新疆、吉林、辽宁、山西、河南、山东、浙江、湖南、湖北、四川、广东、海南；日本，朝鲜，越南，印度，欧洲等。

寄主和危害 茜草科植物，如蓬子菜等。

形态特征 翅展48～50mm；头及胸部背面灰褐色，腹部暗灰色，两侧具白色和黑色斑，末端具黑色毛丛；前翅灰黑色，内线及中线弯曲，黑褐色；外线不明显，中室上具1小黑点；后翅大部橙黄色。

生物学特性 河北4、7、9月可见成虫。以成虫越冬。白天在花丛中吸蜜。

小豆长喙天蛾

榆绿天蛾

目 鳞翅目　科 天蛾科

学名 *Callambulyx tatarinovi* (Bremer et Grey, 1853)

分布 河北、北京、陕西、甘肃、宁夏、新疆、内蒙古、黑龙江、吉林、辽宁、山西、河南、山东、上海、浙江、福建、湖北、湖南、四川、西藏；日本，朝鲜，俄罗斯，蒙古。

寄主和危害 幼虫取食榆、刺槐、柳。

形态特征 翅展70～80mm；胸部背面具墨绿色近菱形斑；前翅顶角处具1近三角形深绿色斑，分界明显；后翅大部红色。

生物学特性 河北4～8月可见成虫，具趋光性。

榆绿天蛾

芝麻鬼脸天蛾

目 鳞翅目 科 天蛾科

又名 芝麻天蛾、人面天蛾、鬼面天蛾 学名 *Acherontia styx* Westwood

分布 河北、北京、河南、山东、江苏、浙江、江西、陕西、山西、广东、广西、云南、台湾；日本，朝鲜，印度，斯里兰卡，缅甸。

寄主和危害 茄科、木樨科、紫薇科、豆科、马鞭草科等。

形态特征 翅展89～120mm；头部棕黑色，肩板青蓝色；胸部背面有骷髅形纹，前半棕色带褐色，下半较暗，两眼形黑点；前翅棕黑色，混杂黄褐色斑纹及白色微细鳞粉，翅基下部有黄色毛丛横线7条；后翅杏黄色，有2条黑色横带。

生物学特性 河北7月可见成虫，具趋光性。

芝麻鬼脸天蛾

芝麻鬼脸天蛾

琦玉钩蛾

目 鳞翅目 科 钩蛾科

学名 *Yucilix xia* Yang

分布 河北、北京、陕西、山西、甘肃、内蒙古、河南。

形态特征 成虫翅展20～28mm；前翅白色，顶角无钩突，翅端灰黑色，翅中部及后缘具相连的2个灰褐斑，边缘黄棕色，前斑下方可见白色分枝的纺脉纹。

琦玉钩蛾

琦玉钩蛾

生物学特性 河北1年发生1代。5～8月可见成虫，具趋光性。

三线钩蛾

目 鳞翅目 科 钩蛾科

学名 *Pseudalbara parvula* (Leech, 1890)

分布 河北、北京、陕西、甘肃、黑龙江、浙江、江西、福建、湖北、湖南、广东、四川；日本，朝鲜，俄罗斯。

寄主和危害 幼虫取食胡桃、山核桃及壳斗科树木的叶片，有时为果树的重要害虫。

形态特征 翅展18～22mm；体翅类褐色，触角黄褐色，雄单栉状，雌丝状；前翅灰紫褐色，具3条深褐色斜纹，内2条明显，中室端有2个灰白色小点；翅顶角尖，向外突出，内有1灰白色新月眼形纹。

生物学特性 河北6～8月可见成虫，具趋光性。

三线钩蛾

珊瑚树钩蛾

目 鳞翅目 科 钩蛾科

学名 *Psiloreta turpis* Butler

分布 河北*、四川；日本，朝鲜。

寄主和危害《中国蛾类图鉴》记载在四川寄主为珊瑚树。

形态特征 翅展34mm；头灰色，触角基部橘红色，胸部背面茸毛长，赭褐色，腹部背面灰褐，两侧及腹面黄褐色；前翅前缘弧度大，顶角尖，翅基部色淡，内线呈弧形，中室处有1块棕黑色斑，斑内有1弯曲细白纹；后翅与前翅颜色相同，横线由棕灰色点列组成。

生物学特性 河北7月下旬可见成虫。

珊瑚树钩蛾

珊瑚树钩蛾

透明钩蛾

目 鳞翅目 科 钩蛾科

又名 美钩蛾 学名 *Auzata minuta infirma* Inoue, 1988

分布 河北*。

寄主和危害 幼虫取食毛梾木、梾木和四照花。

形态特征 展翅21～27mm；翅面灰白色，前后翅散布透明的空窗，前翅中央有1枚焦褐色的长斑，横向，近前缘有2枚灰色斑点，端线斑点排列；后翅外线为断续的双横带，其下缘有1排纵向的透明空窗。

生物学特性 河北6、7月可见成虫，具趋光性。

透明钩蛾

古钩蛾

目 鳞翅目 科 钩蛾科

学名 *Sabra harpagula* (Esper, 1786)

分布 河北、北京、陕西、黑龙江、吉林、辽宁、浙江、福建、湖北、四川；日本，朝鲜，俄罗斯，欧洲，中亚，中东。

寄主和危害 幼虫取食桦、椴、栎等植物。

形态特征 翅展20～38mm；体黄褐色至灰褐色，前翅外缘由1个近半圆弧形和1个浅弧形组成，翅端半部由1个黄色（褐色）和1个褐色大斑相邻；雄蛾触角双栉状。

生物学特性 河北5～7月可见成虫，具趋光性。

古钩蛾

古钩蛾

栎距钩蛾

目 鳞翅目 科 钩蛾科

学名 *Agnidra scabiosa fixseni* (Bryk, 1887)

分布 河北、北京、陕西、甘肃、黑龙江、吉林、辽宁、江苏、浙江、福建、台湾、湖北、湖南、广西、四川；日本，朝鲜。

寄主和危害 幼虫取食多种栎类，如蒙古栎、麻栎、板栗等。

形态特征 翅展18～35mm；触角茶褐色，雄额双栉形，端部丝状，雌蛾丝状；前翅中线附近有灰白色散斑，形成1条由多个灰色椭圆形点组成的宽线，中室内有1白点，前翅外缘有时暗褐色；后翅中室部位有较前翅小的灰白色散纹。

生物学特性 河北8月可见成虫，具趋光性。

栎距钩蛾

栎距钩蛾

赤杨镰钩蛾

目 鳞翅目 科 钩蛾科

学名 *Drepana curvatula* (Borkhausen, 1790)

分布 河北、北京、内蒙古、黑龙江、吉林、山西；日本，朝鲜，俄罗斯。

寄主和危害 幼虫取食赤杨、青杨和棘皮桦。

形态特征 前翅长14～19mm；体翅焦枯至暗黄褐色，前翅顶角下方具棕黑色弧形线，前后翅各有5条波浪状斜线，其中第4条最为清晰，中室端具2个黑斑，内侧有时可见1小黑点。

生物学特性 河北8月可见成虫，具趋光性。

赤杨镰钩蛾

荚蒾钩蛾

目 鳞翅目　科 钩蛾科

学名 *Psiloreta pulchripes* (Butler)

荚蒾钩蛾

分布 河北*、云南；日本，朝鲜。

寄主和危害 荚蒾。

形态特征 翅展34～42mm；头橘红色，触角橘黄，体侧有黄色鳞毛；前翅赤褐色，散布有棕褐色斑点，顶角较钝，后方近前缘处有棕黑色斑，横线不明显，外线自顶角斜向后缘，有些个体一条宽黄带，外缘黑褐色，近后角处有一黑点；后翅基部及前缘淡黄色，中室内方有赤褐色宽横带，顶角有一赤褐斑。

生物学特性 河北7月可见成虫，具趋光性。

斜线燕蛾

目 鳞翅目　科 燕蛾科

学名 *Acropteris iphiata* (Guenée, 1857)

斜线燕蛾

分布 河北、北京、陕西、黑龙江、吉林、辽宁、江苏、浙江、福建、湖北、广西、四川、贵州、云南、西藏；日本，朝鲜，印度。

寄主和危害 幼虫取食萝藦、七层楼等萝藦科植物。

形态特征 翅展25～32mm；翅银白色，顶角略尖，具锈色斑，由此多条褐纹伸达翅后缘，缘毛褐色至黑褐色。

生物学特性 河北6～9月可见成虫，具趋光性。

灰蝶敌蛾

目 鳞翅目　科 敌蛾科

学名 *Orudiza protheclaria* Walker

分布 河北*、广东、海南；印度，缅甸，印度尼西亚。

形态特征 翅展28mm；灰褐色，头部棕色，腹部末端橙黄色；前翅缘灰色有密集棕纹，中线及内线棕色，外带隐约可见，外缘有三齿；后翅中线弯曲，外缘有二棕色细线，中下部有二小尾带，基部橙黄色，翅反面灰褐色，线条不显。

生物学特性 河北7月可见成虫，有趋光性。

灰蝶敌蛾

白带黑尺蛾

目 鳞翅目　科 尺蛾科

学名 *Eulype hastata hecata* Butler

分布 河北*；日本。

形态特征 前翅长19mm；体长黑色，翅脉端缘毛黑色，其余缘毛白色，翅外缘形成黑白相间的花边；前翅前缘端部有3个小白点，向外弧弯排列；外线为明显的白色宽带，向外折曲形成3个齿；后翅有宽的白色中带，与前翅白色外带相接，后翅中带向外突出1齿。

生物学特性 河北1年发生1代。河北7月可见成虫，具趋光性。

白带黑尺蛾

无纹素尺蛾

目 鳞翅目　科 尺蛾科

学名 *Lomographa anoxys* (Wehrli , 1936)

分布 河北*。

形态特征 翅展25～32mm，中小型；翅面灰白色，前翅中室后方无带状的横纹，触角黄褐色，近基部白色，外观近似毒蛾科的小点白毒蛾但与本种前翅外缘平直，臀角垂直状。

生物学特性 河北8月可见成虫，具趋光性。

无纹素尺蛾

暗带截翅尺蛾

 鳞翅目　 尺蛾科

学名 *Oxymacaria truncaria truncaria* (Leech, 1897)

分布 河北*。

形态特征 翅展38mm；体型及翅型狭长，翅面灰褐色，前翅前缘及外缘呈直线或角状，外缘中央具突角，外线为模糊状的黑褐色弧状横带，亚端线白色，端线于脉间具黑色斑点排列，腹背前节有1条黑色环纹。

生物学特性 分布于中海拔山区，体形瘦长。河北7月可见成虫，具趋光性。

暗带截翅尺蛾

U纹波尺蛾

目 鳞翅目 科 尺蛾科

学名 *Physetobasis dentifascia triangulifera* Inoue, 1954

分布 河北*。

形态特征 翅展23～29mm；前翅前缘中有1枚大型的褐色斑，边缘具黑色点分布，近后缘有1枚黑色“U”字形纵向斑纹，此为命名的由来，后翅外线呈波浪状细线。

生物学特性 河北7月可见成虫，具趋光性。

U纹波尺蛾

橘红银线尺蛾

 鳞翅目  尺蛾科

学名 *Scardamia aurantiacaria* Bremer

分布 河北、辽宁、吉林、黑龙江、北京；日本，朝鲜，俄罗斯。

形态特征 前翅长11～13mm；雄触角双栉形，末端无栉齿；雌触角线形；翅面橘黄色至橘红色。翅上密布小褐斑点，外线褐色，上有银灰色鳞，前翅还有1条银灰色断续的内线，向后缘中部弧弯，前缘有褐边。

生物学特性 河北7、8月可见成虫，具趋光性。

橘红银线尺蛾

小花波尺蛾

目 鳞翅目 科 尺蛾科

学名 *Eupithecia emanata* Dietze, 1908

分布 河北*、北京、山西、陕西、浙江、广东、西藏；日本，朝鲜，俄罗斯。

形态特征 翅展15～21mm；体灰褐色，胸部前后部各具1条黑色横带；前翅具基线、内线、中线和外线，内线和外线3线，外线外还具波状线，中室具长形黑斑；缘线黑色，间断；后翅具中室斑。

生物学特性 河北5、8月可见成虫，具趋光性。

小花波尺蛾

沙灰尺蛾

目 鳞翅目 科 尺蛾科

又名 苜蓿尺蛾

学名 *Tephrina arenaceria* (Schiffermüller et Denis)

分布 河北、北京、内蒙古、陕西；欧洲。

寄主和危害 幼虫取食苜蓿等植物。

形态特征 前翅长12～13mm；触角雌线状，雄双栉状；体翅颜色变异大，但斑纹较一致；前翅上密布灰褐色小斑点；外线为1条暗色条纹，被翅脉断开为1列淡褐色至黑褐色虚线，由顶角内侧逐渐加粗。

生物学特性 河北5月上旬至8月上旬可见成虫，具趋光性。

沙灰尺蛾

黄灰尺蛾

目 鳞翅目 科 尺蛾科

学名 *Tephrina flavescens* (Alpheraky)

分布 河北、内蒙古、山西、北京、四川。

形态特征 前翅长13～14mm；触角雌线状，雄双栉状；体翅黄色，翅上密布小褐点；前翅外缘较直，与后缘近于垂直；前翅外线较直较宽，从顶角内侧伸到臀角内侧，不被脉分开；中室端有褐点明显；后翅外线较细而明显。

生物学特性 河北5月下旬至7月下旬可见成虫，具趋光性。

黄灰尺蛾

黄灰尺蛾

朝尺蛾

目 鳞翅目 科 尺蛾科

学名 *Devenilia corearia* (Leech, 1891)

分布 河北、北京、台湾；朝鲜，俄罗斯。

形态特征 翅展24～27mm；体翅黄褐色，翅面布褐色短碎纹，前翅顶角处颜色较浅，翅中部的褐带较宽，两翅反面中部均具较宽的褐带，前翅外缘褐色带较宽。

生物学特性 河北6、8月可见成虫，具趋光性。

朝尺蛾

水蜡尺蛾

目 鳞翅目　科 尺蛾科

学名 *Garaeus parva distans* Warren

分布 河北、台湾、黑龙江；日本，朝鲜，印度。

寄主和危害 幼虫取食水蜡。

形态特征 前翅长16～18mm；体翅灰褐色；触角干和头顶两侧两触角间白色；前翅中线黄褐色，在中室端向外折成锐角然后斜伸至后缘中部。中线外侧有1黄褐色细线。顶角较尖，附件有1新月形白斑和1近三角形黄斑。

生物学特性 河北7月下旬可见成虫，具趋光性。

水蜡尺蛾

上海枝尺蛾

目 鳞翅目　科 尺蛾科

学名 *Macaria shanghaisaria* Walker, 1861

分布 河北*、北京、黑龙江、吉林、辽宁、上海；日本，朝鲜，俄罗斯，哈萨克斯坦。

寄主和危害 幼虫取食柳、杨。

形态特征 翅展21～25mm；体、翅淡黄棕色；翅正反面的斑纹相近，前翅具3条黄褐色横带；外带最宽，中内带的翅前缘处具黑褐色斑，外带前缘具2个黑褐色斑；翅顶角下翅缘及缘毛呈黑色弧带，后翅外缘中部突出。

生物学特性 河北8月可见成虫，具趋光性。

上海枝尺蛾

上海枝尺蛾

耳斑蟠尺蛾

目 鳞翅目 科 尺蛾科

学名 *Eilicrinia wehrlii* Djakonov, 1933

耳斑蟠尺蛾

分布 河北*、北京、陕西；日本，朝鲜，俄罗斯。

寄主和危害 春榆和裂叶榆。

形态特征 前翅长15mm；头土黄色，头顶白色，下唇须土黄色，短，稍伸出头，基节具长鳞片，第3节短，约为第2节之半；前翅后土黄色，散布褐色鳞片，前翅前缘中部及翅顶角下具褐斑（大小有变化），隐约可见内外弧形横带；前翅顶角尖形突出；后翅具中室斑及外线。

生物学特性 河北6、7月可见成虫，具趋光性。

截翅尺蛾

目 鳞翅目 科 尺蛾科

学名 *Hypoxystis pulcheraria* (Herz, 1905)

分布 河北、北京、内蒙古、辽宁；日本，俄罗斯。

形态特征 翅展24～33mm；雄蛾触角双栉状，雌蛾线状；体翅突黄色；前翅前缘直，顶角较尖，外缘在中部外突，此处缘毛土黄色，而前后的缘毛黑褐色，或仅前方黑褐色；前翅具内、中、外3横线，外线最明显，中线不显，内线有时可见；中室具明显的黑点；后翅也具中室斑。

生物学特性 河北4、6～8月可见成虫，具趋光性。

截翅尺蛾

截翅尺蛾

寒尺蛾

目 鳞翅目　科 尺蛾科

学名 *Alsophila japonensis* (Warren, 1894)

分布 河北*、北京；日本，朝鲜，俄罗斯。

寄主和危害 幼虫取食柳属、大胡桃、鹅耳枥、栎类等多种植物。

形态特征 雄蛾前翅长17～22mm；雌蛾无翅，体长9～12mm；雄蛾前翅灰白色，内外带暗褐色，其内带的内侧和外带的外侧浅灰色，外带前缘外侧的浅灰白色斑明显，中室外侧的暗褐带宽大，顶角处具1条斜暗褐纹。

生物学特性 河北10月可见成虫，具趋光性。

寒尺蛾

寒尺蛾

黑斑褥尺蛾

目 鳞翅目　科 尺蛾科

学名 *Eustroma aerosa* (Butler, 1878)

分布 河北、北京、陕西、甘肃、福建、湖南、四川、云南；日本，朝鲜，俄罗斯。

形态特征 前翅长16～19mm；触角线形；额大部黄白色，中央有1深褐色纵带；前翅黑褐色，具许多交叉的线纹，黄白至黄绿色；中线斜置，在近后缘与外线组成回纹形，回纹内有“U”形细线，中线下方在后缘处有1环形线。

生物学特性 河北7～8月可见成虫，具趋光性。

黑斑褥尺蛾

环缘奄尺蛾

目 鳞翅目　科 尺蛾科

学名 *Stegania cararia* (Hübner, 1790)

环缘奄尺蛾

分布 河北*、北京、河南；俄罗斯，欧洲。

寄主和危害 幼虫取食杨树叶。

形态特征 翅展20～21mm；翅面淡黄色，具锈黄至锈褐色鳞片，前翅前缘褐色，中室端具暗褐斑，亚缘翅暗褐色，并在近中部及近后角伸向翅缘，围成的3个小室，前2个大小相近，后1个很小；亚缘线内侧的翅脉上常具暗褐色短纹。

生物学特性 河北5、8月可见成虫，具趋光性。

灰边白沙尺蛾

 鳞翅目　 尺蛾科

学名 *Cabera griseolimbata* (Oberthür, 1879)

灰边白沙尺蛾

分布 河北*、北京、陕西、甘肃、河南、浙江、湖南、广西、四川；日本，朝鲜，俄罗斯。

形态特征 翅展23～25mm；体背及翅淡黄色，散布深褐色碎纹；前后翅具深褐色线条，前翅3条，后翅2条，具纵纹相连，中室端纹条纹；前翅臀角处有1巨大深褐色斑，有时后翅外缘1/3深褐色。

生物学特性 河北7月可见成虫，具趋光性。

灰碟尺蛾

目 鳞翅目 科 尺蛾科

学名 *Narraga fasciolaria* (Hüfnagel, 1767)

分布 河北、北京、甘肃、辽宁、山东；欧洲。

寄主和危害 幼虫取食蒿类植物。

形态特征 前翅长10mm；前翅后底色黄白色，布满灰紫色鳞片，可见4条横纹，有时横纹扩大，条纹不显，或仅在前翅前缘中部可见2个黄色斑；翅的反面斑纹明显；雄蛾触角双栉形，雌蛾线形。

生物学特性 河北4～8月可见成虫，具趋光性。成虫停息时并不平展双翅，而是竖在体背方。

灰碟尺蛾

黄双线尺蛾

目 鳞翅目 科 尺蛾科

学名 *Erastria perlutea* Wehrli, 1939

分布 河北*、北京、山西、江苏。

寄主和危害 幼虫取食栎叶。

形态特征 前翅长18～19mm；体背及翅鲜黄色，雄蛾触角双栉状，雌蛾触角线形；翅面具褐色小断纹，翅中部具2条平行褐色细横线，外线近端部外侧具黄褐色斑纹，前翅数个，而后翅仅1个，缘线具褐边；翅缘锯齿形，后翅尤为明显；翅反面鲜黄色，具2条斜线，前翅外线外全为褐色，后翅外线外褐斑不达翅缘。

黄双线尺蛾

黄双线尺蛾

生物学特性 河北7、8月可见成虫，具趋光性。

枯黄惑尺蛾

目 鳞翅目 科 尺蛾科

学名 *Epholca auratilis* (Prout, 1934)

分布 河北[*]、北京、陕西、甘肃、浙江、湖北、广西、四川、云南。

形态特征 翅展34～36mm；体翅枯黄色，雄蛾色深，前翅具3条横线，外线与亚缘线在前半几乎相接，后半弧形分开（近顶角有5线相交），翅顶角处具2个白斑；后翅亚缘线大波浪形，在中部呈角形外凸。

生物学特性 河北7月可见成虫，具趋光性。

枯黄惑尺蛾

秋枝尺蛾

目 鳞翅目 科 尺蛾科

又名 华秋枝尺蛾

学名 *Ennomos autumnaria* (Werneburg, 1859)

分布 河北、北京、内蒙古、山西；日本，朝鲜，俄罗斯，欧洲。

寄主和危害 幼虫取食杨、柳、榆、桦等多种阔叶树。

形态特征 翅展24～26mm；雌蛾触角线状，雄蛾触角双栉状；体色斑纹有边；头胸被黄毛，胸部的毛密而长；翅外缘锯齿状，近中部最为突出；前翅常可见内外2条淡褐色横纹，翅反面橙黄色，中室端褐斑更明显。

生物学特性 河北8月可见成虫，具趋光性。

秋枝尺蛾

秋枝尺蛾

秋枝尺蛾

小秋黄尺蛾

目 鳞翅目 科 尺蛾科

学名 *Ennomos infidelis* (Prout, 1929)

分布 河北*、北京、甘肃、内蒙古、辽宁、湖北；日本，俄罗斯。

形态特征 翅展33～43mm；体翅浅黄色至黄色；前翅中部具深灰色中线和外线，中线在近前缘具1折角；后翅无中线，外线消失或仅中段可见；前后翅近中部突出1尖角；缘毛黄白色，翅脉端褐色。

生物学特性 河北7月可见成虫，具趋光性。

小秋黄尺蛾

枯黄贡尺蛾

目 鳞翅目 科 尺蛾科

学名 *Odontopera arida* (Butler, 1878)

分布 河北、北京；日本。

寄主和危害 幼虫取食壳斗科、蔷薇科、山茶科等植物。

形态特征 翅展42～49mm；体土黄色（有时较深），翅上散布灰褐色鳞斑，前翅中室端具灰褐色圆点，中心灰白色，外缘灰褐色，锯齿形，共3齿，越向后越大。

生物学特性 河北5、6、8月可见成虫，具趋光性。

枯黄贡尺蛾

叉线卑尺蛾

目 鳞翅目 科 尺蛾科

学名 *Endropiodes abjecta* (Butler, 1879)

分布 河北、北京、内蒙古、湖南、浙江；日本，朝鲜，俄罗斯。

寄主和危害 幼虫取食鸡爪槭、茶条槭。

形态特征 前翅长13～23mm；前后翅灰褐至褐色，散布黑褐色鳞片；前翅具2条浅色横线，其中外线前缘具1明显的折角；中后翅均具中室端斑。

生物学特性 河北4、7月可见成虫，具趋光性。

叉线卑尺蛾

连斑涤尺蛾

目 鳞翅目 科 尺蛾科

学名 *Dysstroma corussaria* Oberthür

分布 河北、北京、四川；日本，朝鲜，俄罗斯。

形态特征 前翅长16～18mm；触角雌蛾线状，雄蛾纤毛状；头、胸黄褐色；下唇须向前突伸；前翅大多白色散有褐鳞，基部黄褐色，基线较宽为灰褐色；中线褐色较宽，在中部向外突伸成角。

生物学特性 河北7月可见成虫，具趋光性。

连斑涤尺蛾

乌苏里锈纹折线尺蛾

目 鳞翅目 科 尺蛾科

学名 *Ecliptoptera umbrosaria* (Prout)

分布 河北、山东、黑龙江、辽宁、内蒙古、山西、河南、陕西、湖南、福建。

寄主和危害 紫藤等。

形态特征 前翅长14～16mm；胸、腹部背面黄色至灰黄色；前翅黑褐色，线纹黄白色，外线的外缘及内线上有山状纹，外线及外侧线纹清晰，顶角下三角形深色斑纹宽大。

生物学特性 河北7、8月可见成虫，具趋光性。

乌苏里锈纹折线尺蛾

桑尺蛾

目 鳞翅目 科 尺蛾科

学名 *Phthonandria atrilineata* (Butler, 1881)

分布 河北、北京、陕西、河南、山东、江苏、浙江、安徽、江西、台湾、湖北、广东、四川、贵州；日本，朝鲜。

寄主和危害 幼虫取食桑叶。

形态特征 前翅长19～22mm；触角双栉状；体黄褐色，翅上密布黑褐色细横短纹，色斑变化大，但前翅均可见2条黑色横线，其中外线在顶角下外凸；后翅仅1条横线，较直。

生物学特性 河北6、8月可见成虫，具趋光性。

桑尺蛾成虫

桑尺蛾成虫

桑尺蛾幼虫

幕尘尺蛾

目 鳞翅目 科 尺蛾科

学名 *Hypomecis roboraria* (Denis et Schiffermüller, 1775)

幕尘尺蛾

分布 河北、北京、黑龙江、吉林、浙江、江西、台湾、湖北、广西、西藏；日本。

寄主和危害 幼虫取食冷杉、桦、落叶松、云杉、松、柳、栎等多种林木。

形态特征 前翅长19～32mm；雄蛾触角双栉状，端部线状，雌蛾触角线状；体翅灰白至灰褐色，散布褐至黑褐色点，外线黑褐色，锯齿形，在近后缘常与中线相接，此后常形成1黑褐斑；亚端线波状，灰白色，两侧衬黑褐色带；后翅内线较宽直，外线锯齿弯曲，亚端线和外缘同前翅。

生物学特性 河北6、8月可见成虫，具趋光性。

灰褐水尺蛾

目 鳞翅目 科 尺蛾科

学名 *Hydrelia enisaria* Prout, 1926

灰褐水尺蛾

分布 河北*。

形态特征 翅展18mm；翅面灰褐色，前翅有3条红褐色的波状纹，近翅基的1条不明显，第2列横带下方有1枚黑色横斑，各红褐色横带内的纵脉上具黑斑；前翅外线至翅基黑褐色，中外线为橙色的波状纹，外线至外缘具灰白色或淡褐色的波状纹。

生物学特性 河北7月可见成虫，具趋光性。

核桃四星尺蛾

目 鳞翅目 科 尺蛾科

学名 *Ophthalmitis albosignaria* (Bremer et Grey, 1853)

分布 河北、北京、陕西、甘肃、内蒙古、黑龙江、吉林、辽宁、山西、河南、安徽、浙江、江西、台湾、湖北、湖南、广西、四川、贵州、云南；日本，朝鲜，俄罗斯。

寄主和危害 幼虫取食核桃叶片。

形态特征 翅展39～51mm；体背及翅灰白色，具黑斑，前后翅中线近前缘具1眼状斑，黑色，内具三角形或菱形白斑；雌雄蛾触角均为双栉齿状。

生物学特性 河北1年发生1代。河北7月可见成虫，具趋光性。

核桃四星尺蛾成虫

核桃四星尺蛾成虫

核桃四星尺蛾幼虫

四星尺蛾

目 鳞翅目 科 尺蛾科

学名 *Ophthalmitis irrorataria* (Bremer et Grey, 1853)

分布 河北、北京、陕西、宁夏、甘肃、黑龙江、吉林、辽宁、浙江、江西、湖南、福建、台湾、广西、四川、云南；日本，朝鲜，俄罗斯，印度。

寄主和危害 幼虫取食苹果、柑橘、海棠、鼠李等叶片。

形态特征 翅展39～43mm；体翅常带青绿色，翅中的眼斑较小，横线锯齿形，较为明显。

生物学特性 河北1年发生1代。河北6、7月可见成虫，具趋光性。

四星尺蛾成虫

四星尺蛾成虫

四星尺蛾幼虫

凸翅小盅尺蛾

目 鳞翅目 科 尺蛾科

学名 *Microcalicha melanosticta* (Hampson, 1895)

凸翅小盅尺蛾

分布 河北*、北京、陕西、甘肃、河南、山东、浙江、福建、湖北、湖南、广东、广西、海南、四川；缅甸，印度。

形态特征 前翅长12～17mm；雄蛾触角双栉状，末端约1/5无栉齿，雌蛾触角线状；头顶、体背和翅灰黄色；前翅外缘中部略凸出，翅面散布褐鳞，前缘有3或4个深褐色小斑，其中顶角内侧1个较大；臀角处为1大褐斑，有时缩小为1褐点并远离臀角；后翅外缘波曲，中部凸出1尖角。

生物学特性 河北8月可见成虫，具趋光性 。

黑油渍波尺蛾

目 鳞翅目  科 尺蛾科

学名 *Eustroma melancholicum interrruptum* (Wileman, 1911)

分布 河北。

形态特征 展翅36～43mm；前翅黑褐色，翅面具白色或黄褐色波浪状的斑纹，颜色深浅不一，外观有如黑油色泽的纹理。外观近似利齿波尺蛾但本种外线中央的齿突有2枚较长，亚端线与外线相连。

生物学特性 河北7月可见成虫，具趋光性。

黑油渍波尺蛾

多粉尺蛾

目 鳞翅目　科 尺蛾科

学名 *Anagoga pulveraria* Linnaeus

分布 河北；日本。

形态特征 翅展约35mm；体深褐色；前翅中部有一深褐色宽带。

生物学特性 河北5月可见成虫，具趋光性。

多粉尺蛾　多粉尺蛾

褐网尺蛾

目 鳞翅目　 尺蛾科

学名 *Chiasmia* sp.

分布 河北、北京。

形态特征 前翅长17～19mm；触角雌蛾线状，雄蛾双栉状；下唇须短粗；体白色，散布褐色斑纹；翅白色，沿翅脉有许多条褐色纵条，与3条褐色横带交叉组成褐色的网状纹，其间夹杂一些小褐点，缘毛白色，有1列褐点加插在褐条间。

生物学特性 河北6～8月可见成虫，具趋光性。

褐网尺蛾

李尺蛾

目 鳞翅目  科 尺蛾科

学名 *Angerona prunaria* Linnaeus

分布 河北、黑龙江；日本，朝鲜，俄罗斯。

寄主和危害 幼虫取食李、桦、落叶松、山楂、榛、稠李、千金榆、乌荆子等。

形态特征 前翅长23～24mm；体翅颜色变化很大，从浅灰到橙黄、暗褐或橙黄、暗褐相间；翅上散布黑褐色、横向的细碎条纹；浅色型，中室有1较粗的横向纹，脉端缘毛黑褐色。

生物学特性 河北1年发生1代。河北6月下旬至7月下旬可见成虫，具趋光性。

李尺蛾成虫

李尺蛾成虫

李尺蛾幼虫

落叶松尺蛾

 鳞翅目  尺蛾科

学名 *Erannis ankeraris* Staudinger

分布 河北、内蒙古、黑龙江。

寄主和危害 幼虫取食落叶松。

形态特征 前翅长20～21mm；触角雌蛾丝状，雄蛾短栉齿状；雌蛾无翅体纺锤形，雄蛾体翅浅黄色，腹部背面各节有褐色环；前翅内线前半较明显，由密集的枯褐色细点纹组成；中室有明显的褐色圆点；外线暗褐色，有2个褐色星斑；外缘有1列褐点。

生物学特性 河北1年发生1代，河北7、8月可见成虫，具趋光性。

落叶松尺蛾成虫

落叶松尺蛾幼虫

落叶松尺蛾雄成虫

落叶松尺蛾雌成虫

焦点滨尺蛾

目 鳞翅目　科 尺蛾科

学名 *Exangerona prattiaria* (Leech, 1891)

分布 河北、北京、甘肃、山西、湖北、四川、云南；日本，朝鲜。

寄主和危害 幼虫取食栎。

形态特征 雄蛾翅展34～41mm，雌蛾翅展32～50mm；雌蛾触角线状，雄蛾双栉状；体翅颜色斑纹有变，多黄色，散布褐色鳞片；前翅具3条褐色横带，外缘具1大片褐色区，其中具1白点，雌蛾的褐色区常较大，白点明显。

生物学特性 河北7月可见成虫，具趋光性。

焦点滨尺蛾

焦点滨尺蛾

双斑钩尺蛾

 鳞翅目　 尺蛾科

学名 *Luxiaria mitorrhaphes* Prout

分布 河北*。

形态特征 翅展40mm左右；前翅淡褐色，外线在各脉上具小黑点排列成横带，近后缘处有1枚大黑斑(有时消失)，但有些个体消失。

生物学特性 河北7月可见成虫，具趋光性。

双斑钩尺蛾

双斑钩尺蛾

美白波尺蛾

目 鳞翅目  科 尺蛾科

学名 *Venusia lineata* Wileman, 1916

分布 河北*。

形态特征 翅展12～14mm；前翅灰白色，翅面密布不明显的黄褐色波状纹，前翅中室附近有1黑色斜纹，中间有断隔，后中线近前线有1个块状的黑褐色大斑。

生物学特性 河北7月可见成虫，具趋光性。

美白波尺蛾

美白波尺蛾

碎黑黄尺蛾

 目 鳞翅目  科 尺蛾科

学名 *Euchristophia cumulata meridionalis* Inoue, 1986

分布 河北*。

形态特征 翅展13～15mm；触角雌蛾线状，雄蛾双栉状；翅面底色淡黄色，具3～4条弧状的黄色横带，前翅中室端有1枚明显的黑斑，近基部及后缘有细碎的褐色斑纹散布；体态像小灰蝶，色彩明亮优美。

生物学特性 河北7月可见成虫，具趋光性。

碎黑黄尺蛾雌

碎黑黄尺蛾雄

树形尺蛾

目 鳞翅目 科 尺蛾科

学名 *Erebomorpha consors* Butler

分布 河北、四川；日本，朝鲜，俄罗斯。

形态特征 前翅长35mm；雌雄蛾触角均双栉齿状，只是雌蛾的栉齿短些；体翅黑棕色，全翅布满黄色细横条纹；翅展后前后翅的白色纹相连似树形；后翅的外线白纹似树干，基部向外伸出一枝，树外有3个三角尖，前翅的4条白纹似树枝。

生物学特性 河北1年发生1代。河北7月可见成虫，具趋光性。

树形尺蛾

树形尺蛾

透斑钩角尺蛾

目 鳞翅目 科 尺蛾科

学名 *Garacus spccularis* Moore, 1868

分布 河北[*]。

形态特征 翅展35～40mm；翅面橙褐色至褐色；前翅中央的横带具有2个紧邻的白斑，但个体差异很大，有些无斑或具4～5个白斑，白斑上方有1黑点，前翅端钩角状；后翅中央具大小斑块排列成横带状，近臀角斑形变窄；前后翅中央具白色斑窗。

生物学特性 河北1年发生1代。河北7月可见成虫，具趋光性。

透斑钩角尺蛾

透斑钩角尺蛾

绣纹尺蛾

目 鳞翅目　科 尺蛾科

学名 *Ecliptopera umbrosaria* (Motschulsky)

绣纹尺蛾

分布 河北、辽宁、吉林、黑龙江、四川；日本，印度。

寄主和危害 紫葛等。

形态特征 前翅长12～13mm；前翅黑褐色，有灰白色细横线；内线弧形；中线大体自前缘基部1/3处起，中间向外突弯，伸向后缘基部1/3处；外缘顶角处有1个三角形黑褐斑；后翅灰色，外缘和后缘颜色较浓，有浅色的外线。

生物学特性 河北7月可见成虫，具趋光性。

三线银尺蛾

目 鳞翅目　科 尺蛾科

学名 *Scopula pudicaria* Motschulsky

三线银尺蛾

分布 河北、黑龙江、吉林、辽宁、内蒙古；日本，朝鲜，欧洲。

寄主和危害 马兰等。

形态特征 前翅长13mm左右；银白色，前翅有3条斜线，后翅有2条斜线，淡黄色，不明显；前、后翅反面的中室顶端各有1小黑点，前翅前缘灰褐色，分布有许多灰褐色细点。

生物学特性 河北6、7月可见成虫，具趋光性。

双珠严尺蛾

目 鳞翅目 科 尺蛾科

学名 *Pylargosceles steganioides* (Butler, 1878)

分布 河北*、北京、山东、江苏、江西、台湾、福建、湖南；日本，韩国。

寄主和危害 幼虫取食蔷薇、草莓、秋海棠、牛膝等多种植物。

形态特征 翅展19～24mm；体翅颜色多变，有灰褐、黄色等，具斑纹；前翅具中点，前缘色深，具3条横线，内线波形，常不明显，中线波形，在前半部与翅缘相接，组成2个小室，有时分隔不明显；后翅中线弧形，明显，外线波浪形，有时不明显。

生物学特性 河北4、7月可见成虫，具趋光性。

双珠严尺蛾

云南松迴纹尺蛾

目 鳞翅目 科 尺蛾科

学名 *Chartographa fabiolaria* (Oberthür)

分布 河北、北京、甘肃、浙江、江西、湖北、湖南、四川、广西、贵州、云南。

寄主和危害 幼虫取食松树。

形态特征 前翅长21～25mm；翅污白色、斑纹灰褐至深褐色；前翅基部有1大褐斑，斑上可见波状浅色亚基线，斑外为一灰褐带，上窄下宽；前缘近中部为1楔形大褐斑，斑内有浅色回纹；翅端部为1不完整的深灰褐色带，在波状顶角斜线之下和臀角处深褐色；后翅基部灰褐色，中点弱小。

云南松迴纹尺蛾

生物学特性 河北7、8月可见成虫，具趋光性。

直线黑点尺蛾

目 鳞翅目 科 尺蛾科

学名 *Xenortholitha euthygramma* (Wehrli, 1924)

分布 河北、北京、上海、浙江、福建、湖北、湖南、四川。

形态特征 前翅长13～14mm；体背及前翅灰褐色，前翅宽阔，顶角呈钩状凸出，具3条横线，内2条横线波状，之间颜色较浅，外线几乎直，中室内具小黑点；亚缘线由1列小白点组成。

生物学特性 河北5、8月可见成虫，具趋光性。

直线黑点尺蛾

装饰岩尺蛾

目 鳞翅目 科 尺蛾科

学名 *Scopula decorata* (Denis & Schiffermüller, 1775)

分布 河北；欧洲。

形态特征 翅展25.0mm左右；体翅白色，有稀疏小黑点；前翅内线黑色波曲，中线灰色较粗波曲，中点灰黑色条状；外线黑色清晰波曲，外侧内凹处有2个椭圆形褐色斑，后缘处有2个褐色斑，其余均为蓝灰色椭圆形斑；亚缘线白色波曲；外侧有1条半圆形蓝灰色斑组成的带；后翅斑纹同前翅。

生物学特性 河北8月可见成虫，具趋光性。

装饰岩尺蛾

肾纹绿尺蛾

目 鳞翅目 科 尺蛾科

学名 *Comibaena procumbaria* (Pryer, 1877)

分布 河北、北京、甘肃、山西、河南、山东、上海、浙江、江西、湖北、湖南、福建、台湾、广西、四川；日本，朝鲜。

寄主和危害 幼虫取食荆条、胡枝子、茶、罗汉松、杨梅等。

形态特征 翅展20～25mm；体背及翅绿色；前翅前缘白色，臀角处具白斑，外围褐色；后翅顶角处具1类似的斑；前后翅外缘具波浪形褐线，中室各有1黑点，有时前翅可见2条白色横线。

生物学特性 河北6～8月灯下可见成虫，具趋光性。

肾纹绿尺蛾

菊四目绿尺蛾

目 鳞翅目 科 尺蛾科

学名 *Thetidia albocostaria* (Bremer, 1864)

分布 河北、北京、陕西、甘肃、内蒙古、黑龙江、吉林、辽宁、山西、安徽、湖北、湖南；日本，朝鲜，俄罗斯。

寄主和危害 幼虫取食菊、艾蒿等菊科植物叶片，并把叶碎片黏在体上伪装。

形态特征 翅展23～30mm；体翅翠绿色；前翅内外横线灰白色，前后翅具1眼状纹，中间具锈色短线；翅外缘及缘毛锈色，但脉间的缘毛白色。

生物学特性 河北7月可见成虫，具趋光性。

菊四目绿尺蛾

枯斑翠尺蛾

目 鳞翅目　科 尺蛾科

学名 *Eucyclodes difficta* (Walker, 1861)

枯斑翠尺蛾

枯斑翠尺蛾

分布 河北、北京、陕西、甘肃、内蒙古、河南、上海、浙江、安徽、江西、台湾、湖北、湖南、重庆、云南；日本，朝鲜，俄罗斯。

寄主和危害 幼虫取食柳、杨、桦等植物。

形态特征 前翅长14～18mm；雌蛾触角线形，雄蛾触角双栉形，末端线形；胸和腹部第1节背板绿色，腹部其余部分白色带黄褐色；翅绿色，外缘灰白色，后翅尤为明显。

生物学特性 河北8月可见成虫，具趋光性。

缺口镰翅青尺蛾

 鳞翅目　 尺蛾科

学名 *Tanaorhinus discolor* Warren

分布 河北*、浙江、四川、台湾；印度，日本。

形态特征 前翅长20～26mm，灰绿色至灰黄色；前翅凹陷臀角下垂，前翅内线暗灰色，双波形，在中脉下有3个豆形灰白斑，前端还有1个圆斑及2个灰枯斑（有时不明显，仅呈一带状）；后翅内外线间有1大块灰白斑。

生物学特性 河北7月可见成虫，具趋光性。

缺口镰翅青尺蛾

缺口镰翅青尺蛾

青辐射尺蛾

目 鳞翅目　科 尺蛾科

学名 *Iotaphora admiabilis* Oberthür

分布　河北、黑龙江、江西、陕西。

寄主和危害 幼虫取食胡桃楸。

形态特征 前翅长28mm；体青灰色，翅上有杏黄及白色斑纹，外线曲度有异；颜灰白色，头顶粉白色，触角白轴棕栉，下唇须棕色。

生物学特性 河北1年发生1代。以蛹在地面乱叶中越冬。河北7、8月可见成虫，具趋光性。

青辐射尺蛾

黄辐射尺蛾

目 鳞翅目　科 尺蛾科

学名 *Iotaphora iridicolor* Butler

分布　河北、黑龙江、山西、四川、西藏；印度。

寄主和危害 幼虫取食胡桃楸。

形态特征 前翅长27～30mm；颜灰黄色，头顶粉黄色，下唇须外侧黑色；翅淡黄色，有杏黄条纹，外缘较白，有辐射形黑线纹，前、后翅中室上各有1黑纹。

生物学特性 河北6、7月可见成虫，具趋光性。

黄辐射尺蛾

五彩枯斑翠尺蛾

目 鳞翅目

科 尺蛾科

学名 *Eucyclodes gavissima* (Walker)

分布 河北*。

形态特征 前翅长12～14mm；触角双栉状；翅面绿色，密布白色斑点，前翅近前缘有1个烤焦的黑色大斑，外线呈白色大波浪状，后翅的波状横带更发达；斑型及色彩鲜艳夺目。

生物学特性 河北7月下旬可见成虫，具趋光性。

五彩枯斑翠尺蛾

薄绿尺蛾

目 鳞翅目

科 尺蛾科

学名 *Chlorissa obliterata* (Walker)

分布 河北、北京、内蒙古、山东、上海；日本，朝鲜，俄罗斯。

形态特征 前翅长11～12mm；触角雌雄均为纤毛状；胸背淡绿，翅淡黄绿色；前翅前缘黄白色，内线不显著，外线较细白色，几乎与外缘平行；后翅中线白色较细，前、后翅外缘、缘毛均与翅同色；腹部基部2～4节背面有桃红色鳞毛。

生物学特性 河北6、7月可见成虫，具趋光性。

薄绿尺蛾

薄绿尺蛾

波翅青尺蛾

目 鳞翅目 科 尺蛾科

学名 *Thalera chlorosaria* Graeser

分布 河北、北京、黑龙江、吉林、山东；朝鲜，俄罗斯，欧洲。

形态特征 前翅长14～17mm；触角双栉节，干白色；胸背和翅淡灰绿色；前翅有白色曲折的内线，外线白色波状，外缘波状，有淡褐色细线，缘毛白色，脉端有褐斑；后翅只外线清晰，外缘波状有淡褐色细线，缘毛白色；腹部白色；足黄白色，前、中足内侧则为红褐色。

生物学特性 河北7月可见成虫，具趋光性。

波翅青尺蛾

赞青尺蛾

目 鳞翅目 科 尺蛾科

学名 *Xenozancla vericolor* Warren, 1893

分布 河北、北京、河南、山东、陕西、湖北、广西、四川；印度。

寄主和危害 幼虫取食枣树嫩叶。

形态特征 体长7～8mm，翅展18～24mm；胸腹背面红褐色，腹部第2～4节背面有立毛簇；翅银灰色，具红褐色鳞片，外线呈黑点状，在前翅近后缘和后翅近前角呈黑线状。

生物学特性 河北5～9月可见成虫，具趋光性。

赞青尺蛾

赞青尺蛾

白线青尺蛾

目 鳞翅目　科 尺蛾科

学名 *Hemistola veneta* (Butler)

白线青尺蛾

分布 河北、北京、内蒙古；日本，朝鲜。

形态特征 前翅长16～19mm；体翅粉绿色；头顶白色，额红褐色；触角双栉状，雌蛾栉枝较短，干白色，枝黄色；下唇须和喙黄色；前翅前缘黄色，内线白色不清晰，外线白色较直，斜伸直后缘，缘毛白色；后翅有一白色横线，缘毛白色，外缘在中部突出成角。

生物学特性 河北7、8月可见成虫，具趋光性。

折无缰青尺蛾

目 鳞翅目　科 尺蛾科

学名 *Hemistola zimmermanni* (Hedemann, 1879)

折无缰青尺蛾

分布 河北、北京、陕西、甘肃、黑龙江、吉林、辽宁、山西；朝鲜，俄罗斯。

形态特征 前翅长14～17mm；触角双栉状，雄蛾栉枝长约为触角干的2倍，雌蛾为1.5倍；前翅前缘黄棕色或黄白色，内线近后缘具向外突的尖角，外线与外缘平行，淡近后缘时稍折向外；后翅外缘中部外突。

生物学特性 河北7、8月可见成虫，具趋光性。

蝶青尺蛾

目 鳞翅目 科 尺蛾科

学名 *Hipparchus papilionaria* Linnaeus

分布 河北、北京、黑龙江；俄罗斯，日本，欧洲。

寄主和危害 幼虫取食桦、杨。

形态特征 前翅长27～30mm；翅翠青色或草黄色，雄腹草黄色，翅基片翠青色或草黄色；前翅上有2条月牙纹白线，后翅1条；翅反面粉翠色，内线不显。

生物学特性 河北1年发生1代。以幼虫越冬。河北7月可见成虫，具趋光性。

蝶青尺蛾

蝶青尺蛾

肖二线绿尺蛾

目 鳞翅目 科 尺蛾科

学名 *Thetidia chlorophyllaria* (Hedemann, 1879)

分布 河北、北京、青海、山东；蒙古，俄罗斯。

形态特征 翅展约23mm；体背及翅绿色，前翅具2条白色细横线；后翅绿色，前缘具较宽的白色区域。

生物学特性 河北8月可见成虫，具趋光性。

肖二线绿尺蛾

细线无缰青尺蛾 目 鳞翅目 科 尺蛾科

学名 *Hemistola tenuilinea* (Alphéraky, 1897)

分布 河北、北京、黑龙江、辽宁、河南、湖北、湖南、广西、台湾；日本，朝鲜。

寄主和危害 幼虫取食多种栎属植物叶片。

形态特征 前翅长17～19mm；雄雌触角均双栉形，体背面及翅绿色，腹3～5节各具1褐色毛丛；前翅前缘黄褐色，内线和外线淡白色；前后翅中部具黄褐色点，外周黄圈；后翅外缘中部向外凸尖；前后翅缘线黑褐色，缘毛黄白色，翅脉端黑褐色。

生物学特性 河北7月可见成虫，具趋光性。

细线无缰青尺蛾

锈腰青尺蛾 目 鳞翅目 科 尺蛾科

学名 *Hemithea tritonaria* (Walker, 1863)

分布 河北*。

形态特征 翅展约18～23mm；触角丝状，雄蛾具纤毛，翅面青绿色，前中线与后中线隐约可见，呈白色波状；前后翅外缘线具白色斑点，缘毛细长，蓝紫色；腹部具黑、紫、白色斑。

生物学特性 河北7、8月可见成虫。

锈腰青尺蛾

翠仿锈腰尺蛾

目 鳞翅目 科 尺蛾科

学名 *Chlorissa arcana* Yazaki, 1993

分布 河北*。

形态特征 翅展40～50mm；触角丝状；雄蛾具纤毛，腹部于第3～5节背方具淡褐色斑；前翅水青色，前中线和后中线具不明显的白色斑点，斑点位置于各翅脉上，呈横向排列，中室附近有1枚暗色小斑点，缘毛长，与翅同色或较深，后翅斑纹及颜色近似前翅，尾突转折约90°。

生物学特性 河北7月中下旬可见成虫，具趋光性。

翠仿锈腰尺蛾

红足青尺蛾

目 鳞翅目 科 尺蛾科

学名 *Culpinia diffusa* (Walker)

分布 河北、吉林、黑龙江、辽宁、浙江、四川、陕西、台湾、北京；日本，朝鲜，俄罗斯。

寄主和危害 幼虫取食桑白爪草、艾蒿等叶片。

形态特征 前翅长11～15mm；触角雌线状，雄双栉状，黄色；头顶白色，蛾和下唇须红褐色；后头和胸背淡绿色；翅淡青绿色，外线白色，细而弯曲，端线细，红褐色，缘毛白色，脉端则呈红褐色；前翅还有白色细而弯曲的内线，前缘具细的黄边；腹部白色，第2～4节背面有红褐色鳞斑；足黄白色，前、中足除跗节外，内侧红褐色。

红足青尺蛾

生物学特性 河北6月中旬至7月上旬可见成虫，具趋光性。

紫斑绿尺蛾

目 鳞翅目 科 尺蛾科

学名 *Comibaena nigromacularia* (Leech, 1897)

分布 河北、北京、陕西、甘肃、安徽、湖南、福建、广东、广西、台湾、四川；日本，朝鲜，俄罗斯。

寄主和危害 幼虫取食豆科胡枝子的花。

形态特征 翅展24～36mm；翅绿色，或绿色减少，甚至消失成土黄色，前翅前缘黄白色，内线和外线白色，波状，外线臀角处具1橘红色斑，外围白色。

生物学特性 河北6～8月可见成虫，具趋光性。

紫斑绿尺蛾

紫斑绿尺蛾

旋姬尺蛾

目 鳞翅目 科 尺蛾科

学名 *Idaea aversata* (Linnaeus, 1758)

分布 河北*、北京、甘肃、山东；日本，俄罗斯，欧洲，北非。

形态特征 翅展约24mm；头顶灰白色，雄腹及翅灰褐色，翅面密布小褐点，前翅具3条黑褐色横线，内横线常常不明显，后翅具2条横线，前后翅具中点，缘线黑褐色，翅脉处浅灰色；缘毛浅灰褐色，翅脉外具小黑点。

生物学特性 河北7月可见成虫，具趋光性。

旋姬尺蛾

雪岩尺蛾

目 鳞翅目　科 尺蛾科

学名 *Scopula nivearia* (Leech)

分布 河北、湖南、四川、云南；日本。

形态特征 前翅长11～12mm；雄蛾触角纤毛略长于触角干；体及翅白色；前翅前缘基部略带黑灰色；前后翅均有微小黑色中点和黑色缘点；前后翅有3条浅波状线，灰褐色模糊；缘毛白色，在翅脉端浅灰色。

生物学特性 河北6月可见成虫，具趋光性。

雪岩尺蛾

颐和岩尺蛾

目 鳞翅目　科 尺蛾科

学名 *Scopula yihe* Yang

分布 河北、北京。

形态特征 前翅长12～13mm；头部额区和下唇须黑褐色；头顶在触角间被白鳞，胸部白色；翅白色有丝样光泽；翅上散有小黑色鳞，前翅横纹明显黄褐色，中室端黑点明显；外线和亚端线波状，外线折向前缘；外缘有小黑点列；后翅有黄褐色横线4条，外缘黑点列明显。

生物学特性 河北6、7月可见成虫，具趋光性。

颐和岩尺蛾

真小姬尺蛾

目 鳞翅目 科 尺蛾科

学名 *Scopula personata* (Prout, 1913)

分布 河北*。

形态特征 翅展16～19mm；翅面灰褐色密布褐色细斑点，各翅中室端各有1枚黑斑，前翅内、中线为模糊的褐色横带，线条较直，外线微波状于各脉上具小黑点，外线至外缘有暗灰色的分布，中、外线之间具1条较亮的宽大横带。

生物学特性 河北7月可见成虫，具趋光性。

真小姬尺蛾

小四点波姬尺蛾

 鳞翅目  尺蛾科

学名 *Idaea trisetata* (Prout, 1922)

分布 河北*。

形态特征 翅展11～16mm；翅面灰褐色，各翅中室端皆有1枚小黑点，大小相近，前翅内、中线较模糊，外线锯齿状且于外缘的脉上具黑点排列，缘毛黄褐色，细长。

生物学特性 河北7月可见成虫，具趋光性。

小四点波姬尺蛾

毛足姬尺蛾

目 鳞翅目　科 尺蛾科

学名 *Idaea biselata* (Hufnagel, 1767)

分布 河北*、北京、甘肃、山东；日本，朝鲜，俄罗斯，欧洲。

形态特征 翅展14～19mm；体土黄色，前翅具内、中、外横线，其中外线锯齿形，明显，外侧常具褐色云状斑，中室上方具褐色小圆点，缘毛土黄色，具褐点；后翅与前翅相近，内横线不明显。

生物学特性 河北7、8月可见成虫，具趋光性。

毛足姬尺蛾

锈脉后叶尺蛾

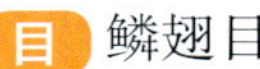

目 鳞翅目　科 尺蛾科

学名 *Pilobophora venipincta* (Wileman, 1914)

分布 河北*。

形态特征 翅展29～33mm；翅面有2条波状纹，第2列波状纹弧度较大，纵脉黑褐色明显，中线的波状弧度大，中、外线间黑褐色，外线中央至外缘有2条平行的黑色纵斑。

生物学特性 河北7月可见成虫，具趋光性。

锈脉后叶尺蛾

锈脉后叶尺蛾

锯褐缘黄尺蛾

目 鳞翅目 科 尺蛾科

学名 *Auaxa cesadaria* Walker, 1860

分布 河北*。

形态特征 前翅长16～19mm；翅面黄色具稀疏的黄褐色斑，前翅有1条褐色的细横带，靠近中室有1褐色点；横带至外缘黄褐色，外缘呈锯齿状；后翅也有1条褐色的细横带，片展与前翅横带相连。

生物学特性 河北6月可见成虫，具趋光性。

锯褐缘黄尺蛾

奥岩尺蛾

目 鳞翅目  科 尺蛾科

学名 *Scopula ornata subornata* Prout

分布 河北。

形态特征 翅展约23mm；翅面白色，翅中线蓝黑色，弯曲；前翅内缘有9个蓝灰色大小不等的近圆形斑，其中4个颜色较深，两两相连；缘线、缘毛浅蓝灰色；后翅斑纹颜色同前翅。

生物学特性 河北7月可见成虫。

奥岩尺蛾

曲紫线尺蛾

目 鳞翅目 科 尺蛾科

学名 *Timandra comptaria* (Walker, 1863)

分布 河北、北京、黑龙江、山东；日本，朝鲜，俄罗斯。

寄主和危害 幼虫取食酸模、萹蓄等。

形态特征 翅展19～25mm；浅褐色，雄蛾触角双栉形，雌蛾触角线形；前、后翅各具1暗紫色条纹，亚缘线及缘线褐色或紫褐色。

生物学特性 河北8月可见成虫，具趋光性。

曲紫线尺蛾

虚幽尺蛾

目 鳞翅目 科 尺蛾科

又名 锯齿尺蛾

学名 *Ctenognophos grandinaria* (Motschulsky, 1861)

分布 河北、北京、甘肃、内蒙古、黑龙江、吉林、辽宁、山东、安徽、浙江；日本，朝鲜，俄罗斯。

寄主和危害 幼虫取食杨、柳、桦、忍冬、李等。

形态特征 前翅25～28mm；雄蛾触角双栉形，雌蛾触角线形；体及翅黄褐至焦黄色，前翅外缘稍波形，后翅外缘锯齿形，前后翅外线黑色，细而清晰。

生物学特性 河北8月可见成虫，具趋光性。

虚幽尺蛾

金盅尺蛾

目 鳞翅目　科 尺蛾科

又名 诺咖尺蛾

学名 *Calicha nooraria* (Bremer, 1864)

分布 河北*、黑龙江、北京、广东、云南；日本，朝鲜，俄罗斯。

形态特征 翅展约40mm；体翅褐色，前翅中部具3条黑色横线，中线和外线后半部分接近，翅顶角处具1黑褐斑，臀角处具1大的浅褐色斑；翅缘具1列黑斑，新月形；后翅斑纹与前翅相近，外缘波浪形，比前翅明显。

生物学特性 河北5、6、8月可见成虫，具趋光性。

金盅尺蛾

掌尺蛾

目 鳞翅目　科 尺蛾科

学名 *Amraica superans* (Butler, 1878)

分布 河北、北京、陕西、甘肃、黑龙江、吉林、辽宁、山西、河南、江苏、上海、浙江、安徽、福建、台湾、湖南、湖北、四川、重庆、贵州、云南；日本，朝鲜，俄罗斯。

寄主和危害 幼虫取食黄杨、卫矛等。

形态特征 前翅长28～35mm；体翅灰黄至灰褐色；雄蛾触角单栉状，栉枝长，但端部1/3线状；雌蛾触角线状；前翅内线黑色，曲折；中线弱，不清楚；外线黑褐色，锯齿形；亚缘线灰白色，锯齿形；翅基及翅顶角锈红色。

掌尺蛾

生物学特性 河北5～7月可见成虫，具趋光性。

褐线尺蛾

目 鳞翅目 科 尺蛾科

学名 *Alcis castigataria* (Bremer, 1864)

分布 河北、北京、甘肃、吉林；俄罗斯。

形态特征 翅展33～36mm；体翅灰白至黄白色，翅上密布小褐点；黑褐色的外横线外具弧形凸向内侧的亚缘线，两线间在中部呈褐带；后翅外横线显著，亚缘线明显或较淡。

生物学特性 河北6、8、9月可见成虫，具趋光性。

褐线尺蛾

苹烟尺蛾

目 鳞翅目 科 尺蛾科

学名 *Phthonosema tendinosarium* (Bremer, 1864)

分布 河北、北京、陕西、内蒙古、黑龙江、吉林、辽宁、山东、河南、四川；日本，朝鲜，俄罗斯。

寄主和危害 幼虫取食柳、水青冈、榆、蔷薇、枫属、杜鹃花属多种植物叶片。

形态特征 翅展45～58mm；雄蛾触角双栉状，雌蛾触角丝状；翅灰褐色，具茶褐色内、外横线，中线不明显，或端室处具1茶褐斑；翅基及臀角外明显带红褐色斑纹，有时不明显。

生物学特性 河北7月可见成虫，具趋光性。

苹烟尺蛾

苹烟尺蛾

葎草洲尺蛾

目 鳞翅目 科 尺蛾科

学名 *Epirrhoe supergressa albigressa* Prout

葎草洲尺蛾

分布 河北、北京；日本，朝鲜，俄罗斯。

寄主和危害 幼虫取食葎草等。

形态特征 前翅长13～14mm；触角线形，雄蛾有短的纤毛；头部黄褐色，胸、腹部灰白色杂有褐鳞，腹背有2列小褐点（每节2个）；翅灰白色；前翅基线双线黑褐色，内线灰褐色较宽，内线和中线间有1黄褐色细线；中线褐色颜色最深、最宽，内有中室黑点，另有几个黑斑；外线为1黄褐色细线；亚端线灰褐色较宽，外侧为细白边；外缘为断续的黑褐线，顶角下靠外缘有1近三角形褐斑，达缘毛上；后翅斑纹与前翅相接，仅中线颜色较浅。

生物学特性 河北6月下旬至8月下旬可见成虫，具趋光性。

驼尺蛾

目 鳞翅目 科 尺蛾科

学名 *Pelurga comitata* (Linnaeus, 1785)

驼尺蛾

分布 河北、北京、甘肃、青海、新疆、内蒙古、黑龙江、吉林、辽宁、四川；日本，朝鲜，俄罗斯，蒙古，欧洲。

寄主和危害 幼虫取食藜、滨藜的花和种实。

形态特征 翅展25～30mm；体黄褐色，翅面颜色多变，额圆丘形突出，前胸前半部凸起呈驼峰状，各腹节背面后缘具隆起的鳞片；前翅顶角弯突，具1灰褐色斑；外线中部具1大锯齿。

生物学特性 河北1年发生1代。以蛹越冬。河北6～9月可见成虫，具趋光性。

利剑铅尺蛾

目 鳞翅目 科 尺蛾科

又名 唐松草尺蛾

学名 *Gagitodes sagittata* (Fabricius, 1787)

分布 河北、北京、内蒙古、黑龙江、辽宁、山东；日本，朝鲜，俄罗斯，欧洲。

寄主和危害 幼虫取食唐松草种实。

形态特征 翅展24～29mm；体背黄褐色，腹第1节基部深褐色，各节背中具黑褐点；前翅淡黄褐色，翅基及翅中具深褐色横带，外围白色；后翅淡灰褐色，有时翅中具细褐线。

生物学特性 河北7、8月可见成虫，具趋光性。

利剑铅尺蛾

粗斑金线尺蛾

目 鳞翅目 科 尺蛾科

学名 *Abraxas antinebulosa* Inoue, 1984

分布 河北*。

形态特征 翅展35～42mm；翅面白色，前翅近基部具黄色斑，外线近后缘左右各有1条黄色斜纹，周围密布黑褐色或灰黑色的斑块。

生物学特性 河北7月可见成虫，具趋光性。

粗斑金线尺蛾

榛金星尺蛾

目 鳞翅目　科 尺蛾科

学名 *Calospilos sylvata* Scopoli

榛金星尺蛾

分布 河北、江苏、浙江、内蒙古；日本，朝鲜，俄罗斯。

寄主和危害 幼虫取食榛、榆、山毛榉、稠李、桦。

形态特征 前翅外端有一白斑，翅基星斑较杏黄色，翅上斑纹多变异；翅面白色，前翅中线近后缘有3～4枚小斑点群聚，近前缘有1个大斑块，亚端线为点状单线纹，近外缘中央有1枚较大的灰黑色斑块。

生物学特性 河北1年发生1代。以蛹越冬。河北5、6月可见成虫，具趋光性。

醋栗金星尺蛾

目 鳞翅目　科 尺蛾科

学名 *Abraxas grossulariata* Linnaeus

醋栗金星尺蛾

分布 河北、华北、黑龙江、吉林、辽宁、山东、陕西。

寄主和危害 醋栗、榛、柳、榆、稠李、桃、李、杏等。

形态特征 体长13mm左右，翅展37mm左右；体黄褐色；触角黑褐色，丝状；前翅白色，密布黑带与椭圆形黑斑，翅基大片黑色，中间有1条黄色横线自前缘外突弯向后缘；翅中部留有较大的不规则白斑及白色横带，再外侧为黑色宽带，带的外侧衬1条黄色横带，黄带外侧为1条由近10个椭圆形黑斑组成的宽带。

生物学特性 河北1年发生1代。以蛹越冬。河北7～8月可见成虫，具趋光性。

密斑黄绒尺蛾

目 鳞翅目 科 尺蛾科

学名 *Psyra conferta* Inoue

分布 河北*。

形态特征 翅展36～42mm；前翅黄褐色，翅丝绒状，翅面布满大小不一的黑色斑型，主要分布于中央有3条横向排列，第1～2列斑型较小，两列中间的中室内有2个紧邻的黑斑，第3列横带为亚端线，近臀角的黑斑最大，呈三角状，各横列上有灰绿色的条纹分布，各脉间的端线由黑色方块排列。

生物学特性 河北7、8月可见成虫，具趋光性。

密斑黄绒尺蛾

密斑黄绒尺蛾

山枝子尺蛾

目 鳞翅目 科 尺蛾科

学名 *Aspitates geholaria* Oberthür, 1887

分布 河北、北京、陕西、内蒙古、吉林、辽宁、山西、山东。

寄主和危害 幼虫取食山枝子、草苜蓿、刺槐等。

形态特征 翅展34～37mm；体背及翅白色，具黑褐色条纹；腹部各节具横纹，前翅前缘散布深褐色碎斑，前翅具3条黑横纹，中室端具黑斑；后翅纹较细，中室端具1黑斑。

生物学特性 河北7月可见成虫，具趋光性。

山枝子尺蛾

花园潢尺蛾

目 鳞翅目 科 尺蛾科

学名 *Xanthorhoe hortensiaria* (Graeser, 1889)

分布 河北、北京、山西、甘肃、黑龙江、湖南、四川、云南；日本，朝鲜，俄罗斯。

形态特征 前翅长10～12mm；雄蛾触角双栉形，雌蛾线形；前翅灰褐色，具多条横线，内线近弧形，近前缘具向外的1个小缺刻，外线中部凸出；前翅近翅顶具1方形黑褐斑。

生物学特性 河北4、5月可见成虫，具趋光性。

花园潢尺蛾

北花波尺蛾

目 鳞翅目 科 尺蛾科

学名 *Eupithecia bohatschi* Staudinger, 1897

分布 河北、北京、甘肃、青海、内蒙古、山西、四川、云南、西藏；朝鲜，俄罗斯，蒙古。

形态特征 翅展18mm；头褐色，胸部前端黑褐色，胸其余部分及腹末节白色；前翅灰褐色，中室及前缘白色连成一片，中室端具明显黑点；后翅黑，可见5条平行的白色横线。

生物学特性 河北8、9月可见成虫，具趋光性。

北花波尺蛾

北花波尺蛾

斑雅尺蛾

目 鳞翅目　科 尺蛾科

学名 *Apocolotois arnoldiaria* (Oberthür, 1912)

分布 河北、北京、青海、内蒙古、黑龙江、吉林、辽宁；俄罗斯。

寄主和危害 幼虫取食水蜡、山杏、榆等。

形态特征 雌雄异型；雌蛾无翅，体长15～18mm，棕褐色（被黑、棕两种颜色鳞片），胸部颜色较深；雄蛾前翅长25mm；触角长，双栉齿状，前翅外带宽，中部具2个白点，外缘端部杏黄色，前后翅中室上各有1暗点。

生物学特性 河北9、10月可见成虫。

斑雅尺蛾

针叶霜尺蛾

目 鳞翅目　科 尺蛾科

学名 *Alcis secundaria* Esper

分布 河北、黑龙江；俄罗斯。

寄主和危害 幼虫取食松、云杉、桧、椴、枞等。

形态特征 翅展约33mm；体翅灰褐色，线纹不太清楚，亚端线云朵形，外线锯齿形，中线、内线不很清楚；翅反面色较浅，密布细点，各线大致可见。

生物学特性 河北6月可见成虫。

针叶霜尺蛾

兀尺蛾

目 鳞翅目 科 尺蛾科

学名 *Elphos insueta* Butler

分布 河北、江西；日本。

形态特征 前翅长45mm；雄蛾触角双栉状，雌蛾触角线状；体灰黄色，胸部背面有长毛；翅底色白，上有许多灰褐和黄色带，散布灰黑色横碎纹；前翅以内线、中线、亚端线的黄色带较明显，黄色外线不清楚，但其内侧的白色波浪纹明显；后翅外缘波浪形，有5条近平行的黄色横线；翅反面灰白色。

生物学特性 河北7月可见成虫，具趋光性。

兀尺蛾

白点焦尺蛾

目 鳞翅目 科 尺蛾科

学名 *Colotois pennaria ussuriensis* Bang-Haas, 1927

分布 河北、北京、黑龙江、内蒙古；日本，朝鲜，俄罗斯，欧洲，北美。

寄主和危害 幼虫取食桦、柳、栎、栗、苹果等多种植物叶片。

形态特征 翅展39～50mm；雄蛾触角双栉状，触角干白色，分支褐色；体翅颜色有变化，通常黄褐色，胸部密被长毛；前翅具2条黑褐色横线，中室黑点明显，顶角处暗色，并具1白点，具褐边；后翅中室亦具1黑点。

生物学特性 河北10月可见成虫，具趋光性。

白点焦尺蛾

蓝斑岩尺蛾

目 鳞翅目 科 尺蛾科

学名 *Scopula decorata* (Denis et Schiffermüller)

分布 河北、内蒙古、新疆、湖南、湖北、山东；蒙古，欧洲，非洲北部。

形态特征 前翅长11～12mm；雄蛾触角纤毛较短；后足跗节约为胫节的1/2；翅和体纯白色，翅端部斑纹颜色较深；外线波曲较强，在前翅大部黑色，其外侧斑块黑褐色掺杂黄褐色；后翅外线黄色与黑色掺杂，其外侧斑块蓝灰色。

生物学特性 河北6月可见成虫。

蓝斑岩尺蛾

萝藦艳青尺蛾

目 鳞翅目 科 尺蛾科

学名 *Agathia carissima* Butler, 1878

分布 河北、北京、陕西、甘肃、内蒙古、黑龙江、吉林、辽宁、山西、四川、浙江；日本，朝鲜，俄罗斯。

寄主和危害 幼虫取食萝藦、隔山消等植物叶片。

形态特征 翅展27～34mm；体黄褐色具翠绿色斑纹；翅翠绿色；前翅基部褐色，前缘灰白色，中线灰褐色，外缘约1/4紫褐色，顶角处具翠绿色斑；后翅外缘亦为紫褐色宽带，散布小绿斑，中部具小尾突。

萝藦艳青尺蛾

生物学特性 河北5～8月可见成虫，具趋光性。

榆津尺蛾

目 鳞翅目　科 尺蛾科

学名 *Asteganía honesta* (Prout, 1908)

分布 河北、北京、内蒙古、天津、山东；俄罗斯。

寄主和危害 幼虫取食榆叶。

形态特征 翅展24～29mm；雄触角双栉状，雌线状；体背及翅黄褐、淡褐或橙灰色；前翅前缘具2个明显黑斑；中线和外线浅黄褐色，外线先斜伸向外，后折向内侧；后翅仅具1条不明显的中横线。

生物学特性 河北4～8月可见成虫，具趋光性。

榆津尺蛾

榆津尺蛾

桦尺蛾

目 鳞翅目　科 尺蛾科

学名 *Biston betularia* (Linnaeus, 1758)

桦尺蛾

分布 河北、北京、陕西、甘肃、青海、内蒙古、云南、四川、西藏；日本，朝鲜，俄罗斯，印度，欧洲，北美。

寄主和危害 幼虫取食桦、杨、椴、榆、栎、槐、柳、苹果、落叶松等多种植物叶子。

形态特征 翅展38～54mm；体翅颜色变化较多，常见灰褐色，布满黑色小点；前翅具2条明显黑色横线，内线近于“M”形，外线前端近1/3处明显角形外突；内横线内侧和外侧具不明显的横线；后翅具2条横线，其中外线在中部角形外突。

生物学特性 河北7月可见成虫，具趋光性。

黄缘伯尺蛾

目 鳞翅目　科 尺蛾科

学名 *Diaprepesilla flavomarginaria* (Bremer, 1864)

黄缘伯尺蛾

分布 河北、北京、甘肃、内蒙古、黑龙江、吉林、辽宁、山西、湖南；朝鲜，俄罗斯。

形态特征 前翅长约21mm；雄蛾触角双栉形；雌蛾触角线形；头胸黄色，胸部各节具2黑斑；腹部浅灰黄色；翅白色，具众多灰黑斑，前后翅基部和外缘黄色；外缘黄色区内散布灰黑色小斑；缘毛黄黑相间。

生物学特性 河北7、8月可见成虫，具趋光性。

泼墨尺蛾

目 鳞翅目　　科 尺蛾科

学名 *Ninodes splendens* (Butler, 1878)

泼墨尺蛾

分布 河北、北京、陕西、甘肃、内蒙古、山东、上海、福建、湖北、湖南、四川；日本，朝鲜。

寄主和危害 幼虫取食朴。

形态特征 翅展16～18mm；体背灰黄或黑褐色；翅灰黄色，前翅基半部在中室以下和后翅，基半部黑色或黑褐色，深色区具银色鳞片；有时深色区黑色鳞片密集。

生物学特性 河北8月可见成虫，具趋光性。

女贞尺蛾

目 鳞翅目 科 尺蛾科

学名 *Naxa seriaria* (Motschulsky, 1866)

分布 河北、北京、陕西、甘肃、宁夏、黑龙江、吉林、辽宁、山西、浙江、江西、湖北、湖南、福建、广西、四川；日本，朝鲜，俄罗斯。

寄主和危害 幼虫取食女贞、丁香、白蜡、水曲柳等多种植物。

形态特征 翅展34～46mm；体翅白色，具丝质光泽；前翅前缘近基部约1/3黑色，前后翅具黑点，内线3个，中室端1个，亚缘线8个，缘线7个。

生物学特性 河北7月可见成虫，具趋光性。

女贞尺蛾

角顶尺蛾

目 鳞翅目 科 尺蛾科

学名 *Phthonandria emaria* (Bremer, 1864)

分布 河北、北京、黑龙江、吉林、辽宁、内蒙古、陕西、江西、湖南；日本，朝鲜，俄罗斯。

形态特征 前翅长18～20mm；雌蛾触角线状，雄蛾触角双栉状；体背灰褐色至红褐色，胸部的颜色较深；前翅具2条黑褐色横线，内线在中部外凸，外线波浪形，两线之间较浅，与体腹同色，两线内侧和外侧常与胸背同色；后翅外线黑色，其外侧褐色，端缘灰褐色，外缘锯齿状。

生物学特性 河北5～8月可见成虫，具趋光性。

角顶尺蛾

迴纹尺蛾

目 鳞翅目　科 尺蛾科

学名 *Lygris convergenata* Bremer

分布 河北*、黑龙江、辽宁、吉林、陕西；日本，朝鲜，俄罗斯。

寄主和危害 幼虫危害松树。

形态特征 翅展17mm左右；头、胸、腹和翅均黄白色；触角黄白色；前翅上有黄褐色迴纹，臀角处有黑褐色斑纹；后翅臀角处有大片黑褐色斑纹。

生物学特性 河北6～7月可见成虫。

迴纹尺蛾

葡萄迴纹尺蛾

目 鳞翅目　科 尺蛾科

学名 *Lygris ludovicaria* Oberthür

分布 河北、陕西、甘肃、宁夏；朝鲜，俄罗斯。

寄主和危害 幼虫为害葡萄。

形态特征 体色粉白，前翅上有棕色迴纹，后角上有杏黄色及灰蓝色斑纹；后翅中室上端的斑点在反面比正面清晰。

生物学特性 河北6～7月为成虫期。

葡萄迴纹尺蛾

黄斑舟蛾

目 鳞翅目　科 舟蛾科

学名 *Notodonta dembowskii* Oberthür

黄斑舟蛾　黄斑舟蛾

分布 河北、黑龙江、吉林、内蒙古、山西；日本，朝鲜，俄罗斯。

寄主和危害 桦。

形态特征 体长17mm，翅展42mm左右；头、胸背暗灰褐色。前翅暗灰褐色，内、外线间的后缘和外线外前缘处各有1浅黄斑，内线以内基部的下半部暗红褐色，其内具黑色亚中褶纹，内线暗红褐色内衬灰白边，波浪形，外线双道平行外曲，亚端线暗红褐色，横脉纹为1黑色长点具白边；后翅灰褐色，后缘较暗，臀角暗红褐色具灰白外带。

生物学特性 河北7月下旬至8月可见成虫，具趋光性。

暗大齿舟蛾

目 鳞翅目　科 舟蛾科

学名 *Takadonta coreana* Matsumura

暗大齿舟蛾

分布 河北、北京、甘肃；朝鲜。

寄主和危害 栎、柞。

形态特征 翅展雄54～55.5mm，雌58.5mm；头、胸部灰褐色，冠形毛簇末端暗褐色；腹背黄褐色；前翅暗褐色，前缘外部1/3色较淡，内线黑色深锯齿形，内衬黄褐色边，中室下方有1黑色纵线与其相连，乍看内线似呈“W”形，外线不清晰，由1列黑点组成，斜向外曲；后翅灰褐色。

生物学特性 河北6月可见成虫，具趋光性。

白颈异齿舟蛾

目 鳞翅目　科 舟蛾科

学名 *Allodonta sikkima leucodera* Staudinger

分布 河北、黑龙江、辽宁、青海、台湾；日本，朝鲜，俄罗斯，印度，印度尼西亚。

寄主和危害 栎、枹树。

形态特征 翅展雄37～42mm，雌43～45mm；前翅底色较浅，中室下后缘区较明亮，中室下从基部到外缘近中央的整个后缘区稍带黄白色。

生物学特性 河北6月可见成虫。

白颈异齿舟蛾

银裙舟蛾

目 鳞翅目　科 舟蛾科

学名 *Semidonta basalis* Moore

分布 河北*、黑龙江；日本，朝鲜。

寄主和危害 多种栎树和槭属。

形态特征 展翅46～60mm；前翅中央有1条黑色弧弯的横带，其上黑褐色，下为灰白色，停栖时前胸有1条黑色纵线延伸至翅膀后缘与横带相连，翅膀分成两截，宛若银色裙摆，此为命名的由来。

生物学特性 在河北分布于低中海拔山区，4～10月可见，具趋光性。

银裙舟蛾

半明奇舟蛾

目 鳞翅目 科 舟蛾科

学名 *Allata laticostalis* Hampson

分布 河北、江西、陕西；印度。

形态特征 体长18～19mm，翅展44～46mm；触角2/3双栉形，两侧栉齿同长，头和胸背暗褐色，颈板灰黄色，翅基片黑褐色，后胸有2个白点；前翅前半部（除翅尖为1暗褐斑外）浅灰黄色，其后缘沿中室下缘几乎成直线伸至外缘，后半部暗褐色，内半部近黑色，后缘缺刻边缘红褐色，前缘中央到横脉有1影状斑；后翅灰褐色。

半明奇舟蛾

生物学特性 河北8月可见成虫，具趋光性。

银刀奇舟蛾

目 鳞翅目 科 舟蛾科

学名 *Allata argyropeza* (Oberthür)

分布 河北、浙江、福建、广西、陕西、云南、四川。

形态特征 翅展43～43mm；触角2/3双栉形，两侧栉齿同长。头和胸背暗红褐色，颈板浅灰黄褐色，中央有1暗褐色横线，后胸背有2个灰白点；前翅中室以上的前半部苍褐色，后半部暗红褐色，基部和外缘中央近黑色，中室下缘外半部有1近刀形银斑，内侧伴1小银点；内外线黑褐色双道锯齿形，前半段只有2列黑点可见，前缘中央到横脉有1暗褐色影状斜带。

银刀奇舟蛾

银刀奇舟蛾

生物学特性 河北7月可见成虫，具趋光性。

刺槐掌舟蛾

目 鳞翅目　科 舟蛾科

学名 *Phalera grotei* Moore

分布 河北、北京、辽宁、山东、江苏、浙江、安徽、江西、湖北、湖南、广西、海南、四川、云南、贵州；朝鲜，印度，东南亚。

寄主和危害 幼虫取食刺槐、刺桐、胡枝子等。

形态特征 翅展62～106mm，触角基及头顶白色毛簇；前翅顶角斑暗棕色，掌形，外线在掌形纹旁呈弧形，下方波浪形。

生物学特性 河北7、8月可见成虫，具趋光性。

刺槐掌舟蛾成虫

刺槐掌舟蛾成虫

刺槐掌舟蛾幼虫

刺槐掌舟蛾幼虫

仿白边舟蛾

目 鳞翅目　科 舟蛾科

学名 *Nerice hoenei* Kiriakoff

分布 河北、北京、陕西、甘肃、吉林、辽宁、山西、山东；朝鲜。

寄主和危害 幼虫取食桃、苹果。

形态特征 翅展49～61mm；头及前胸暗褐色，前翅前半部暗褐色，后半部在分界处白色，后渐变成灰褐色，中部具1暗褐色斑。

生物学特性 河北7、8月可见成虫，具趋光性。

仿白边舟蛾

仿白边舟蛾

榆白边舟蛾

目 鳞翅目　科 舟蛾科

学名 *Nerice davidi* Oberthür

分布 河北、北京、陕西、甘肃、黑龙江、吉林、内蒙古、山东、山西、江苏；日本，朝鲜，俄罗斯。

寄主和危害 幼虫取食榆叶。

形态特征 翅展33～45mm；头及前胸暗褐色，鞘翅前半部暗褐色，后半部在分界处白色，白色区内具1月牙形暗褐色斑，外侧暗色斑尖形后突。

生物学特性 河北5～9月可见成虫，具趋光性。

榆白边舟蛾

榆白边舟蛾

富金舟蛾

目 鳞翅目　科 舟蛾科

学名 *Spatalia plusiotis* Oberthür

分布 河北、黑龙江、吉林；朝鲜，俄罗斯。

寄主和危害 蒙古栎。

富金舟蛾

形态特征 体长21mm，翅展44mm左右；头、胸暗褐色，后胸背中央具黄白点2个；鞘翅暗褐色，前缘外半部和外缘较灰色，翅基有1稍大金斑，中室下方还有较分散的大小金斑，其中以中室下缘中央的较大，近三角形，两侧各伴3个小金斑，除中央的呈三角形外，两侧各伴3个小金斑，在最外侧还有2个小金点，横脉纹模糊暗红褐色，周围近黑色，内外线只有在前缘一段可见，双道灰褐色微波浪形，亚端线由1列灰黑点组成，外线与亚端线间有1模糊黑色斜带。

生物学特性 河北7月可见成虫，具趋光性。

丽金舟蛾

目 鳞翅目　科 舟蛾科

学名 *Spatalia dives* Oberthür

分布 河北、北京、陕西、黑龙江、吉林、辽宁、台湾、湖北、湖南、贵州；日本，朝鲜，俄罗斯。

寄主和危害 幼虫取食蒙古栎。

形态特征 翅展38～54mm；前翅近基部具3个横向排列的银斑，前2个银斑内侧具2或3个小银点，银斑外侧具波浪形银线。

生物学特性 河北7、8月可见成虫，具趋光性。

丽金舟蛾

艳金舟蛾

目 鳞翅目　科 舟蛾科

学名 *Spatalia doerriesi* Graeser, 1888

分布 河北、北京、陕西、内蒙古、黑龙江、吉林、湖北、四川；日本，朝鲜，俄罗斯。

寄主和危害 幼虫取食蒙古栎、紫椴。

形态特征 翅展39～48mm；胸部两侧毛丛通常为赭红色，前翅后缘具纵向排列的银斑，其中中间1个大，三角形。

生物学特性 河北7月可见成虫，具趋光性。

艳金舟蛾

富羽齿舟蛾

目 鳞翅目 科 舟蛾科

学名 *Ptilodn ladislai* Oberthür

分布 河北*、北京、新疆、陕西、甘肃、黑龙江、吉林、辽宁；日本，朝鲜，俄罗斯。

寄主和危害 幼虫取食槭属植物。

形态特征 翅展36～46mm；前翅棕褐色，前缘缀有白斑和黑斑，外缘具顶角，外白色，具灰褐色鳞片，内侧具双曲的外线，翅外半部中央具1明显的黑色纵线。

生物学特性 河北7月可见成虫，具趋光性。

富羽齿舟蛾

富羽齿舟蛾

红羽舟蛾

目 鳞翅目  科 舟蛾科

学名 *Pterostoma hoenei* Kiriakff

分布 河北、北京、陕西、甘肃、山西。

寄主和危害 槐。

形态特征 翅展45～54mm；前翅后缘梳形毛簇近黑色，横带呈棕色。

生物学特性 河北5、7月可见成虫，具趋光性。

红羽舟蛾

红羽舟蛾

槐羽舟蛾

目 鳞翅目　科 舟蛾科

学名 *Pterostoma sinicum* Moore, 1877

分布 河北、北京、陕西、甘肃、辽宁、山西、上海、江苏、浙江、安徽、湖南、广西、云南；日本，朝鲜，俄罗斯。

寄主和危害 幼虫取食槐、洋槐、多花紫藤、朝鲜槐。

形态特征 翅展56～80mm；下唇须浅灰黄色，长度与胸部相近；胸部的冠状毛簇大部黑褐色，前端区灰黄色；前翅浅灰黄色，可见波形横带。

生物学特性 河北4～9月可见成虫，具趋光性。

槐羽舟蛾幼虫

槐羽舟蛾成虫

灰羽舟蛾

目 鳞翅目　科 舟蛾科

学名 *Pterostoma griseum* Bulter

分布 河北、北京、陕西、甘肃、黑龙江、吉林、内蒙古、四川；日本，朝鲜，俄罗斯。

寄主和危害 幼虫取食山杨、朝鲜槐。

形态特征 翅展52～68mm；下唇须灰褐色，长度与胸部相近；前翅灰褐色，翅脉黑褐色，后缘具锈红色斑，有时此斑不明显。

生物学特性 河北4～7月可见成虫，具趋光性。

灰羽舟蛾

锯齿星舟蛾

目 鳞翅目　科 舟蛾科

学名 *Euhampsonia serratifera* Sugi

分布 河北、北京、陕西、浙江、福建、湖南、湖北、广西、四川、云南；泰国，越南，缅甸。

寄主和危害 幼虫取食栎类植物。

形态特征 翅展85～101mm；胸部毛刷带粉色，前翅后缘基大部白色，中室的黄褐色斑点似由2个相连的斑组成。

生物学特性 河北5、7月可见成虫，具趋光性。

锯齿星舟蛾

栎粉舟蛾

目 鳞翅目　科 舟蛾科

学名 *Fentonia ocypete* Bremer

分布 河北、黑龙江、吉林、浙江、湖南、江西、四川、云南；日本，朝鲜，新加坡，印度。

寄主和危害 日本栎、麻栎、枹栎、蒙古栎等。

形态特征 翅展44～52mm；头和胸部褐色与灰白色混杂；腹部灰褐色；前翅暗灰褐色，内线模糊双道，黑色浅波浪形，内线以内的亚中褶上有1黑色（暗红褐色）纵纹，外线黑色双道平行，从前缘到2脉浅锯齿形，向外弯曲，以后呈2～3个深锯齿形曲伸达后缘近臀角处，其中靠内面1条较模糊，外面1条外衬灰白边，横脉纹为1苍褐色圆点，中央暗褐色，横脉纹与外线间有1大的模糊暗褐色到黑色椭圆形斑。

生物学特性 河北1年发生1代。6、7月可见成虫。

栎粉舟蛾成虫

栎粉舟蛾幼虫

栎枝背舟蛾

目 鳞翅目 科 舟蛾科

学名 *Harpyia umbrosa* Staudinger

分布 河北、北京、黑龙江、山西、山东、江苏、浙江、湖北、湖南、四川、云南；日本，朝鲜，俄罗斯。

寄主和危害 幼虫取食麻栎、板栗、日本栎、柞栎。

形态特征 翅展48～56mm；前翅外半部的翅脉黑色，缘毛黑色，但在翅脉的延伸处为白色，翅基半部中央具白色纵带，有时白色带不明显。

生物学特性 河北6、7月可见成虫，具趋光性。

栎枝背舟蛾

栎枝背舟蛾

漫洒舟蛾

目 鳞翅目 科 舟蛾科

学名 *Clostera pigra* Hufnagel

分布 河北、辽宁、吉林、黑龙江、甘肃；朝鲜，欧洲。

寄主和危害 柳、杨。

形态特征 翅展25～29mm；下唇须赭褐色，背缘黑褐色；身体灰褐色至暗灰褐色；头顶至胸背中央黑棕色；前翅紫灰褐色，顶角斑暗褐色，扇形；亚基线和内线靠近，在内缘有点相连；外线在前缘呈白色楔形；后翅暗褐色至灰褐色。

生物学特性 河北6、7月可见成虫。

漫洒舟蛾

茅莓蚁舟蛾

目 鳞翅目 科 舟蛾科

学名 *Stauropus basalis* Moore, 1877

分布 河北、北京、陕西、甘肃、山西、山东、江苏、浙江、上海、江西、福建、湖北、四川、贵州、云南、台湾；日本，朝鲜，俄罗斯，越南。

寄主和危害 幼虫取食茅莓。

形态特征 翅展35～47mm；头胸部灰褐色，前翅暗灰色，翅基灰白色，内具1黑点；中线为1波形横带，具暗棕色鳞片；亚端线和端线由棕黄色点组成。

生物学特性 河北7月可见成虫，具趋光性。

茅莓蚁舟蛾

苹蚁舟蛾

目 鳞翅目 科 舟蛾科

学名 *Stauropus fagi* Linnaeus

分布 河北、北京、陕西、甘肃、吉林、内蒙古、山西、浙江、四川、广西；日本，朝鲜，俄罗斯。

寄主和危害 幼虫取食苹果、梨、李、樱桃、麻栎、赤杨、胡枝子。

形态特征 翅展58～76mm；头胸部灰红褐色，触角暗红色，端部约1/5无栉枝；前翅暗灰色，外线锯齿形，内线不清楚；亚端线棕黑色，内侧具白斑。

生物学特性 河北7月可见成虫，具趋光性。

苹蚁舟蛾

扇内斑舟蛾

目 鳞翅目 科 舟蛾科

学名 *Peridea grahami* Schaus

扇内斑舟蛾

分布 河北、陕西、四川。

寄主和危害 山毛榉属。

形态特征 翅展雄52mm，雌59～65mm；头、颈板和翅基片灰褐色；胸背褐黄色，中央有1暗红褐色弧形线，后胸后缘和基毛簇末端暗红褐色；腹背灰黄褐色；前翅暗灰褐色，前缘内半部灰白色向后扩散至中室下方，内线以内的基部黑褐色呈大扇形斑，亚基线和内线黑褐色拱形；横脉纹黑褐色边灰黄褐色，外线暗褐色锯齿形，外衬灰黄褐色边；后翅灰黄至苍褐色。

生物学特性 河北7月可见成虫。

土舟蛾

目 鳞翅目  科 舟蛾科

学名 *Togepteryx velutina* Oberthür

分布 河北*、北京、黑龙江、吉林、贵州；日本，朝鲜，俄罗斯。

寄主和危害 幼虫取食地锦槭、紫花槭等。

形态特征 翅展35～42mm；头胸部灰色，胸部的冠形毛簇灰褐色；前翅灰色，稍带红褐色，从前缘近基部到外缘具1条黑褐色纵带，向两侧颜色变浅，翅后缘灰白色；内外线不清晰，黑褐色，锯齿形。

生物学特性 河北7月可见成虫。

土舟蛾

土舟蛾

锈枚舟蛾

目 鳞翅目 科 舟蛾科

学名 *Rosama ornate* Oberthür

分布 河北、北京、黑龙江、辽宁、上海、江苏、浙江、湖北、湖南、广东、台湾；日本，朝鲜，俄罗斯。

寄主和危害 幼虫取食胡枝子。

形态特征 翅展32～36mm；下唇须、头胸部背面锈红色，后胸背面具1对白点；前翅锈红色，翅顶角下具1灰白色楔形纹，翅近中央具1三角形白斑。

生物学特性 河北7、8月可见成虫，具趋光性。

锈枚舟蛾

杨谷舟蛾

目 鳞翅目 科 舟蛾科

学名 *Gluphisia crenata* Esper

分布 河北、北京、陕西、甘肃、黑龙江、吉林、山西、江苏、浙江、湖北、四川、云南；日本，朝鲜，俄罗斯，欧洲，北美。

寄主和危害 幼虫取食杨叶。

形态特征 翅展29～34mm；体暗褐色，腹背灰褐色，前翅灰色至烟灰色，具3条明显的黑褐色横带；亚基线大锯齿状，外衬灰白边；内线稍直，内衬灰白边，外线锯齿形，外衬灰白边；亚缘线不清晰。

生物学特性 河北5～7月可见成虫。

杨谷舟蛾

银带窄翅舟蛾

目 鳞翅目 科 舟蛾科

学名 *Niganda argentifascia* Hampson

分布 河北、西藏；不丹，尼泊尔。

形态特征 雄体长16mm，翅展36mm；头部黄白色，胸部赤褐色，腹部浅黄褐色；前翅浅赤褐色，前缘脉赭色，其下有1条银白色的纵带，该带在外缘前最宽；从中室末端到外缘有另1条银白色宽纵带，该带在中室末端沿中室的下缘延伸到翅基部。

生物学特性 河北7、8月可见成虫，具趋光性。

银带窄翅舟蛾

银带窄翅舟蛾

云舟蛾

目 鳞翅目 科 舟蛾科

学名 *Neopheosia fasciata* Moore

分布 河北、黑龙江、安徽、江西、陕西、浙江、台湾、广东、四川；日本，印度，印度尼西亚、菲律宾。

寄主和危害 李属植物。

形态特征 体长19mm，翅展43mm左右；头、胸背和触角基毛簇灰色掺杂红褐色；前翅淡黄褐带赭红色（雌蛾赭色稍浓），翅基部和后缘黑棕色连在一起呈带形；有3条暗褐色云雾状斜斑，前缘翅尖1条较小，中间1条较大而色淡，内面1条在中室较显，球形，外线不清晰；后翅色泽和前翅同，后缘色深，腹部灰褐色。

生物学特性 河北6月下旬可见成虫。

云舟蛾

云舟蛾

窄掌舟蛾

目 鳞翅目 科 舟蛾科

学名 *Phalera angustipennis* Matsumura

分布 河北*、北京、辽宁、河南、台湾；日本，朝鲜。

寄主和危害 幼虫取食柞木、糙叶树。

形态特征 翅展50～66mm；前翅掌纹较窄长，内侧具黑色鳞片，中室具大小白斑各1个，外线在近后缘呈内突黑纹，其内侧呈黑褐大斑。

生物学特性 河北7、8月可见成虫，具趋光性。

窄掌舟蛾

灰舟蛾

目 鳞翅目 科 舟蛾科

学名 *Cnethodonta grisescens baibarana* Matsumura, 1929

分布 河北。

形态特征 展翅37～45mm；前翅灰白色，横脉处有2枚紧邻的黑斑，各纵间具斑点，亚端线排成弧状有4～5枚，端线呈斑点排列。

生物学特性 河北5月可见成虫，具趋光性。

灰舟蛾

冠舟蛾

目 鳞翅目 科 舟蛾科

学名 *Lophocosma atriplaga* Staudinger, 1887

分布 河北、北京、黑龙江、吉林；日本，朝鲜，俄罗斯。

寄主和危害 幼虫取食千金榆、榛等。

形态特征 翅展雄44～49mm，雌50～57mm；前缘略浅，具4或5个大小不同的黑斑，其中以中间的最大，伸占中室的横脉。

生物学特性 河北5月可见成虫，具趋光性。

冠舟蛾

弯臂冠舟蛾

目 鳞翅目 科 舟蛾科

学名 *Lophocosma nigrilinea* (Leech, 1899)

分布 河北、北京、陕西、甘肃、吉林、内蒙古、山西、浙江、四川、广西；日本，朝鲜、俄罗斯。

形态特征 翅展46～65mm；头及胸基部红褐色至黑褐色，前翅灰褐色，翅中具1黑色条纹斜伸至近翅中央后，再伸向翅缘，翅前缘内侧尚有2个黑斑。

生物学特性 河北7月可见成虫，具趋光性。

弯臂冠舟蛾

钩翅舟蛾

目 鳞翅目 科 舟蛾科

学名 *Gangarides dharma* Moore, 1866

钩翅舟蛾

分布 河北、北京、陕西、甘肃、辽宁、浙江、江西、福建、湖北、湖南、广东、广西、香港、海南、四川、云南、西藏；朝鲜，东南亚，印度。

形态特征 雄蛾翅展62～69mm，雌蛾翅展72～83mm；体背和前翅灰黄色，布满褐色雾点；前翅具褐色横线5条，亚端线波浪形，内侧少褐色雾点，横脉纹为1个白点。

生物学特性 河北7、8月可见成虫，具趋光性。

黑蕊尾舟蛾

目 鳞翅目 科 舟蛾科

学名 *Dudusa sphingiformis* Moore, 1872

黑蕊尾舟蛾

黑蕊尾舟蛾

分布 河北、陕西、北京、甘肃、内蒙古、河南、山东、安徽、浙江、江西、福建、台湾、广东、广西、四川、贵州、云南；日本，朝鲜，缅甸，越南，印度。

寄主和危害 幼虫取食栾树、槭树的叶片。

形态特征 翅展70～89mm；头及触角黑色，胸部灰黄褐色，前胸中央具2个黑点；前翅灰黄褐色，前缘具5、6个暗褐色斑，从翅顶至后缘近基部具暗褐色大三角形斑，内、外线灰白色；腹末具大型毛簇。

生物学特性 河北1年发生1代。以蛹在土中越冬。河北7月可见成虫，具趋光性。

金纹舟蛾

目 鳞翅目 科 舟蛾科

学名 *Plusiogamma aurisigna* Hampson

金纹舟蛾

金纹舟蛾

分布 河北、湖北、甘肃、陕西、四川、云南；越南，缅甸。

形态特征 翅展31～35mm；头和胸背棕黑色，胸腹面和腹背面灰褐色；前翅深猪肝色，有2个醒目的金斑，1个在基部，由2个小斑点连接而成，另1个在中央，从前缘内侧约1/3斜伸到中室下角，由断续的3个小斑点组成；内线不清楚，只在后缘中央隐约可见，横脉外有1条宽的灰色影状带，外线在宽带内，亚端线不清晰，暗褐色波浪形；后翅灰红褐色，具模糊外带。

生物学特性 河北6月可见成虫，具趋光性。

栎蚕舟蛾

目 鳞翅目 科 舟蛾科

又名 栎褐天社蛾、栎天社蛾、栎叶杨天社蛾、麻栎天社蛾

学名 *Phalerodoma albibasis* (Chiang)

栎蚕舟蛾

栎蚕舟蛾

分布 河北、辽宁、吉林、黑龙江、山东、安徽、江苏、浙江、江西、湖北、陕西、四川。

寄主和危害 麻栎、栓皮栎、蒙古栎、槲栎等。

形态特征 翅展38～49mm；头和胸部苍灰褐色；鞘翅淡灰黄褐具雾状暗褐色点，基线深锯齿形，内线双道平行，内面1条模糊并向内扩散，外面1条除在中室下缘呈齿形曲外几乎直伸后缘的齿形毛簇，外线微锯齿形，脉端缘毛暗褐色，其余灰褐色；后翅淡灰黄褐色，外线模糊，缘毛同前翅；臀背灰黄褐色，雌额臀毛簇黑褐色。

生物学特性 河北7月可见成虫，具趋光性。

黑条沙舟蛾

目 鳞翅目 科 舟蛾科

又名 沙舟蛾

学名 *Shaka atrovittata* (Bremer)

分布 河北、黑龙江、辽宁、江西、安徽、陕西、四川；日本，朝鲜。

寄主和危害 槭。

形态特征 翅展65mm左右；头和胸背灰褐色，颈板前后缘和翅基片边缘为棕黑色；前翅青灰带棕色，中室下方从基部沿亚中褶有1条棕黑色纵纹，但不达外缘，翅脉和横线棕黑色，内外线锯齿形。

黑条沙舟蛾成虫

黑条沙舟蛾幼虫

生物学特性 河北7月可见成虫，具趋光性。

怪舟蛾

目 鳞翅目 科 舟蛾科

学名 *Hagapteryx admirabilis* (Stauginger)

分布 河北、黑龙江、浙江、江西、福建、湖北；日本，俄罗斯。

寄主和危害 胡桃。

形态特征 翅展39mm左右；头和胸部暗红褐色，翅基片有2条模糊的暗纹；前翅暗红褐色，所有横线灰白色衬暗边；基线不清晰；内、外线和亚端线在前缘部分较明亮；内外线锯齿形；端线细锯齿形，横脉纹大，月牙形，暗红褐色衬灰白边，其内侧有1大的肾纹，暗红褐色具灰白边；腹部黄褐色，跗节具白环。

怪舟蛾

怪舟蛾

生物学特性 河北7月可见成虫，具趋光性。

短扇舟蛾

目 鳞翅目 科 舟蛾科

学名 *Clostera albosigma curtuloides* (Erschoff, 1870)

寄主和危害 幼虫取食山杨、日本山杨。

形态特征 翅展27～38mm；头顶和胸部中央具1暗棕红色斑，臀毛簇棕黑色或棕红色；前翅灰红褐色，顶角处具大型暗红色斑，斑的内缘具白色边缘。

生物学特性 河北4～8月可见成虫，具趋光性。

短扇舟蛾

杨扇舟蛾

目 鳞翅目 科 舟蛾科

学名 *Clostera anachoreta* (Denis et Schiffermüller, 1775)

分布 国内广泛分布（除广东、广西、海南和贵州）；日本，朝鲜，欧洲，越南，印度尼西亚，印度，斯里兰卡。

寄主和危害 幼虫取食多种杨、柳。

形态特征 翅展26～43mm；前翅灰褐色至褐色，具3条灰白色横线，外线和横线之间尚有1横线，但不达前缘；顶角处具大型暗褐色斑，外线穿过此斑，外衬锈红色斑。

生物学特性 河北1年发生4～5代。以蛹在土中越冬。河北3～11月可见成虫，具趋光性。

杨扇舟蛾

杨小舟蛾

目 鳞翅目 科 舟蛾科

学名 *Micromelalopha sieversi* (Staudinger, 1892)

分布 河北、北京、黑龙江、吉林、山东、江苏、浙江、安徽、江西、湖北、湖南、四川、云南、西藏；日本，朝鲜，俄罗斯。

寄主和危害 幼虫取食杨、柳。

形态特征 翅展22～26mm；体色多变，赭黄色、黄褐色、红褐色或暗褐色等；前翅具3条灰白色细横线，其中中间1条在后半部呈屋脊状分岔，外岔不如内岔清晰。

生物学特性 河北1年发生3～4代。以蛹在土中越冬。河北5～8月可见成虫，具趋光性。

杨小舟蛾　杨小舟蛾

燕尾舟蛾

目 鳞翅目 科 舟蛾科

学名 *Furcula furcula sangaica* (Moore, 1877)

分布 河北、北京、陕西、甘肃、新疆、内蒙古、黑龙江、吉林、江苏、浙江、四川、云南；日本，朝鲜，俄罗斯。

寄主和危害 幼虫取食杨、柳。

形态特征 翅展33～41mm；胸部具4条黑带，间有赭黄色鳞毛；前翅近中部具1宽大的黑色横带，边缘具赭黄色点，外横带内侧具2条波浪形横纹。

生物学特性 河北4、7、8月可见成虫，具趋光性。

燕尾舟蛾

杨二尾舟蛾

目 鳞翅目 科 舟蛾科

又名 柳二尾舟蛾

学名 *Cerura menciana* Moore, 1877

分布 中国广泛分布（除新疆、贵州、广西）；日本，朝鲜，俄罗斯。

寄主和危害 幼虫取食杨、柳。

形态特征 翅展54～76mm；触角双栉状（但雌蛾栉枝短）；胸背具6个黑点，翅基片具2黑点；腹1～6节背面黑色，中央具灰白色纵带；前翅基部具众多黑点，内线近后缘具2个“V”字形纹。

生物学特性 河北5月可见成虫，具趋光性。

杨二尾舟蛾成虫

杨二尾舟蛾幼虫

赭小内斑舟蛾

目 鳞翅目 科 舟蛾科

学名 *Peridea graeseri* (Staudinger, 1892)

分布 河北、北京、陕西、黑龙江、吉林、山西、湖南、台湾、湖北；日本，朝鲜，俄罗斯。

寄主和危害 幼虫取食春榆、榉树等。

形态特征 翅展54～70mm；前翅灰褐色，亚基线双曲波形，内衬灰白边；横脉纹赭褐色，周缘浅色；前缘近顶角处具赭褐色大斑。

生物学特性 河北7、9月可见成虫，具趋光性。

赭小内斑舟蛾

赭小内斑舟蛾

厄内斑舟蛾

目 鳞翅目 科 舟蛾科

学名 *Peridea elzet* Kiriakoff, 1963

分布 河北、北京、陕西、甘肃、辽宁、山西、江苏、浙江、江西、福建、湖南、四川、云南；日本，朝鲜。

寄主和危害 幼虫取食栎属。

形态特征 翅展46～54mm；头胸部灰褐色，具黑色条纹和暗红斑；前翅暗灰色，翅基具锈黄色斑，内线波浪形，与外线的距离远；亚端线模糊，由1列暗红色点组成；翅后缘中部的齿形毛簇黑褐色。

生物学特性 河北8月可见成虫，具趋光性。

厄内斑舟蛾

侧带内斑舟蛾

目 鳞翅目 科 舟蛾科

学名 *Peridea lativitta* (Wileman, 1911)

分布 河北*、北京、陕西、黑龙江、吉林、辽宁、山西、山东、浙江、湖北、四川；日本，朝鲜，俄罗斯。

寄主和危害 幼虫取食蒙古栎。

形态特征 雄蛾翅展53～54mm，雌蛾58～65mm；头胸灰褐色，具黑色鳞毛；鞘翅灰褐色，翅基具锈黄色斑，内线波浪形，在后缘与中线较为接近；亚端线模糊，由1列暗红色点组成；翅后缘中部的齿形毛簇黑褐色。

生物学特性 河北4月底及6、7、9月可见成虫，具趋光性。

侧带内斑舟蛾

核桃美舟蛾

目 鳞翅目 科 舟蛾科

学名 *Uropyia meticulodina* (Oberthür, 1884)

分布 河北、北京、陕西、吉林、辽宁、山东、浙江、福建、江西、湖北、广西、四川、云南；日本，朝鲜，俄罗斯。

寄主和危害 幼虫取食核桃、核桃楸。

形态特征 翅展44～63mm；头部赭色，前翅暗红棕色，前后缘各有1大块黄褐色大斑（有时带绿色），每斑内各具暗褐色横线。

生物学特性 河北4、5、7、8月可见成虫。

核桃美舟蛾成虫

核桃美舟蛾幼虫

银二星舟蛾

目 鳞翅目 科 舟蛾科

学名 *Euthampsonia splendida* (Oberthür, 1881)

分布 河北、北京、陕西、黑龙江、吉林、辽宁、山东、河南、浙江、湖北、湖南；日本，朝鲜，俄罗斯。

寄主和危害 幼虫取食蒙古栎。

形态特征 翅展59～74mm；前翅灰白至灰褐色，翅后缘柠檬黄色，外缘缺刻小，大小相近，中室具2个分离的银白色斑。

生物学特性 河北7、8月可见成虫，具趋光性。

银二星舟蛾

银二星舟蛾

黄二星舟蛾

目 鳞翅目 科 舟蛾科

学名 *Euthampsonia cristata* (Butler, 1877)

黄二星舟蛾

黄二星舟蛾

分布 河北、北京、陕西、内蒙古、黑龙江、吉林、辽宁、山东、河南、江苏、浙江、安徽、江西、湖北、湖南、四川、海南、云南、台湾；日本，朝鲜，俄罗斯，缅甸，老挝，泰国。

寄主和危害 幼虫取食柞树、蒙古栎。

形态特征 翅展65～88mm；胸部具“人”字形冠形毛簇，端部黄褐色；前翅中部具3条横线，其中内外2条较明显，中线内侧近前缘具2个黄白色小圆点，外缘锯齿形。

生物学特性 河北7、8月可见成虫，具趋光性。

苹掌舟蛾

目 鳞翅目 科 舟蛾科

学名 *Phalera flavescens* (Bremer et Grey, 1852)

苹掌舟蛾

分布 河北、北京、陕西、甘肃、黑龙江、辽宁、山西、山东、上海、江苏、浙江、江西、福建、湖北、湖南、广东、广西、海南、云南、贵州；日本，朝鲜，俄罗斯，缅甸。

寄主和危害 幼虫取食苹果、杏、梨、桃、海棠、榆叶梅、榆等植物。

形态特征 翅展34～66mm；前翅黄白色，无顶角斑，翅基具1灰褐色斑，外衬半月形黑褐色斑，近外缘具5个灰褐色斑，内衬锈红色斑，越接近后缘的越大。

生物学特性 河北1年发生1代。河北7～9月可见成虫。

豆盗毒蛾

目 鳞翅目　科 毒蛾科

学名 *Euproctis piperita* Oberthür

豆盗毒蛾

豆盗毒蛾

分布 河北、北京、内蒙古、黑龙江、吉林、辽宁、山西、河南、山东、江苏、浙江、安徽、福建、江西、湖北、湖南、广东、四川；日本，朝鲜，俄罗斯。

寄主和危害 幼虫取食豆类、楸、茶等。

形态特征 成虫翅展25～35mm；体翅柠檬黄色，前翅基部至亚外缘具不规则棕色斑，其上散布黑褐色鳞片，在翅基1/3具明显的分界线；翅近外缘具黑褐色斑3个；近顶角处1个，中部2个；后缘中央具褐色长鳞片。

生物学特性 河北1年发生2代。4、7月可见成虫，具趋光性。

日本羽毒蛾

目 鳞翅目　科 毒蛾科

学名 *Pida niphonis* Butler

日本羽毒蛾

分布 河北、北京、山西、甘肃、内蒙古、黑龙江、吉林、辽宁、山西、河南、山东、浙江、湖北、湖南、广东、四川；日本，朝鲜，俄罗斯。

寄主和危害 幼虫取食榛、白桦、赤杨、醋栗、锥栗、刺槐等树木。

形态特征 成虫翅展32～47mm；体黄色，触角栉节黄褐色，头胸部散生黑色毛；前翅黄色，后翅中间大部至翅中密布黑色鳞片，并散布至近顶端的前缘；中室端具黑点；后翅黄色，后缘具黑鳞。

生物学特性 河北1年发生1代。7、8月可见成虫，具趋光性。

络毒蛾

目 鳞翅目　科 毒蛾科

学名 *Lymantria concolor* Walker

络毒蛾

分布 河北*、浙江、云南、四川、台湾、陕西；越南，印度。

形态特征 翅展雄蛾42mm，雌蛾60mm；头部、胸部和足黄白色带黑斑，前翅黄白色，基部有7个黑点，内线黑色波浪形，中室中央有1黑斑，横脉纹肾形，中线、外线黑色锯齿状折曲，亚端线为间断的新月形黑斑，外线为1列黑点。

生物学特性 河北7月可见成虫，具趋光性。

模毒蛾

目 鳞翅目　科 毒蛾科

学名 *Lymantria monocha* Linnaeus

模毒蛾

模毒蛾

分布 河北、辽宁、吉林、黑龙江、浙江、台湾、贵州、云南；日本，俄罗斯，欧洲。

寄主和危害 云杉、落叶松、麻栎、桦、山杨、椴等。

形态特征 成虫体长17mm，翅展43mm左右；触角干棕灰色，栉齿灰褐色。头、胸和腹部基部白棕色，胸部有黑褐色斑；前翅白色有黑褐色斑纹，基部有7个斑点，内线波浪形，中室中央有1圆点，横脉纹新月形，外线双重，锯齿状折曲，亚端线锯齿状；缘毛灰白色，具1列黑褐色斑。

生物学特性 河北1年发生1代。7、8月可见成虫，具趋光性。

结茸毒蛾

目 鳞翅目　科 毒蛾科

学名 *Dasychira lunulata* Butler

分布 河北、黑龙江、吉林、辽宁、陕西、浙江；日本，朝鲜，俄罗斯。

寄主和危害 栎、栗。

形态特征 成虫体长23mm，翅展59mm左右；触角干银白色，栉齿黄褐色；体灰黑色，复眼周围黑色，后胸背有1黑斑；前翅银白色，布黑色和黑褐色鳞，前缘近基部有1黑色环扣状斑，横脉纹新月形，由竖起的银白色鳞组成，外线黑色，波浪形，外线前端外侧有1黑色短线，亚端线不清晰。

结茸毒蛾成虫

结茸毒蛾幼虫

生物学特性 河北1年发生1代。7月可见成虫，具趋光性。

茸毒蛾

目 鳞翅目　科 毒蛾科

学名 *Dasychira pudibunda* Linnaeus

分布 河北、黑龙江、吉林、辽宁、山东、河南、山西、陕西、台湾。

寄主和危害 幼虫取食栎、桦、鹅耳枥、板栗、榛、椴、枫杨等。

形态特征 翅展35～60mm；雄蛾体褐色；前翅灰白色，布黑色和褐色鳞，内区灰白色明显，中区色较暗，亚基线，内线和外线近平行，黑色，微波浪形；横脉纹黑褐色带黑色边，亚端线黑褐色，不完整，端线为1列黑褐色点，缘毛灰白色与黑褐色相间；后翅白色带黑褐色鳞。

茸毒蛾成虫

茸毒蛾幼虫

生物学特性 河北1年发生1代。以幼虫越冬。河北7月下旬可见成虫，具趋光性。

灰斑古毒蛾

目 鳞翅目 科 毒蛾科

学名 *Orgyia ercae* Germar

分布 河北、黑龙江、吉林、辽宁、青海、甘肃、宁夏、陕西；欧洲。

寄主和危害 杨、柳、松、桦、栎、苹果、沙枣。

形态特征 雄蛾体长6～8mm，翅展22～24mm；雄触角干黄色，栉齿黄褐色；体黄褐色；前翅赭褐色，内线褐色，较宽，中部向外微弯，前缘有1近三角形紫灰色斑，横脉纹赭褐色，新月形，周围紫灰色，外线褐色，锯齿形，亚端线褐色，不清晰；其外缘有1清晰白斑，缘毛浅黄色；雌蛾翅退化。

灰斑古毒蛾

生物学特性 河北7～9月可见成虫，具趋光性。

角斑古毒蛾

目 鳞翅目 科 毒蛾科

学名 *Orgyia gonostigma* (Linnaeus)

分布 河北、黑龙江、辽宁、北京、河南、陕西、四川、江苏。

寄主和危害 幼虫取食贴梗海棠、紫荆、白玉兰、山茶、月季、玫瑰、梅花、美人蕉、江南槐、梨、杏梅、樱桃、芙蓉等多种花卉和观赏花木。幼虫取食花卉的幼芽、嫩叶和花冠。

角斑古毒蛾雌成虫

角斑古毒蛾雄成虫

角斑古毒蛾蛹茧

角斑古毒蛾幼虫

形态特征 雌雄异型；雌蛾体长约为17mm，长椭圆形，只有翅痕；体上有灰和黄白色绒毛；雄蛾体长约15mm，翅展约32mm；体灰褐色，前翅红褐色，翅顶角处有黄斑，后缘角处有新月形白斑。

生物学特性 河北1年发生2代。以幼虫在花木的皮缝、落叶层下、杂草丛中越冬。河北4、5、6月可见成虫，具趋光性。

古毒蛾

目 鳞翅目 科 毒蛾科

学名 *Orgyia antique* (Linnaeus)

古毒蛾

分布 河北、内蒙古、山西、辽宁、吉林、黑龙江、山东、河南、西藏、甘肃、宁夏等地。

寄主和危害 幼虫取食月季、蔷薇、杨、槭、柳、山楂、苹果、梨、李、栎、桦、桤木、榛、鹅耳枥、石杉、松、落叶松等。

形态特征 雌雄异型；雌体长10～22mm，翅退化，体略呈椭圆形，灰色到黄色，有深灰色短毛和黄白色茸毛，头很小，复眼灰色。雄体长8～12mm，体灰褐色，前翅黄褐色到红褐色。

生物学特性 河北1年发生3代。以卵在茧内越冬。河北在5～7月可见成虫，具趋光性。

肾毒蛾

目 鳞翅目 科 毒蛾科

又名 大豆毒蛾　　学名 *Cifuna locuples* Walker

肾毒蛾　肾毒蛾

分布 河北*、山西、黑龙江、吉林、辽宁、山东、江苏、安徽、浙江、江西、福建、广东、广西、湖南、湖北、河南、四川、云南、西藏；朝鲜，日本，俄罗斯，越南。

寄主和危害 幼虫取食樱、海棠、榉、榆、大豆、紫藤、苜蓿、柿、柳、绿豆等。

形态特征 翅展34～50mm；头部和胸部深黄褐色，腹部褐黄色，后胸和第2、3腹节背面各有1黑色短丛毛；前翅前半褐色；布白色鳞，后半褐黄色，内线为1黑色宽带，带内侧衬白色细线，横脉纹肾形，褐黄色，深褐色边，外线深褐色，微向外弯，中区前半褐黄色，后半褐色布白色鳞；亚端线深褐色；缘毛深褐色与黄褐色相间；后翅淡黄色带褐色，横脉纹、端线色较暗，缘毛黄褐色。

生物学特性 河北6、7月可见成虫，具趋光性。

斜黄带毒蛾

目 鳞翅目 科 毒蛾科

学名 *Numenes disparilis separata* Leech

分布 河北、浙江、湖北、四川、陕西。

寄主和危害 幼虫取食鹅耳枥、铁木等。

形态特征 翅展52～80mm；头、胸和足橙黄色带黑褐色毛鳞；腹部黑褐色微带橙黄色；前翅黑褐色略带光泽，前缘近基部有1小浅黄色斑，从前缘中部到臀角有1浅黄色斜带，从带中央到翅顶有1浅黄色斜带；后翅和缘毛褐黑色。雌蛾腹部橙黄色，从臀角向翅顶及前缘有1三叉形带，浅黄色；后翅橙黄色。

生物学特性 河北1年发生1代。河北7月中旬可见成虫，具强趋光性。

斜黄带毒蛾

淡纹黄毒蛾

目 鳞翅目 科 毒蛾科

学名 *Euproctis karapina* Strand, 1914

分布 河北。

形态特征 展翅24～40mm。雄蛾触角基部白色，栉齿黄褐色，翅面灰白色，腹部黑褐色，腹末端具黄色毛缘，前翅前缘黄褐色，内、中、外线淡黄色，缘毛白色，后翅白色，缘毛白色。雌蛾近似雄蛾但前翅黄褐色斑纹较不明显。

淡纹黄毒蛾

淡纹黄毒蛾

结丽毒蛾

目 鳞翅目　科 毒蛾科

学名 *Calliteara lunulata* (Butler, 1877)

分布 河北、北京、陕西、黑龙江、吉林、辽宁、浙江、福建、台湾、湖南、广东；日本，朝鲜，俄罗斯。

寄主和危害 幼虫取食栎、板栗等。

形态特征 翅展雄45～56mm，雌65～80mm；后胸背面中部具黑毛，足跗节黑色，胸背及前足着生灰褐色毛；前翅内缘在前缘呈扣状黑褐色纹，中线、外线和亚缘线黑褐色，锯齿形；中室端具肾形纹；有时这些纹不明显。

生物学特性 河北7月可见成虫，具趋光性。

结丽毒蛾

结丽毒蛾

丽毒蛾

目 鳞翅目　科 毒蛾科

学名 *Calliteara pudibunda* (Linnaeus, 1785)

分布 河北、北京、陕西、黑龙江、吉林、辽宁、河南、山东、台湾；朝鲜，俄罗斯，欧洲。

寄主和危害 幼虫取食多种果树和林木，如苹果、梨、山楂、桦、栎、杨、柳等。

形态特征 翅展35～60mm；胸部常有黑毛丛；前翅内线双线，较宽和直，黑褐色；横脉纹黑褐色；外线双线，波状；亚端线不完整。

生物学特性 河北6、7月可见成虫，具趋光性。

丽毒蛾

茶白毒蛾

目 鳞翅目 科 毒蛾科

又名 茶叶白毒蛾、白毒蛾 学名 *Arctornis alba* (Bremer)

分布 河北、黑龙江、山东、江苏、安徽、浙江、福建、台湾、广东、广西、湖北、湖南、四川、贵州、江西；日本，朝鲜，俄罗斯。

寄主和危害 幼虫取食蒙古栎、榛、柞、茶等。

形态特征 翅展雄32～37mm，雌40～45mm；头部黄白色，触角干白色，栉齿浅黄色；胸部和腹部白色；前翅白色，有光泽；足白色；后翅白色。

生物学特性 河北1年发生1代。河北7月可见成虫，具趋光性。

茶白毒蛾

白钩毒蛾

目 鳞翅目 科 毒蛾科

学名 *Arctornis l-nigrum* (Müller)

分布 河北、黑龙江、吉林、辽宁、北京、天津、山西、山东、安徽、江苏、上海、浙江、江西、福建、台湾、四川、云南。

寄主和危害 幼虫取食榉、榆、栎、榛、桦、苹果、山楂、杨、柳。

形态特征 翅展30～40mm；触角干白色，栉齿黄色；前中足胫节具黑斑，跗节和末节黑色；体和翅白色，有时染有粉绿色；翅横脉纹黑色，呈“<”字形黑纹；后翅白色。

生物学特性 河北1年发生1代。以3龄幼虫卷叶越冬。河北6、7月可见成虫，具趋光性。

白钩毒蛾

榆黄足毒蛾

目 鳞翅目 科 毒蛾科

学名 *Lvela ochropoda* Eversmann

分布 河北、黑龙江、吉林、辽宁、北京、天津、山西、陕西、甘肃、宁夏、山东、安徽、江苏、上海、浙江、江西、福建、台湾、河南、湖北、湖南。

寄主和危害 幼虫取食白蜡、榔榆、月季、馒头柳等。

形态特征 翅展25～40mm；触角节齿状，黑色，体和翅呈纯白色；前翅密生大而粗的鳞毛，翅脉白色，翅顶较圆；前足腿节前半部至跗节以及中、后足胫节前半部和跗节均为橙黄色。

生物学特性 河北1年发生2代。以初龄幼虫在树皮下或缝隙中、树洞内结茧越冬。河北5、7～9月可见成虫，具趋光性。

榆黄足毒蛾

榆黄足毒蛾

拟杉丽毒蛾

目 鳞翅目 科 毒蛾科

学名 *Calliteara pseudabietis* Butler

分布 河北、内蒙古、辽宁、吉林、黑龙江；日本，朝鲜，俄罗斯。

寄主和危害 幼虫取食落叶松、杉、栎、苹果。

形态特征 翅展雄40～43mm，雌48～52mm；触角干银白色，栉齿棕色；头雄腹部褐足暗灰色；足胫节、跗节有黑斑；前翅灰褐色；稀布黑褐色鳞片；亚基线黑褐色；内线双线、黑褐色，波浪形；两线间密布黑褐色鳞片，横脉纹新月形，灰褐色；外线褐黑色，微波浪形；外线内缘灰白色，亚端线褐黑色，不清晰；端线由黑褐点组成；缘毛黑褐色和灰褐色相间；后翅浅褐色，横脉纹与外缘灰褐色。

生物学特性 河北7月可见成虫，具趋光性。

拟杉丽毒蛾

舞毒蛾

目 鳞翅目 科 毒蛾科

学名 *Lymantria dispar* (Linnaeus, 1758)

分布 河北、北京、陕西、内蒙古、黑龙江、吉林、辽宁、河南、山东、安徽、江西、湖北、湖南、四川、云南；日本，朝鲜，俄罗斯。

寄主和危害 幼虫取食栎、柞、杨、柳、椴、核桃、桦、榆、苹果、山楂等500多种植物。

形态特征 翅展雄40～45mm，雌45～75mm；雌雄异形。雄蛾体背褐色，前翅黄褐色，具褐色和黑褐色斑纹；基线为2个黑褐色斑点所组成，亚基线、内线和中线波浪形，中室中央具1黑点；外线锯齿形。雌蛾黄白色，具黑褐色斑纹，纹路同雄蛾。

舞毒蛾雄成虫

舞毒蛾雌成虫

舞毒蛾幼虫

生物学特性 河北7月可见成虫，具趋光性。

合台毒蛾

目 鳞翅目 科 毒蛾科

学名 *Teia convergens* (Collenette, 1938)

分布 河北*、北京、陕西、内蒙古、云南。

形态特征 前翅长15mm；前翅红棕色至暗棕色，前翅明显可见2条横带，中部外突，两带在后缘靠近或有些距离，有时在外带前缘的内外侧分布白色鳞片。

生物学特性 河北7～9月可见成虫。

合台毒蛾

连丽毒蛾

目 鳞翅目　科 毒蛾科

学名 *Calliteara conjuncta* (Wileman, 1911)

分布 河北、北京、陕西、内蒙古、黑龙江、吉林、辽宁、河南、山东、安徽、福建、江西、湖北、湖南、四川、云南；日本，朝鲜，俄罗斯。

寄主和危害 幼虫取食栎、刺槐、杨、椴、枫香、木荷等。

形态特征 翅展雄37～42mm，雌42～50mm；前翅黑灰色，中区前半部灰白色，亚基线双线黑色，内横线前缘黑色，曲折明显，外横线双线，后半部锯齿形；缘毛棕色与黑色相间。

生物学特性 河北5、6月可见成虫，具趋光性。

连丽毒蛾

侧柏毒蛾

目 鳞翅目　科 毒蛾科

学名 *Parocneria furva* (Leech, 1889)

分布 河北、北京、陕西、内蒙古、黑龙江、吉林、辽宁、山东、河南、江苏、浙江、安徽、湖北、湖南；日本。

寄主和危害 幼虫取食侧柏、桧柏等柏树。

形态特征 翅展19～34mm；体翅暗褐色，前翅斑纹黑色，纤细不显著（雌蛾常较显著）；内线在近后缘向外折角，外线与亚端线锯齿状曲折。

生物学特性 河北1年发生2代。河北6、8、9月可见成虫，具趋光性。

侧柏毒蛾

黄边土苔蛾

目 鳞翅目　科 灯蛾科

学名 *Eilema usuguronis* (Matsumura, 1927)

分布 河北*。

形态特征 展翅宽31～34mm；前翅乳白色，头、胸、背板、前翅翅基及外缘具黄色，前翅后缘在近基部1/3处弧形外弯，至臀角又呈“S”形内凹。

生物学特性 河北7月可见成虫，具趋光性。

黄边土苔蛾

黄缘苔蛾

目 鳞翅目　科 灯蛾科

学名 *Eilema antica* (Walker, 1854)

分布 河北*。

形态特征 翅展24～34mm；体型瘦长，前翅灰褐色，头部、前胸背板前缘至前翅前缘黄褐色，停息时两翅相叠，体背周边黄色。

生物学特性 河北7月可见成虫，具趋光性。

黄缘苔蛾

头褐华苔蛾

目 鳞翅目 科 灯蛾科

学名 *Ghoria subpurpurea* (Matsumura, 1927)

分布 河北。

形态特征 翅展22～36mm；前翅灰褐色具蓝色，头背具橙褐色的横斑，前胸背板黑色，两侧具暗黑色光泽，前缘脉灰黄褐色，至顶角渐消失，停息时两翅部分相叠。

生物学特性 河北6月可见成虫，具趋光性。

头褐华苔蛾

灰土苔蛾

目 鳞翅目  科 灯蛾科

学名 *Eilema griseola* Hübner

分布 河北、黑龙江、吉林、山西、山东、福建、陕西、河南、云南、西藏；日本，朝鲜。

寄主和危害 地衣、干枯叶片。

形态特征 翅展27～33mm；头浅黄色，胸、腹部灰色，腹部末端及腹面黄色；前翅前缘黄色，常很窄，前缘基部黑边，翅顶缘毛常为黄色；后翅黄灰色，端部及缘毛黄色。

生物学特性 河北7月中旬可见成虫。

灰土苔蛾

日土苔蛾

目 鳞翅目　科 灯蛾科

学名 *Eilema japonica* (Leech)

分布 河北、青海、陕西、北京、山西、浙江、云南、四川、甘肃。

寄主和危害 苹果。

形态特征 翅展23～30mm；暗褐灰色；头、颈板基部、翅基片外侧黄色，颈板端部、翅基片其余大部分及胸部褐灰色；前翅褐灰色，前缘区黄色，至翅顶渐尖细，缘毛黄色；后翅黄色；中部染灰色；腹部灰色，端部及腹面黄色。

生物学特性 河北6～8月可见成虫，具趋光性。

日土苔蛾

乌土苔蛾

目 鳞翅目　科 灯蛾科

学名 *Eilema ussurica* Daniel

分布 河北、黑龙江、吉林、辽宁、陕西、山西、江苏、浙江、湖南、云南、甘肃。

形态特征 翅展25～36mm；头、颈板、翅基片灰黄色；前翅浅棕灰色，前缘区黄色；后翅淡黄色；前翅反面除前缘及外缘区外为棕色。

生物学特性 河北6～8月可见成虫，具趋光性。

乌土苔蛾

乌土苔蛾

后褐土苔蛾

目 鳞翅目　科 灯蛾科

学名 *Eilema flavociliata* Lederer

分布 河北、北京、黑龙江、山西、陕西、四川、青海、新疆。

形态特征 翅展24～31mm；头、胸橙黄色，触角基节黑色，其余黑色；腹部基部灰色，其余黄色；前翅橙黄色，或稍带褐色或暗褐色，前缘基部黑色；后翅暗褐色，向后缘稍黄或褐色，缘毛橙黄色；翅反面暗褐色，边缘及缘毛黄色。

生物学特性 河北8月可见成虫，具趋光性。

后褐土苔蛾

泥土苔蛾

目 鳞翅目　科 灯蛾科

学名 *Eilema lutarella* (Linnaeus, 1758)

分布 河北*、北京、新疆；俄罗斯，北非。

寄主和危害 幼虫取食地衣。

形态特征 翅展27～30mm；额大部黑色，头顶、胸、翅橙黄色，有时染有黑褐色；前翅狭长，无斑纹，反面黑褐色，周缘黄色；后翅橙黄色，但前半黑褐色。

生物学特性 河北8月可见成虫，具趋光性。

泥土苔蛾

黄雪苔蛾

目 鳞翅目　科 灯蛾科

学名 *Chionaema dohertyi* Elwes

分布 河北*、陕西、四川、云南；印度。

形态特征 成虫翅展雄32～35mm，雌35～44mm；体纯白色；前翅亚基线橙黄色短带，内线橙黄色，从前缘小外弯至亚中褶，中室端部1黑点，横脉纹上2黑点，外线橙黄色波状纹，端线橙黄色宽带，不达翅顶或臀角；后翅白色，端区染黄色。

生物学特性 河北1年发生1代。7、8月可见成虫，具趋光性。

黄雪苔蛾

草雪苔蛾

目 鳞翅目　科 灯蛾科

学名 *Chionaema pratti* Elwes

分布 河北、山西、陕西、山东、江苏、浙江、江西、湖南、湖北、广西、四川。

形态特征 成虫翅展雄25～33mm，雌30～35mm；体白色；前翅亚基线红带从前缘至中室下方，内线红色，从前缘下方向外弯，中室端部1黑点，横脉纹上2黑点，斜置，外线红色波纹，端线红色，不达前缘和臀角；后翅红色，缘毛白色。

生物学特性 河北1年发生1代。8月可见成虫，具趋光性。

草雪苔蛾

血红雪苔蛾

目 鳞翅目 科 灯蛾科

学名 *Chionaema sanguinea* (Motschulsky)

分布 河北*、北京、山西、陕西、四川、云南、台湾；日本。

形态特征 展翅24～34mm；体白色；雄蛾前翅亚基线短、红色，前缘基部一红带与红色内线相接，内线从前缘斜向中脉，在中室与1短红带相接，然后垂直，中室上、下各有1黑点，外线红色，从前缘斜向中脉，然后直向臀角，端线红色，在翅顶成弧形，在前缘下方与外线相接；后翅黑色，基部白色，缘毛黄色。

血红雪苔蛾

血红雪苔蛾

生物学特性 河北7、8月可见成虫，具趋光性。

蛛雪苔蛾

目 鳞翅目 科 灯蛾科

学名 *Chionaema ariadne* Elwes

分布 河北、江苏、浙江、江西、湖北、四川。

寄主和危害 豆科植物。

形态特征 翅展29～45mm；前翅亚基线红色，在中脉下方折角，向后缘尖细，内线红色，从前缘至中室下方向内折角，然后再向外弯，横脉纹上2个黑点；外线红色，向前缘尖细且向内弯；后翅端区淡红色。

生物学特性 河北7月下旬至8月中旬可见成虫。

蛛雪苔蛾

黄边美苔蛾

目 鳞翅目 科 灯蛾科

学名 *Miltochrista pallida* Bremer

分布 河北*、黑龙江、北京、安徽、浙江、江西、四川；朝鲜，日本。

形态特征 成虫翅展23～26mm；体白色；前翅前缘及外缘具黄色宽带，前缘基部黑边，亚基点黑色，中室端黑点，亚端线为1列黑点；后翅淡黄色。

生物学特性 河北1年发生1代。8月可见成虫，具趋光性。

黄边美苔蛾

黄边美苔蛾

明痣苔蛾

目 鳞翅目 科 灯蛾科

学名 *Stigmatophora micans* Bremer et Grey

分布 河北、北京、陕西、甘肃、黑龙江、吉林、辽宁、内蒙古、山西、河南、山东、江苏、湖北、四川；朝鲜。

寄主和危害 幼虫取食禾本科植物。

形态特征 翅展32～43mm；足胫节于跗节具黑带；前翅淡黄白色，前缘及外缘橙黄色，除翅基有1个黑点外，外侧具3个黑点，有时部分黑点会变小或消失。

生物学特性 河北8月可见成虫，具趋光性。

明痣苔蛾

明痣苔蛾

黄痣苔蛾

目 鳞翅目 科 灯蛾科

学名 *Stigmatophora flava* Bremer et Grey

黄痣苔蛾

分布 河北、黑龙江、吉林、辽宁、新疆、陕西、山西、山东、江苏、浙江、湖北、江西、湖南、福建、广东、四川、贵州、云南、甘肃。

寄主和危害 桑、玉米、高粱、桑树、牛毛毡及杂灌木等。

形态特征 体黄色；前翅前缘橙黄色，基部和亚基点黑色，内线处黑点3个，外线处黑点6～7个；反面中央散布暗褐色斑。

生物学特性 河北1年发生1代。6～8月为成虫期，成虫趋光性强。

四点苔蛾

目 鳞翅目 科 灯蛾科

学名 *Lithosia quadra* (Linnaeus)

分布 河北、黑龙江、吉林、辽宁、陕西、内蒙古、云南、甘肃。

寄主和危害 苹果、樟子松、地衣等。

形态特征 雄性体橙色；前翅灰色，前缘区具闪光蓝黑带，端区暗，后翅橙黄色。雌性体橙黄色，前翅前缘中央及肘脉中部各有发光的蓝绿色点1个。

生物学特性 河北1年发生1代。6～8月为成虫期，成虫具较强趋光性。

四点苔蛾

四点苔蛾

朱美苔蛾

目 鳞翅目 科 灯蛾科

学名 *Miltochrista pulchra* Butler

分布 河北、黑龙江、吉林、辽宁、北京、山东、浙江、福建、四川、云南；朝鲜，日本。

寄主和危害 幼虫为害茶树。

形态特征 成虫翅展23～36mm；体红色；前翅翅脉为黄带，内线、中线底色黄，其上由黑点组成，中线较直，前缘基部黑色，基点、亚基点黑色，外线由黑点组成，黑点向外延伸成黑带；后翅色稍淡；前、后缘毛黄色。

生物学特性 河北1年发生1代。8月可见成虫。

朱美苔蛾

东方美苔蛾

目 鳞翅目 科 灯蛾科

学名 *Barsine sauteri* (Strand, 1917)

分布 河北*。

寄主和危害 幼虫以地衣或绿藻为食。

形态特征 前翅底色黄褐色，翅面密布橙红色短斑，各斑呈规则排列，翅面隐约可见3条黑褐色的横带，第3列横带呈“V”字形，合翅时两翅相连成“W”字形，此条横带下方有放射状的黑褐色条纹。

生物学特性 河北7月可见成虫，具趋光性。

东方美苔蛾

灰黑美苔蛾

目 鳞翅目　科 灯蛾科

学名 *Barsine fuscozonata* (Matsumura, 1931)

分布 河北*。

形态特征 外观近似华丽美苔蛾，但本种前翅内线与中线于中央处接连，华丽美苔蛾此两线则分离，外线至亚外缘线之间的黑褐色斑分布本种较明显，面积较大。

生物学特性 河北7月可见成虫，具趋光性。

灰黑美苔蛾

优美苔蛾

目 鳞翅目　科 灯蛾科

学名 *Miltochrista striata* (Bremer et Grey, 1852)

分布 河北、北京、陕西、甘肃、吉林、江苏、浙江、福建、台湾、江西、湖北、湖南、广东、广西、海南、四川、云南；日本。

寄主和危害 幼虫取食地衣。

形态特征 翅展27～50mm；体黄色至橙黄色，头顶及胸部具黑点；前翅脉间具红色短带，内中线具黑色横带，或呈点状（位于脉上），或不明显，外线上的黑点常延长，呈纵线状。

生物学特性 河北5～7月可见成虫，具趋光性。

优美苔蛾

美苔蛾

目 鳞翅目　科 灯蛾科

学名 *Miltochrista miniata* (Forster, 1771)

美苔蛾

美苔蛾

分布 河北、北京、内蒙古、黑龙江、吉林、辽宁、山西；日本，朝鲜，俄罗斯，欧洲。

寄主和危害 幼虫取食地衣。

形态特征 翅展24～32mm；体背及翅淡黄色至淡红褐色，雄蛾腹端染黑色；前翅前缘及外缘常染红色，前翅前缘基部具黑边，黑色内线仅在翅前缘明显，后大部常消失；中线亦仅前部明显；外部黑色，强锯齿形，其外具1列黑点；中室端具黑点；后翅淡黄色，外染区染红色。

生物学特性 河北7月可见成虫，具趋光性。

枚痣苔蛾

目 鳞翅目　 科 灯蛾科

学名 *Stigmatophora rhodophila* (Walker, 1865)

枚痣苔蛾

分布 河北、北京、陕西、黑龙江、吉林、山西、河南、山东、浙江、江西、福建、湖北、湖南、广西、四川、云南；日本，朝鲜，俄罗斯。

寄主和危害 幼虫取食牛毡。

形态特征 翅展22～28mm；体黄色染有红色，尤以前缘和外缘明显，前翅基部具2个黑点，内线处具4～5条黑褐短带，翅中部以外具许多横带，其中中室处的横带不相连。

生物学特性 河北6～9月可见成虫，具趋光性。

异美苔蛾

目 鳞翅目 科 灯蛾科

学名 *Miltochrista aberans* Butler

分布 河北、北京、陕西、黑龙江、吉林、辽宁、河南、江苏、浙江、安徽、江西、福建、台湾、湖北、湖南、广东、海南、四川；日本、朝鲜。

寄主和危害 幼虫取食地衣。

形态特征 翅展20～28mm；体背及前翅暗红色；头部颜色稍浅；前足基节染红色，胫节具黑带，有翅具黑色基点，中室下方具2个黑斑，内线在中室折角，并与中线相连，外线为不规则齿状，亚端线为黑端纹，有些与齿相接；后翅黄色，染有红色。

生物学特性 河北8月可见成虫，具趋光性。

异美苔蛾

云彩苔蛾

目 鳞翅目 科 灯蛾科

学名 *Nudina artaxidia* (Butler, 1881)

分布 河北*、黑龙江、吉林、山西、广东、云南；日本。

形态特征 翅展28mm左右；雄蛾触角双栉状，黄色；前翅黄色，中室中部具1暗褐点，外带宽，暗褐色，从前缘下方开始，其上边分叉，其内边在后缘中部前方延长，其外边波浪形；后翅色较淡，具有模糊的暗褐色亚端带。

生物学特性 河北7月可见成虫，具趋光性。

云彩苔蛾

黄灰佳苔蛾

目 鳞翅目 科 灯蛾科

学名 *Hypeugoa flavogrisea* Leech

分布 河北、山西、陕西、甘肃、江西、浙江、江苏、四川。

形态特征 翅展35～51mm；头、胸灰色，混有暗黑鳞片；触角褐色；前翅灰色，散布暗褐点，中带很宽，暗黑色，向后缘变窄，其内边在前缘下方和中室向外折角，其外边微齿状，亚端线为不规则齿纹；腹部和后翅褐色，后翅散布暗褐鳞片。

生物学特性 河北7月见成虫，成虫强趋光性。

黄灰佳苔蛾

肖浑黄灯蛾

目 鞘翅目 科 灯蛾科

学名 *Rhyparioides amurensis* (Bremer)

分布 河北、黑龙江、吉林、辽宁、山东、安徽、江苏、上海、浙江、江西、福建、台湾、河南、湖北、湖南、陕西、广西、四川。

寄主和危害 栎、柳、榆。

形态特征 雌雄有差异。雄性深黄色，腹部红色，前翅前缘有黑边，中室下角和中线前、后均有黑点，中室点新月形黑纹，翅反面红色。雌性前翅黄褐色，黑点消失，中央有暗大褐斑。

肖浑黄灯蛾雌蛾

肖浑黄灯蛾雄蛾

生物学特性 河北1年发生1代。6～8月为成虫期，成虫趋光性强。

亚麻篱灯蛾

目 鳞翅目　科 灯蛾科

学名 *Phragmatobia fuliginosa* (Linnaeus)

分布 河北、黑龙江、吉林、辽宁、新疆、青海、陕西、内蒙古、甘肃。

寄主和危害 杨、亚麻、十字花科蔬菜、甜菜、酸模属、蒲公英、勿忘草属。

形态特征 翅展30～40mm；前翅咖啡色；中室距外缘之间有黑斑1个，后翅粉红色，中室外缘有黑斑2个，沿翅缘有大黑斑4个。

生物学特性 河北6～7月可见成虫，趋光性强。

亚麻篱灯蛾

黄臀灯蛾

目 鳞翅目　科 灯蛾科

学名 *Spilarctia caesarea* (Goeze)

分布 河北、黑龙江、吉林、辽宁、青海、陕西、内蒙古、山西、山东、江苏、江西、湖南、四川、云南、甘肃。

寄主和危害 幼虫取食柳、蒲公英、车前、珍珠菜等。

黄臀灯蛾

黄臀灯蛾

形态特征 翅展38～42mm；头、胸、第1腹节及其腹面黑褐色，腹部其余各节橙黄色，背侧有黑点列，翅黑褐色，后翅臀角有橙黄色斑。幼虫体黑色，具暗褐色毛，背线橙红色。

生物学特性 河北1年发生1代。河北6～7月可见成虫，具趋光性。

漆黑污灯蛾

目 鳞翅目 科 灯蛾科

学名 *Spilarctia infernalis* Butler

分布 河北、辽宁、陕西、江西；日本。

寄主和危害 幼虫为害桑、桃、梨、樱桃、苹果、柳等。

形态特征 成虫翅展27～41mm。雄蛾黑色；头、颈板、翅基片基部红色或橙色；下胸、前足基节红色；前后翅完全黑色；腹部红色，背面，侧面和亚侧面各具1黑点列。雌蛾赭白色。

生物学特性 河北1年发生1代。7月可见成虫。

漆黑污灯蛾成虫

漆黑污灯蛾幼虫

排点灯蛾

目 鳞翅目 科 灯蛾科

学名 *Diacrisia sannio* (Linnaeus)

分布 河北、北京、黑龙江、吉林、辽宁、新疆、青海、陕西、内蒙古、山西、四川、甘肃；日本，朝鲜，俄罗斯，欧洲。

寄主和危害 幼虫取食山柳菊属、欧石南属、山萝卜属等。

形态特征 翅展37～43mm。雄蛾黄色，触角干上方红色；前翅前缘暗褐色、向翅顶红色，后缘具红带，中室端具红和暗褐斑，缘毛红色；后翅浅黄色，基部通常染暗褐色，横脉纹暗褐色，亚端点为1排成弧形的暗褐色斑点，缘毛红色；腹部浅黄色。雌蛾橙黄色；下唇须、额、触角红色，翅脉红色，前翅中室端有或多或少的暗褐色斑，腹部背面和侧面有1列黑点。

排点灯蛾雌成虫

排点灯蛾雄蛾

排点灯蛾雌蛾

生物学特性 河北6～8月可见成虫，具趋光性。

红缘灯蛾

目 鞘翅目　科 灯蛾科

学名 *Amsacta lacinea* (Cramer)

分布 全国各地均有分布。

寄主和危害 幼虫取食桑、柿、柳、乌桕、悬铃木、苦楝等。

形态特征 体长约25mm；头颈部红色，腹部背面橘黄色，腹面白色；前翅白色，前缘鲜红色，中室上角有1个黑点，后翅横纹为黑色新月形，外缘有1～4个黑斑。雌雄差异在于雄虫后翅具2个黑点，雌虫则有4个。无近似种。

生物学特性 河北1年发生1代。以蛹越冬。河北5～6月可见成虫，具趋光性。

红缘灯蛾

白雪灯蛾

目 鳞翅目　科 灯蛾科

学名 *Spilosoma niveus* (Ménétriés)

分布 河北、黑龙江、吉林、辽宁、内蒙古、陕西、山东、河南、浙江、福建、江西、湖北、湖南、广西、四川、云南；日本，朝鲜。

寄主和危害 幼虫取食苹果、海棠、山丁子、车前、蒲公英等。

形态特征 雄蛾翅展55～70mm，雌蛾70～80mm；体白色，下唇须基部红色，第3节黑色，触角栉齿黑色；前足基节红色有黑斑，前、中、后足腿节上方红色，前足腿节具黑纹，翅白色无斑纹，腹部白色，侧面除基部及端节外具红斑，背面、侧面各具黑点1列。

生物学特性 河北1年发生1代。以高龄幼虫越冬。河北7、8月可见成虫，具趋光性。

白雪灯蛾成虫　白雪灯蛾成虫　白雪灯蛾幼虫

净雪灯蛾

目 鳞翅目 科 灯蛾科

学名 *Spilosoma album* (Bremer et Grey)

分布 河北、陕西、浙江、福建、湖北、湖南、四川；朝鲜。

形态特征 翅展雌62～67mm，雄48～52mm；体白色；触角、下唇须端部及额两边黑色；肩角具黑点，肩角及翅基下方具红带；前足基节红色具黑点，腿节上方红色；前翅基部具黑点，前缘基半部黑边，中室下角外方具黑点；腹部背面红色。

生物学特性 河北6月可见成虫，具趋光性。

净雪灯蛾

洁雪灯蛾

目 鳞翅目 科 灯蛾科

学名 *Spilosoma pura* Leech

分布 河北、陕西、四川、贵州、云南。

形态特征 翅展50～60mm；体白色；下唇须两边黑色，胸足具黑带，前足基节边缘红色，腿节上方橙色；腹部亚背面具橙红色斑，背面具有1列黑色小点；后翅横脉纹黑色，后翅反面翅脉黑色。

生物学特性 河北6月可见成虫，具趋光性。

洁雪灯蛾

星白雪灯蛾

目 鳞翅目　科 灯蛾科

学名 *Spilosoma menthastri* (Esper)

星白雪灯蛾成虫　星白雪灯蛾交尾　星白雪灯蛾幼虫

分布 河北、黑龙江、吉林、辽宁、青海、陕西、内蒙古、安徽、江苏、浙江、湖北、江西、福建、四川、贵州、云南、甘肃；日本，朝鲜，俄罗斯。

寄主和危害 幼虫取食桑、甜菜、蒲公英、薄荷、蓼等。

形态特征 翅展34～44mm；体白色，腹背有红或黄色两种类型；前翅或多或少布满黑点，数不定，后翅中室端点黑色，黑色亚端点或多或少。

生物学特性 河北1年发生2～3代。食性杂，以蛹在土中越冬。河北4～8月可见成虫，具趋光性。

稀点雪灯蛾

目 鳞翅目　科 灯蛾科

学名 *Spilosoma urticae* Esper

分布 河北、黑龙江、江苏、浙江；欧洲。

寄主和危害 幼虫取食酸模属、薄荷属植物。

形态特征 翅展约42mm；体白色；下唇须下方白色，上方黑色；触角端部黑色；足具黑带，腿节上方黄色；腹部背面除基节、端节外橙黄色，背面、侧面、亚侧面各具黑点列；前翅白色，或中室角具黑点，或内、外线及亚端线具有或多或少的黑点；后翅无斑纹。

生物学特性 河北7月下旬至8月中旬可见成虫，具趋光性。

稀点雪灯蛾

红星雪灯蛾

目 鳞翅目　科 灯蛾科

学名 *Spilosoma punctarium* (Stoll, 1782)

分布 河北*、北京、陕西、黑龙江、吉林、辽宁、江苏、安徽、台湾、江西、浙江、湖北、湖南、四川、贵州、云南；日本，朝鲜，俄罗斯。

寄主和危害 幼虫取食桑、甜菜等。

形态特征 翅展31～44mm；体白色，前足基节及腿节上方红色，腹部除基节和端部外红色，背中及侧面各具黑斑；前翅黑斑有变化，甚至只剩几点；后翅白色，具黑点。

生物学特性 河北4～7月可见成虫，具趋光性。

红星雪灯蛾

红星雪灯蛾

污灯蛾

目 鳞翅目　科 灯蛾科

学名 *Spilarctia lutea* Hüfnagel

分布 河北、陕西、辽宁、吉林、黑龙江；日本，朝鲜，俄罗斯，欧洲。

寄主和危害 幼虫取食车前属、薄荷属、酸模属植物。

形态特征 翅展30～40mm；体黄色；额两边黑色；下唇须上方黑色，下边红色；前翅内线在前缘处有1个黑点，中室上角有1个黑点，翅顶至中脉上方有1斜列黑点；腹部背面黄或红色。

生物学特性 河北7月可见成虫，具趋光性。

污灯蛾

人纹污灯蛾

目 鳞翅目　科 灯蛾科

学名 *Spilarctia subcarnea* (Walker)

人纹污灯蛾成虫

人纹污灯蛾交尾

分布 河北、山东、安徽、江苏、上海、浙江、江西、福建、台湾、华南、华北及西南地区。

寄主和危害 幼虫取食桑、蔷薇、榆、杨、槐、月季、菊花、石竹、碧桃、蜡梅、金盏菊、荷花等。

形态特征 雄虫体长17～20mm，翅展46～50mm；雌虫体长20～23mm，翅展55～58mm；雄虫触角短、锯齿状，雌虫触角羽毛状；头、胸黄白色，腹部背面呈红色；前翅黄白色，后翅红色或白色，前后翅背面均为淡红色。

生物学特性 河北1年发生2代。以幼虫在地表落叶或浅土中吐丝粘合体毛作茧越冬。河北5～6、8月可见成虫，具趋光性。

姬白污灯蛾

目 鳞翅目　科 灯蛾科

学名 *Spilarctia rbodophila* (Walker)

分布 河北、黑龙江、吉林、辽宁、四川、湖北、台湾、云南、浙江、福建、湖南；日本，印度，缅甸。

寄主和危害 幼虫取食桑、李。

形态特征 翅展30～50mm；体白色；触角及额的两边黑色；下唇须黑色，基部红色；前翅前缘边常为赭色，外线1斜列暗褐色点从中脉至后缘，有时与翅顶的点线相连；后翅中室端点暗褐色；腹部除基部及端部外背面红色。

生物学特性 河北7月可见成虫，具趋光性。

姬白污灯蛾

日污灯蛾

目 鳞翅目 科 灯蛾科

学名 *Spilarctia japonensis* (Rothschild)

分布 河北*、黑龙江、辽宁、吉林；日本。

形态特征 翅展34～36mm；体白色，稍带黄；下唇须上方及触角黑色；腹部背面除基部与端部外红色；前翅中室中部具有1黑斑位于脉上，中室上角1黑点，下角外方中脉为1斜列黑褐点线，有时其内边、后缘上方有1短列点；翅顶至中脉有时也或多或少有数个黑褐点；后翅中室上角具黑褐点。

生物学特性 河北7月可见成虫，具趋光性。

日污灯蛾

尘污灯蛾

目 鳞翅目 科 灯蛾科

学名 *Spilarctia obliqua* (Walker)

分布 河北、江苏、浙江、福建、广东、广西、陕西、四川、云南；日本，朝鲜，印度。

寄主和危害 幼虫取食桑、萝卜、棉、花生。

形态特征 翅展40～60mm；体翅淡黄色；下唇须上方和端部黑色；触角黑色胸背有时具1黑带；分布背面除基部和端部外红色，背面、侧面具有黑色点列；前翅翅顶至后缘有1列黑点，黑点或多或少，中室下角有时具黑点；后翅色淡，后缘常染红色。

生物学特性 河北8月可见成虫，具趋光性。

尘污灯蛾

淡黄污灯蛾

目 鳞翅目　科 灯蛾科

又名 污白灯蛾　学名 *Spilarctia jankowskii* (Oberthür)

分布 河北、辽宁、黑龙江、陕西、山西、江苏、浙江。

寄主和危害 幼虫取食榛、珍珠梅等。

形态特征 翅展35～48mm；体淡橙黄色；触角、下唇须上方及额的两边黑色；前翅淡橙黄色；中室上角具1个暗褐点，从中脉具1斜列暗褐点带；后翅白色稍染黄色，中翅端点暗褐色；腹部背面红色，基节、端节和腹面白色，背面、侧面具黑点列。

淡黄污灯蛾

生物学特性 河北5月中下旬可见成虫，具趋光性。

拟三色星灯蛾

目 鳞翅目　科 灯蛾科

学名 *Utetheisa lotris* Cramer

分布 河北、上海、福建、广东、台湾、四川、云南。

寄主和危害 扶桑、大眼兰。

形态特征 成虫翅展32～40mm；头、胸黄白色，胸部有黑斑点，腹部白色；前翅黄白色，有红、白相间的斑点带；后翅白色，通常中室端有1～2个黑点。

生物学特性 河北2月可见成虫。

拟三色星灯蛾

美国白蛾

目 鳞翅目 科 灯蛾科

学名 *Hyphantria cunea* Drury

分布 河北、北京、天津、陕西、辽宁、吉林、山东、河南、江苏、上海；朝鲜，日本，欧洲。

寄主和危害 幼虫食性广，几乎可取食大多数阔叶树，也有入侵农田的现象。

形态特征 成虫翅展28～38mm；触角主干及栉齿下方黑色，前足腿节以上橙黄色，胫、跗节黑色或黑白色相间；前翅白色，有时雄性具众多黑斑；后翅无斑。

生物学特性 河北1年发生3代。4～10月可见成虫，具趋光性。

美国白蛾雄成虫

美国白蛾雌成虫

美国白蛾蛹

美国白蛾交尾

美国白蛾幼虫

花布灯蛾

目 鳞翅目　科 灯蛾科

学名 *Camptoloma interiorata* Walker

分布 河北、辽宁、河南、山东、江苏、浙江、福建、湖南、四川、云南；日本。

寄主和危害 幼虫群集取食麻栎、槲、柳等。

形态特征 翅展30～38mm；触角黑色；头金黄色，胸黄色；前翅黄色，有光泽，前缘部至亚中褶中部具1黑色斜纹，中室端具1黑短纹，前缘中部外方至中部具1黑色斜纹，外缘上半部具1黑纹，外缘下半部及臀角向内有几条放射状红斑纹，外缘下半部的缘毛上有3个黑点；后翅金黄色；翅反面金黄色；腹部金黄色；腹末红色。

生物学特性 河北6月可见成虫。

花布灯蛾成虫

花布灯蛾幼虫

雅灯蛾

目 鳞翅目　科 灯蛾科

学名 *Eucharia festiva* (Hüfnagel)

分布 河北、新疆；俄罗斯，欧洲。

寄主和危害 大戟。

形态特征 翅展44～64mm；触角黑色，触角干具粗鳞片脊；头胸蓝黑色，颈板边缘红色；前翅蓝黑色，基线、内线、中线、外线及亚端线为白色或黄白色带，外线与亚端线之间有一短带相连；后翅红色，中线、亚端线具黑色带；前后翅缘毛黑色；腹部蓝黑色。

生物学特性 河北8月可见成虫。

雅灯蛾

豹灯蛾

目 鳞翅目 科 灯蛾科

学名 *Arctia caja* (Linnaeus)

分布 河北、辽宁、吉林、黑龙江、内蒙古、河南、新疆；日本，朝鲜，美国，欧洲。

寄主和危害 幼虫取食桑、接骨木、醋栗、甘蓝、菊、蚕豆、大麻等。

形态特征 翅展58～86mm；颜色与花纹变异大，头、胸红褐或黑褐色；触角基节红色或红褐色，触角干白色，前翅黑褐或红褐色，基线白带在中脉处折角，与基部不规则白纹相连；前缘在内线与中线处有白斑，有时缺，外线白带在中室下角外方折角，然后斜向后缘；后翅红色或橙黄色，翅中央近基部有1蓝黑色大圆斑。

生物学特性 河北7月可见成虫，具趋光性。

豹灯蛾成虫

豹灯蛾交尾

豹灯蛾幼虫

红五点斑蛾

目 鳞翅目 科 斑蛾科

学名 *Zygaena niphona* Butler

分布 河北、黑龙江、辽宁。

形态特征 体长11mm，翅展30mm；体为黑墨色带蓝绿闪光，腹部后方有红色宽带；前翅底色黑绿有光泽，翅面具5个红色椭圆大斑；后翅红色，沿翅四周有黑色窄边缘。

生物学特性 河北1年发生1代。7月可见成虫。

红五点斑蛾

榆斑蛾

目 鳞翅目 科 斑蛾科

学名 *Illiberis ulmivora* (Graeser, 1888)

分布 河北、北京、陕西、甘肃、辽宁、山西、河南、山东；俄罗斯。

寄主和危害 幼虫取食榆树叶。

形态特征 体长10～11mm，翅展27～28mm；体淡褐色至黑褐色，头胸部、翅具蓝色光泽；触角双栉齿状，雄蛾栉齿分枝长，雌蛾短；翅半透明；腹部背面各节后缘有黄褐色鳞片。

生物学特性 河北6、7月可见成虫。

榆斑蛾成虫

榆斑蛾幼虫

柞斑蛾

目 鳞翅目　科 斑蛾科

学名 *Illiberis sinensis* Walker

分布 河北、北京、黑龙江、浙江、陕西、山东、江苏、湖南、广东；日本，朝鲜，俄罗斯。

寄主和危害 幼虫取食柞树叶片。

形态特征 体长9～11mm，翅展26～27mm。触角双栉状，雌蛾短而疏常贴于节上如线状。体黑色，有蓝绿色光泽。翅半透明，缘毛黑色，后翅前缘色更深。

生物学特性 河北6、7月可见成虫。

柞斑蛾

葡萄叶斑蛾

目 鳞翅目　科 斑蛾科

又名 葡萄星毛虫、葡萄斑蛾　学名 *Illiberis tenuis* Butler

分布 河北、北京、河南、山东、陕西、江苏、浙江、安徽、黑龙江、吉林、辽宁；日本，朝鲜，俄罗斯，印度。

寄主和危害 幼虫取食葡萄叶片、花、果。

形态特征 体长约9mm，翅展27mm；触角双栉状，雄蛾栉齿较长；体黑色，具光泽；翅半透明，翅脉与翅边缘黑色，中室端较直有黑纹；前翅底色稍有蓝色闪光；后翅前缘暗黑。

生物学特性 河北5～8月可见成虫。

葡萄叶斑蛾

梨星毛虫

目 鳞翅目　科 斑蛾科

又名 梨叶斑蛾　学名 *Illiberis pruni* Dyar, 1905

分布 河北、北京、陕西、甘肃、宁夏、青海、新疆、内蒙古、黑龙江、吉林、辽宁、山西、河南、山东、江苏、浙江、安徽、湖南、广西、四川、云南；日本，朝鲜，俄罗斯。

寄主和危害 多种蔷薇科植物（如梨、海棠、苹果、桃、山楂、杏、樱桃等）。

形态特征 翅展20～26mm；头、胸黑色，触角黑色，雄性双栉状，分支短，雌性锯状；前后翅黑色（稍带褐色），透明。

生物学特性 河北1年发生1代。以2～3龄幼虫越冬。先蛀食花芽，后把嫩叶缀丝成饺子状的虫苞，取食叶肉。河北6月可见成虫，无趋光性。

梨星毛虫成虫

梨星毛虫幼虫

红肩旭锦斑蛾

目 鳞翅目　科 斑蛾科

学名 *Campylotes romanovi* Leech

分布 河北、山西、四川、云南。

形态特征 翅展约68mm；体墨绿黑色，翅底色为浓黑色，胸部肩板有1个红色斑；前翅近前缘处具红色条带，中室两侧有2条红色条带，中室以下有3条橘黄色条带，靠近翅顶有3个白斑，其余斑点黄色；后翅浓黑色，前缘以下有1条红色条带，中室左右有2条红色条带，中间断开，沿翅基部有4条黄色窄带，翅外缘有3个椭圆形纵斑。

生物学特性 河北6月可见成虫。

红肩旭锦斑蛾

白斑锦夜蛾

目 鳞翅目 科 夜蛾科

学名 *Phlogophora albovittata* (Moore, 1867)

分布 河北*。

形态特征 翅展37～42mm；中小型，前翅底色黑色，后翅灰褐色，停栖息时头胸部及翅基黑色，前翅前半有1条波状弧度很大的白色横带，横带近前缘较窄，近臀角还有1条更大的白色横带但不达前缘，夹杂在白色横带间的斑纹呈“十”字形，色彩具渐层的美感。

生物学特性 河北6月可见成虫，具趋光性。

白斑锦夜蛾

白斑兜夜蛾

目 鳞翅目 科 夜蛾科

学名 *Cosmia restituta* Walker, 1857

分布 河北*、北京、陕西、甘肃、黑龙江、辽宁、台湾；日本，朝鲜，俄罗斯，印度，尼泊尔。

寄主和危害 幼虫取食榆、椴。

形态特征 翅展28～32mm；前翅红棕色，具4个明显的白斑，中部具2个，一大一小。

生物学特性 河北7、8月可见成虫，具趋光性。

白斑兜夜蛾

白线散纹夜蛾

目 鳞翅目 科 夜蛾科

学名 *Callopistria albolineola* (Graeser, 1889)

分布 河北、北京、黑龙江；日本，朝鲜，俄罗斯。

寄主和危害 幼虫取食卷柏。

形态特征 翅展28mm；雄蛾触角基1/3外弯曲成弧形；前翅褐色，具白、黑色、黄棕色等色斑，翅脉黄棕色至黄白色；内线白色双线，线间黑色，外线黑色双线，线间白色，亚缘线黄白色、锯齿形，外线和亚缘线内侧具黑斑，有时黑斑可向内扩大，甚至翅面除白斑外均呈黑色或黑褐色。

生物学特性 河北7月可见成虫，具趋光性。

白线散纹夜蛾

红晕散纹夜蛾

目 鳞翅目 科 夜蛾科

学名 *Callopistria repleta* Walker, 1858

分布 河北、北京、陕西、黑龙江、山西、浙江、湖北、湖南、四川、广西；日本，朝鲜，俄罗斯，印度。

寄主和危害 幼虫取食蕨类植物。

形态特征 翅展33～40mm；雄蛾触角中部明显弯曲，雌蛾触角直或稍弯曲；鞘翅棕黑，间有红赭色、褐色和白色，内线双线白色，线间黑色，环纹斜，黑色黄边，肾纹乳黄色，中间具双2条黑纹，外线双线白色，线间黑色，较直，仅在近前缘呈折角。

生物学特性 河北8月可见成虫，具趋光性。

红晕散纹夜蛾

白斑陌夜蛾

目 鳞翅目 科 夜蛾科

学名 *Trachea atriplicis* Linnaeus

白斑陌夜蛾

分布 河北*、黑龙江、江西；日本，俄罗斯。

寄主和危害 杂食性，取食酸模、蓼及多种植物。

形态特征 翅展50mm左右；头部及胸部黑褐色，颈板有黑线及绿纹，翅基片基部及内缘绿色；前翅棕褐色带铜绿色，尤其内线内侧、亚前缘脉及亚端区更明显，基线黑色，在中室后双线，线间白色，内线黑色，环纹中央黑色，有绿环及黑边，后方有1戟形白纹；肾纹绿色带黑灰色，有绿环，后内角有1三角形黑斑；亚端线绿色，后半微白。

生物学特性 河北7月可见成虫，具趋光性。

白夜蛾

目 鳞翅目 科 夜蛾科

学名 *Chasminodes albonitebs* (Bremer, 1861)

分布 河北、北京、陕西、黑龙江、山西、江苏、浙江、湖南；日本，朝鲜，俄罗斯。

寄主和危害 幼虫取食椴树。

形态特征 翅展12～14mm；体翅白色，触角除基部白色外褐色，前翅外缘具1列小黑点，有时中室端部具1至数个小黑点，或翅面无小黑点。

生物学特性 河北7月可见成虫，具趋光性。

白夜蛾

白夜蛾

白斑孔夜蛾

目 鳞翅目 科 夜蛾科

学名 *Corgatha costimacula* (Staudinger, 1892)

分布 河北、北京、黑龙江；日本，朝鲜，俄罗斯。

形态特征 翅展10mm；头顶白色；前翅前缘具白斑，内、外线褐色，其中外线前缘近直角形折弯；缘线具小黑点列。

生物学特性 河北7、8月可见成虫，具趋光性。

白斑孔夜蛾

白肾俚夜蛾

目 鳞翅目 科 夜蛾科

学名 *Deltote martjanovi* (Tschetverikov, 1904)

分布 河北、北京、内蒙古、黑龙江；朝鲜，俄罗斯，蒙古。

形态特征 翅展23～26mm；前翅淡黄褐色至灰褐色，内线黑色，锯齿状；环形纹中央褐色，两侧具黑色边；肾形纹白色或略带桃红色，部分具黑色边，外线锯齿状；后翅灰白色。

生物学特性 河北4、5、7～9月可见成虫，具趋光性。

白肾俚夜蛾

白肾俚夜蛾

白边切夜蛾

目 鳞翅目 科 夜蛾科

学名 *Euxoa karschi* (Graeser, 1890)

分布 河北、北京、青海、新疆、内蒙古、吉林、云南、西藏；日本，朝鲜，俄罗斯。

寄主和危害 幼虫咬断玉米、甜菜、高粱等禾本科植物的茎，取食茎和叶。

形态特征 前翅长18～19mm；前翅的颜色和斑纹变化较大，灰褐色至深褐色，前翅前缘具灰白色至黄褐色宽边，肾形斑和环形斑灰白色，剑纹黑色，长形，颜色体色深，斑纹不清楚。

生物学特性 河北7、8月可见成虫，具趋光性。

白边切夜蛾

基角狼夜蛾

目 鳞翅目  科 夜蛾科

学名 *Dichagvris triangularis* (Moore, 1867)

分布 河北、北京、甘肃、台湾、四川、云南、西藏；日本，蒙古，不丹，尼泊尔，印度，巴基斯坦。

寄主和危害 幼虫取食菊科蜂斗菜、百合科玉竹。

形态特征 翅展37～45mm；胸部前端黑色，前翅黑褐色，前缘基2/3具黄褐色纵纹；内、外线波浪形；亚端线前端具黑斑，下面具数个小黑点；肾形纹明显，内侧黄褐色，有时翅黑化，可见浅色纵纹、肾形纹和浅色外缘。

生物学特性 河北6、7月可见成虫，具趋光性。

基角狼夜蛾

白钩黏夜蛾

目 鳞翅目 科 夜蛾科

学名 *Mythimna proxima* (Leech, 1900)

分布 河北、北京、甘肃、青海、河南、四川、云南、西藏。

寄主和危害 幼虫取食小麦、玉米、高粱、水稻、油菜及多种蔬菜的叶和嫩茎。

形态特征 翅展29～30mm；前翅褐赭色，散布黑点，翅中央具1白色小钩。

生物学特性 河北5、7、8月可见成虫，具趋光性。

白钩黏夜蛾

白脉黏夜蛾

目 鳞翅目  科 夜蛾科

又名 白脉黏虫

学名 *Leucania venalba* Moore

寄主和危害 水稻。

形态特征 翅展30～32mm；头部及胸部淡赭黄色，额有褐纹，下唇须端部褐色，颈板有2条黑灰横线，近端部有1褐横纹；腹部灰黄色；前翅淡赭黄色，翅脉白色衬褐色，各脉间有1褐纵纹，基线、内线仅前端现1黑点；外线外1列黑点，缘毛褐色；后翅白色半透明，顶角区带有黄色。

生物学特性 河北7月可见成虫，具趋光性。

白脉黏夜蛾

钩白肾夜蛾

目 鳞翅目 科 夜蛾科

又名 肾白夜蛾

学名 *Edessena hamada* Felder et Felder

分布 河北、山东、安徽、江苏、上海、浙江、江西、福建、台湾；日本。

形态特征 体长17mm左右，翅展40mm左右；全体灰褐色；前翅内线暗褐色，肾形白色，后半向外折而突出，外线暗褐色波浪形，亚端线暗褐色，波浪形，两线曲度相似；后翅横脉纹暗褐色，后半为1白点，外线暗褐色，微外弯，亚端线暗褐色。

生物学特性 河北7月可见成虫，具趋光性。

钩白肾夜蛾

斑冬夜蛾

目 鳞翅目  科 夜蛾科

学名 *Cucullia maculosa* Staudinger, 1888

分布 河北、北京、黑龙江；日本，朝鲜，俄罗斯。

寄主和危害 幼虫取食艾草。

形态特征 翅展39～43mm；头胸及前翅灰色，内线大锯齿形，环纹和肾纹界限不十分明确，两纹下方具黑斑，其外侧还有1条黑色纵纹；缘线黑色，在各脉端处间断。

生物学特性 河北7月可见成虫，具趋光性。

斑冬夜蛾

胞短栉夜

目 鳞翅目　科 夜蛾科

学名 *Brevipecten consanguis* Leech, 1900

分布 河北、北京、甘肃、山东、江苏、浙江、湖北、湖南、福建、台湾、广东、广西、海南、四川、云南；日本，印度。

寄主和危害 幼虫取食广布野豌豆。

形态特征 翅展26～29mm；雄性触角基半部羽状；翅中部前端有1黑棕斑，外侧近端部凹入，斑的外缘具白边；前缘近翅端具黑棕色三角形斑。

生物学特性 河北5～7月可见成虫，具趋光性。

胞短栉夜

斑拟兜夜蛾

目 鳞翅目　科 夜蛾科

学名 *Pseudocosmia maculata* Kononenko, 1985

分布 河北、北京、黑龙江、吉林、辽宁、河南、内蒙古；朝鲜，俄罗斯。

寄主和危害 翅展14～16mm；头、胸背及前翅灰白色，前翅前缘的中部及近顶端具锈黄色斑，前者后侧方具数个分界不明显的斑，后者呈弯月形。

生物学特性 河北7月可见成虫，具趋光性。

斑拟兜夜蛾

斑拟兜夜蛾

北方纬夜蛾

目 鳞翅目 科 夜蛾科

学名 *Atrachea alpherakpi* Kononenko, 1986

分布 河北、北京、黑龙江、吉林；朝鲜，俄罗斯。

形态特征 前翅长16mm；体背暗棕色，颈板暗棕色，基线、内线白色，内线内绿色，外线中部褐色，外突，锯齿状，两端白色，波状，外线与亚端线之间绿色，环纹绿心白边，肾纹绿色。

生物学特性 河北8月可见成虫，具趋光性。

北方纬夜蛾

北方纬夜蛾

干纹夜蛾

目 鳞翅目 科 夜蛾科

又名 干纹冬夜蛾

学名 *Staurophora celsia* (Linnaeus, 1758)

分布 河北、北京、内蒙古、新疆、黑龙江、山东；日本，朝鲜，俄罗斯，欧洲。

寄主和危害 幼虫取食多种禾本科植物草根，如佛子茅、小穗发草等。

形态特征 翅展38～40mm；头胸部粉绿色，颈板端部及翅基片边缘褐色，后胸毛簇褐色；前翅粉绿色，翅基褐色，内有1白点；翅中部具“十”字形棕褐色纹，其外侧常具1小褐斑。

生物学特性 河北7、9、10月可见成虫，具趋光性。

干纹夜蛾

北奂夜蛾

目 鳞翅目 科 夜蛾科

学名 *Amphipoea ussuriensis* Petersen

分布 河北、辽宁；日本。

形态特征 翅展36mm左右；头部与胸部褐黄色，下唇须第3节端部黑色，颈板有黑纹，前胸毛簇大部黑色；腹部淡褐黄色，微带灰色；前翅褐黄色，微带红色，外半部带有暗棕色，尤其端区色最深，基线双线暗棕色，内线双线暗棕色，波浪形，环纹褐黄色，褐边，肾纹淡黄色，内缘直，内半部有1褐色钩形纹，外半部有1暗褐色锯齿形线，中线褐色，仅前半可见，外线双线暗褐色，微锯齿形，亚端线模糊褐色，端线为1列黑褐色新月形点，翅脉黑色；后翅黄褐色。

生物学特性 河北6月可见成虫，具趋光性。

北奂夜蛾

比夜蛾

目 鳞翅目 科 夜蛾科

学名 *Leucomelas juvenilis* Bremer

分布 河北、黑龙江。

形态特征 翅展33～35mm。头部、胸部及腹部棕黑色杂少许灰色，下唇须、足及下胸色浅；前翅黑棕色，外区有1乳白色外斜带，外侧外突，向后渐窄，后端达臀角，前缘脉近顶角处有1黄白点，缘毛前半黄白色，臀角处一小段缘毛黄白色；后翅黑棕色，外区有1黄白色带，顶角处缘毛黄白色。

生物学特性 河北7月可见成虫。

比夜蛾

齿美冬夜蛾

目 鳞翅目 科 夜蛾科

学名 *Cirrhia tunicata* (Graeser, 1889)

分布 河北、北京、宁夏、甘肃、青海、内蒙古、黑龙江；日本，俄罗斯，蒙古。

寄主和危害 幼虫取食柳树。

形态特征 翅展40～42mm；体背及前翅金黄至淡黄，胸部具竖立毛簇，常具深色带；基线、内线和外线双线，波浪状，黄褐色，中线单线，黄褐色，较粗；环纹和肾纹大，黄褐边，其中肾纹的上方具白心黑褐边纹；基线之间常具大片黑褐色。

生物学特性 河北8～10月可见成虫，具趋光性。

齿美冬夜蛾

齿美冬夜蛾

齿美冬夜蛾

褐峦冬夜蛾

目 鳞翅目 科 夜蛾科

学名 *Conistra castaneofasciata* (Motschulsky, 1860)

分布 河北*、北京、黑龙江、吉林、辽宁、云南；日本，朝鲜，俄罗斯。

寄主和危害 幼虫取食麻栎。

形态特征 翅展34～40mm；体、翅黄褐色至红褐色，头顶及胸部具绒毛，前翅具大小不等的黑褐斑，翅外缘及缘毛中间各具1列斑点。

生物学特性 河北3、10月可见成虫，具趋光性。以成虫越冬。

褐峦冬夜蛾

褐峦冬夜蛾

狐志冬夜蛾

目 鳞翅目  科 夜蛾科

学名 *Agrochola vulpecula* (Lederer, 1853)

分布 河北、北京、山东；日本，朝鲜，俄罗斯，蒙古。

形态特征 翅展32mm；前翅黄褐色，翅脉褐色，内线双线褐色，后半部向外弓，其内侧线前端呈较大黑褐斑，环纹和肾纹大而明显，褐边；外线双线，前半外弓；亚端线褐色，不连续，波形；缘线细，褐色，波形；前缘近顶角处具1褐斑。

生物学特性 河北10月可见成虫，具趋光性。

狐志冬夜蛾

狐志冬夜蛾

淡银纹夜蛾

目  鳞翅目  科 夜蛾科

学名 *Macdunnoughia purissima* (Butler, 1878)

分布 河北、北京、陕西、湖北、四川、贵州；日本，朝鲜，俄罗斯。

寄主和危害 幼虫取食艾。

形态特征 翅展29～32mm；体及前翅灰褐色，后胸及第1腹节各具黑褐色毛簇；前翅内线后半黑褐色，翅中部具2银斑，分离，中室端部具1暗褐斑，线及内侧染锈红色。

生物学特性 河北6、8月可见成虫，具趋光性。

淡银纹夜蛾

隐丫纹夜蛾

目 鳞翅目 科 夜蛾科

学名 *Autographa crypta* Dufay, 1973

分布 河北、北京、青海、甘肃、四川；尼泊尔。

形态特征 前翅长17.5mm；头胸部红棕色，杂有紫灰及褐色鳞毛；前翅棕灰色，翅基具1黑斑，环纹斜置，棕色银边，后方有1弯“丫”形银纹，肾纹外侧内凹，凹内及上下具黑纹。

生物学特性 河北8月可见成虫，具趋光性。

隐丫纹夜蛾

艳银钩夜蛾

目 鳞翅目 科 夜蛾科

学名 *Panchrysia ornata* Bremer

分布 河北*、黑龙江、青海、新疆；蒙古。

形态特征 翅展31mm左右；头部及胸部灰白色杂褐色；腹部背面淡褐色，基部黄色；前翅灰白色带褐色，基线黑色，内线双线黑色，在前缘脉后及1脉处成外突齿，环纹扁，后缘银色，后方有1“V”形银纹，中室端部有1银点，其外方有1倒“V”形银纹，2脉近基部后方有1椭圆形银斑，外线双线黑色，外侧衬白色，亚端线黑色，不规则锯齿形，与外线间呈暗灰色，前端外侧白色，端线白色。

生物学特性 河北7月可见成虫，具趋光性。

艳银钩夜蛾

印铜夜蛾

目 鳞翅目 科 夜蛾科

学名 *Polychrysia moneta* Fabricius

分布 河北、黑龙江、内蒙古；俄罗斯，蒙古，欧洲。

寄主和危害 乌头属、翠雀属、金莲花属。

形态特征 翅展36mm左右；头部白色，额有褐鳞，下唇须第3节大部黑色；胸部黄白色，颈板、翅基片及毛簇端部均有淡褐色边缘；前翅灰褐色带银白色，基线与内线均双线褐色，环纹大，与后方1白斑相连成1椭圆形银白大斑，中线深褐色，在中室后直线内斜，肾纹小。

生物学特性 河北7月可见成虫，具趋光性。

印铜夜蛾

满丫纹夜蛾

目 鳞翅目 科 夜蛾科

又名 满纹夜蛾

学名 *Autographa mandarina* Freyer

分布 河北、黑龙江；日本，俄罗斯。

寄主和危害 胡萝卜。

形态特征 翅展40～42mm；头部及胸部红棕色杂紫灰色及褐色；腹部淡红褐色，毛簇红棕色；前翅棕色杂紫灰色，基线、内线银色，在中室后两侧棕色，环纹棕色银边，后方有1弯“丫”形银纹，肾纹棕色银边，外线双线棕色波浪形，线间银色，亚端线棕色，不规则锯齿形，端线棕色，内方有1列棕色斑块。

生物学特性 河北8月可见成虫，具趋光性。

满丫纹夜蛾

银纹夜蛾

目 鳞翅目 科 夜蛾科

学名 *Ctenoplusia agnata* (Staudinger, 1892)

银纹夜蛾

分布 河北、北京、陕西、山东、福建、台湾、云南；日本，朝鲜，俄罗斯。

寄主和危害 幼虫取食大豆、十字花科蔬菜，成虫吸食果汁。

形态特征 翅展32～36mm；本种颜色变异较大，或暗褐色，头胸部灰褐色，胸部具毛簇；前翅深褐色，翅中具1银色斜线，在外侧呈褐色的“U”字形，其侧具实心银斑，外线在近实心银斑后侧方明显呈大齿形内凹；前翅后缘及外缘区闪金光。

生物学特性 河北7、8月可见成虫，具趋光性。

瘦银锭夜蛾

目 鳞翅目 科 夜蛾科

学名 *Macdunnoughia confusa* (Stephens, 1850)

瘦银锭夜蛾

分布 河北、北京、陕西、新疆、山东；日本，朝鲜，印度，欧洲。

寄主和危害 幼虫取食大豆、母菊、牛蒡、甘蓝、胡萝卜、蒲公英等。

形态特征 翅展31～34mm；胸部具“V”字形毛簇，前翅棕黄色，闪金光；内线前半部不明显，后半部银色内斜，前端连接1锭形银斑，似有1斑相连或分离，或仅有1斑。

生物学特性 河北4～9月可见成虫，具趋光性。

窄金翅夜蛾

目 鳞翅目　科 夜蛾科

学名 *Diachrysia stenochrysis* (Warren, 1913)

分布 河北*、北京、吉林；日本，朝鲜，俄罗斯。

寄主和危害 幼虫取食荨麻属植物。

形态特征 翅展32～38mm；与碧金翅夜蛾相近，通常前翅中部相连的金色带较窄（雌蛾较宽），环纹和肾纹明显。

生物学特性 河北7月可见成虫，具趋光性。

窄金翅夜蛾

碧金翅夜蛾

目 鳞翅目　科 夜蛾科

学名 *Diachrysia nadeja* (Oberthür, 1880)

分布 河北、北京、陕西、甘肃、青海、内蒙古、黑龙江、吉林；日本，朝鲜，俄罗斯。

寄主和危害 幼虫取食蓼科的虎杖、菊科刺儿菜等。

形态特征 翅展37～40mm；头淡黄褐色，胸部黄褐色，具褐色毛簇；前翅紫褐灰色，内外区各具1黄金色宽带，并在中部以宽带相连（带的长度不及宽度）。

生物学特性 河北7、8月可见成虫，具趋光性。

碧金翅夜蛾

碧金翅夜蛾

维金翅夜蛾

目 鳞翅目　科 夜蛾科

学名 *Diachrysia witti* Ronkay, Ronkay et Behounck, 2008

分布 河北*、陕西；日本，朝鲜，俄罗斯。

形态特征 前翅长26mm；头胸部赭黄色，胸部毛丛灰褐色；前翅灰色，带紫色及金黄色闪光，可见5条横线，基线及缘线粗而暗，缘线由翅的顶角伸至翅的臀角处；亚缘线黑褐色，近前缘呈大齿形向外凸出；肾形纹褐色；翅中部后缘黑褐色。

生物学特性 河北8月可见成虫，具趋光性。

维金翅夜蛾

紫金翅夜蛾

目 鳞翅目　科 夜蛾科

学名 *Diachrysia chryson* (Esper, 1789)

分布 河北、北京、甘肃、黑龙江、吉林、天津、浙江、安徽；日本，朝鲜，西亚，欧洲。

寄主和危害 取食大麻叶泽兰。

形态特征 翅展42～44mm；头棕黄色，下唇须外侧褐色，胸背紫棕色，中央具黄褐色毛；前翅灰紫色，中室后方至亚缘线处围成1近梯形金色斑纹。

生物学特性 河北8月可见成虫，具趋光性。

紫金翅夜蛾

紫金翅夜蛾

黏虫

目 鳞翅目　科 夜蛾科

学名 *Mythimna separata* (Walker, 1865)

分布 全国；东亚，东南亚。

寄主和危害 幼虫取食禾本科植物，如麦、玉米、高粱等及一些杂草。

形态特征 翅展36～40mm；头胸部灰褐色；前翅灰黄褐色至橙黄色，散布小黑点；环纹、肾纹褐黄色，界限不明显，有时此2纹不清楚；端线为1黑点列，或不清楚。

生物学特性 河北1年发生2～3代。具迁飞性。河北4～6、8月可见成虫，具趋光性。

黏虫

八字地老虎

目 鳞翅目　科 夜蛾科

学名 *Xestia c-nigrum* (Linnaeus, 1758)

分布 全国；亚洲，欧洲，美洲。

寄主和危害 幼虫取食多种植物的幼苗，大龄幼虫夜间取食，咬断地表植物的嫩茎。

形态特征 翅展29～36mm；头胸褐色，颈板杂有灰白色；鞘翅中室除基部外黑色，中室下方颜色较深，环纹浅褐色，宽"V"字形，肾纹窄，黑边，内有深褐圈；基线和内线双线黑色，外线不明显，呈双线锯齿形；亚端线淡，在顶角处呈1黑斜条。

生物学特性 河北5、8、9月可见成虫，具趋光性。

八字地老虎

大地老虎

目 鳞翅目　科 夜蛾科

学名 *Agrotis tokionis* Butler, 1881

分布 全国各地；日本，朝鲜，俄罗斯。

寄主和危害 幼虫取食众多树苗的嫩叶及棉、玉米等作物。

形态特征 翅展45～48mm；前翅灰褐色，外缘之内的前缘区及中室黑褐色，具有明显的剑形纹、环形纹和肾形纹，肾形纹外侧具黑斑；端线为1黑点列；后翅淡黄褐色，端区较暗。

生物学特性 河北4、7～9月可见成虫，具趋光性。

大地老虎

小地老虎

目 鳞翅目　科 夜蛾科

学名 *Agrotis ipsilon* (Hüfnagel, 1766)

分布 全国各地；世界性分布。

寄主和危害 幼虫取食多种粮食作物、蔬菜及树苗的嫩叶。

形态特征 翅展44～48m；体背及前翅褐色至黑色，前翅环形纹小，盘圆形，黑边；肾纹黑边，其外侧具1黑色楔形纹，指向外缘，二亚缘线上具2个黑色楔形纹，指向内侧，有时楔形纹不明显，仅留痕迹；后翅白色，前缘、顶角、端线和翅脉褐色。

生物学特性 河北1年发生3代。3月可见成虫活动。幼虫白天潜伏，夜间出来活动；成虫对灯光、糖、醋、酒等趋性较强。

小地老虎

黄色地老虎

目 鳞翅目 科 夜蛾科

学名 *Agrotis segetum* (Denis et Schiffermüller, 1775)

分布 全国；亚洲，欧洲，非洲。

寄主和危害 幼虫地下生活，出土取食多种植物的幼苗，如玉米、小麦、马铃薯、棉花、瓜类及蔬菜。

形态特征 翅展31～43mm；雌蛾触角丝状，雄蛾双栉状，端部1/3丝状，前翅黄褐色，翅面散布小黑点，各横线均为双曲线，但多不明显；肾纹、环纹和剑纹明显，围以黑边，或稍模糊；后翅灰白色，外缘稍暗。

生物学特性 河北4、5、9、10月可见成虫，具趋光性。

黄色地老虎

斑盗夜蛾

目 鳞翅目 科 夜蛾科

学名 *Hadena confusa* (Hüfnagel, 1766)

分布 河北、北京、青海、新疆、内蒙古、黑龙江、山西、山东；蒙古，土耳其，欧洲，北非。

寄主和危害 幼虫取食石竹科石竹、白玉草等。

形态特征 翅展33～39mm；体色多变，棕色至黑色，有白斑，斑纹特殊。

生物学特性 河北6～8月可见成虫，具趋光性。

斑盗夜蛾

碧夜蛾

目 鳞翅目　科 夜蛾科

学名 *Bena fagana* Linnaeus

分布 河北、黑龙江；日本，欧洲。

寄主和危害 栎、山毛榉、榛等。

形态特征 翅展33mm左右；头部及胸部黄绿色，下唇须外侧褐红色，翅基片及后胸带白色；腹部背面黄白色；前翅黄绿色，后缘黄色，内线绿色，内侧衬白，直线内斜，外线绿色，外侧衬白，直线内斜，亚端线白色，自顶角直线内斜；后翅白色微带黄色。

生物学特性 河北6、7月可见成虫，具趋光性。

碧夜蛾

碧夜蛾

玫缘钻夜蛾

目 鳞翅目　科 夜蛾科

又名 玫瑰金刚钻、玫瑰钻夜蛾　学名 *Earias roseifera* Butler, 1881

分布 河北、北京、黑龙江、江苏、江西、湖北、台湾、四川；日本，俄罗斯，印度。

寄主和危害 幼虫取食杜鹃。

形态特征 翅展18～21mm；头胸部黄绿色，或触角、下唇须及前中足染有桃红色；前翅黄绿色，翅中央玫瑰红色，或大或小，甚至消失；外缘及缘毛褐色或黄绿色。

生物学特性 河北5～7月可见成虫，具趋光性。

玫缘钻夜蛾

粉缘钻夜蛾

目 鳞翅目 科 夜蛾科

学名 *Earias pudicana* Staudinger, 1887

分布 河北、北京、江苏、浙江、江西、四川；日本，印度。

寄主和危害 幼虫在柳、杨嫩梢上做虫苞，取食叶片。

形态特征 翅展20～21mm；头胸部粉绿色，或中后胸粉红色，唇须粉褐色；鞘翅黄绿色，前缘从基部到2/3处具1粉白色条纹，翅中具褐色圆点或消失，翅外缘（窄）及缘毛褐色。

生物学特性 河北1年发生2代。河北4～7、9月可见成虫，具趋光性。

粉缘钻夜蛾

一点钻夜蛾

目 鳞翅目 科 夜蛾科

又名 一点金刚钻

学名 *Earias pudicana pupillana* Staudinger

分布 河北、黑龙江、江苏、浙江、江西；日本，印度。

寄主和危害 柳、杨。

形态特征 翅展20～21mm；头、胸粉绿色，下唇须粉褐色；腹部灰白色；前翅黄绿色，前缘从基部到2/3处有1白条纹，中室有1褐色圆点；后翅白色。

生物学特性 河北6月可见成虫。

一点钻夜蛾

波莽夜蛾

目 鳞翅目　科 夜蛾科

学名 *Raphia peustera* Püngeler, 1906

分布 河北*、北京、青海；朝鲜，俄罗斯，中亚。

形态特征 前翅长19mm；前翅棕褐色至暗褐色，内线黑褐色，大波浪形，内衬灰白色；外线双线，锯齿形；环纹和肾形淡黄褐色，常具褐边；亚端线浅褐色。

生物学特性 河北7月可见成虫，具趋光性。

波莽夜蛾

朝光夜蛾

目 鳞翅目　科 夜蛾科

学名 *Stilbina kereana* Drauda

分布 河北*；朝鲜。

形态特征 翅展35mm左右；头部及胸部淡黄色，额有三叉戟形角质突起，胸部背面有少许褐点，足基节、腿节和胫节外侧有黑褐条，跗节有黑褐斑，前翅淡黄色有光泽，前缘基部有1黑点，内线黑色，由1串大小不等的斑点组成，在中室处点最细，在环纹内侧绕过，环纹黑色，肾纹有黑色新月形圈，其外缘细弱，外线由1列黑点组成。

生物学特性 河北7、8月可见成虫，具趋光性。

朝光夜蛾

橙斑极夜蛾

目 鳞翅目 科 夜蛾科

学名 *Epizeuxis calvaria* Fabricius

橙斑极夜蛾

分布 河北、黑龙江；欧洲，伊朗。

形态特征 翅展24～28mm；头部及胸部黑褐色；腹部褐色，有白细点；前翅黑褐色布有细白点，内线黑色较直，环纹为1黄色圆点，中线粗，黑褐色，肾纹为橙黄大斑，外线黑色波曲，外衬黄白色，端线为1列黑点。

生物学特性 河北7月可见成虫，具趋光性。

超桥夜蛾

目 鳞翅目 科 夜蛾科

学名 *Anomis fulvida* (Guenée)

超桥夜蛾

超桥夜蛾

分布 河北、浙江、江西、四川、广东、云南；印度，缅甸，斯里兰卡，印度尼西亚，大洋洲等。

寄主和危害 幼虫啃食木槿、大叶黄杨、芙蓉、一串红、柑橘、芒果、棉花等叶片。

形态特征 翅展40～48mm；头部及胸部橙红色；后胸微棕色；前翅橙红色带锈色细点；内线波浪形外斜，中线微波浪形，外线深波浪形；环纹为1白点，有红棕色边；肾纹后半部为黑棕圈；亚端线不规则波浪形，缘毛端部白色；后翅褐色；腹部灰褐色。本种有几个变型，翅色褐黄、褐色或锈红色。

生物学特性 河北7月可见成虫，具趋光性。

桥夜蛾

目 鳞翅目 科 夜蛾科

学名 *Anomis mesogona* Walker

分布 河北、黑龙江、湖北、江苏、浙江；印度，日本，朝鲜，马来西亚。

寄主和危害 红悬钩、醋栗。

形态特征 翅展35～38mm；头部及胸部红褐色；前翅暗红褐色，基线灰褐衬红褐色，基线旁有1小黑点，在中3脉处折成外突齿；肾纹暗灰色，前后端各有1黑圆点；外线褐色，前半波曲外弯；亚端线波曲状褐色，端线紫褐色，缘毛棕褐色；后翅暗褐色，后缘有黄毛，缘毛淡褐色间棕色。

生物学特性 河北7月可见成虫，具趋光性。

桥夜蛾

车厚翅夜蛾

目 鳞翅目  科 夜蛾科

学名 *Nodaria incerta* Leech

分布 河北*、台湾。

形态特征 展翅29.8mm；翅面区灰褐色，前翅中外线波状细纹，外线中央弧状外突，横斑呈眉形弯曲，亚端线直，自顶角伸出达后缘臂角处，线纹粗，顶端端部上方有1枚不明显的黄白色斑点，翅面纵脉明显。

生物学特性 河北7、8月可见成虫。

车厚翅夜蛾

平夜蛾

目 鳞翅目　科 夜蛾科

学名 *Paragona multisignata* (Christoph, 1881)

分布 河北*、北京、辽宁；日本，朝鲜，俄罗斯，蒙古。

形态特征 翅展14～16mm；体暗褐色；后胸具1个斑，腹部具4对左右分布的斑，斑周缘黑色，中间具彩虹反光；前翅前缘暗褐色，后缘红褐色，内中外横线黑色，不连续；后翅的颜色，斑纹与前翅相近。

生物学特性 河北6～8月可见成虫，具趋光性。

平夜蛾

翠色狼夜蛾

目 鳞翅目　科 夜蛾科

又名 翠地老虎

学名 *Ochropleura praecox* Linnaeus

分布 河北、黑龙江；日本，俄罗斯，欧洲。

形态特征 翅展43mm；头部及胸部棕色杂白色，颈板中部有1棕色横线，端部棕色，翅基片内缘有黑点，足棕色有白斑；腹部赭褐色；前翅灰绿色布有白点及棕色点，基线、内线均双线黑棕色，基线外侧中室上有1小黄斑，剑纹、环纹及肾纹均具赭黄色黑边，中线粗，红棕色波浪形，外线黑棕色锯齿形，亚端线白色，不规则锯齿形，内侧为1红棕色弯曲宽带，端线为1列黑点；后翅褐色。

翠色狼夜蛾

翠色狼夜蛾

生物学特性 河北7月可见成虫，具趋光性。

丹日明夜蛾

目 鳞翅目 科 夜蛾科

又名 丹日夜蛾

学名 *Chasmina stgillata* Mènètrès

分布 河北 、黑龙江、陕西、浙江、四川；日本，朝鲜，俄罗斯。

形态特征 翅展39mm左右；头部及胸部白色，下唇须上缘及蛾暗褐色，翅基片基部有1暗褐斑；腹部灰黄色，基部稍白；前翅白色，散布褐色细点，内线褐色，波浪形，肾纹窄，褐边，外线褐色，在肾纹前后可见，亚端区有1大棕褐斑，其内缘较直，外缘较尖，近似桃形，亚端线褐色，较粗，后半不清晰；后缘毛白色；后翅白色带赭色。

生物学特性 河北7、8月可见成虫，具趋光性。

丹日明夜蛾

单色卓夜蛾

目 鳞翅目 科 夜蛾科

又名 纯毛冬夜蛾

学名 *Dryobotodes monochroma* (Esper)

分布 河北、黑龙江；欧洲。

寄主和危害 栎属。

形态特征 翅展30mm左右；头部及胸部灰褐色，翅基片外缘带有黑色；腹部灰色带褐色，毛簇端部暗褐色；鞘翅灰褐色，亚中褶基部有1黑色纵纹，基线双线黑色直达中室，内线双线黑色，微波浪形外斜，剑纹黑边，外侧有1淡褐色斑，后方有1黑色纵条伸至外线，环纹淡黄褐色，斜椭圆形，中间有褐色纹，肾纹淡黄褐色，黑边；外线双线黑色，前半明显外弯，波曲，亚端线灰白色。

生物学特性 河北7月可见成虫，具趋光性。

单色卓夜蛾

大棱夜蛾

目 鳞翅目　科 夜蛾科

学名 *Arytrura musculus* (Mènètrès)

分布 河北、黑龙江，福建，贵州，山东、安徽、江苏、上海、浙江、江西、福建、台湾；日本，朝鲜，欧洲。

形态特征 翅展38～41mm；头部褐色；胸部灰褐色；腹部褐灰色，背面暗褐色；鞘翅暗紫灰色，亚端线以内带暗褐色，内线灰色，折角于亚中褶，肾纹为灰色短线，外线灰色外弯，亚端线微曲内斜，外方具1隐约的褐色线，外缘1列黑点；后翅外线以内暗褐色带灰色，外线外方暗紫灰色。

生物学特性 河北7月可见成虫，具趋光性。

大棱夜蛾

鹏灰夜蛾

目 鳞翅目　科 夜蛾科

学名 *Polia goliath* (Oberthür, 1880)

分布 河北、北京、黑龙江、台湾、湖北、四川；日本，朝鲜，俄罗斯。

寄主和危害 幼虫取食枹栎、柳、蔷薇科李属和梅等叶片。

形态特征 翅展52～63mm；头胸及前胸白色，具黑色花纹，腹部灰褐色，后翅灰白色，外缘具灰褐色宽带。

生物学特性 河北1年发生1代。河北7、8月可见成虫，具趋光性。

鹏灰夜蛾

果红裙杂夜蛾

目 鳞翅目　科 夜蛾科

学名 *Amphipyra erebina* Butler, 1878

分布 河北、北京、黑龙江、湖北、湖南；日本，朝鲜，俄罗斯。

形态特征 翅展41～46mm；头胸褐色至黑褐色，触角基部有白环；前翅浅褐色至褐色，基大部深色，有时黑褐色，环纹为1白斑，有时内有1小黑点，肾纹不显，外线黑棕色，锯齿形，中部稍后外突明显；亚端线微白，内侧暗褐色，前端色更深；端线具1列白点或为1列衬白的黑条。

果红裙杂夜蛾

果红裙杂夜蛾

生物学特性 河北7、8月可见成虫，具趋光性。

点眉夜蛾

目 鳞翅目　科 夜蛾科

学名 *Pangrapta vasava* (Butler, 1881)

分布 河北、北京、山东、江苏、安徽、江西、福建、台湾；日本，朝鲜，俄罗斯。

寄主和危害 幼虫取食黑榆。

形态特征 翅展25～28mm；唇须上伸并向后弯曲；前翅褐色，外缘端半部齿形，外横线前端具浅灰褐色三角斑；后翅中室处具4个小白斑。

点眉夜蛾

点眉夜蛾

生物学特性 河北7、8月可见成虫，具趋光性。

殿夜蛾

目 鳞翅目 科 夜蛾科

学名 *Pygopteryx suava* Staudinger

分布 河北、黑龙江；日本。

形态特征 翅展33mm左右；头部及胸部灰红色，触角基节及触角干缘白色，下唇须第2节外侧、下胸及足紫红色，跗节有白斑；分布红褐色；前翅红褐色带白色，端区深赤褐色，内线、中线白色内斜，肾纹为1白线，外线白色，微弯内斜，亚端线白色，前半内弯，后半锯齿形，缘毛棕色，锯齿形，凹处端部白色；后翅暗红色，基部、前缘及臀角带灰白色。

生物学特性 河北7月可见成虫，具趋光性。

殿夜蛾

短喙夜蛾

目 鳞翅目 科 夜蛾科

学名 *Panthauma egregia* Staudinger, 1892

分布 河北、北京、内蒙古、黑龙江；朝鲜，俄罗斯。

形态特征 翅展52～62mm；胸背灰褐色，杂有白、黑、墨绿鳞毛；鞘翅灰褐色，布有大量墨绿鳞毛；翅基具1剑形黑纹，中线双线，黑色，波纹，前缘内侧具1大黑褐斑；肾纹具白边，明显；外线双线，黑色，前半弧形外凸，后波形，前缘外线外具1大黑褐斑；亚端线锯齿形，白色；缘线由1列三角形黑斑组成。

生物学特性 河北6、7月可见成虫，具趋光性。

短喙夜蛾

泛夜蛾

目 鳞翅目　科 夜蛾科

又名 葎草流夜蛾　学名 *Niphonyx segregata* (Butler, 1878)

分布 河北、北京、陕西、黑龙江、内蒙古、山西、湖南、山东、江苏、浙江、福建、云南；日本，朝鲜，俄罗斯，美国。

寄主和危害 幼虫取食葎草和啤酒花的叶。

形态特征 翅展26～30mm；前翅褐色，中部具暗褐色宽带，具灰白边；近顶角处具1暗褐斑，斑内近下方具1或2个黑斑，斑的内侧后方具1或2个黑斑，有时斑纹会减少。

生物学特性 河北1年发生2代。初龄幼虫食叶肉，咬成小孔，大龄蚕食。河北4～9月可见成虫，具趋光性。

泛夜蛾

二点委夜蛾

目 鳞翅目　科 夜蛾科

学名 *Athetis lepigone* (Möschler, 1860)

分布 河北、北京、山西、山东、河南、江苏、安徽；日本，朝鲜，俄罗斯。

寄主和危害 幼虫咬食玉米幼苗的根茎。

形态特征 翅展20～28mm；体背及前翅灰白色至灰褐色；前翅具光泽，中室内的环纹为1横向的黑斑，肾形纹明显或不明显，其外侧常具1小白斑；后翅银灰色。

生物学特性 河北4、5、7～9月可见成虫，具趋光性。

二点委夜蛾

线委夜蛾

目 鳞翅目　科 夜蛾科

学名 *Athetis lineosa* (Moore, 1881)

线委夜蛾

分布 河北、北京、河南、浙江、湖北、湖南、福建、台湾、海南、广西、四川、云南；日本，朝鲜，俄罗斯，泰国，缅甸，尼泊尔，印度。

寄主和危害 幼虫取食菊科的翠菊及艾属植物等。

形态特征 翅展27～40mm；体背及前翅灰褐色至暗灰褐色，前翅内、外线黑褐色，细，内线稍波形，外线弧形，中线粗，模糊，中部外凸，中室内具1黑点（环纹），肾纹白色，上方常有1小白点。

生物学特性 河北7月可见成虫，具趋光性。

钩尾夜蛾

目 鳞翅目　科 夜蛾科

学名 *Eutelia hamulatrix* (Drauda, 1950)

钩尾夜蛾

分布 河北、北京、山西、甘肃、青海、河南、安徽、浙江、台湾、湖北、四川；朝鲜。

寄主和危害 幼虫取食臭椿。

形态特征 翅展31～33mm；体及鞘翅灰棕至灰褐色，鞘翅内横线双线黑色，波形；环形纹和肾形纹均为灰白色有黑边，肾形纹中有褐边，外横线双线黑色，在中部呈2个外突齿；翅顶角及外缘颜色明显浅，在外线两刺突间具1明显黑斑。

生物学特性 河北4、5、7、8月可见成虫，具趋光性。

瓜夜蛾

目 鳞翅目  科 夜蛾科

学名 *Anadevidia hebetata* (Butler, 1889)

分布 河北*、北京、江西、广东、四川；日本，印度。

形态特征 翅展38～45mm；头胸部褐色杂有紫褐色，前翅褐色，带紫灰色，中室后方及亚端区有金色闪光。

生物学特性 河北6、8、9月可见成虫，具趋光性。

瓜夜蛾

北海道壶夜蛾

 目 鳞翅目  科 夜蛾科

学名 *Calyptra hokkaida* (Wileman, 1922)

分布 河北、吉林、浙江；日本，朝鲜，俄罗斯。

寄主和危害 幼虫取食刻叶紫堇、海滨黄堇、东亚唐松草，成虫吸食水果。

形态特征 前翅长27.5mm；头胸及前翅褐色，稍带紫色；唇须短粗，密被毛；从翅的顶角到翅后缘中部具1条斜带，红棕色，内衬暗褐色，此斜带内具3条棕褐色宽斜带，翅面及胸部具众多浅色水波纹。

生物学特性 河北7、8月可见成虫，具趋光性。

北海道壶夜蛾

北海道壶夜蛾

平嘴壶夜蛾

目 鳞翅目 科 夜蛾科

学名 *Calyptra lata* (Butler, 1881)

分布 河北、北京、内蒙古、黑龙江、吉林、辽宁、山东、福建、云南；日本，朝鲜，俄罗斯。

寄主和危害 幼虫取食紫堇、唐松草、柑橘等叶片，成虫吸食果汁。

平嘴壶夜蛾

平嘴壶夜蛾

形态特征 翅展46～49mm；下唇须土黄色，下缘具长毛，前端常成平截状；前翅黄褐色带淡紫红色，呈枯叶状，顶角至后缘中部具1红棕色斜线，前翅外缘细波浪形。

生物学特性 河北8月可见成虫，具趋光性。

肯髯须夜蛾

目 鳞翅目 科 夜蛾科

学名 *Hypena kengkalis* Bremer, 1864

分布 河北、北京、内蒙古、天津、山西；日本，朝鲜，俄罗斯。

寄主和危害 幼虫取食胡枝子。

形态特征 翅展30～34mm；体及前翅灰棕色，下唇须发达，前伸，具长毛；前翅内线褐色，中部向外折成角状，外线褐色，后半部斜向内侧，与内线几乎平行，亚缘线具黑点列。

生物学特性 河北3～6、8月可见成虫，具趋光性。以成虫越冬。

肯髯须夜蛾

放影夜蛾

目 鳞翅目 科 夜蛾科

学名 *Lygephila craccae* (Denis et Schiffermüller, 1775)

分布 河北*、北京、新疆；日本，朝鲜，俄罗斯，蒙古至欧洲，中东，北非。

寄主和危害 幼虫取食豆科野豌豆属、黄芪属、小冠花属等植物。

形态特征 翅展40～46mm；头褐色，两触角基部连线间具1条灰白色横带，头顶及颈板黑色，前翅浅灰褐色，横带仅在翅前缘暗褐色；肾形纹脚印形，中央灰褐色。

生物学特性 河北7月可见成虫，具趋光性。

放影夜蛾

黑缘影夜蛾

目 鳞翅目  科 夜蛾科

学名 *Lygephila nigricostata* (Graeser, 1890)

分布 河北、北京、陕西、新疆、黑龙江、四川，云南，西藏；日本。

寄主和危害 幼虫取食广布野豌豆。

形态特征 翅展32mm；体暗灰色，头及颈板有时较深，翅基片灰黑色；前翅较为狭长，散布黑褐点，翅前缘区及端区黑褐色，有时可见肾形纹；后翅灰白色，端区色暗。

生物学特性 河北6、8月可见成虫，具趋光性。

黑缘影夜蛾

巨影夜蛾

目 鳞翅目　科 夜蛾科

学名 *Lygephila maxima* (Bremer, 1861)

分布 河北、北京、黑龙江、吉林、山东、福建、湖北；日本，朝鲜，俄罗斯。

寄主和危害 幼虫取食野麦、莎草科植物。

形态特征 翅展55～60mm；头褐色，两触角基部连线间具1条灰白色横带，头顶及颈板黑色，前翅浅灰褐色，布有暗褐色横细纹；肾形纹脚印形，中央灰褐色，内侧常呈“L”形黑纹；亚端线有时具1列黑点。

生物学特性 北京7、10月可见成虫，具趋光性。

巨影夜蛾

小褐髯须夜蛾

 鳞翅目　 夜蛾科

学名 *Hypena conspersalis* Staudinger, 1888

分布 河北*、北京、吉林；朝鲜，俄罗斯。

形态特征 翅展24～26mm；体灰褐色，前翅红棕色，较窄，翅端尖，内线不明显，外线灰白色，顶角下方具1分界不明显的灰黑斑。

生物学特性 河北4、6～9月可见成虫，具趋光性。

小褐髯须夜蛾　小褐髯须夜蛾

隐金夜蛾

目 鳞翅目　科 夜蛾科

学名 *Abrostola triplasia* (Linnaeus, 1758)

分布 河北、北京、黑龙江、浙江、湖北、四川；日本，西亚，欧洲。

寄主和危害 幼虫取食荨麻属、野芝麻属植物。

形态特征 翅展31～36mm；体褐色，额部具1条黑色横纹；前翅灰褐色，内线除前缘外弧形外突，黑色，外线后半部黑色，内线内侧和外线外侧各具棕褐色线，环纹、肾纹具明显的黑边，或不清楚。

生物学特性 河北4、8月可见成虫，具趋光性。

隐金夜蛾

寒锉夜蛾

目 鳞翅目　科 夜蛾科

学名 *Blasticorhinus ussuriensis* (Bremer)

分布 河北、浙江、黑龙江、江苏、湖南、福建；日本，朝鲜，俄罗斯。

形态特征 翅展36～43mm；头顶及下唇须棕色，颈板褐色；胸背淡褐色；腹部黄褐色；前翅灰褐色，密布棕色细点，内线双线棕色波浪形，环纹为黑褐色，肾纹为2个白点，均围以褐边，中线暗褐色，模糊，外线双线棕色波浪形；亚端线前半双线黑棕色，线间黄色，后半部不显，1暗褐斜纹自顶角内斜，穿过亚端线，翅外缘1列黑点；后翅灰褐色。

生物学特性 河北7月可见成虫，具趋光性。

寒锉夜蛾

黑斑流夜蛾

目 鳞翅目 科 夜蛾科

学名 *Chytonix albonotata* (Staudinger)

分布 河北、黑龙江、四川、云南；日本。

形态特征 翅展30～40mm；头、胸白褐色；前翅灰白带褐色，内线及外线内方的后缘区黑褐色，基线黑色锯齿形，不明显，内线黑色，不规则锯齿形；环纹大，斜椭圆形，中线仅前半可见黑色斜斑状，肾纹大，内外缘凹，中有黑纹，外线双线黑色，中段锯齿形，在亚中褶后有1黑色纵纹，外端1白点，亚端线灰白色锯齿形；中段内侧有黑褐色斑，外线中部1黑线伸至翅外缘；后胸与腹部褐灰色。

生物学特性 河北6、7月可见成虫，具趋光性。

黑斑流夜蛾

红尺夜蛾

目 鳞翅目 科 夜蛾科

学名 *Naganoella timandra* (Alphéraky, 1897)

分布 河北、北京、黑龙江、吉林、河南、浙江、湖南、广东、香港；日本，朝鲜，俄罗斯。

寄主和危害 翅展27～31mm；头白色带桃红色，体翅桃红色，颜色或深或浅，前后翅面散布黑色细点，前翅内横线黄灰色，中有白色，前翅顶角处具1灰黄色区域，从翅顶至后缘中部具灰黄色斜带，中间具白线，亚缘线灰白色，明显或不明显。

生物学特性 河北6、8月可见成虫，具趋光性。

红尺夜蛾

红锈霜夜蛾

目 鳞翅目　科 夜蛾科

学名 *Gelastocera ochroleucana* Staudinger, 1887

分布 河北*、北京、黑龙江、吉林、辽宁；朝鲜，俄罗斯。

形态特征 翅展22～30mm；雄蛾触角基大部双栉状，雌蛾触角线状；体背及前翅褐色至红褐色，前翅中部颜色较深，亚缘线和缘线由黑点列所组成，翅端部染有紫色。

生物学特性 河北7、8月可见成虫，具趋光性。

红锈霜夜蛾

红黏夜蛾

目 鳞翅目　科 夜蛾科

学名 *Mythimna rufipennis* Butler, 1878

分布 河北*、北京、浙江；日本，朝鲜，俄罗斯，印度。

形态特征 翅展30～32mm；体及前翅锈红色，散生黑褐色小点，前翅内线在中部外突，外线较直，近前翅内折，而近后缘外折；后翅大部黑褐色。

生物学特性 河北6、8、9月可见成虫，具趋光性。

红黏夜蛾

后甘夜蛾

目 鳞翅目 科 夜蛾科

学名 *Hypobarathra icterias* (Evesmann)

分布 河北、黑龙江、青海、甘肃；俄罗斯。

形态特征 翅展24～26mm；头、胸部淡黄褐色；前翅黄色，布有赤褐点，基线、内线均褐色双线波浪形；剑纹褐边；环纹黄色褐边，中央有1褐点；肾纹白色黑边，中央有黑棕色弯纹；中线褐色，锯齿形达肾纹然后成直线内斜；外线黑棕色，在翅脉上为黑点；亚端线黄色，外侧衬暗褐色，端线为1列黑点；后翅淡赭黄色，腹部黄褐色。

生物学特性 河北7月可见成虫，具趋光性。

后甘夜蛾

胡桃豹夜蛾

目 鳞翅目 科 夜蛾科

学名 *Sinna extrema* (Walker, 1854)

分布 河北、北京、黑龙江、吉林、江苏、浙江、江西、福建、湖北、四川；日本，朝鲜。

寄主和危害 核桃、核桃楸、水胡桃、青钱柳等。

形态特征 翅展32～40mm；体翅白色，颈板、翅基片、前后胸及前翅具橘黄色斑纹，前翅外缘具5个黑斑，顶角内侧具2个黑斑；有时橘黄斑消退，全体呈白色，仅翅外缘靠近部分黑斑。

胡桃豹夜蛾

胡桃豹夜蛾

生物学特性 河北4、8月可见成虫，具趋光性。

女贞首夜蛾

目 鳞翅目　科 夜蛾科

学名 *Craniophora ligustri* (Denis et Schiffermüller, 1775)

分布 河北、北京、黑龙江、吉林、辽宁；日本，俄罗斯至欧洲。

寄主和危害 幼虫取食女贞、白蜡、榛属及桤木属植物。

形态特征 翅展30～37mm；体色及鞘翅颜色有变化；头胸白色，杂有黑色；鞘翅内线双线黑色，波浪形；外线双线黑色，前半锯齿形外弯，其内侧（包括线间）白色大斑。

生物学特性 河北4、7、8月可见成虫，具趋光性。

女贞首夜蛾

黄带拟叶夜蛾

目 鳞翅目　科 夜蛾科

学名 *Phyllodes eyndhovi* Vollenhoven

分布 河北*、广东、四川；印度，印度尼西亚。

形态特征 翅展100～105mm；头部及胸部棕褐色，下唇须第2节宽扁，第3节细而黑，触角基部及足胫节基部有白点；鞘翅棕褐色，环纹为1黑点，肾纹褐色斜弯，中有棕色圈，翅尖至肾纹后有1黑棕色斜线，外线隐约可见，翅尖极尖而成钩形，后翅棕褐色，中带黄色曲折，两侧带有黑色，缘毛灰白色。

生物学特性 河北5月可见成虫。

黄带拟叶夜蛾

黄带拟叶夜蛾

光裳夜蛾

目 鳞翅目　科 夜蛾科

学名 *Catocala fulminea* (Scopoli, 1763)

分布 河北、北京、黑龙江、吉林、浙江；日本，朝鲜，俄罗斯，欧洲。

寄主和危害 幼虫取食乌荆子、梅、梨、山楂、槲等植物。

形态特征 翅展53～56mm；前翅灰白至灰褐色，内线黑色，内侧棕褐色列，外线黑褐，在近翅中部具2个大齿纹和2个较小齿纹，后回旋至翅中部成勺形，其端部与肾形纹接近；后翅黑色，具黄色斑纹。

生物学特性 河北6、7月可见成虫，具趋光性。

光裳夜蛾

白肾裳夜蛾

目 鳞翅目　科 夜蛾科

学名 *Catocala agitatrix* Graeser

分布 河北*、黑龙江；日本。

形态特征 翅展52～56mm；头部褐灰色，额两侧有黑斑，颈板灰黄色，胸部褐灰色；腹部黄褐色，基部稍带灰色，腹面白色；前翅褐色带青灰色，基线黑色达亚中褶，内线黑色，微呈波浪形外斜，中线褐色模糊，肾纹白色，中有隐约的暗圈，后方有1黑边的褐灰斑，并以1黑线与外线相连，外线黑色锯齿形，亚端线灰白色锯齿形，两侧色暗褐，端线由1列衬以白色的黑斑组成；后翅黄色，中带黑色，在亚中褶处折向内伸达翅基部，后缘有1黑纵纹，端带黑色。

生物学特性 河北7月可见成虫，具趋光性。

白肾裳夜蛾　白肾裳夜蛾　白肾裳夜蛾

裳夜蛾

目 鳞翅目 科 夜蛾科

学名 *Catocala nupta* (Linnaeus, 1767)

裳夜蛾

分布 河北、北京、新疆、内蒙古；日本，朝鲜，欧洲。

寄主和危害 幼虫取食杨、柳。

形态特征 翅展70～78mm；头胸部及前翅黑灰色，颈板中部具1黑横线；前翅基线黑色，内线双线，波浪状；肾纹黑灰色，黑边，中央具1黑纹，外线黑色，近前缘具2个外突锯齿，近后缘具“m”形纹，中间的齿内突，连接1棒形纹，位于肾纹后方；后翅红色，中部及外缘呈黑色宽带。

生物学特性 河北9月可见成虫，具趋光性。

栎光裳夜蛾

目 鳞翅目 科 夜蛾科

学名 *Catocala dissimilis* Bremer, 1861

分布 河北*、北京、陕西、黑龙江、吉林、山西、河南、湖北、云南；日本，朝鲜，俄罗斯。

寄主和危害 幼虫取食蒙古栎。

形态特征 翅展47～51mm；鞘翅灰黑色，常具金属鳞片；内线以内颜色较深，内线似由3或4个大黑斑相连而成，肾纹黑边，不清楚；下方具黑边灰白纹，此纹常有黑褐纹与外线向内的锯齿纹相连，外线黑色，锯齿形，前翅反面具2条白色横带；后翅中部具白色横带，顶角白色。

生物学特性 河北7月可见成虫，具趋光性。

栎光裳夜蛾

栎光裳夜蛾

宁裳夜蛾

目 鳞翅目 科 夜蛾科

学名 *Catocala nymphaeoides* Herrich-Schäffer

分布 河北*、黑龙江。

形态特征 翅展约52mm；头胸部灰白杂褐色；前翅暗棕色有灰白色调；基线、内线、外线均深棕色，内线波浪形，肾纹深棕色，中央1深纵条，外线锯齿形，亚端线灰色锯齿形，端线为1列黑棕点；后翅金黄色；中带黑棕色在中褶处窄；端带黑棕色不达顶角，其外缘波浪形，缘毛有1列黑棕色小斑。

生物学特性 河北7月可见成虫，具趋光性。

宁裳夜蛾

柿裳夜蛾

目 鳞翅目 科 夜蛾科

学名 *Catocala kaki* Ishizuka, 2003

分布 河北*、北京、陕西、山东、云南。

形态特征 翅展37～39mm；头胸灰褐色，胸前部颜色较深，前翅缘线具黑褐色点列；后翅橙黄色，中部及外缘呈黑色宽带，但顶角处具1个橙黄色大斑。

生物学特性 河北7、8月可见成虫，具趋光性。

柿裳夜蛾

淘裳夜蛾

目 鳞翅目 科 夜蛾科

学名 *Catocala puerpera* Giorna

分布 河北、新疆、青海；伊朗，土耳其，阿尔及利亚，欧洲。

寄主和危害 杨、柳。

形态特征 翅展约60mm；头胸部褐灰杂少许黑褐色，下唇须端部黑色；前翅灰黄带褐色，密布深褐色细点；基线黑色；内线黑色，前后段锯齿形，中段稍外斜；肾纹黑褐边，中央有褐圈，前方有1褐纹；外线黑褐色锯齿列；端线为1列黑点；后翅黄红色，具有黑色外斜中带，达亚中褶。

生物学特性 河北6、7月可见成虫，具趋光性。

淘裳夜蛾

显裳夜蛾

目 鳞翅目 科 夜蛾科

学名 *Catocala deuteronympha* Staudinger, 1861

分布 河北、北京、内蒙古、黑龙江、吉林；日本，朝鲜，俄罗斯，蒙古。

寄主和危害 幼虫取食杨、柳、榆。

形态特征 翅展56～61mm；前翅翅脉暗褐色，内线稍波形，外线在近中部具2个大锯齿，后稍波形，近后缘时伸向内侧，后近直线折向后缘；翅中央具1个黑边灰白卵形斑；前翅反面具2条黄或淡黄色宽带，后翅基部中央及近外缘具同样颜色的斑纹和横带。

生物学特性 河北7月可见成虫，具趋光性。

显裳夜蛾

椴裳夜蛾

目 鳞翅目　科 夜蛾科

学名 *Catocala lara* Bremer, 1861

分布 河北、北京、黑龙江、辽宁；日本，朝鲜，俄罗斯。

寄主和危害 幼虫取食紫椴、糠椴等。

形态特征 翅展78～85mm；前翅灰褐色，基线黑色，只达中室；内线和外线黑色，内线前大部斜伸向后翅，几乎与下一黑纵纹平行或有时较粗而相接；外线在后部有1齿形纹延伸的黑纵纹（大部上方具1近三角形灰白斑）；肾纹黑褐色，边缘灰白；端线由黑色衬以白色的点组成；前翅反面黑褐色，中部具2条灰白色宽横带；后翅黑褐色，中部具淡黄或灰白色宽横带，外缘浅色。

椴裳夜蛾

椴裳夜蛾

生物学特性 河北7月可见成虫，具趋光性。

桑剑纹夜蛾

目 鳞翅目　科 夜蛾科

学名 *Acronicta major* (Bremer, 1861)

分布 河北、北京、山西、甘肃、内蒙古、黑龙江、河南、江苏、湖北、湖南、四川、云南；日本，俄罗斯。

寄主和危害 幼虫取食香椿、桑、桃、李、梅、梨等。

形态特征 翅展62～69mm；体背及前翅浅灰褐色，下唇须第2节具黑环；前翅具黑色基线、内线、中线和外线，其中前3线常仅在前半明显，外线双锯齿形，但常外1线黑色明显；缘线具1列黑点；翅基剑形纹长，翅外侧的2个剑形纹短；中室内的环纹不明显，肾形纹斜长圆形，中央具1黑条。

桑剑纹夜蛾成虫

桑剑纹夜蛾幼虫

生物学特性 河北7月可见成虫，具趋光性。

灰褐狼夜蛾

目 鳞翅目　科 夜蛾科

学名 *Ochropleura ignara* (Staudinger, 1896)

分布 河北、山西、河南、北京、天津；蒙古，西亚，欧洲。

形态特征 翅展36.0mm；前翅浅黄褐色布黑褐细点；各横线黑色，锯齿形；内线在前缘和臀褶较粗；中线前半粗，后半细，与外线接近；亚缘线外侧色较浅；缘线为1列黑点；后翅污褐色。

生物学特性 河北6月可见成虫，具趋光性。

灰褐狼夜蛾

小剑纹夜蛾

 鳞翅目　 夜蛾科

学名 *Acronicta omorii* Matsumura, 1926

分布 河北、北京；日本。

形态特征 翅展33～37mm；前翅褐灰色，具黑色斑纹，翅基具黑色纵纹伸达内线，内线双线黑色，呈大波浪形，环形纹灰色黑边，肾形纹灰色黑边，内有稍深色区，外线黑色，在近中部具2个小齿突，近后角具1黑纵纹，伸达翅缘。

生物学特性 河北6～9月可见成虫，具趋光性。

小剑纹夜蛾

桃剑纹夜蛾

目 鳞翅目 科 夜蛾科

学名 *Acronicta intermedia* (Warren, 1909)

桃剑纹夜蛾成虫

桃剑纹夜蛾幼虫

分布 河北、北京、陕西、甘肃、青海、宁夏、黑龙江、吉林、辽宁、山西、河南、山东、江苏、安徽、福建、广西、四川、云南；日本，朝鲜，俄罗斯，越南。

寄主和危害 幼虫取食桃、苹果、梅、梨、李、樱桃、杏、柳等。

形态特征 翅展40～48mm；体背及前翅灰色，中室内的环形纹椭圆形，黑边，肾形纹大，带黑褐色边，此2纹接近，有黑鳞相连或相接；外缘的剑形纹较长，接近或伸达外缘。

生物学特性 河北4、6～9月可见成虫，具趋光性。

围连环夜蛾

目 鳞翅目 科 夜蛾科

学名 *Perigrappha hoenei* Püngeler, 1914

分布 河北、北京、新疆、黑龙江；日本。

寄主和危害 翅展50～55mm，前翅基部具2或3个黑斑，其中1个三角形，较大；外线波形，亚端线灰白色，缘线由小黑点组成。

生物学特性 河北3月可见成虫，具趋光性。

围连环夜蛾

大三角鲁夜蛾

目 鳞翅目　科 夜蛾科

学名 *Xestia kollari* (Lederer, 1853)

分布 河北、新疆、黑龙江、浙江、江西、湖南、云南；日本，朝鲜，俄罗斯，蒙古。

形态特征 翅展47～52mm；胸部灰色杂褐色，颈板近端部有1白横线；前翅基线黑色，外围衬白，后端外侧有1黑纹，内线双线黑色，线间白色，环纹斜圆，前端开放，肾纹褐色，灰边，中室外半黑色，外线双线黑色，锯齿形，近顶角处具1黑斑；后翅污褐色。

生物学特性 河北7月可见成虫，具趋光性。

大三角鲁夜蛾

褐纹鲁夜蛾

目 鳞翅目　科 夜蛾科

学名 *Xestia fuscostigma* (Bremer, 1861)

分布 河北、北京、陕西、黑龙江、甘肃、湖南、山东、台湾、湖南、甘肃、四川、云南；日本，俄罗斯。

寄主和危害 幼虫取食钝叶酸模、库叶蓼、蜂斗菜、蓟、月见草、白三叶草、短柄野芝麻等。

形态特征 前翅长20.7mm；胸背及前翅紫棕色，前翅基线双线，暗棕色，外侧中室处具1黑点，下方具1黑斑，环纹紫褐灰色，斜置，肾纹紫黑灰色，环纹之间、环纹至内线间色深，并向后方扩展；亚端线淡褐色，内侧衬黑棕色，在前端呈略大的黑斑。

生物学特性 河北8月可见成虫，具趋光性。

褐纹鲁夜蛾

兀鲁夜蛾

目 鳞翅目 科 夜蛾科

学名 *Xestia ditrapezium* (Denis et Schiffermüller, 1775)

分布 河北、北京、新疆、内蒙古、黑龙江、吉林、山东、四川；日本，朝鲜，俄罗斯，蒙古，中亚，欧洲。

寄主和危害 幼虫取食柳、杨、桦、悬钩子、酸模。

形态特征 翅展35～42mm；胸浅紫棕色，前翅浅紫褐色，基线内侧具3个黑斑，外侧具一大一小2个黑斑；内线双线，黑褐色，肾形纹暗褐色，大；中室内具1褐色"兀"形纹，有时并不相连，即环形纹后端亦开放；外线双线黑色，细锯齿形；亚端线灰色，前缘为1黑斑；端线由1列三角形黑点组成。

生物学特性 河北5～7月可见成虫，具趋光性。

兀鲁夜蛾

前黄鲁夜蛾

目 鳞翅目 科 夜蛾科

学名 *Xestia stupenda* (Butler, 1878)

分布 河北、北京、陕西、甘肃、黑龙江、江苏、浙江、江西、湖南、广东、西藏等；亚洲。

寄主和危害 幼虫取食大豆、烟草等植物。

形态特征 前翅长23mm；体及前翅褐色至黑褐色，颈板黄褐色，前翅前缘（除翅顶）淡褐色，环纹和肾纹明显，红褐色，内线红褐色，线外黑色，曲折形，外线为淡褐色点，点内侧黑色。

生物学特性 河北8月可见成虫，具趋光性。

前黄鲁夜蛾

懈毛胫夜蛾

目 鳞翅目 科 夜蛾科

学名 *Mocis annetta* (Butler, 1878)

分布 河北、北京、吉林、山东、江苏、浙江、福建、台湾、湖北、湖南、四川；日本，朝鲜，俄罗斯。

寄主和危害 幼虫取食葛，成虫吸食果汁。

形态特征 翅展40～47mm；头胸部棕褐色，鞘翅淡棕色，内线外斜，外侧深棕色；中线波曲，外线黑褐色，在达后缘约1/3时内折并弧形伸向后缘；内外线之间具数个褐色圆纹。

生物学特性 河北6、7月可见成虫，具趋光性。

懈毛胫夜蛾

一纹希夜蛾

目 鳞翅目 科 夜蛾科

学名 *Eucarta fasciata* (Butler, 1878)

分布 河北*、北京、吉林；日本，朝鲜，俄罗斯。

形态特征 翅展约30mm；体褐色；前翅褐色，翅基具1个卵形斑，灰棕或红棕色，斜置，伸向翅的前缘基部；翅端半部亦为灰棕或红棕色，环纹卵形，黑边，亦为斜置，有时中线外可见明显的肾形纹；缘毛灰褐色。

生物学特性 河北6月可见成虫，具趋光性。

一纹希夜蛾

像梦尼夜蛾

目 鳞翅目 科 夜蛾科

学名 *Orthosia paromoea* (Hampson, 1905)

分布 河北*、北京；日本，朝鲜。

寄主和危害 幼虫取食麻栎、青冈、金缕梅等植物。

形态特征 翅展36～40mm；体及前翅灰褐色、红棕色，有时带紫色，环纹、肾纹明显；具浅黄边；亚缘线黄色，较直；有时可见外线成黑褐点列；具浅黄色基线和内线。

生物学特性 河北3月可见成虫，具趋光性。

像梦尼夜蛾

织网夜蛾

目 鳞翅目 科 夜蛾科

学名 *Sideridis kitti* (Schawerda, 1913)

分布 河北、北京、新疆、甘肃、内蒙古、山西；俄罗斯，蒙古，欧洲。

寄主和危害 幼虫取食麦瓶草、萹蓄、蓼等植物。

形态特征 翅展32～37mm；头胸部褐色，杂有黑色及灰色毛；前翅暗褐色，翅脉白色呈网纹状，肾纹和剑纹明显。

生物学特性 河北7、8月可见成虫，具趋光性。

织网夜蛾

皱地夜蛾

目 鳞翅目 科 夜蛾科

学名 *Agrotis carticea* Schiffermüller

分布 河北、黑龙江、青海、四川；日本，印度，中亚，欧洲，非洲。

寄主和危害 藜、酸模等属植物以及玉米、高粱、棉、麻。

形态特征 翅展41mm；头、胸部褐色杂灰色，颈板中部有1黑横线；前翅棕褐色，前缘区色深，基线、内线黑色双线；剑纹窄长，黑边；环纹中央灰黑色，黑边；肾纹大，黑褐色，黑边，中线模糊，外线褐色，双线锯齿形，亚端线灰白色，内侧有1列黑褐尖齿状纹，端线黑色；后翅淡褐色。

生物学特性 河北7月可见成虫，具趋光性。

皱地夜蛾

桃红猎夜蛾

目 鳞翅目  科 夜蛾科

又名 桃红白虫 学名 *Eublemma amasina* Eversmann

分布 河北、江苏、湖北、黑龙江；日本，朝鲜。

寄主和危害 菊科。

形态特征 翅展17～20mm；头部及胸部淡黄色，下唇须外侧桃红色；腹部淡褐黄色；前翅淡黄色，中线至亚端线间大部带桃红色，中线白色，内侧衬淡褐色，亚端线白色稍间断，前段有几个小黑点，桃红区前端空出1淡黄色约呈半圆形区，缘毛桃红色；后翅褐色，缘毛黄色，端部桃红色。

生物学特性 河北6、7月可见成虫，具趋光性。

桃红猎夜蛾

选毛胫夜蛾

目 鳞翅目 科 夜蛾科

学名 *Mocis electaria* Bremer

分布 河北*、浙江、黑龙江；日本，朝鲜，俄罗斯。

形态特征 翅展35～37mm；头部、胸部及腹部灰白色微带褐色，雄蛾触角双栉形，栉齿黑色；鞘翅黄白色微带褐色并布有褐色细点，1白色衬褐的斜线自顶角至亚中褶，折角内伸至翅基部，折角后此线上缘为黑纵纹，亚端区有1褐线，中室端部有1褐色点，端线褐色；后翅黄白色；雌蛾后翅带褐色。

生物学特性 河北7月可见成虫，具趋光性。

选毛胫夜蛾

棉铃虫

目 鳞翅目 科 夜蛾科

学名 *Helicoverpa armigera* (Hübner, 1808)

分布 全国；世界各地。

寄主和危害 幼虫取食多种植物的叶、嫩果，如棉、枣、苹果、辣椒、小麦、烟草、番茄等。

形态特征 翅展30～38mm；前翅淡红色、淡青灰色，中线黑色，波形，环纹褐边，中央具1褐点；肾纹褐边，中央具1个深褐色肾形纹；外线双线褐色，锯齿形，齿尖外侧具小白点，有时小白点内侧具明显小黑点；亚端线褐色，呈1宽带；缘线脉间具小黑点。

生物学特性 河北1年发生多代，具趋光性。

棉铃虫

苇实夜蛾

目 鳞翅目 科 夜蛾科

学名 *Heliothis maritima* Graslin, 1855

苇实夜蛾

苇实夜蛾

分布 河北、北京、吉林；日本，俄罗斯，蒙古，印度，巴基斯坦，中亚，欧洲。

寄主和危害 幼虫取食大豆、苜蓿、甜菜、番茄、马铃薯、甘薯、玉米、花生、棉、麻等的叶、花蕾、果实或蒴果。

形态特征 翅展28～32mm；鞘翅黄褐色带青绿色，中部外具2条锈褐色或锈红色宽带，前半分离，后半相连；环纹由中央1褐点及周围几个褐点组成，肾纹明显或不明显；缘线由1列黑点组成；后翅黑色，中央及翅外缘中部具宽大淡褐斑。

生物学特性 河北1年发生2代。河北5～8月可见成虫，具趋光性。

维夜蛾

目 鳞翅目 科 夜蛾科

学名 *Chalconyx ypsilon* (Butler, 1879)

分布 河北、北京、陕西、浙江；日本。

寄主和危害 幼虫取食覆盆子。

形态特征 翅展28～32mm；体背灰白色，颈板具黑色或黑褐色横纹；前翅灰白色，内线细，黑褐色，大波浪形；翅中部具1黑色“丫”形纹，交叉处具1白斑；翅缘具1列新月形黑斑。

生物学特性 河北7月可见成虫，具趋光性。

维夜蛾

怪苔藓夜蛾

目 鳞翅目　科 夜蛾科

学名 *Cryphia bryophasma* (Boursin, 1951)

分布 河北、北京；日本，朝鲜，俄罗斯。

寄主和危害 幼虫取食苔藓。

形态特征 翅展20～22mm；体暗灰色，前翅内线和外线在中后部有黑线相连，其外尚有1黑色纵纹。

生物学特性 河北8月可见成虫，具趋光性。

怪苔藓夜蛾

彩色鲁夜蛾

目 鳞翅目　科 夜蛾科

又名 彩色地老虎　学名 *Amathes efflorescens* Butler

分布 河北*、黑龙江；日本，俄罗斯。

形态特征 翅展44mm左右；头部及胸部灰白色杂绿色、褐色及黑色，下唇须黑色，端部白色；腹部褐色；前翅褐色间绿色及白色，基线与内线均双线黑色，剑纹小，黑色，环纹大；前后端开放，两侧边缘绿色及黑色，肾纹大，具绿及黑色边，外侧有1白斑，中室在内线外方微黑，外线双线黑色锯齿形，在翅脉上为白点，亚端线灰色，波曲，前端内侧1黑斑，斑缘前有2白点，端线黑色；后翅黄色，端区及亚中褶黑色，横脉纹粗大，后缘黑色。

生物学特性 河北8月可见成虫，具趋光性。

彩色鲁夜蛾

盼夜蛾

目 鳞翅目 科 夜蛾科

学名 *Panthea coenobita* Eaper

分布 河北*、黑龙江。

寄主和危害 松。

形态特征 翅展50～55mm；头部黄白色，雄蛾触角双栉形，喙不发达，下唇须、额两侧及颈板基部黑色，胸部黄白色，背面有黑纹；腹部黑色，各节末端微黄，腹面黄白色，有黑纹；前翅外侧有1黑条，内线黑色波浪形，环纹黑色，肾纹边缘黑色，中央密布黑色细点，外线黑色锯齿形，后半内侧衬以白色，亚端线黑色，成不规则锯齿形宽带，翅外缘有不规则锯齿形黑纹，缘毛黑色与黄白色相间；后翅白色带污褐色，翅脉微黑，中室有1褐纹外伸至微黑的带状外线，端线为1列黑纹。

生物学特性 河北7月可见成虫，具趋光性。

盼夜蛾

碧银冬夜蛾

目 鳞翅目 科 夜蛾科

学名 *Cucullia argentea* Hüfnagel, 1766

分布 河北、北京、甘肃、新疆、内蒙古、黑龙江、吉林；日本，朝鲜，俄罗斯，蒙古，欧洲。

寄主和危害 幼虫取食茵陈蒿。

形态特征 翅展35～38mm；头胸部白色，具黑色条纹；鞘翅灰绿色，具银白纹，有时具黑纹；后翅白色或灰白色，外缘灰褐色或草黄色。

生物学特性 河北7、8月可见成虫，具趋光性。

碧银冬夜蛾

银装冬夜蛾

目 鳞翅目 科 夜蛾科

学名 *Argyromata splendida* Stoll

分布 河北、青海、甘肃、内蒙古、新疆、西藏；俄罗斯，蒙古。

形态特征 翅展31～39mm；头部及胸部白色杂暗灰色，颈板基部及端部暗灰色；前翅银蓝色，后缘中部下方有1条土黄色纵条伸达臀角，缘毛白色，后翅白色，端区带暗褐色；腹部淡赭黄色。

生物学特性 河北7月可见成虫，具趋光性。

银装冬夜蛾　银装冬夜蛾

雪冬夜蛾

目 鳞翅目 科 夜蛾科

学名 *Cucullia jankowskii* Oberthür

分布 河北*、黑龙江。

形态特征 翅展35mm左右；头部棕色，下唇须前缘白色，颈板基部棕色，端半部白色；胸背白色，后胸毛簇端部棕色；腹部淡褐白色；前翅白色，内、外线区带灰棕色，后缘区中段褐色，基线黑色，内线双线棕色波浪形，外1线杂黑色，肾纹棕色，围以不完整的白圈，内方有2黑点，外线黑色波浪形，外区前缘脉有3白点，近外缘有1灰棕窄带，端线为1列黑点；后翅白色，向外渐带灰棕色。

雪冬夜蛾

生物学特性 河北7月可见成虫，具趋光性。

斑冬夜蛾

目 鳞翅目　科 夜蛾科

学名 *Cucullia maculosa* Staudinger, 1888

斑冬夜蛾

分布 河北、北京、黑龙江；日本，朝鲜，俄罗斯。

寄主和危害 幼虫取食艾草。

形态特征 翅展39～43mm；头胸及前翅灰色，内线大锯齿形，环纹和肾纹界限不十分明确；两纹下方具黑斑，其外侧还有1条黑色纵纹；缘线黑色，在各脉端处间断。

生物学特性 河北7月可见成虫，具趋光性。

嗜蒿冬夜蛾

目 鳞翅目　科 夜蛾科

学名 *Cucullia artemisiae* (Hüfnagel, 1766)

分布 河北、北京、新疆、黑龙江、吉林；日本，朝鲜，俄罗斯，蒙古，中亚，欧洲。

寄主和危害 幼虫取食菊科艾属（如艾、荒野蒿、中亚苦蒿）、母菊属和菊蒿。

形态特征 翅展37～42mm；头顶具1簇毛丛，似鸡冠，冠丛两侧基部黑色，向上具不同颜色的层带；前翅灰褐色，翅脉黑褐色，肾纹大，褐色，黑边；后翅淡黄褐色，端区较暗。

嗜蒿冬夜蛾

嗜蒿冬夜蛾

生物学特性 河北7、8月可见成虫，具趋光性。

莴苣冬夜蛾

目 鳞翅目　科 夜蛾科

学名 *Cucullia fraterna* Butler, 1878

分布 河北*、北京、内蒙古、新疆、黑龙江、吉林、辽宁、浙江、江西；日本。

寄主和危害 幼虫取食莴苣、苦荬菜。

形态特征 翅展44～47mm；头胸灰褐色，头顶具1簇毛丛，似鸡冠，冠丛两侧基部具黑色细线；前翅灰褐色，翅面具银色光泽，翅脉黑色，亚中褶基部有黑色纵线1条；内横线黑色呈深锯齿状。

生物学特性 河北6、7月可见成虫，具趋光性。

莴苣冬夜蛾

褐纹冬夜蛾

目 鳞翅目　科 夜蛾科

学名 *Cucullia amota* Alphéraky, 1877

分布 河北、北京、内蒙古、黑龙江、吉林、辽宁、西藏；俄罗斯，蒙古。

形态特征 翅展40～41mm；头胸灰色，头顶具1簇毛丛；前翅灰褐色，内横线双线，呈深锯齿状，翅中部近前缘具土黄色纵线1条。

生物学特性 河北5、7月可见成虫，具趋光性。

褐纹冬夜蛾

褐纹冬夜蛾

歧梳跗夜蛾

目 鳞翅目 科 夜蛾科

学名 *Hadena aberrans* (Eversmann, 1856)

分布 河北、北京、黑龙江；日本，朝鲜，俄罗斯。

形态特征 翅展30～32mm；头至胸部被长毛，白色略带褐色，前翅黄褐色具黑色鳞片，基部及外缘乳白色，基线黑色，环纹斜圆形，白色黑边，中央大部分褐色，肾纹白色，中有黑曲纹，黑边；后翅淡褐色，外缘色稍深。

生物学特性 河北8月可见成虫。

歧梳跗夜蛾

涓夜蛾

目 鳞翅目 科 夜蛾科

学名 *Rivula sericealis* (Scopoli, 1763)

分布 河北*、北京、黑龙江、江苏、台湾、贵州；日本，俄罗斯，欧洲。

寄主和危害 幼虫取食多种禾草。

形态特征 翅展18～22mm；头白色，下唇须前伸，两侧棕色；前翅淡黄褐到黄褐色，内线大锯齿状，外线细锯齿状，有时两线的齿尖上具黑褐点；肾纹灰黑色，具黑边，内具2个黑点；亚缘线由黑点组成，黑点内侧白色；有时这些线、点不明显，但肾纹明显。

生物学特性 河北8、9月可见成虫，具趋光性。

涓夜蛾

刀裳夜蛾

目 鳞翅目 科 夜蛾科

学名 *Hemipsectra fallax* (Butler, 1879)

分布 河北*、北京、台湾；日本，朝鲜。

寄主和危害 野葛、多花紫藤。

形态特征 前翅长10mm；雄蛾触角单栉状，基部1/4粗，雌线状；下唇须褐色，内侧黄褐色，上举，第3节短小；前翅黄褐色，散布暗褐色鳞片，外缘具黑列点，有时可见浅色内外线，并分布黑点列，后缘近中部具1明显黑斑。

生物学特性 河北6月可见成虫，具趋光性。

刀裳夜蛾

刀夜蛾

目 鳞翅目 科 夜蛾科

学名 *Simyra nervosa* (Denis et Schiffermüller, 1775)

分布 河北、北京、甘肃、新疆、西藏；俄罗斯，蒙古，阿富汗，伊朗，欧洲。

形态特征 前翅长16mm；雄蛾触角双栉状，雌线状；前翅白色，略带黄色，布较多黑褐鳞，顶角较尖，翅脉两侧具黑鳞；后翅灰色，基部白色。

生物学特性 河北4月可见成虫，具趋光性。

刀夜蛾

克析夜蛾

目 鳞翅目 科 夜蛾科

学名 *Sypnoides kirbyi* (Butler, 1881)

克析夜蛾

分布 河北、北京、浙江、湖南、广东、海南、四川；印度。

形态特征 前翅长30mm；体翅暗棕色，前翅基线灰白色，翅中具淡粉绿色横带，在前半分叉，外侧叉线基大部具棕色条纹，端线由小白点组成，有时只剩臀角处具明显白点。

生物学特性 河北7月可见成虫，具趋光性。

枯叶夜蛾

目 鳞翅目 科 夜蛾科

学名 *Adris tyrannus* Guenée

枯叶夜蛾成虫

枯叶夜蛾幼虫

分布 河北、辽宁、山东、江苏、浙江、台湾、湖北、广西、四川；日本，印度。

寄主和危害 成虫吸食苹果、柑橘、桃、梨、葡萄、无花果、芒果等果汁。

形态特征 翅展98～100mm；头、胸棕褐色；腹部背面橙黄色；前翅枯叶褐色，翅脉有1列黑点，内线黑褐色，内斜，顶角至后缘凹陷处有1黑褐色斜线，环纹为1黑点，肾纹黄绿色；后翅橘黄色，亚端区有1牛角形黑带，中后部有1肾形黑斑。

生物学特性 河北7、8月可见成虫，具趋光性。

间盗夜蛾

目 鳞翅目 科 夜蛾科

学名 *Hadena corrupta* (Herz, 1898)

分布 河北、北京；日本，朝鲜，俄罗斯，蒙古。

形态特征 前翅长12mm；头胸灰白色，杂有棕褐黑毛；前翅环纹斜生，椭圆形，白边褐心；肾纹白边褐心；外线灰白色，具褐色外边，前半外突，后半小波浪形；亚端线白色；缘毛灰褐色，间生白色缘毛，把黑色的缘线隔断。

生物学特性 河北7月可见成虫，具趋光性。

间盗夜蛾

姬夜蛾

目 鳞翅目 科 夜蛾科

学名 *Phyllophila obliterata* (Rambur, 1833)

分布 河北、北京、陕西、内蒙古、新疆、黑龙江、河南、山东、江苏、安徽、浙江、江西、福建、台湾、湖北、湖南；日本，朝鲜，俄罗斯，欧洲。

寄主和危害 幼虫取食菊科艾属植物。

形态特征 翅展19～22mm；前翅灰白色，翅近基部具波浪形褐色横带，常不明显，翅中后半部具褐色或黑褐色斑，前端具明显的小黑斑；翅外缘具较宽大黑褐色横带，翅缘具1列黑褐色短条纹。

生物学特性 河北5～7月可见成虫，具趋光性。

姬夜蛾

基点角剑夜蛾

目 鳞翅目 科 夜蛾科

学名 *Gortyna basalipunctata* Graeser

基点角剑夜蛾

分布 河北*、黑龙江、四川；日本，俄罗斯，印度。

寄主和危害 玉米。

形态特征 翅展40～48mm；头部灰黑色，头顶有黄色毛，触角基节具白斑，下唇须内侧淡黄色，颈板黑棕色，基半部有赤黄色横带；胸背黑棕色，翅基片大部分棕色，内半部有黄色纹，边缘黑色；后胸有灰色毛；腹部灰色微带褐色；前翅黄色布满赤褐色细点，基线赤褐色，内线赤褐色带黑色，内侧在中室处有1灰黑斑；剑纹可见赤褐色边缘，环纹黄色，中央赤褐色，黑边，肾纹黄色，中央有赤褐色窄圈，将肾纹后端分割成2个点，略白，中线赤褐色，前、后端明显，外线双线黑色，内1线明显，前端为1黄斑；亚端线隐约双线棕色，与外线间为黑灰色宽带，各翅脉黑色，前缘脉稍带灰色，缘毛灰黑色；后翅污褐色。

生物学特性 河北7月可见成虫，具趋光性。

苏角健夜蛾

目 鳞翅目 科 夜蛾科

学名 *Gortyna amurensia* Staudinger

苏角健夜蛾

分布 河北、黑龙江；日本，俄罗斯。

形态特征 翅展46～51mm；头部及胸部暗棕色，触角上缘灰白色；前翅暗棕色，外线与亚端线间色淡，基线黑棕色，内线黑棕色，在中室成1内凸齿，剑纹只隐约成1暗棕色轮廓，环纹斜圆，内外侧黑褐色，肾纹灰褐色，黑褐边，中线黑棕色，外弯，外线黑棕色，亚端线褐色，不清晰，锯齿形，端线为1列黑棕色新月形点；后翅淡黄色带褐色，翅脉及端线黑棕色。

生物学特性 河北7月可见成虫，具趋光性。

畸夜蛾

目 鳞翅目 科 夜蛾科

学名 *Borsippa quadrilineata* Walker

分布 河北*、浙江、四川；印度，南太平洋岛屿。

形态特征 翅展28mm左右；全体灰褐色；前翅各横线黑褐色，基线直，达亚中褶，内线直线内斜，中线双线内弯，外线微内弯，端区1大黑斑，约呈三角形，但前端成1短钩；后翅色略深。

畸夜蛾

棘翅夜蛾

目 鳞翅目 科 夜蛾科

学名 *Scoliopteryx libatrix* (Linnaeus, 1758)

分布 河北、北京、甘肃、黑龙江、吉林、辽宁、河南、台湾、西藏；北半球。

寄主和危害 幼虫取食杨、柳。

形态特征 翅展35～44mm；头胸部褐色；前翅基部具1白圆点，内线白色，外线双线白色，环纹中心为白点，肾纹为2黑点，翅缘锯齿形。

生物学特性 河北4、9月可见成虫，具趋光性。

棘翅夜蛾

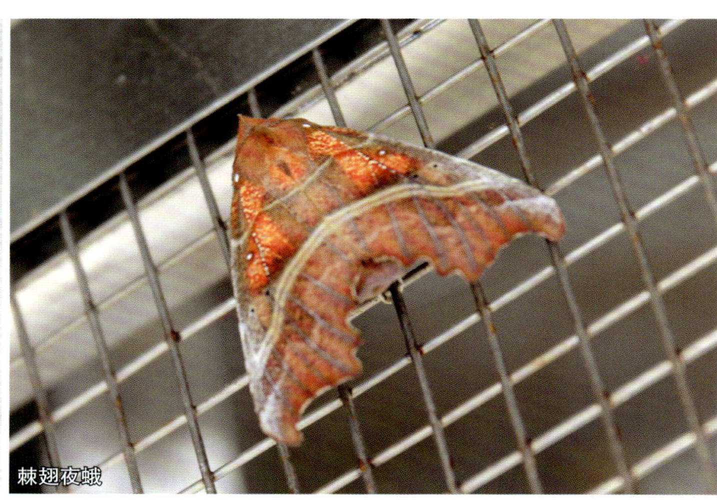
棘翅夜蛾

角线寡夜蛾

目 鳞翅目 科 夜蛾科

又名 角线黏虫

学名 *Sideridis conigera* Schiffermüller

分布 河北、黑龙江、内蒙古。

寄主和危害 取食杂草。

形态特征 翅展31～33mm；头部及胸部黄色染红褐色；腹部褐色；前翅黄色带红褐色，翅脉微黑，内线红棕色，直线外斜至亚中褶，折向内斜，环纹隐约可见黄色，肾纹白色，中部有1黄斑，后端内突，外侧微黑，亚端线黑棕色，中前缘脉后折角内斜，端线红棕色；后翅赭黄色，端区带有褐色。

生物学特性 河北7月可见成虫，具趋光性。

角线寡夜蛾

橘肖毛翅夜蛾

目 鳞翅目 科 夜蛾科

又名 肖毛翅夜蛾

学名 *Lagoptera datata* Fabricius

分布 河北、湖北、江西、台湾、广东、四川、贵州；印度，缅甸，新加坡。

寄主和危害 成虫吸食果汁。

形态特征 翅展57～60mm；头部及胸部棕色；腹部灰棕色；前翅棕色，外线至亚端线间色深，亚端线外灰白色，内线外斜至后缘中部，环纹为1黑棕点，肾纹为2褐色圆斑，外线微波浪形，后端达臀角，内、外线均衬以灰色，亚端线直，黑棕色，端线双线波浪形；后翅黑棕色，中部1蓝白色弯带，外缘带有蓝白色，缘毛黄白色，中段带有褐色。

生物学特性 河北7月可见成虫，具趋光性。

橘肖毛翅夜蛾

橘肖毛翅夜蛾

井夜蛾

目 鳞翅目 科 夜蛾科

学名 *Dysmilichia gemella* (Leech, 1889)

分布 河北、北京、黑龙江、浙江、福建；日本，朝鲜，俄罗斯。

形态特征 翅展32～34mm；体背及前翅黄褐色至棕褐色；前翅基线和内线由白点组成，环形纹为白圆斑，肾形纹由2个“U”形白斑组成，每个斑内具1白点，肾形纹总体呈“3”字形；外线由2列白斑组成。

生物学特性 河北7、8月可见成虫，具趋光性。

井夜蛾

聚星夜蛾

目 鳞翅目 科 夜蛾科

又名 星夜蛾

学名 *Perigea sideria* Leech

分布 河北*、四川。

形态特征 翅展28～34mm；头部棕褐色，头顶1白斑点，下唇须第2及第3节末端各有1白点；颈板棕褐色，中央有1白斑；胸部棕褐色，跗节有白环；腹部深褐色，基节后缘有1白斑；前翅棕褐色，基线由白色斑点组成，内线前端较明显，其后为3个白点，基线与内线在中室后有1白点，环纹中央为1斜长白点，外围4个白点，后端有1长白点，肾纹中央为1白条，内侧3个白点，外侧4个白点，后端1个白点，中线只在前缘现1白色曲纹，外线由几列白点组成，内侧另有黑点，亚端线由1列白点组成，端线由暗色线及隐约的小白点组成，缘毛棕褐色，端部间白色，基部有白点；后翅褐色较暗。

聚星夜蛾

生物学特性 河北7月可见成虫，具趋光性。

肾星夜蛾

目 鳞翅目 科 夜蛾科

学名 *Perigea leucospila* Walker

肾星夜蛾

分布 河北*、云南；印度。

形态特征 翅展31mm左右；头部及胸部黑棕色，下唇须第2、3节端部白色；触角基节内侧白色，其外后方有1白斑点，翅基片外缘基部有1白点，后胸白色；腹部暗棕色；前翅深褐色有光泽，基部有大小不等的5个白斑点，环纹白色圆形，前方有1白曲条，剑纹白色圆形，肾纹中央为白色圆斑，其中还有褐色曲纹，四周围以白点，内侧2点稍尖，外线黑色，锯齿形，齿尖为小白点，亚端线褐色，外侧有大小不齐的白点；后翅淡褐色，缘毛基部有白点。

生物学特性 河北7月可见成虫，具趋光性。

比星夜蛾

目 鳞翅目 科 夜蛾科

学名 *Perigea contigua* Leech

比星夜蛾

分布 河北*、陕西、四川；印度。

形态特征 翅展30mm左右；头部及胸部深褐色，触角基节及翅基片外缘有白点，后胸有白斑，足跗节有白环；腹部灰褐色；前翅深褐色，前缘基部有1白纹，中室基部后方有1黑点，内线前端为白纹，其后在翅脉上各有1白点，剑纹为白点，环纹白色黑边，肾纹中央3个白点，外围许多小白点，中线褐色波浪形，外线锯齿形，前端为1白点，在各翅脉上均为白点，亚端线由各翅脉上的白点组成，后半不明显，端线为1列白点；后翅褐色。

生物学特性 河北7月可见成虫，具趋光性。

卫星夜蛾

目 鳞翅目　科 夜蛾科

学名 *Perigea stellata* Moore

卫星夜蛾

分布 河北*、云南；印度。

形态特征 翅展34mm左右；头部黄褐色，胸部背面黑褐色，翅基片杂有少许白色，腹部褐色；前翅棕褐色，亚中褶基部及外线附近带有黄色，翅基部有5个白点，其外方有3个白点，自前缘脉外行至中室，内线由各翅脉上的白点组成，环纹中央为1白点，内侧有2白点，外侧有3个白点，前方有1白点，中线黑色，肾纹中央为1白曲纹或分裂的曲纹；外线黑色，锯齿形，齿尖在翅脉上为白点，在前缘脉处也成白点，亚端线由各翅脉上的白点组成，端线为1列白点，缘毛端部白色。

生物学特性 河北7月可见成虫，具趋光性。

三斑蕊夜蛾

目 鳞翅目　科 夜蛾科

学名 *Cymatophoropsis trimaculata* (Bremer, 1861)

三斑蕊夜蛾

分布 河北、北京、甘肃、黑龙江、吉林、河南、山东、江苏、浙江、安徽、江西、福建、湖北、湖南、广西、四川、云南；日本，朝鲜，俄罗斯。

寄主和危害 幼虫取食鼠李。

形态特征 翅展38～41mm；停息时体（包括翅）背具5个大斑，周缘白色，中央暗褐色。

生物学特性 河北8月可见成虫，具趋光性。

芒胫夜蛾

目 鳞翅目 科 夜蛾科

学名 *Nyssocnemis eversmanni* Lederer

分布 河北、黑龙江、新疆；俄罗斯。

形态特征 翅展44mm左右；头部及胸部黑棕色，足有黄白斑；腹部灰褐色；前翅紫灰棕色，基线双线黑色波浪形达亚中褶，线间微白，内线双线黑色，后半外斜，剑纹黑边，环纹斜圆形，黑边，肾纹白色，中有黑褐圈，两侧黑色较扩展，中线黑棕色波浪形，外线黑色锯齿形，外侧衬黄色，亚端线赭黄色，内侧微黑，端线为1列黑点；后翅淡黄色，外线黑褐色，端区黑褐色。

生物学特性 河北7月可见成虫，具趋光性。

芒胫夜蛾

芒胫夜蛾

两色绮夜蛾

目 鳞翅目 科 夜蛾科

学名 *Acontia bicolora* Leech, 1889

分布 河北、北京、山东、江苏、浙江、湖北、湖南、福建、江西、贵州；日本，朝鲜。

寄主和危害 幼虫取食椴树科的田麻。

形态特征 翅展20mm；雄虫胸背及前翅具黄褐色鳞片，前翅外端具1个“Y”形黑褐斑，斑内部分鳞片具银色闪光，雌虫胸背和前翅黑褐色，前翅前缘中部及近端部各具1个三角形黄斑。

生物学特性 河北7、8月可见成虫，具趋光性。

两色绮夜蛾

霉巾夜蛾

目 鳞翅目 科 夜蛾科

学名 *Parallelia maturata* Walker

霉巾夜蛾

分布 河北、浙江、台湾、江西、江苏、四川；印度，马来西亚，日本，朝鲜。

形态特征 翅展52～55mm；颈板紫棕色；胸部背面暗棕色，翅基片中部具紫色斜纹，后半带紫灰色；腹部暗灰褐色；前翅紫灰色，内线以内带暗褐色，内线较直，稍外斜，中线直，内、中线间大部紫灰色，外线黑棕色；亚端线灰白色，锯齿形，在翅脉上成白点，顶角至外线间突处有1棕黑色斜纹；后翅暗褐色，端区带有紫灰色。

生物学特性 河北8月可见成虫，具趋光性。

魔目夜蛾

目 鳞翅目 科 夜蛾科

学名 *Erebus pilosa* Leech

魔目夜蛾

分布 河北*、湖北、江西、四川、广东；日本，印度，斯里兰卡，缅甸，新加坡，印度尼西亚。

形态特征 翅展86～90mm；头部及胸部褐色，后胸灰褐色，第1节背面有黑横条，2～4节背面有白色横纹；前翅褐色，内线黑色外弯，内侧微白，肾纹赭色黑边，后端2齿形纹外伸，中线黑色，外侧衬白色，半圆形绕过肾纹，外线黑色，外侧衬白色，中部呈锯齿形或稍外凸，亚端线白色，不规则波浪形，外侧有1列黑纹，前后端内侧带黑色，前端有1白色斑；后翅褐色，内线黑色，外侧衬白色，中线白色，细波浪形，亚端线黑色，不规则波浪形，内侧衬间断的白色。

生物学特性 河北5月可见成虫，具趋光性。

霉裙剑夜蛾

目 鳞翅目　科 夜蛾科

又名 白肾裙剑夜蛾　学名 *Polyphaenis oberthuri* Staudinger

分布 河北、黑龙江、湖北、四川；朝鲜。

寄主和危害 翅展39mm左右；头、胸部霉绿色杂有黑毛，下唇须外侧黑色杂白毛；颈板有霉绿斑，翅基片内缘有1黑纵线；前翅霉绿色并具黑细点，基线黑色双线波浪形，内线黑色双线波状外斜，剑纹瘦长，环纹褐色黑边，肾纹褐色，其内缘明显黑色；中线黑色，前半外斜，后半波浪形，外线黑色双线锯齿形，亚端线微黑波曲，端线为1列黑色长点；后翅杏黄色。

生物学特性 河北7月可见成虫，具趋光性。

霉裙剑夜蛾

白肾灰夜蛾

目 鳞翅目　科 夜蛾科

学名 *Polia persicariae* Linnaeus

分布 河北、黑龙江、四川；日本，俄罗斯，欧洲。

寄主和危害 取食多种低矮草本植物，秋季为害柳、桦、楸等木本植物。

形态特征 翅展39～40mm；头部及胸部黑色，跗节有白斑；腹部黑色；前翅黑色带褐色，基线、内线均双线黑色，波浪形，环纹黑边，肾纹明显白色，中央有1褐曲纹，中线黑色，外线双线黑色锯齿形，亚端线灰白色，内侧有1列黑色锯齿形纹，端线为1列黑点；后翅白色，翅脉及端区黑褐色，亚端线淡黄色，仅后半明显。

白肾灰夜蛾成虫

白肾灰夜蛾幼虫

黑环陌夜蛾

目 鳞翅目 科 夜蛾科

学名 *Trachea melanospila* Kollar

分布 河北、黑龙江、四川、湖北、江苏、福建；印度，俄罗斯。

形态特征 翅展50mm；头、胸部黑灰色，额有白纹，触角基节有白斑，翅基片外半部霉绿色，线间微白；内线双线黑色，线间灰白；环纹黑褐色，苔绿色边，但外缘不显，外侧有1白色条，后方有1白色斜长方纹，后外端较尖；肾纹中央黑褐色，内缘苔绿色，外缘前半苔绿色，后半黄色或黑色，肾纹中央尚有1细白线；外线双线黑色，线间灰色；亚端线苔绿色，两侧有几个黑斑；端线为1列长方形黑点；后翅污白色，端半部褐色，外线暗褐色。

生物学特性 河北8月可见成虫，具趋光性。

黑环陌夜蛾

丽木冬夜蛾

目 鳞翅目 科 夜蛾科

又名 烟煤夜蛾

学名 *Xylena formosa* (Butler, 1878)

分布 河北*、北京、甘肃、江苏、江西、台湾、云南；日本，朝鲜，俄罗斯。

寄主和危害 幼虫取食梨、桃、李、草莓、烟草、豌豆、金雀儿、虎杖、艾属、牛蒡等植物。

形态特征 翅展54～58mm；头和颈浅黄色，胸部毛丛发达，色深，棕褐色至暗褐色，毛丛在胸部前缘呈2个弧形，中部尖形突出；前翅区褐灰色至褐色，顶角具1浅色斑；肾形斑明显，亚缘线常呈小黑点列。

丽木冬夜蛾

丽木冬夜蛾

生物学特性 河北3、4月可见成虫，具趋光性。

冷靛夜蛾

目 鳞翅目 科 夜蛾科

学名 *Belciades niveola* (Motschulsky, 1866)

分布 河北、北京、黑龙江、吉林、西藏；日本，朝鲜，俄罗斯。

寄主和危害 幼虫取食椴属植物。

形态特征 翅展40～45mm；体背灰褐色，胸部具大片淡绿色鳞毛，前翅浅绿色，散布褐色鳞片，外缘锯齿形，中部向外凸出，有时外线不显；翅顶角处棕褐色，前缘黑白相间；后翅灰褐色，具褐色横线。

生物学特性 河北7月可见成虫，具趋光性。

冷靛夜蛾

冷靛夜蛾

纶夜蛾

目 鳞翅目 科 夜蛾科

学名 *Thalatha sinens* Walker

分布 河北、四川、云南；印度，缅甸。

形态特征 翅展29mm左右；头部及胸部白色微带褐色，雄蛾触角稍扁，额中央有圆形突起成浅臼形，颈板端部棕色；前翅白色微带褐色，中室基部后方有1黑色纵纹，内线双线淡棕色，锯齿形，环纹及肾纹白色，中央微带棕色，两纹之间有1褐灰色斑伸至前缘脉，中线灰褐色，外线双线淡棕色，锯齿形，亚端线白色，端线棕色，内侧有1列小白斑，缘毛白色；后翅白色，顶角区较褐。

生物学特性 河北7月可见成虫，具趋光性。

纶夜蛾

绿孔雀夜蛾

目 鳞翅目 科 夜蛾科

学名 *Nacna malachitis* Oberthür

分布 河北、黑龙江、辽宁、四川；日本，印度。

形态特征 翅展32～40mm；头部与翅基片白色间青色，下唇须暗褐色，第2、3节尖端白色；颈板粉青色及褐色；胸部背面粉色间褐色，跗节有白环；前翅翠绿色，基部有1褐纹，后端与中带相遇，中带黑褐色，宽而外弯，中室有1黑环，顶角和臀角各有1白纹，其中各有1黑环，缘毛翠绿色；后翅白色。

生物学特性 河北6月可见成虫，具趋光性。

绿孔雀夜蛾

小文夜蛾

目 鳞翅目 科 夜蛾科

学名 *Neustrotia noloides* (Butler, 1879)

分布 河北*、北京、台湾；日本，朝鲜。

形态特征 翅展16～17mm；头胸白色，之间暗褐色；前翅底白色，前翅前缘具3个大褐斑，中室后方具大褐斑，前端具明显的黑点；端线由小黑点组成，中前方具3或4个明显的长黑点。

生物学特性 河北7、8月可见成虫，具趋光性。

小文夜蛾

美纹狐夜蛾

目 鳞翅目 科 夜蛾科

学名 *Elaphria venustula* (Hübner, 1790)

分布 河北*、北京、黑龙江、新疆；日本，俄罗斯，西亚，欧洲。

寄主和危害 幼虫取食葡萄委陵菜。

形态特征 翅展17～20mm；前翅灰白色，前区灰褐色，后区中部深褐色，其前缘具黑斑，外区深褐色，其内侧具2黑斑，外侧具1列黑斑，或相连呈黑横带，隐约可见基线、内线和外线，缘线由褐色或黑褐色斑组成；前翅的深色斑可减少或变浅；后翅灰白色，外缘中部稍内凹。

生物学特性 河北5～7月可见成虫，具趋光性。

美纹狐夜蛾

稻螟蛉夜蛾

目 鳞翅目 科 夜蛾科

又名 稻螟蛉

学名 *Naranga aenescens* Moore

分布 河北、江苏、福建、台湾、湖南、江西、广西、云南、陕西；日本、朝鲜、缅甸。

寄主和危害 幼虫取食稻、玉米、茅草叶片。

形态特征 翅展16～18mm。雄蛾头、胸、腹褐黄色；前翅金黄色，前缘基部红褐色，中部及近端部各有1红褐色外斜条；后翅暗褐色，缘毛黄色。雌蛾色较淡，斜条不达前缘。

生物学特性 河北1年发生2～5代。成虫具趋光性。

稻螟蛉夜蛾

消鲁夜蛾

目 鳞翅目　科 夜蛾科

学名 *Amathes tabida* Butler

消鲁夜蛾

分布 河北、黑龙江；日本。

寄主和危害 柳、山楂、桦及报春等属植物。

形态特征 翅展38～41mm；头部及胸部红褐色带紫灰色，下唇须第1、2节外侧端部黑色；前翅红褐色带紫灰色，基线双线黑棕色，外侧中室处有1黑点，内线双线黑色波浪形，剑纹黑边，环纹褐边，肾纹褐色，中央有深褐圈，环、肾纹之间深褐色，中线深褐色，较粗，外线双线黑色锯齿形；后翅褐黄色。

黑点疽夜蛾

目 鳞翅目　 科 夜蛾科

学名 *Nodaria similis* (Moore)

黑点疽夜蛾

分布 河北、四川、云南、西藏；印度。

形态特征 翅展36mm左右；头部及胸部黄褐色，前翅黄褐色，内线黑褐色，微外弯；肾纹只现1黑点，外线微波曲，亚端线淡黄色，较直，端线细，黑色；后翅黄褐色，端区色较暗，亚端线淡黄色，微外弯。

生物学特性 河北7月可见成虫，具趋光性。

朴夜蛾

目 鳞翅目  科 夜蛾科

学名 *Plusilla rosalia* Staudinger

分布 河北、黑龙江、湖北、江苏。

形态特征 翅展28mm左右；头、胸部黄褐色并带粉红色；前翅黄褐色带赭红色，中线黑棕色，波曲外斜与外线接近；外线银白色，并在近翅缘处折角，前、后端部显，中、外线之间大部深棕色；后翅浅黄褐色；腹部灰褐色。

生物学特性 河北7月可见成虫，具趋光性。

朴夜蛾

楔胸夜蛾

目 鳞翅目 科 夜蛾科

学名 *Brachyxanthia zelotypa* Lederer

分布 河北*、黑龙江；日本，俄罗斯。

形态特征 翅展25mm左右；头部及胸部黄色，头顶及颈板微带褐色，翅基片成1小背脊，前胸有尖三角形毛簇，其端部褐色；前翅黄色，翅脉褐色，基线红褐色，内线红褐色，外斜至亚中褶，褶角内斜，剑纹只现褐边，环纹圆形褐边，肾纹不规则斜圆形，褐边，中线黑色粗壮，前后端与内线接近，中部在肾纹后端成1尖角，外线黑色外弯，亚端线褐色，锯齿形，端线褐色。

生物学特性 河北7、8月可见成虫，具趋光性。

楔胸夜蛾

清夜蛾

目 鳞翅目 科 夜蛾科

学名 *Enargia paleacea* Eapor

分布 河北*、黑龙江、新疆；蒙古，俄罗斯，欧洲。

寄主和危害 桦、槲。

形态特征 翅展40～46mm；头部及胸部淡褐黄色；前翅淡褐黄色，基线棕色，只达亚中褶，内线棕色，外斜至亚中褶，折角内斜，环纹细棕色边，中线棕色，较模糊，外斜至肾纹后端，折角内斜，肾纹淡褐黄色，后半有1黑点，边线黑褐色，外线棕色外弯，亚端线不明显，翅外缘有1列黑点。

生物学特性 河北7月可见成虫，具趋光性。

清夜蛾

奇巧夜蛾

目 鳞翅目  科 夜蛾科

学名 *Oruza mira* Butler

分布 河北*、黑龙江、安徽、湖北；日本，朝鲜，非洲。

形态特征 翅展19～21mm；头部及胸部棕色；前翅深棕色，布有黑色细点，前缘区暗黄色，内线及外线均黄色直线内斜，肾纹为黄色短线，亚点线黄色，前半弧形内弯，缘毛基部黄色；后翅深棕色，外线黄色，前端曲，其后直线内斜，亚端线黄色。

生物学特性 河北7月可见成虫，具趋光性。

奇巧夜蛾

高山翠夜蛾

目 鳞翅目　科 夜蛾科

又名 缤夜蛾　学名 *Moma alpium* (Osbeck)

分布 河北、黑龙江、山东、湖北、江西、四川。

寄主和危害 栎、桦、水青冈、米心树。

形态特征 翅展33mm左右；头部及胸部绿色，额两侧黑色，触角基部白色，有黑环，颈板黑色，端部白色和绿色，翅基片端部黑色，胸部背面有黑毛；前翅绿色，前缘脉基部有1黑斑，内线为1黑带，在中室后紧缩并折成一角，环纹黑色，后端为1白点，中线黑色锯齿形，肾纹白色，中央及内缘各有1黑色弧形，外线双线黑色，不规则锯齿形，线间为不连贯的白色，外线与内线之间在亚中褶处有1白色宽条，外线外方大部褐色，亚端线黑色，锯齿形，端线为1列三角形黑点，各点内侧均有1白点，缘毛褐白相间；后翅褐色。

高山翠夜蛾

生物学特性 河北6、7月可见成虫，具趋光性。

曲线奴夜蛾

目 鳞翅目　科 夜蛾科

学名 *Paracolax tristalis* (Fabricius, 1794)

分布 河北、北京、黑龙江、吉林；日本，朝鲜，俄罗斯，土耳其，欧洲。

形态特征 翅展23～26mm；体背及前翅黄褐色至灰褐色，唇须长，前伸稍上翘；前翅布满褐色，内线褐色，弧形外凸；外线稍波形，中室端具1褐斑，条形，外侧衬锈褐色；亚端线或隐约可见，较粗；缘线细，褐色。

曲线奴夜蛾

生物学特性 河北7、8月可见成虫，具趋光性。

暗后剑纹夜蛾

目 鳞翅目 科 夜蛾科

学名 *Trisuloides caliginea* Butler

暗后剑纹夜蛾

分布 河北、黑龙江、江西、湖北、四川；俄罗斯，日本，朝鲜。

寄主和危害 柳兰。

形态特征 翅展约45mm；头部暗褐色，雄蛾触角线状有纤毛丛，下唇须第2节两端及下缘杂有白色；胸部灰褐色，颈板中央有褐色横线；前翅暗褐色，内线双线黑色锯齿形，环纹有黑边，肾纹褐色有淡色圈。

生物学特性 河北7月可见成虫，具趋光性。

三线绮夜蛾

目 鳞翅目 科 夜蛾科

学名 *Autoba trinea* (Joannis, 1909)

三线绮夜蛾

分布 河北*、北京、上海；日本，朝鲜。

寄主和危害 幼虫取食地衣。

形态特征 翅展13～14mm；前翅棕褐色，有时带紫色，内线较直，线外侧褐色；中、外线在近前缘处曲折，线内褐色；顶角下具黑褐斑，下方具1列小黑点或仅剩痕迹；翅外缘中部外突；后翅灰白色，后缘色较深，具中、外横线。

生物学特性 河北6、8月可见成虫，具趋光性。

宽胫夜蛾

目 鳞翅目 科 夜蛾科

学名 *Schinia scutosa* (Goeze, 1781)

分布 河北、北京、陕西、甘肃、青海、内蒙古、山东、江苏、湖南；日本，朝鲜，印度，中亚，欧洲，北美。

寄主和危害 幼虫取食艾属、藜属植物。

形态特征 翅展31～35mm；前翅底色及翅脉灰白色，具褐斑；剑纹、环纹和肾纹大而明显，褐色黑边；外线外斜至中部后内折。

生物学特性 河北5、6、8、9月可见成虫，具趋光性。

宽胫夜蛾

绒粘夜蛾

目 鳞翅目 科 夜蛾科

学名 *Mythimna velutina* Eversmann, 1856

分布 河北、北京、青海、甘肃、新疆、黑龙江；俄罗斯，蒙古。

形态特征 翅展42mm左右；前翅淡灰褐色，翅脉白色，除前缘区外各脉间具黑褐纹，亚端区常具黑褐色剑纹，指向内侧。

生物学特性 河北6、7月可见成虫，具趋光性。

绒粘夜蛾

十点研夜蛾

目 鳞翅目 科 夜蛾科

学名 *Aletia decisissima* (Walker)

分布 河北、黑龙江、山西、内蒙古；欧洲。

寄主和危害 杂草。

形态特征 翅展28～31mm；头部及胸部赭黄色，下唇须外侧暗褐色，颈板基部褐灰色；前翅赭黄色，各翅脉均衬以红褐色，各脉间另有1红褐色线，前缘脉有几个黑点，中室下角有1白点与中脉相合，其两侧各有1黑点，外侧一点稍晕散，外线由各脉上的黑点组成，端线为1列黑点；后翅淡褐黄色，大部带有暗褐色。

十点研夜蛾

饰夜蛾

目 鳞翅目 科 夜蛾科

学名 *Oxytripia orbiculosa* (Esper, 1779)

分布 河北、北京、甘肃、青海、新疆、内蒙古、吉林、山东、浙江、江苏；俄罗斯，匈牙利。

寄主和危害 幼虫啃食蔷薇、玫瑰的根茎基部。

形态特征 翅展37～44mm；颈板具白色横纹；前翅黄褐色，具白色波状（或锯齿形）基线、内线、外线和亚端线，中线黑褐色，端线由三角形黑色小斑组成，肾纹大，白色，前半内侧具1黑或灰黑纹；后翅外缘具黑色宽带。

生物学特性 河北9、10月可见成虫。

饰夜蛾

点紫衫裳夜蛾

目 鳞翅目　科 夜蛾科

学名 *Hadennia mysalis* (Walker, 1859)

分布 河北*。

形态特征 翅展雄25～28mm，雌约30mm；雌雄异型；雄蛾翅面黑褐色，前翅有1枚白色的横斑；前翅褐色，翅面有2条粗的横带，斑型晕影状，中室有2枚淡黄褐色斑，上斑较小，顶角黑色，端线黑色，缘毛黄褐色。

生物学特性 河北7、8月可见成虫，具趋光性。

点紫衫裳夜蛾

点紫衫裳夜蛾

弯勒夜蛾

目 鳞翅目　科 夜蛾科

学名 *Laspeyria flexula* (Denis et Schiffermüller, 1775)

分布 河北、北京；日本，朝鲜，俄罗斯，西亚，欧洲。

寄主和危害 幼虫取食树干或树枝上的地衣。

形态特征 翅展23～27mm；头及领棕褐色，前翅顶角下明显内凹，其内侧染锈红色，内外线黄白色，近前缘具明显的折角；外缘具黑点列。

生物学特性 河北以幼虫越冬。河北5、8月可见成虫，具趋光性。

弯勒夜蛾

甜菜夜蛾

目 鳞翅目 科 夜蛾科

学名 *Spodoptera exigua* (Hübner, 1808)

甜菜夜蛾

分布 河北、北京、陕西、河南、山东、湖北、湖南、云南等；日本，缅甸，印度，亚洲西部，欧洲，非洲，大洋洲。

寄主和危害 幼虫为害100多种植物，如甜菜、玉米、棉花等。

形态特征 翅展19～29mm；体、翅灰褐色，鞘翅近前缘中部具1环纹，圆形，粉黄色，黑边；其外侧具1肾形纹，粉黄色，中央褐色，黑边。

生物学特性 重要的农林害虫，幼虫4龄后白天躲在草丛、土中等阴暗处，晚上出来取食，具明显的假死性。河北10月仍可见成虫，具趋光性。

亭俚夜蛾

目 鳞翅目 科 夜蛾科

学名 *Lithacodia gracilior* Drauda

亭俚夜蛾

亭俚夜蛾

分布 河北、陕西。

形态特征 翅展23～25mm；头、胸部淡绿白色，下唇须黑色，触角黑色。前翅白色带霉绿色，基线黑色，内线黑色，微波浪形外斜；剑纹端部有1斜三角形黑斑纹；环纹大、白色，中央有1霉绿圈，肾纹大，色同环纹，两纹间有黑斑，斑前另有1三角形黑斑；中线暗绿色，外线黑色，前端不显，中段外弯，后段锯齿形，外侧白色，端线为1列圆形黑点；后翅灰色带褐色，缘毛白色。

生物学特性 河北6月可见成虫，具趋光性。

涂闪夜蛾

目 鳞翅目 科 夜蛾科

学名 *Sypna picta* Butler

分布 河北*、黑龙江、辽宁；日本，朝鲜。

寄主和危害 槲、绞股蓝、悬钩子、栓皮栎。

形态特征 翅展44～52mm；头部及胸部暗棕色；前翅暗棕色，布黑色细点，内线双线白色，前半波浪形，外线双线白色，中段黑色，不明显，波浪形，内外线间有白色波浪形渗纹，环纹为1白点，肾纹窄，中部凹，白边，亚端线黑色，中部外突，其后锯齿形内斜，端线由1列新月形黑纹组成，其外衬白色；后翅棕褐色，外线黑褐色，亚端线双线黑褐色，端线黑色波浪形。

涂闪夜蛾

生物学特性 河北7月可见成虫，具趋光性。

洼皮夜蛾

目 鳞翅目 科 夜蛾科

学名 *Nolathripa lactaria* (Graeser, 1892)

分布 河北、北京、陕西、山东、浙江、江西、湖北、四川；日本，朝鲜，俄罗斯。

寄主和危害 幼虫取食苹果、胡桃楸。

形态特征 翅展24～27mm；头胸部白色，胸部背面具2个圆形黑褐色斑；前翅基半部银白色，端半部黄褐色，中室基部具2簇凸起的白色鳞片，中室端部具2簇凸起的黑色鳞片，外线黑色，后半部具竖起的黑色鳞片。

洼皮夜蛾

生物学特性 河北6月可见成虫，具趋光性。

缩卜馍夜蛾

目 鳞翅目　科 夜蛾科

学名 *Bomolocha obductalis* Walker

分布 河北*、四川；印度。

形态特征 翅展35mm左右；全体灰褐色；前翅外线以内为黑棕色，其余较灰，内线白色波浪形，环纹为1黑点，肾纹黑色细窄，外线黑色，外侧衬白，中部外突，亚端线为1列衬白的小黑斑，顶角具1内斜黑色二齿纹，外缘1列黑点；后翅灰褐色。

生物学特性 河北6月可见成虫，具趋光性。

缩卜馍夜蛾

阴卜馍夜蛾

目 鳞翅目　科 夜蛾科

学名 *Bomolocha stygiana* Butler

分布 河北、江西；日本，朝鲜。

形态特征 翅展34～35mm；头部、胸部及腹部棕褐色；前翅外线白色外弯，在中部明显外突，折向内并前伸至中脉基部，此线内为紫黑色大斑块，中室有1黑斑，亚端线灰白色波浪形，内侧有几个黑斑纹，顶角有1内斜黑纹，端线黑色；后翅灰褐色。

生物学特性 河北6月可见成虫，具趋光性。

阴卜馍夜蛾

袜纹夜蛾

目 鳞翅目　科 夜蛾科

学名 *Chrysaspidia excelsa* (Kreteschmar)

袜纹夜蛾

分布 河北、黑龙江、四川、青海；日本，俄罗斯。

形态特征 翅展43mm左右；头顶及颈板红褐色，杂少许灰色，胸背暗褐色带黑灰色，下胸褐黄色，前部红褐色；前翅灰褐色，内、外线间在中室后方浓棕色，带金光；基线、内线棕色，中室处不显，然后内斜，内斜部分内侧略具银白色，环纹外斜，在后方有1袜形银斑；肾纹银边不完整；外线双线棕色；亚端线棕色；后翅褐色，腹部黄褐色，毛簇红褐色。

生物学特性 河北7月可见成虫，具趋光性。

瑕夜蛾

目 鳞翅目　科 夜蛾科

学名 *Sinocharis korbae* Püngeler

瑕夜蛾

分布 河北、吉林、黑龙江；日本，朝鲜。

寄主和危害 大丽花。

形态特征 翅展39mm左右；头部深棕色杂少许白色，额下部白色；胸部黄白色，杂少许黑色，足外侧黑色，有白斑纹；前翅白色，内线内区域黑色，基线白色曲折，内线中部内弯，外线双线黑褐色，亚端线白色，前段不规则锯齿形，中段较直，后段白色，顶角及外缘毛黑褐色。

生物学特性 河北7月可见成虫，具趋光性。

谐夜蛾

目 鳞翅目　科 夜蛾科

学名 *Acontia trabealis* (Scopoli, 1763)

分布 河北、北京、陕西、青海、新疆、内蒙古、黑龙江、江苏、广东；日本，朝鲜，中亚，欧洲。

寄主和危害 幼虫取食甘薯、田旋花。

形态特征 翅展19～22mm；鞘翅黄白色至黄色，翅前缘具5个黑斑，翅后缘及近中部各具1条黑色纵带，伸达翅的3/4处，与1横斑相连，横斑不达前缘，偶与前缘第4斑相连，横斑内具银色光泽的鳞片，翅中部具2个黑斑，可分别与纵带或横带相连，翅外缘具或多或少的黑斑。

生物学特性 河北5～9月可见成虫，具趋光性。

谐夜蛾

衰俚夜蛾

目 鳞翅目　科 夜蛾科

学名 *Lithacodia senes* Butler

分布 河北*、江西；日本。

形态特征 翅展24mm左右；头部白色，触角黑色；胸部黑色杂有少许白色，翅基片中央及前后胸各有1白斑；腹部淡褐黄色；前翅白色，带有霉绿色，前缘区基部黑色，内线为1白带，两侧黑色，波浪形，剑纹淡霉绿色白边，后外缘黑色，环纹白色，中央淡霉绿色，肾纹色同环纹，两纹之间黑色；外线黑色，锯齿形，紧贴肾纹外缘；缘毛白色，端部有1列黑点。

生物学特性 河北7月可见成虫，具趋光性。

衰俚夜蛾

朽木夜蛾

目 鳞翅目 科 夜蛾科

学名 *Axylia putris* (Linnaeus, 1761)

朽木夜蛾

分布 河北、北京、新疆、甘肃、青海、宁夏、黑龙江、吉林、山西、安徽、江苏、上海、浙江、福建、四川；日本，朝鲜，俄罗斯，印度尼西亚，印度，欧洲。

寄主和危害 幼虫取食繁缕属、滨藜属、车前属植物。

形态特征 翅展28～30mm；头黄白色，领片黄棕色，胸部棕褐色，前胸前缘常具黑带；前翅浅赭黄色，前缘区大部带黑色，基线、内线及外线均双线黑色，通常不甚清楚；环纹与肾纹中央黑色，外线外侧具2列黑点，端线具1列黑点。

生物学特性 河北5、6、8、9月可见成虫，具趋光性。

旋目夜蛾

目 鳞翅目 科 夜蛾科

学名 *Speiredonia retorta* (Linnaeus)

旋目夜蛾

分布 河北、辽宁、山东、江苏、浙江、湖北、江西、四川、福建、云南、广东；日本，朝鲜，印度，斯里兰卡，缅甸，马来西亚。

寄主和危害 合欢。

形态特征 翅展50～62mm；雄小雌大。雄蛾头部及胸部黑棕色带紫，鞘翅黑棕色带紫，内线黑色，肾纹后部膨大旋曲，边缘黑色及白色，外线双线黑色。雌蛾头及胸部褐色，前翅淡赭色带褐色，肾纹巨大，倒逗点形，黑褐色，周围绕以较宽的黑圈，圈内有淡黄色细线。

生物学特性 河北8、9月可见成虫，具趋光性。

旋皮夜蛾

目 鳞翅目 科 夜蛾科

又名 臭椿皮蛾

学名 *Eligma narcissus* (Cramer)

旋皮夜蛾成虫

旋皮夜蛾幼虫

分布 河北、山东、江苏、福建、浙江、湖北、四川、云南；日本，印度，马来西亚，菲律宾，印度尼西亚。

寄主和危害 臭椿。

形态特征 翅展69～72mm；头、胸部淡褐微带紫色，前翅前缘区黑色，其后缘弧形并衬以白色，其余部分紫褐灰色；翅基部有4个黑点，其外方有3个黑点，后缘近基部1黑点，中室端部至后缘中部有1波浪形黑线，外线双线白色，自顶角至臀角；后翅大部杏黄色，端区具1蓝黑色宽带。

生物学特性 河北10月可见成虫。

庸肖毛翅夜蛾

目 鳞翅目 科 夜蛾科

学名 *Thyas juno* (Dalman, 1823)

庸肖毛翅夜蛾

庸肖毛翅夜蛾

分布 河北、北京、黑龙江、辽宁、浙江、江西、台湾、湖北、四川；日本，朝鲜，印度。

寄主和危害 幼虫取食桦、李、木槿等叶片。

形态特征 翅展81～90mm；前翅赭褐色至灰褐色，布满黑点，内线黄棕色，后大部呈斜直线；环纹为1黑点，肾纹处具2个黑点，有时黑斑不显，呈暗黑边的肾纹；前翅反面黄棕色，具一大一小2个黑斑；后翅锈红色，翅中后部具大黑斑，内有粉蓝色钩形斑。

生物学特性 河北6～9月可见成虫，具趋光性。

月殿尾夜蛾

目 鳞翅目 科 夜蛾科

学名 *Anuga lunulata* Moore, 1867

分布 河北。

形态特征 翅展26mm左右；翅面黄褐色，前翅有2～3条波状横带，于中室端有1枚椭圆形斑，内有褐色斑点，前翅的圆斑似树瘤，停栖时外貌像枯枝。

生物学特性 河北7月可见成虫，具趋光性。

月殿尾夜蛾

海安夜蛾

目 鳞翅目 科 夜蛾科

学名 *Lacanobia contrastata* (Bryk, 1942)

分布 河北*、北京、新疆、内蒙古、黑龙江；俄罗斯，欧洲。

寄主和危害 幼虫取食多种植物，如桦、柳、藜、芸苔属、覆盆子、豌豆等。

形态特征 翅展37～42mm；前翅内线外侧的黑线与环纹的黑边相接；亚缘线灰白色，近后缘具2个外突的大齿。

生物学特性 河北7月可见成虫，具趋光性。

海安夜蛾

异安夜蛾

目 鳞翅目 科 夜蛾科

学名 *Lacanobia aliena* (Hübner, 1809)

分布 河北*、北京、甘肃、新疆、黑龙江；日本，俄罗斯，欧洲。

寄主和危害 幼虫取食豆科和菊科植物。

形态特征 前翅长17.5mm；前翅翅基具黑色纵纹，肾纹、环纹和剑纹具不完整的黑边，肾纹仅具黑色内边，环纹具黑线内外边。

生物学特性 河北6月可见成虫，具趋光性。

异安夜蛾

一色兜夜蛾

目 鳞翅目 科 夜蛾科

学名 *Cosmia unicolor* (Staudinger, 1892)

分布 河北、北京、内蒙古、黑龙江、吉林、台湾；日本，俄罗斯。

寄主和危害 幼虫取食华东椴。

形态特征 翅展27～32mm；体翅灰黄褐色至红棕色，前翅散布黑褐色鳞片；内线较直，灰白色，中线和外线曲折；中室内常具1黑褐点，缘线具黑褐点列。

生物学特性 河北6～8月可见成虫，具趋光性。

一色兜夜蛾

一色兜夜蛾

燕夜蛾

目 鳞翅目 科 夜蛾科

学名 *Aventiola pusilla* (Butler, 1879)

分布 河北、北京、黑龙江、江苏、安徽、浙江、四川；日本，朝鲜，俄罗斯。

寄主和危害 幼虫取食地衣。

形态特征 翅展16～17mm；头白色，或与胸部同为灰白色；前翅灰白色，内线暗褐色，较纤细；中线较粗，黑褐色，外线细，与中室端的肾形斑相连，其外侧具1明显的梯形黑褐色斑；缘线由黑褐色短线组成。

生物学特性 河北7、8月可见成虫，具趋光性。

燕夜蛾

燕夜蛾

显长角皮夜蛾

目 鳞翅目 科 夜蛾科

又名 长角皮蛾 学名 *Risoba prominens* Moore

分布 河北、湖北、江西、四川；印度，缅甸，马来西亚，新加坡，日本。

形态特征 翅展33mm左右；头部及胸部褐色杂少许白色，颈板基部淡褐色，翅基片外缘白色；前翅褐色带灰并有霉绿色，基部有1银白斑，自前缘基部至后缘内1/3，其后部带霉绿色，内线黑褐色锯齿形，外斜至亚中褶，肾纹白色褐边，中有2褐点，外线黑褐色，细锯形，内侧1窄白斜带，亚端线黑褐色锯齿形，外侧衬白色，顶角1黑棕色齿形大斑，其内后缘白色，端线为1列黑点；后翅白色，端半部暗褐色。

生物学特性 河北7月可见成虫，具趋光性。

显长角皮夜蛾

焰夜蛾

目 鳞翅目 科 夜蛾科

学名 *Pyrrhia umbra* Hüfnagel

分布 河北、黑龙江、新疆、湖北；日本，朝鲜，俄罗斯，印度，伊朗，欧洲，北美。

寄主和危害 幼虫取食烟草、大豆、油菜、荞麦等。

形态特征 翅展32mm左右；头部及胸部黄褐色；前翅黄色，布赤褐色点，外线至外缘带有紫灰色，基线赤褐色，直达亚中褶，内线赤褐色，大锯齿形，剑纹黄色，端部有赤褐边，环纹黄色，赤褐边，肾纹黄色，中央具1淡黑色斑，边缘赤褐色，中线赤褐色；亚端线赤褐色，锯齿形，翅脉赤褐色；后翅褐色。

焰夜蛾

焰夜蛾

生物学特性 河北6、7月可见成虫，具趋光性。

暗裙脊蕊夜蛾

目 鳞翅目 科 夜蛾科

学名 *Lophoptera costata* Moore

分布 河北*、广西、四川；印度，斯里兰卡，新加坡。

形态特征 翅展35mm左右；头部、颈板及胸背前端黑褐色；前翅灰色有淡紫色光泽，前缘区1黑褐纵纹，自基部达顶角，其后缘微呈弧形，并衬以白色，内线双线黑色，环纹为前缘区黑纹伸出的1黑突，肾纹后半可见不完整的黑褐边，剑纹为1黑褐点，外线双线黑褐色，细波浪形；后翅黑褐色。

生物学特性 河北7月可见成虫，具趋光性。

暗裙脊蕊夜蛾

遗夜蛾

目 鳞翅目 科 夜蛾科

学名 *Fagitana datanidia* Butler

分布 河北*、黑龙江、云南；日本，俄罗斯。

形态特征 翅展49mm左右；头部及胸部黄褐色杂黑色；前翅黄褐色，密布黑色细点，除径脉主干及亚前缘脉外，各翅脉均褐黄色，前缘脉并带红色，内线褐黄色，直线外斜，剑纹小，外侧具1明显黑点，环纹大，黄边，肾纹大，黄边，中央有黄圈，亚端线黄色间断为曲纹，缘毛深褐色，端部红褐色，后缘毛褐黄色；后翅淡灰褐色。

生物学特性 河北7、8月可见成虫，具趋光性。

遗夜蛾

长须夜蛾

目 鳞翅目 科 夜蛾科

学名 *Hypena proboscidalis* Linnaeus

分布 河北*、黑龙江、新疆、四川、西藏；日本，印度，欧洲，非洲。

寄主和危害 荨麻属。

形态特征 翅展37mm左右；头部、胸部及腹部暗褐灰色，布有黑色细点及细纹，内线黑色双曲，环纹为1黑点，肾纹窄而模糊，黑褐色，外线微曲内斜，黑色衬白，亚端线微黑，不规则锯齿形，稍间断，端线黑色，端区色较暗；后翅暗褐灰色。

生物学特性 河北7月可见成虫，具趋光性。

长须夜蛾

樱毛眼夜蛾

目 鳞翅目　科 夜蛾科

学名 *Blepharita satura* (Denis et Schiffermüller)

分布 河北、黑龙江、新疆；朝鲜，欧洲。

寄主和危害 葎草属、忍冬属植物及樱桃等。

形态特征 翅展40mm左右；头部及胸部黑褐色杂褐色；前翅淡褐色间黑色，内线与外线间及端区明显黑褐色，亚中褶基部有1黑纹，基线双线黑色达亚中褶，内线双线黑色波浪形外斜，剑纹后1黑线连接内、外线，环纹淡褐色，斜椭圆形，肾纹大，淡褐色，内半部有1暗褐曲纹，外线双线黑色锯齿形，在各脉上有黑点；后翅暗褐色。

生物学特性 河北6、7月可见成虫，具趋光性。

樱毛眼夜蛾

赭黄长须夜蛾

目 鳞翅目　科 夜蛾科

学名 *Herminia arenosa* Butler

分布 河北*、北京、吉林；日本，朝鲜。

寄主和危害 幼虫取食枯叶。

形态特征 翅展19～27mm；体翅黄褐色；前翅密布黑色细点，内线黑棕色，前端呈折角，弧形，外线暗棕色，自前缘脉外弯，在中褶处外凸，亚端线几呈直线，端线广弧形。

生物学特性 河北8月可见成虫，具趋光性。

赭黄长须夜蛾

黑肾蜡丽夜蛾

目 鳞翅目 科 夜蛾科

学名 *Kerala decipiens* (Butler, 1879)

分布 河北、北京、黑龙江、山西；日本，俄罗斯。

寄主和危害 幼虫取食赤杨，岳桦等。

形态特征 翅展32～38mm；下唇须及额暗红褐色，头顶淡黄棕色，前胸淡红棕色，基部具黑色带，中后胸及前翅灰褐色，稍带绿色，环斑呈1黑点，肾纹呈“C”字形或1稍弯纵黑纹，翅后缘具灰白色纵纹，内具黑褐色相间的斑点。

生物学特性 河北8月可见成虫，具趋光性。

黑肾蜡丽夜蛾

红棕灰夜蛾

目 鳞翅目 科 夜蛾科

学名 *Sarcopolia illoba* (Butler, 1878)

分布 河北、北京、陕西、宁夏、甘肃、黑龙江、吉林、河南、山东、江苏、安徽、浙江、江西、福建、台湾、湖北、湖南；日本，朝鲜，俄罗斯，印度，尼泊尔。

寄主和危害 大豆、葱、胡萝卜、棉、苜蓿、牛蒡、繁缕、虎杖、酸模、藜等。

形态特征 翅展38～46mm；胸背及前翅棕褐色至暗褐色，内、外线灰褐色或黑色，线间色浅，灰白或灰褐色，内线较窄，后半部外突；环纹和肾纹较为明显，亚端线白色或灰白色，曲折。

生物学特性 河北8月可见成虫，具趋光性。

红棕灰夜蛾

歌梦尼夜蛾

目 鳞翅目 科 夜蛾科

学名 *Orthosia askoldensis* (Staudinger, 1892)

分布 河北、北京、黑龙江；日本，俄罗斯。

寄主和危害 幼虫取食栎、柳、山楂等多种植物。

形态特征 翅展30～35mm；前翅紫褐灰色，基部具2个小黑斑，翅中部具“儿”字形黑斑，有时曲折的“L”形斑中间断裂，或黑斑消失。

生物学特性 河北4月可见成虫，具趋光性。

歌梦尼夜蛾

黑地狼夜蛾

目 鳞翅目 科 夜蛾科

学名 *Ochropleura fennica* (Tauscher)

分布 河北、黑龙江、内蒙古、新疆；北美，欧洲。

形态特征 翅展38mm左右；头部及胸部黑色杂少许灰色；前翅稍窄长，底色紫棕，带有黑色，后缘区较褐红，基线、内线均双线黑色，剑纹窄长黑边，环纹、肾纹白色黑边，左右均有黑纹，中线黑色，外线双线黑色锯齿形，亚端线黑色波浪形，内侧有1列黑色翅形斑点，前缘脉上有3个白点，端线为1列黑点；后翅白色半透明。

生物学特性 河北7月可见成虫，具趋光性。

黑地狼夜蛾

苹梢鹰夜蛾

目 鳞翅目 科 夜蛾科

学名 *Hypocala subsatura* Guenee, 1852

苹梢鹰夜蛾雄成虫　苹梢鹰夜蛾雌成虫
苹梢鹰夜蛾雄成虫　苹梢鹰夜蛾雌成虫

分布 河北、北京、辽宁、河南、山东、江苏、浙江、台湾、湖北、广东、广西、四川、云南；日本，印度。

寄主和危害 幼虫取食苹果、柿、栎等。

形态特征 翅展34～38mm；体色和斑纹多变；前翅棕褐色或紫褐色为主，密布黑褐色细点，内外线波浪形，棕色，其中外线外弯，在肾纹后端折向后；或前翅具大型黑褐或紫褐纹；有时斑纹均不明显；后翅棕黑色，具数个橙黄色斑。

生物学特性 河北5、6、8月可见成虫，具趋光性。

蒙灰夜蛾

目 鳞翅目 科 夜蛾科

学名 *Polia bombycina* (Hüfnagel)

蒙灰夜蛾

分布 河北、黑龙江、内蒙古、山东、青海、新疆；日本，朝鲜，蒙古，欧洲。

形态特征 翅展46mm左右；头部及胸部褐色微带灰色；前翅褐色，基线、内线均双线，环纹、肾纹褐灰色，黑边，中线暗褐色，外线黑色双线锯齿形；外1线弱，线间色较灰，亚端线灰色，内侧衬暗棕色，端区色较深；后翅黄褐色。

生物学特性 河北7月可见成虫，具趋光性。

亚皮夜蛾

目 鳞翅目 科 夜蛾科

学名 *Nycteola asiatica* (Krulikowski, 1904)

分布 河北、北京、山东、江苏、湖南；日本，欧洲。

寄主和危害 幼虫在柳、杨的嫩梢上缀叶取食。

形态特征 翅展25～27mm；头胸部暗灰色，腹部银白色，胸背常具2个黑环，后缘中央具1团鳞毛；前翅暗灰色，具银色光泽，内线双线黑色，波状，近中室处具1黄棕色圆点，外线波状，在中部外凸。

生物学特性 河北3、4、8月可见成虫，具趋光性。

亚皮夜蛾

焦毛眼夜蛾

目 鳞翅目 科 夜蛾科

学名 *Blepharita adusta* (Esper)

分布 河北、黑龙江、新疆、青海、西藏；欧洲，亚洲。

寄主和危害 柳、杨梅。

形态特征 翅展42mm；头部及胸部暗褐色杂少许灰色，颈板中部有1黑横线；前翅暗褐色杂灰色，密布黑色细点，基线双线黑色达亚中褶，内线双线黑色波浪形外弯，线间灰色，剑纹棕色黑边，其后有1黑纵线连接内、外线，环纹及肾纹具暗褐色黑边有灰白圈，肾纹外缘锯齿形，中线黑色锯齿形，外线黑色锯齿形；端线为1列黑点；后翅白色。

生物学特性 河北7月可见成虫，具趋光性。

焦毛眼夜蛾

金奇夜蛾

目 鳞翅目 科 夜蛾科

学名 *Zekelita plusioides* (Butler, 1879)

分布 河北*、北京、云南；日本，朝鲜。

寄主和危害 幼虫取食角苔、地衣。

形态特征 翅展20～23mm；下唇须粗大，前伸，第3节上折；前翅灰白色，具橙色、黑褐色鳞片或斑，外横线在前缘向外延伸，并在中室端弯折剧烈，后伸向翅后缘中部；其折角外侧具3个黑斑或不显。

生物学特性 河北5～9月可见成虫，具趋光性。

金奇夜蛾

洁口夜蛾

目 鳞翅目 科 夜蛾科

学名 *Rhynchina cramboides* (Butler, 1879)

分布 河北*、北京、湖北、湖南、西藏；日本，朝鲜。

寄主和危害 幼虫取食短梗胡枝子。

形态特征 翅展25～29mm；下唇须长，平伸，端节斜向上伸，端部尖；前翅翅顶尖，从顶角处斜生1条淡褐色纹，至后翅的近中部；有时斜线的外侧及内侧中部至翅基锈褐色。

生物学特性 河北6月可见成虫。

洁口夜蛾

太白展冬夜蛾

目 鳞翅目　科 夜蛾科

学名 *Polymixis shensiana* (Drauda)

分布 河北、陕西、甘肃。

形态特征 翅展44～50mm；头部与胸部灰色杂少许灰白色，足胫节及距有白斑；跗节黑褐色，各节间有白斑；前翅灰色，基线黑色外侧衬白色，微波曲，内线黑色，内侧衬白色，深波浪形，剑纹不明显，灰色黑边，近圆形，环纹大，近方形，灰色黑边，中线模糊黑色；肾纹大，白色，有不完整在翅脉上成黑纹及白点，外侧微衬白色，亚端线白色，锯齿形，缘毛灰色。

生物学特性 河北7月可见成虫，具趋光性。

太白展冬夜蛾

白痣眉夜蛾

目 鳞翅目　科 夜蛾科

学名 *Pangrapta lunulata* Sterz, 1915

分布 河北、北京、湖北、台湾、四川；日本，朝鲜，俄罗斯。

寄主和危害 幼虫取食白蜡属植物。

形态特征 前翅长11～12mm；体灰褐色，具白斑；下唇须长，向前再上伸；前翅环纹为1黑点，肾纹白色，暗褐边，中有1条暗褐曲纹，亚端线去半为1列具暗褐边的白色斜点；后翅外缘具2列白斑。

生物学特性 河北7月可见成虫。

白痣眉夜蛾

小修虎蛾

目 鳞翅目 科 夜蛾科

又名 中国虎蛾

学名 *Seudyra mandarina* Leech

分布 河北*、湖北、四川。

形态特征 翅展40mm；头部及胸部暗褐色杂黄灰色，下胸与足暗黄色，前翅暗褐色杂灰色，后缘区、顶角带枣红色及蓝紫色，翅脉灰色，内线在中室后明显，较直，环、肾纹大，紫蓝色灰边，外线双线灰色，中部外突，亚端线黑色，不规则锯齿形，端线灰色；后翅杏黄色，横脉纹黑色椭圆形，顶角1内缘曲折的黑斑，臀角1大黑椭圆斑。

小修虎蛾

艳修虎蛾

目 鳞翅目 科 夜蛾科

学名 *Seudyra venusta* Leech

分布 河北*、湖北、四川；朝鲜。

寄主和危害 葡萄。

形态特征 翅展42mm左右；头部及胸部黑褐色杂白色，下胸及足淡黄色；腹部杏黄色，背面1列黑毛簇；前翅白色，密布黑褐色细点，顶角区蓝紫色，内线双线灰白色，环纹黑褐色白边扁圆形，肾纹黑棕色白边，外线双线灰白色，中部外凸成齿，前后端外侧各有1枣红斑，外侧几列黑长点；后翅杏黄色，中室端具1小黑斑，臀角1黑斑，端区1不规则波曲的黑带，带外缘毛黑色。

生物学特性 河北7月可见成虫，具趋光性。

艳修虎蛾

黄修虎蛾

目 鳞翅目　科 夜蛾科

学名 *Seudyra flavida* Leech

分布 河北*、四川。

形态特征 翅展60mm左右；头部及胸部黑棕色，下胸及足杏黄色；腹部杏黄色，背面1列黑斑点；前翅灰色，密布棕色细点，内线与外线均双线黑色，环纹与肾纹紫色灰白边，外线前后端外侧各有1枣红色斑，顶角另有1枣红色斑，端线为1列暗棕纹；后翅杏黄色。

生物学特性 河北7月可见成虫，具趋光性。

黄修虎蛾

白太波纹蛾

目 鳞翅目　科 波纹蛾科

学名 *Tethea albicostata* Bremer

分布 河北、北京、陕西、甘肃、黑龙江、吉林、辽宁、浙江、湖北、湖南、四川；日本，朝鲜，俄罗斯。

形态特征 成虫翅展38～44mm；前翅灰褐色，带紫红色，前缘灰白色，内线外斜，中部向外弯曲；外线双线，内1线黑褐色；环纹、肾纹浅灰白色，黑褐边，内具黑褐斑；亚端线具不明显的向外剑纹。

生物学特性 河北6～8月可见成虫。

白太波纹蛾

白太波纹蛾

宽太波纹蛾

目 鳞翅目 科 波纹蛾科

又名 阿沤泊波纹蛾

学名 *Tethea ampliata* (Butler, 1878)

分布 河北*、北京、陕西、甘肃、内蒙古、黑龙江、吉林、辽宁、山西、山东、江西、台湾、湖北、湖南、四川、云南；日本，朝鲜，俄罗斯。

寄主和危害 幼虫取食槲栎叶片。

形态特征 前翅长18～23mm；前翅灰白或灰褐色，顶角处具1个浅色的三角形斑，斑的下方在翅脉上常具剑形黑褐斑，肾形纹长椭圆形，黑褐边，下半部中间具1黑褐色纵线；环纹小，呈1小圆点。

生物学特性 河北6月可见成虫，具趋光性。

宽太波纹蛾

沤泊波纹蛾

目 鳞翅目 科 波纹蛾科

学名 *Tethea ocularis* Linnaeus, 1767

分布 河北、北京、陕西、甘肃、宁夏、青海、新疆、内蒙古、黑龙江、吉林、辽宁；日本，朝鲜，俄罗斯，欧洲。

寄主和危害 幼虫取食杨、山杨。

沤泊波纹蛾

沤泊波纹蛾

形态特征 翅展32～40mm；前翅灰褐色，带玫瑰红色，具明显的内、外和亚端线，其中内、外线双线，内线外1线和外线内1线黑色，两线在前缘近于平行，具环纹和肾纹；休息时两翅常围在体侧呈筒形。

生物学特性 河北5～7月可见成虫，具趋光性。

阔浩波纹蛾

目 鳞翅目　科 波纹蛾科

学名 *Habrosyne conscripta* Warren

分布 河北*、西藏。

寄主和危害 幼虫危害草莓。

形态特征 翅展约39mm；全体黑赤褐色，内线与亚基线间的中室上有1三角形白斑。

生物学特性 河北7月可见成虫，具趋光性。

阔浩波纹蛾

波纹蛾

目 鳞翅目　科 波纹蛾科

学名 *Thyatira batis* (Linnaeus, 1758)

分布 河北、北京、黑龙江、吉林、辽宁、浙江、江西、湖北、湖南、四川、云南、西藏；日本，朝鲜，缅甸，印度，欧洲。

寄主和危害 幼虫取食悬钩子。

形态特征 翅展30～35mm；前翅暗棕色，具5个带白边的桃红色斑，斑上染棕色。

生物学特性 河北8月可见成虫，具趋光性。

波纹蛾

小红珠绢蝶

目 鳞翅目 科 绢蝶科

学名 *Parnasiius nomion* Fischir et Waldheim

小红珠绢蝶

分布 河北、黑龙江、吉林、新疆、青海；俄罗斯，朝鲜。

寄主和危害 景天科植物。

形态特征 翅展55～80mm；翅白色；雌蝶略黑；红斑大而有白点；后翅中室下部有1个钩状黑斑。

生物学特性 河北7月中旬至8月下旬可见成虫。

黄菠萝凤蝶

目 鳞翅目  科 凤蝶科

学名 *Papilio xuthus* Linnaeus

黄菠萝凤蝶

分布 全国各地；日本，朝鲜，俄罗斯，越南。属东洋、古北区共有种。

寄主和危害 幼虫取食山花椒、花椒、香橼木、柑橘等。

形态特征 翅展70～86mm；体、翅淡黄绿色，背上有1条较宽的黑纵带，腹侧有1条窄黑带，腹部腹面有2条窄的黑条纹；翅的脉纹黑色，外缘具黑色宽带，带内具2列新月形斑，外列黄绿色明显，内列暗蓝色，前翅每列8个，后翅每列6个，雌蝶前翅内斑列多不明显；前翅中室内基部具4条似带横刺样的黑色纵纹，端半部有2个明显的黑横斑。

生物学特性 河北5～7月可见成虫。

黄凤蝶

目 鳞翅目 科 凤蝶科

学名 *Papilio machaon* Linnaeus

黄凤蝶

分布 全国各地；亚洲大部，非洲西北部，北美洲，欧洲。

寄主和危害 幼虫取食伞形科植物、柑橘、茶。

形态特征 翅展63～87mm；体、翅金黄色，体背黑纵纹，雄性的极宽；前翅基部色暗，满布黑色鳞点，中室端部及横脉外各具1大黑斑，前后翅外缘黑带内有2列斑，数目及颜色与黄菠萝凤蝶相似，但外列黄色新月斑较宽大；后翅臀斑赭色、圆而无黑点；春型比夏型体小。

生物学特性 河北4月下旬至7月中旬可见成虫。

绿带翠凤蝶

目 鳞翅目 科 凤蝶科

学名 *Papilio maackii* Ménétriès, 1859

绿带翠凤蝶

绿带翠凤蝶

分布 河北、黑龙江、吉林、四川、湖北、江西、北京；日本，朝鲜。

寄主和危害 芸香科的黄柏、柑橘类、花椒、吴茱萸等。

形态特征 翅展90～125mm；体、翅黑色，满布翠绿色鳞片；前翅前缘区有1条不太清晰的翠绿色带，被黑色脉纹及脉间纹分割形成断续的横带，雄蝶被棕色的天鹅绒毛（雄性性标）侵占或割断；后翅基半部的上半部满布翠蓝色鳞片；从上角到臀角有1条翠蓝及翠绿色横带；外缘区有6个翠蓝色弯月形斑纹；臀角有1个环形或半环形斑纹，并镶有蓝边；外缘波状，波凹处镶白边；尾突具蓝色带；翅反面前翅浅黑色，无翠绿色鳞片，亚外缘区有灰白色横带；后翅中后区有1条斜横带，在灰黄色斜带以内布满灰黄色鳞片；外缘区有1列红色弯月形斑，臀角有1个半圆形红斑纹。

生物学特性 河北6、7月可见成虫。

碧凤蝶

目 鳞翅目 科 凤蝶科

学名 *Papilio bianor* Cramer

分布 河北、吉林、青海、陕西、甘肃、四川、湖南、湖北、广东、广西、江苏、浙江、福建、台湾；日本，朝鲜，俄罗斯，印度，缅甸。属东洋、古北区共有种。

寄主和危害 幼虫以芸香科的贼仔树、食茱萸、飞龙掌血和柑橘、花椒、黄柏等植物为食。

形态特征 翅展89～128mm；体翅黑色；前翅端半部色淡，翅脉间多散布金黄色或金蓝色或金绿色鳞，后翅亚外缘有6个粉红色或蓝色飞鸟形斑，臀角有1个半圆形粉红色斑，翅中域特别是近前缘形成大片蓝色区，反面色淡，斑纹非常明显；尾突亦布有蓝色及绿色亮鳞，但边缘仅有黑色鳞而形成粗黑框；雌雄两蝶颜色及斑纹几乎相同，雄蝶前翅亚外缘区、外中区、中区下部有4～5个梭形香鳞区，雌蝶后翅外缘之橙红色新月纹较雄虫稍微发达一些。

生物学特性 河北6～8月可见成虫。

碧凤蝶

碧凤蝶

碧凤蝶

长尾麝凤蝶

目 鳞翅目 科 凤蝶科

学名 *Byasa impediens* (Rothdchild，1895)

分布 河北*、山西、云南；越南，缅甸，泰国，印度。

寄主和危害 马兜铃科的异叶马兜铃、台花马兜铃、大叶马兜铃、港口马兜铃、蜂窝马兜铃等植物。

形态特征 翅展110～130mm；前翅黑褐色；后翅有6个红色弯月形斑，分为4、2两列；腹部黑色，两侧红色，且有黑色斑列；足黑色。

生物学特性 河北1年发生3～4代。5～9月可见成虫。

长尾麝凤蝶

长尾麝凤蝶

白眼蝶

目 鳞翅目 科 眼蝶科

学名 *Melanargia halimede*(Ménétriès)

分布 河北、黑龙江、吉林、辽宁、青海、宁夏、陕西、河南、山西、山东、甘肃、湖北、江西、贵州。

寄主和危害 水稻、竹等禾本科植物。

白眼蝶

白眼蝶

形态特征 体长15～20mm，翅展51～65mm；体背黑褐色；触角黑色；翅底白色，脉纹黑褐色；前翅中室端部至顶角间有2条不规则的黑褐色斜带，顶角及端带黑色，缘毛黑白相间呈齿状，后缘具较宽的黑褐带；后翅大部分白色，亚端区有1条中断的黑褐带；外缘2条并行的黑褐线内侧，有1列淡色月形斑；翅反面前翅白色，顶角色淡，2条斜带及后缘带纹稍狭细，色略淡。

生物学特性 河北1年发生1代。5、6月见成虫。成虫喜访花，常在阴处活动，飞行缓慢。

黑纱白眼蝶

目 鳞翅目　科 眼蝶科

学名 *Melanargia lugens* Honrath

分布 河北、浙江、陕西。

寄主和危害 堇科植物。

形态特征 翅展55～61mm；本种似白眼蝶，但翅面的黑色区域均较大，而且黑色又相对较浅，似罩上一层黑纱。

生物学特性 河北6月下旬至7月中旬可见成虫。

黑纱白眼蝶

黑纱白眼蝶

藏眼蝶

目 鳞翅目　科 眼蝶科

学名 *Tatinga tibetana* (Oberthür)

分布 河北、陕西、宁夏、甘肃、湖北、西藏。

形态特征 翅展50～55mm；体翅雌黑灰色，雄黑色；翅面斑纹黄色，少数为白色。

生物学特性 河北7月可见成虫。

藏眼蝶

牧女珍眼蝶

目 鳞翅目　科 眼蝶科

学名 *Coenonympha amaryllis* (Cramer)

牧女珍眼蝶

分布 河北、黑龙江、吉林、辽宁、北京、山东、河南、浙江、宁夏、陕西、甘肃、青海、新疆。

寄主和危害 幼虫取食油莎豆、香附子等莎草科植物。

形态特征 翅展38～40mm；翅面土黄色，前翅基部三条脉明显膨大；翅背色淡，前翅亚缘区有1列黑色眼纹，后翅亚缘区1列6个黄圈黑眼纹；前后翅亚前缘线银白色，波状，内侧有橙色条纹。

生物学特性 河北5月下旬至8月下旬可见成虫。

红眶眼蝶

目 鳞翅目　科 眼蝶科

学名 *Erebia alcmena* Grum-Crshimailo

红眶眼蝶

红眶眼蝶

分布 河北、陕西、宁夏、青海、甘肃、河南、西藏、四川、浙江。

寄主和危害 幼虫取食羊胡子草。

形态特征 翅展42～49mm；体背黑色，被黑褐色绒毛；触角背黑色，腹面白色，锤端黑色；翅面黑褐色，前翅亚端区有1个黄褐或红褐色的长形斑，中部缢缩，斑内前后有2个黑色眼状斑，前1个长圆形，似2个斑愈合状，中央具2个白点；后1个较小近圆形，斑中只有1个白点；后翅亚端区有1条粗细不规则的暗红色的横带纹，内具3个中央有白点的黑眼斑。

生物学特性 河北6月下旬至7月上旬可见成虫。

白瞳舜眼蝶

目 鳞翅目 科 眼蝶科

学名 *Loxelebia saxicolam* Oberthür

分布 河北、山西、辽宁、内蒙古。

寄主和危害 羊齿类植物。

形态特征 翅展45～50mm；体黑褐色；前翅近顶角处具1个黑色眼斑，内有2个小白点，斑外围有暗黄色环；后翅雄性无斑纹，雌雄后部有1个小眼斑，有时隐约可见；翅反面褐色，有浅色云状宽斑带，与翅正面对应的斑纹更清晰。

生物学特性 河北1年发生1代。成虫喜欢在潮湿、阴暗的林下活动，飞行慢，常在阴暗的岩壁或叶片上停息。6月下旬至8月中旬可见成虫。

白瞳舜眼蝶

贝眼蝶

目 鳞翅目 科 眼蝶科

学名 *Boeberia parmenio* (Böber)

分布 河北、辽宁、黑龙江、吉林、内蒙古；蒙古，俄罗斯。

形态特征 翅展42～60mm；黄褐色至浅褐色；亚缘区有眼斑4～5个，前翅顶角处2个眼斑相连；翅反面；前翅中后部棕红色；后翅亚缘区有5个眼斑，中域具2条齿状横线，脉纹白色。翅面眼斑数量有变化。

生物学特性 河北7月下旬至8月上旬可见成虫。

贝眼蝶

矍眼蝶

目 鳞翅目　科 眼蝶科

学名 *Ypthima balda* (Fabricius)

矍眼蝶

分布 河北、河南、四川、浙江、福建、江西、湖北、湖南，山西、甘肃、青海、西藏；印度、尼泊尔。

寄主和危害 禾本科植物。

形态特征 翅展30～40mm；体翅赭黑色；前翅亚端线上端有2个大眼斑，另有2个小眼斑；后翅亚端线有5个由上向下逐渐增大的眼斑；翅反面翅脉银白色，后翅更明显；前翅中室区及附近为赭色，前翅端部的眼斑内有2个蓝白色瞳点；后翅亚外缘有6个黑色眼斑，其中后角2个较小且相连。

生物学特性 河北7月中旬可见成虫。

蛇眼蝶

目 鳞翅目　科 眼蝶科

学名 *Minois dryas* Linnaeus

蛇眼蝶

蛇眼蝶

分布 河北、陕西、青海、四川、黑龙江、吉林、辽宁。

寄主和危害 结缕草等禾本科植物。

形态特征 体长18～21mm，翅展65～71mm；体背黑色，被暗褐色绒毛；触角背黑褐色，腹面白环显著，锤部黄褐色；翅面黑褐色；前翅亚端区有2个具蓝白心的黑色眼状斑，前斑稍小，淡色环隐约可见，缘毛深褐，外缘呈波状；后翅近臀角有一个同样的眼斑，但显著小；端部同前翅，但较宽；外缘波状；翅反面色稍淡，前后翅端带内侧均具1条褐色带纹。

生物学特性 河北1年发生1代。以1龄幼虫越冬。6～8月为成虫期。

爱珍眼蝶

目 鳞翅目　科 眼蝶科

学名 *Coenonympha oedipus* (Fabricius)

分布 河北、北京、辽宁、吉林、黑龙江、山东、山西、河南、甘肃、陕西、江苏；日本，朝鲜。

寄主和危害 芦苇、马唐、莎草。

形态特征 翅展约35～45mm；翅黑褐色，反面棕黄色；雄性翅正面无眼斑或有不甚明显的眼斑；后翅反面亚端线由5～6个眼斑组成（眼圈黄色）；雌蝶后翅能透出反面的部分眼斑，翅反面有1条近白色的弧线。

生物学特性 河北7、8月可见成虫。

爱珍眼蝶

英雄珍眼蝶

目 鳞翅目　科 眼蝶科

学名 *Coenonympha hero* (Linnaeus, 1761)

分布 河北及华北、东北部分地区。

形态特征 翅展34～39mm；翅正面主色褐色或淡黄色，亚缘线白色，前翅亚外缘可见1～2个眼斑，后翅亚外缘有4～5个眼斑；反面前翅有1条白色横带，后翅白色横带外侧呈锯齿状，翅基半部色浓，眼斑黑色有白瞳，围有黄圈。

生物学特性 河北1年发生1代。河北6～7月可见成虫。成虫喜欢在草灌丛及岩壁周围活动，飞行缓慢。

英雄珍眼蝶

点红眼蝶

目 鳞翅目 科 眼蝶科

学名 *Erebia edda* Men

分布 河北、辽宁、吉林、黑龙江、内蒙古。

形态特征 翅展34mm左右；体褐色；前翅顶角黑斑内有2个白点，黑斑外围有近圆形黄环；后翅无斑点；翅反面前翅圆斑更明显；后翅中室端显见白斑，亚端区可见4个小白点。

生物学特性 河北7月可见成虫。

点红眼蝶

点红眼蝶

小红眼蝶

目 鳞翅目 科 眼蝶科

学名 *Erebia medua* Linnaeus

分布 河北、黑龙江、内蒙古、吉林。

形态特征 翅展35mm；体褐色；前翅亚端区有2～4个或连或断的黄褐色的长形斑，斑内前后有2个黑色的眼状斑，中央具白点，后不相连的黄褐色斑内有1个褐色小斑点，最后面的黄褐色斑内无斑点；后翅约4个单独的黄褐色近圆形斑，每斑内有1个黑色小眼状斑点，2个较大的中央具白点。

生物学特性 河北7月可见成虫。

小红眼蝶

黄色环链眼蝶

目 鳞翅目 科 眼蝶科

学名 *Lopinga achine* (Scopoli)

黄色环链眼蝶

分布 河北、陕西、青海、黑龙江、辽宁、吉林、河南、甘肃、宁夏、湖北；日本，朝鲜。

寄主和危害 禾本科、莎草科植物。

形态特征 体长16～18mm，翅展31～39mm；体背黑色，翅面黑褐色，缘毛白色；前翅中室端外侧有1条不规则的淡褐色带；亚端区具5个黑色斑，后2个大，均有淡褐色环，但斑心白点多不明显；后翅中室外具1弯曲的淡褐色横带纹，常不清晰；外侧具6个眼斑，第3个最小，第1和第6色淡；翅反面前后翅中室中部均具1淡色横纹，端线2条，淡褐色，眼斑与带纹同正面，后翅带纹白色。

生物学特性 河北7、8月可见成虫。

白点艳眼碟

目 鳞翅目 科 眼蝶科

学名 *Callerebia albipunctat* Leech

白点艳眼碟

白点艳眼碟

分布 河北、青海、陕西。

形态特征 翅展35～43mm；体背及翅面黑褐色；前翅近顶角有1个近椭圆形的黑色眼斑，斑心有2个白点，斑纹较细，暗黄褐色；眼斑内侧后方有1个暗红色长形斜斑纹；后翅近臀角处有1个极小的黑眼斑，有的个体此斑极不明显，仅留一个小白点；反面前翅周缘黑褐色，中心区暗红褐色，顶角散布白色鳞片，眼斑与正面相同；后翅灰褐色，满布由褐色鳞片组成的不太清晰的云状斑，亚端区常有2～3个小白点，近臀角有1个极小的黑眼斑。

生物学特性 河北6～8月可见成虫。

斗毛眼蝶

目 鳞翅目 科 眼蝶科

学名 *Lasiommata deidamia* (Eversmann)

斗毛眼蝶

分布 河北、陕西、青海、辽宁、吉林、黑龙江、北京、山东、山西、河南、宁夏、四川、湖北、福建、内蒙古；日本，朝鲜。

寄主和危害 幼虫取食鹅冠草、糠穗、野青矛等禾本科植物。

形态特征 翅展45～53mm；胸背黑色，被灰绿色绒毛；触角黑褐具白环，锤端黄褐色；翅面黑褐，缘毛白色，脉端黑褐；前翅顶角内有1黑色眼斑，斑心有白点，斑环黄褐或黄白色，不规则，眼斑后方有2条稍相错开的短带纹；后翅各具1个和前翅同样但较小的眼斑；翅反面较正面色淡，前翅斑纹同正面，后翅亚端区有6个眼斑，第3个最小，第6个斑心有2个白点，眼斑内侧有1条黄白色弧形带纹，宽窄变化较大。

生物学特性 河北5～9月可见成虫。

阿芬眼碟

目 鳞翅目 科 眼蝶科

学名 *Aphantopus hyperanthus* (Linnaeus, 1758)

阿芬眼碟

分布 河北、北京、黑龙江、吉林、辽宁、河南。

寄主和危害 各种草类。

形态特征 展翅4～5cm；翅褐色；反面眼斑比正面清楚；前翅三个眼斑；后翅五个眼斑，前两个眼斑位于中线处，后三个位于亚外缘处，中线内侧色较深；雄蝶比雌蝶色深。

生物学特性 河北1年发生1代，河北6～8月可见成虫。成虫喜欢在阴暗的林下活动，飞行速度缓慢，常以跳跃式飞翔。

赭带眼蝶

目 鳞翅目 科 眼蝶科

学名 *Satyrus hyppolyte* Esper

分布 河北、陕西。

形态特征 翅展52～58mm；体背黑褐或褐色；触角黑褐色，锤部背面黑色，腹面白色，性形粗短；前翅基部暗褐至灰褐色，缘线白色，脉端黑褐色；中室中部有1深色横纹，多不显著，亚端宽带土黄色，带的两侧边缘弯曲不规则，前后有2个大小相似的眼斑，斑心具小白点，斑环不明显；后翅色略淡，密布暗褐色短线。

生物学特性 河北6月中旬至9月上旬可见成虫。

赭带眼蝶

银蟾眼蝶

目 鳞翅目 科 眼蝶科

学名 *Triphysa dohrnii* Zeller, 1850

分布 河北*、北京、内蒙古、陕西、甘肃、青海、西藏；朝鲜，俄罗斯，蒙古。

寄主和危害 幼虫寄主为禾本科、莎草科植物。

形态特征 翅展15～25mm；翅正面灰黑色，翅脉白色；前翅亚外缘有4个黑色眼纹，前2个小，靠外缘，缘毛灰色，后翅有5个黑色小眼斑。翅反面色较深，雌蝶黄白色，翅脉白色，眼斑比翅正面清晰。雄蝶前翅正面靠近翅基部有3个椭圆形性标。

生物学特性 河北1年发生1代。5～6月可见成虫。

银蟾眼蝶

娟粉蝶

目 鳞翅目 科 粉蝶科

学名 *Aporia crataegi* Linnaeus

娟粉蝶

娟粉蝶

分布 河北、山西、山东、河南、陕西、四川、青海、甘肃、宁夏、新疆、黑龙江、辽宁、吉林、北京、浙江、安徽、湖北、西藏；日本，朝鲜，俄罗斯。

寄主和危害 幼虫取食苹果、梨、桃、杏、山楂、樱桃等。

形态特征 成虫体长22～25mm；翅展64～76mm；体黑色；触角棒状，黑色，端部淡黄白色；翅白色，雌蛾略带灰白色，翅脉黑色，前翅外缘除臀脉外，各脉末端均有1个三角形黑斑。

生物学特性 河北1年发生1代。以幼虫群集在树上卷曲枯叶的虫巢中过冬。河北5月可见成虫。

小檗娟粉蝶

目 鳞翅目 科 粉蝶科

学名 *Aporia hippia* (Bremer)

分布 河北、黑龙江、吉林、辽宁、陕西、山西、宁夏、甘肃、青海、新疆、河南、云南、西藏、台湾；日本，朝鲜，俄罗斯。

寄主和危害 幼虫取食大叶小檗等。

形态特征 翅展55～65mm；翅白色发黄，翅脉黑褐色，翅反面脉纹较正面更为明显；突出特征是翅反面基部有1个橙黄色斑。

生物学特性 河北5～6月可见成虫。

小檗娟粉蝶

云粉蝶

目 鳞翅目　科 粉蝶科

学名 *Pontia edusa* (Fabricius , 1777)

分布 河北、黑龙江、吉林、辽宁、新疆、青海、陕西、宁夏、内蒙古、河南、山西、山东、江西、浙江、广东、广西、四川、贵州、西藏、甘肃；北非，西亚，中亚，小亚细亚，西伯利亚等。

寄主和危害 萝卜、白菜、甘蓝、油菜、荠菜等十字花科蔬菜及豆科牧草。

形态特征 翅展35～55mm；翅面白色，前翅中室有1黑斑，顶角后翅外缘由几个黑斑组成花纹状，翅背斑纹呈墨绿色；雌蝶前翅后缘和后翅外缘的斑点比雄蝶的大而且色深。

生物学特性 河北4月中旬至9月上旬可见成虫。

云粉蝶成虫　云粉蝶蛹茧　云粉蝶成虫　云粉蝶交尾

东方菜粉蝶

目 鳞翅目　科 粉蝶科

学名 *Pieris canidia* (Linnaeus, 1768)

分布 河北、黑龙江、内蒙古，陕西、甘肃、四川、云南、西藏；朝鲜，日本，东南亚。

寄主和危害 幼虫食叶。3龄后可将叶片吃成孔洞或缺刻，严重时仅留叶脉。

形态特征 翅展43～52mm；体背黑色，着生白色茸毛，腹面白色。翅面粉白色；前翅前缘有细黑色线，翅基部布满黑色鳞片，顶角宽黑褐色与外缘中部黑褐色菱形斑相连，中域有2个黑斑，下方近后缘处1个模糊；后翅前缘有1个黑色大斑，外缘脉端有三角形黑色斑。

生物学特性 河北全年可见成虫。

东方菜粉蝶

大卫粉蝶

目 鳞翅目　科 粉蝶科

学名 *Pieris davidis* Oberthür

分布 河北、四川、陕西。

形态特征 翅展约55mm；翅面白色，翅脉黑褐色，前翅基部及前缘具黑色鳞片。

生物学特性 5月中旬可见成虫。

大卫粉蝶

暗脉菜粉蝶

目 鳞翅目 科 粉蝶科

又名 淡纹粉蝶 学名 *Pieris napi* (Linnaeus)

分布 中国广大地区；日本。

寄主和危害 幼虫取食十字花科植物。

形态特征 翅展40～44mm；翅面白色，前翅基部及前缘黑色，后缘带纹，雄性明显，雌性模糊。

生物学特性 河北5月中旬至7月上旬可见成虫。

暗脉菜粉蝶

暗脉菜粉蝶

黑纹粉蝶

目 鳞翅目 科 粉蝶科

学名 *Pieris melete* (Ménétriès)

分布 河北、黑龙江、辽宁、河南、陕西、福建、江西、湖北、广西、云南、青海、西藏等。

寄主和危害 白菜、油菜、甘蓝、黄芽白、芥菜、萝卜等栽培及野生十字花科植物。

黑纹粉蝶

形态特征 体长约16mm，翅展46～56mm；雄蝶翅白色，脉纹黑色；前翅脉纹、顶角及后缘均为黑色，近外缘的2个黑斑较大，且下面的1个黑斑与后缘的黑带连接；后翅前缘外方具黑色圆斑1个；翅背面的前翅顶角和后翅有黄色鳞粉，后翅基角处有橙黄色斑点1个。雌蝶翅基部浅黑褐色，色斑和后边末端条纹粗大；其他与雄蝶相同。该种分春型和夏型，春型个体稍小，翅略细长，黑色部分色深；夏型体较大，体色稍浅且明显。

生物学特性 河北1年发生4～5代。以蛹在菜园附近篱笆、屋墙、树干等处越冬，河北3～11月可见成虫。

斑缘豆粉蝶指名亚种

目 鳞翅目 科 粉蝶科

学名 *Colias erate* Esper.

分布 中国广大地区；印度，日本，欧洲东部等。

寄主和危害 幼虫取食大豆、苜蓿、百脉根、小巢菜等豆科植物。

形态特征 体长约18mm，翅展约45mm；触角呈锤状，顶端膨大，紫红色；翅面黄色，缘毛桃红色；前翅外缘宽的黑边中有几个黄色斑，靠近前缘处有1小黑圆斑；外半部黑色，有6个黄色斑；后翅基半部黑褐色，具黄色粉霜，中央缀有1火黄色圆斑；外缘1/3呈黑色，有6个黄色圆点。

生物学特性 河北1年发生5代。以幼虫越冬。河北6～7月常见成虫飞翔于苜蓿、紫云英等豆类作物花丛中。

斑缘豆粉蝶指名亚种

斑缘豆粉蝶指名亚种

斑缘豆粉蝶指名亚种

尖钩粉蝶

目 鳞翅目 科 粉蝶科

学名 *Gonepteryx mahaguru* Gistel, 1857

分布 河北、黑龙江、吉林、辽宁、浙江、四川、北京等。

寄主和危害 幼虫取食枣、酸枣、鼠李。

形态特征 翅展52～65mm；雄蝶前翅浓黄色，顶角突出成钩状；翅中室端部各有1橙黄色斑点；雌蝶的翅面颜色较之雄蝶要淡；雌蝶前翅黑褐色为底，上有灰色斑块及白色斑点，后翅为红褐色，同样也有灰色斑块及少数白色斑点。

生物学特性 河北5月上旬至7月中旬可见成虫。

尖钩粉蝶

尖钩粉蝶

东亚豆粉蝶

目 鳞翅目 科 粉蝶科

学名 *Colias poliographus* Motschulsky

分布 河北、江苏等。

寄主和危害 车轴草、野豌豆、大豆、苜蓿属、百脉根属植物。

形态特征 翅展44～59mm；头及前胸茸毛端部红褐色；触角红褐色，足淡紫色；翅色变化较大，一般黄色或淡黄绿色，前翅中室端部有1黑斑，外缘为1黑色宽带；后翅中室端部有1橙色斑，端带黑色模糊。

生物学特性 河北5、7、8月可见成虫。

东亚豆粉蝶

白斑迷蛱蝶

目 鳞翅目 科 蛱蝶科

学名 *Mimathyma schrenckii* (Ménétriés)

分布 河北、陕西、黑龙江、吉林、河南、山西、甘肃、四川、云南、湖北、浙江、福建；朝鲜，俄罗斯。

形态特征 翅展76～89mm；体背黑褐色，腹面青灰白色，密被绒毛，翅面黑褐色；前翅基部无斑纹，中室端外侧有1列白色斑纹；前部3～4斑相连，后部2个斑远离；顶角内侧有2个斜列的小白斑；后缘中部有1个似后翅中央大白斑向前尖出的青白色斑，其外前方具2个橙黄色弯月斑，前1个最明显；后翅中部近前缘大白斑卵圆形，其外侧缘具闪光的蓝灰色鳞片；雄性比雌性个体略小，前翅2个橙黄弯月斑不显著；翅反面后翅银灰带绿，中部卵形大斑银白色，外侧有1条镶黑边的褐色长带纹，外侧黑边锯齿状；前后翅端内侧均具黑色边。

生物学特性 河北7～8月可见成虫。

白斑迷蛱蝶

白斑迷蛱蝶

锦瑟蛱蝶

目 鳞翅目　科 蛱蝶科

学名 *Seokia pratti* (Leech)

锦瑟蛱蝶

分布 河北、陕西、四川、吉林、浙江。

形态特征 翅展57～64mm；体背黑色；腹面暗黄，节间黑色；翅面黑褐，脉纹黑色；前翅基部无斑纹，中室端半部有3个淡色横纹，中间1个黄色，最明显，两侧的较模糊；翅中部靠外有3列黄色斜斑纹，互相呈平行交错排列，其外侧有1条弯曲的红色线纹，外缘有2条暗黄褐色平行线，靠外1条不甚明显；后翅中央黄白色带纹直向后伸，其外半部色暗。

生物学特性 河北6月中旬可见成虫。

二尾蛱蝶

目 鳞翅目　科 蛱蝶科

又名 双尾蛱蝶　学名 *Polyura narcaea* (Hewitson)

分布 河北、陕西、四川、山东、山西、河南、甘肃、湖北、湖南、江苏、浙江、江西、福建、贵州、云南、广东、广西、台湾；印度，越南，泰国。

寄主和危害 柏、樟、马尾松等。

形态特征 翅展50～67mm；触角黑色，端尖暗褐，触角基部前后各有白色小点1个；体背黑褐色，腹面白色；翅面绿色，前翅基部暗褐色，前缘黑色，中部有1个“丫”形黑斑纹；一端伸向前缘，一端沿中室下脉伸向后缘基部，与黑色亚端带近中部相连接；黑色端带与亚端带中间夹有1绿色圆斑列或带纹；后翅基部暗褐区沿内缘伸达臀角，端带同前翅，臀角斑的周围及2个尾突上均具青灰蓝色鳞片；翅反面淡青绿色。

生物学特性 河北1年发生1代。河北4月下旬～6月中旬可见成虫。

二尾蛱蝶

二尾蛱蝶

横眉线蛱蝶

目 鳞翅目　科 蛱蝶科

学名 *Limenitis moltrechti* Kardakoff

分布 河北、吉林、陕西、山西、湖北、河南；朝鲜。

形态特征 翅展52～57mm；体翅褐色，前翅中室有1个白色横斑，顶角处3个白色斑，中部1条白色斑带；后翅中部1条白色斑带，亚端线为1条白色断续的曲线。

生物学特性 河北7月上旬至8月上旬可见成虫。

横眉线蛱蝶

横眉线蛱蝶

重眉线蛱蝶

目 鳞翅目　科 蛱蝶科

学名 *Limenitis amphyssa* Ménétriés

分布 河北、陕西、山西、湖北、河南、四川；朝鲜，俄罗斯。

形态特征 翅展42～58mm；体翅黑色；前翅中室内有2个白色横斑。顶角处4个白斑，且最内侧下方的斑最小、不清晰；后翅中部1条白色斑带，亚端线为1条白色曲线。

生物学特性 河北6月中旬至7月上旬可见成虫。

重眉线蛱蝶

折线蛱蝶

目 鳞翅目　科 蛱蝶科

学名 *Limenitis sydyi* Lederer

分布 体长19～24mm，翅展60mm左右；体背及翅面黑褐色；前翅中室端部有1淡色“一”字形纹，中室外侧有1列由6个白斑组成的斜斑带，第1个斑细线状，不明显，第2、3、4斑相近，第5、6斑近圆形略分离；顶角内有2个小白斑；后缘中部靠外有1较大的白斑，与后翅中间白横带相连接；后翅基部及前缘青灰白色，中部有1个白色横带，带内侧褐色区有8～9个小斑纹。

生物学特性 河北6月上旬至8月上旬可见成虫。

折线蛱蝶

折线蛱蝶

夜迷蛱蝶

目 鳞翅目　科 蛱蝶科

学名 *Mimathyma nycteis* (Ménétriés)

分布 河北、陕西、青海、黑龙江、辽宁、河南、山东；朝鲜，俄罗斯。

寄主和危害 榆属植物。

形态特征 体长25mm，翅展71mm；体背翅面黑色，斑纹白色；前翅中室内有1条由基部伸至端横脉、两端略细尖的狭纵纹，第1个斑在前缘极狭细，多不明显；顶角内有3个向外斜列的小斑；后缘中部稍外有2个斑，上方1个近圆形明显大，亚端线和端线各为1列小斑，但端线多不明显；后翅亚端线和端线同样为2列小斑，但亚端线的1列斑点较大而显著。

生物学特性 河北7月上旬至8月上旬可见成虫。

夜迷蛱蝶

夜迷蛱蝶

拟斑脉蛱蝶

目 鳞翅目 科 蛱蝶科

学名 *Hestina persimilis* Westwood

分布 河北、陕西、河南、湖北、福建、江苏、浙江、云南、广西、台湾；日本，朝鲜，印度。

寄主和危害 柞。

形态特征 翅展60～80mm；有季节性变异；翅脉黑色，脉间白色；后翅端线、亚端线为1列小白斑。

生物学特性 河北7月可见成虫。

拟斑脉蛱蝶

扬眉线蛱蝶

目 鳞翅目 科 蛱蝶科

学名 *Limenitis helmanni* Lederer

分布 河北、陕西、青海、四川、黑龙江、山西、河南、新疆、湖北、江西、浙江、福建；日本，朝鲜，俄罗斯。

寄主和危害 幼虫取食忍冬。

形态特征 翅展48～59mm；体背及翅面黑褐色，斑纹白色；前翅中室基部至中部有1个棒形斑，端部有1个三角形斑；中室外有由5个斑组成的斜带纹；后缘中部稍外2个斑，第2个斑很细小；顶角内有3～4个小斑，第2个斑最大，第3、4个斑很小或极不显著；前后翅亚端区有1条被黑脉纹切割的细线纹，后翅的白色最明显。

扬眉线蛱蝶

生物学特性 河北6月上旬至8月上旬可见成虫。

中华线蛱蝶

目 鳞翅目　科 蛱蝶科

学名 *Patsuia sinensis* Oberthür

分布 河北、陕西、青海、甘肃、河南、山西、云南。

形态特征 翅展57～63mm；体翅黑褐色，翅面斑纹淡黄褐色；前翅中室中部和端部各有1椭圆形斑，端部斑纹较大。中室端外侧有3个不清晰的小细条纹，亚端区有1列不整齐的斑纹；前段4个斑向外缘斜列，第1个斑最狭小，靠近前缘，后段3个斑；后翅近基部有1个大斑，亚端带由7个斑组成，端带同前翅。

生物学特性 河北7月上旬至8月上旬可见成虫。

中华线蛱蝶
中华线蛱蝶

隐线蛱蝶

目 鳞翅目　科 蛱蝶科

学名 *Limenitis camilla* (Linnaeus)

分布 河北、黑龙江；日本，朝鲜，俄罗斯。

形态特征 翅正面黑褐色，前后翅中域有1条白带；前翅近基部的斑很小，前缘近翅顶角有2个小白斑；后翅正面外缘波状线不明显，中室外侧有2列黑斑；翅反面红褐色，白色纹显著，有成列的黑点。

生物学特性 河北7月下旬可见成虫。

隐线蛱蝶

隐线蛱蝶

直纹蜘蛱蝶

目 鳞翅目 科 蛱蝶科

学名 *Araschnia prorsoides* (Blanchard)

分布 河北、黑龙江、四川、内蒙古、云南、广西；蒙古，印度。

形态特征 翅正面黑褐色，中横带黄白色，从前翅横脉中央直通到后翅后缘中央；亚外缘线橙红色，在前翅有中断处，前后翅均有白色中带，后翅白色中带稍直；翅反面黄褐色或红褐色，脉纹与不规则的横线黄色，组成蜘蛛网状纹。

生物学特性 河北7月可见成虫。

直纹蜘蛱蝶

直纹蜘蛱蝶

柳紫闪蛱蝶

目 鳞翅目 科 蛱蝶科

学名 *Apatura ilia* (Denis et Schiffermüller)

分布 河北、黑龙江、辽宁、吉林、甘肃、新疆、青海、宁夏、陕西、河南、山西、山东、江苏、浙江、江西、福建、四川、贵州、云南。

寄主和危害 柳、杨、山杨。

柳紫闪蛱蝶成虫

柳紫闪蛱蝶幼虫

柳紫闪蛱蝶成虫

形态特征 翅展59～64mm；翅黑褐色，翅膀在阳光下能闪烁出强烈的紫光；前翅约有10个白斑，中室内有4个黑点；反面有1个黑色蓝瞳眼斑，围有棕色眶；后翅中央有1条白色横带，并有1个与前翅相似的小眼斑；反面白色带上端很宽，下端尖削成楔形带，中室端部尖出显著。

生物学特性 河北1年发生1代。以幼虫在树干缝隙内越冬，河北7～8月可见成虫。成虫喜欢吸食树汁或畜粪，飞行迅速。

紫闪蛱蝶

目 鳞翅目　科 蛱蝶科

学名 *Apatura iris* (Linnaeus)

分布 河北、陕西、青海、吉林、甘肃、宁夏、河南、四川；日本，朝鲜，俄罗斯以及欧洲。

寄主和危害 幼虫取食柳、白杨、山杨等叶片。

形态特征 翅展63～71mm；体背及翅面黑褐色，具紫色闪光；前翅中室中部色稍淡，周围有4个黑点，多不显著，中室端外由前缘至臀角前部有由5个白斑组成的斜列纹，前3斑相近，后2斑相距略远，近顶角2个白斑，前大后小；中室后3个白斑，近臀角前方内侧有1个半圆形黑斑；后翅中央白色带宽大；翅反面，前翅暗红褐色，中室白色，4个黑斑明显，具黄褐环和蓝白心的眼状斑外侧是黑色，顶角赭褐色；后翅灰绿褐色，白色横带纹前端显著宽阔，带两侧深红褐色，眼状斑蓝白心明显；前后翅亚端带灰白色，端线双重。

紫闪蛱蝶

生物学特性 河北7月可见成虫。

曲带闪蛱蝶

目 鳞翅目　科 蛱蝶科

学名 *Apatura laverna* Leech

分布 河北、辽宁、吉林、陕西、河南、四川、云南。

寄主和危害 杨、柳。

形态特征 翅展55～60mm；翅橘黄色；白斑明显退化成橘黄色，前翅中室斑域下2个斑点显著退化；后翅中央横带上端中央内凸，末端缩小使其内缘弯曲，与前翅后缘不连接，其外缘的2条黑色带平行；后翅基部有1块深色区。

生物学特性 河北1年发生1代。河北7月下旬可见成虫。

曲带闪蛱蝶

曲带闪蛱蝶

细带闪蛱蝶

目 鳞翅目 科 蛱蝶科

学名 *Apatura laverna* Leech

分布 河北、辽宁、吉林、陕西、河南、四川、云南。

形态特征 翅展55～60mm；翅橘黄色；白斑明显退化成橘黄色，前翅中室斑域下2个斑点显著退化；后翅中央横带上端中央内凸，末端缩小使其内缘弯曲，与前翅后缘斑不连接，其外缘的2条黑色带平行，后翅基部有1块深色区。

生物学特性 河北6～7月可见成虫。

细带闪蛱蝶

红线蛱蝶

目 鳞翅目 科 蛱蝶科

学名 *Limenitis populi* (Linnaeus)

分布 河北、吉林、河南、山西、陕西、青海、甘肃、西藏、新疆、四川；日本，欧洲。

寄主和危害 幼虫取食山杨、蒿柳等。

形态特征 翅展62～70mm；体翅黑色；前翅中室内有1个白色横斑，中室顶端和下方共6个白斑，翅端另有3个白斑，亚端线由多个红斑点组成，该线上部清楚，下部不清楚；后翅亚端线红色，清楚，由多个红斑组成。

生物学特性 河北6月可见成虫。

红线蛱蝶

重环蛱蝶

目 鳞翅目　科 蛱蝶科

学名 *Neptis alwina* (Bremer et Grey)

分布 河北、陕西、河南、四川、台湾、云南等；日本，朝鲜，印度，欧洲。

形态特征 前翅外带的外侧有1列白斑，翅顶角有1个小白斑，翅正反面均明显；前翅中室有1条长形前缘具齿的斑纹，中室端外侧近前半部有7个斑组成的“U”形纹，近前缘2个斑细小；中室端至后缘近中部有4个斑排列成弧形，与中室长斑和后翅中白斑连成马蹄形环纹；外缘白色粗线纹在顶角、中部和臀角处色暗。

生物学特性 河北6月下旬至8月下旬可见成虫。

重环蛱蝶

单环蛱蝶

目 鳞翅目　科 蛱蝶科

又名 绣线菊蛱蝶

学名 *Neptis rivularis* (Scopoli)

分布 河北、陕西、青海、四川、内蒙古、辽宁、吉林、黑龙江；日本，朝鲜，蒙古，欧洲。

寄主和危害 幼虫取食绣线菊、胡枝子。

形态特征 翅展46～56mm；体背及翅面黑色；斑纹白色；前翅中室基中部有1条细纵纹和1个短横斑；中室端斑褐外侧至后缘5个斑组成半环形纹，中间2个斑最大，最后2个斑最小；前缘中部靠外有2个斑，前1个细线状，多不明显；顶角内有4个斜列小斑，最后1个最小；后翅中央由长方形斑组成的宽横带与前翅中室内外斑纹构成1个马蹄形环纹；缘毛白色，脉端黑色。

生物学特性 河北5月上旬至7月中旬可见成虫。

单环蛱蝶

黄环蛱蝶

目 鳞翅目 科 蛱蝶科

学名 *Neptis themia* Leech

分布 河北、辽宁、陕西、四川、甘肃、云南、湖北。

形态特征 翅展58～84mm；体翅黑褐色。前翅中室内有1条由基部伸向中室端横脉的黄色纵条纹，中室外侧至后缘2/3处有3个黄斑，第1个长形较大，第2个靠外，第3斑与后翅黄色中带前端相连接，构成1个马蹄形环纹；前缘中部略靠外有2个小黄或白色斑，顶角内侧有3个黄色斜纹；青花瓷亚端线暗黄褐色，两翅外缘均波状。

生物学特性 河北6月上旬至7月下旬可见成虫。

黄环蛱蝶

黄环蛱蝶

伊洛环蛱蝶

目 鳞翅目 科 蛱蝶科

学名 *Neptis itos* Fruhstorfer

分布 河北、吉林、辽宁、四川、台湾。

形态特征 翅展60mm左右；似黄环蛱蝶，但本种前翅R脉从中室端部分支，前翅反面纹内有淡色斑，明显，黄色环鲜艳。

生物学特性 河北6月可见成虫。

伊洛环蛱蝶

琉璃蛱蝶

目 鳞翅目 科 蛱蝶科

学名 *Kaniska canace* (Linnaeus, 1763)

分布 中国广泛分布；日本，朝鲜，阿富汗，印度及东南亚有分布。

寄主和危害 菝葜科的菝葜，百合科的毛油点草、卷丹。

形态特征 展翅宽55～70mm；翅表面深蓝黑色，亚顶端有1个白斑；具1条淡水蓝色带状斑纹，贯穿上、下翅，在前翅呈“Y”状；翅膀腹面斑纹杂乱，以黑褐色为主，下翅中央有1枚小白点；雌雄差异不明显。

琉璃蛱蝶

琉璃蛱蝶

生物学特性 河北3～12月可见成虫，飞行迅速，有领域性，喜访花及吸食树液。

黄缘蛱蝶

目 鳞翅目 科 蛱蝶科

又名 黄边蛱蝶、孝衣蝶、长吻蛱蝶 学名 *Nymphalis antiopa* Linnaeus

分布 河北、陕西、青海、内蒙古、台湾、黑龙江、吉林、辽宁；朝鲜，日本，俄罗斯，欧洲。

寄主和危害 幼虫取食杨、山杨、榆、桦等叶片。

形态特征 翅展62～74mm；体翅紫褐色，前翅基大半部的前缘具黄白色短线状横纹，外半部前缘有2个由里向外稍斜的黄白色短条斑；后翅基部和内缘被有紫褐色长绒毛；斑纹与前翅相同。

黄缘蛱蝶

黄缘蛱蝶

生物学特性 河北7、8月可见成虫。

明窗蛱蝶

目 鳞翅目 科 蛱蝶科

学名 *Dlipa fenestra* Leech

分布 河北、辽宁、陕西、山西、河南、河北、浙江。

寄主和危害 幼虫取食朴树，编织叶片筑巢。

形态特征 翅展55～60mm；体黑色，翅黄色有黑色斑纹；前翅前缘和端线黑色，顶区黑斑内有一大一小共2个无鳞片半透明白斑，在臀角上方、中区近前缘和中内区近前缘处各有1个黑斑；后翅翅脉黄白色，端线和亚端线黑色。

生物学特性 河北1年发生1代。以蛹越冬。5月上旬可见成虫。

明窗蛱蝶

黄帅蛱蝶

目 鳞翅目 科 蛱蝶科

学名 *Sephisa princeps* (Fixsen)

分布 河北、黑龙江、河南、湖北、四川、陕西、甘肃、浙江、福建。

形态特征 翅展60～78mm；雌雄异色；雌黑色，斑外白色，前翅中室中后部和后翅中室周围各有橘黄色斑；雄橘黄色，斑纹黑色，前翅中室斑眼状；雌雄反面前、后翅均有4个大小不一的黑斑点。

生物学特性 河北7月中旬可见成虫。

黄帅蛱蝶

美眼蛱蝶

目 鳞翅目 科 蛱蝶科

学名 *Junonia almana* (Linnaeus)

分布 全国。

形态特征 翅展50～70mm；翅面橙黄色，前后翅各有2个眼状斑，其中后翅前部1个眼斑特别大；前翅前缘褐色，前翅近前缘排列有4个斑纹。

生物学特性 河北8月可见成虫。

美眼蛱蝶

荨麻蛱蝶

目 鳞翅目 科 蛱蝶科

学名 *Aglais urticae* (Linnaeus)

分布 河北、黑龙江、山西、陕西、甘肃、青海、新疆、四川、西藏、云南、广西、广东；朝鲜，日本。

寄主和危害 荨麻科植物。

形态特征 翅展50～57mm；翅橘红色，前翅前缘黄色；有3块黑斑，后缘中部有1大黑斑，中域有2个较小黑斑，后翅基半部灰色；两翅亚缘黑色带中有淡蓝色三角形斑列；后面前翅黑赭色，3个黑色前缘斑与正面一样，顶角和端缘带黑色；后翅褐色，基半部黑色；外缘有蓝色的新月纹。

生物学特性 河北1年发生1代。河北6～9月可见成虫。

荨麻蛱蝶

斑网蛱蝶

目 鳞翅目 科 蛱蝶科

学名 *Melitaea didymoides* Eversmann, 1847

分布 河北、北京、山西、吉林、黑龙江、陕西、甘肃、青海、宁夏、新疆、山东、河南、西藏；日本，朝鲜，俄罗斯，蒙古。

形态特征 翅展45～51mm；翅正面橙黄色，前后翅外缘黑色，亚外缘黑斑列明显，或不明显；前翅中室内有近似“80”形纹，中横带“S”形；后翅反面外缘具1列黑斑，近中部有1黄褐色横带，近翅基有2个相连的黄褐色斑。

生物学特性 河北6～8月可见成虫，飞行缓慢。

斑网蛱蝶

斑网蛱蝶

帝网蛱蝶

目 鳞翅目 科 蛱蝶科

学名 *Melitaea diamina* Lang

分布 河北、黑龙江、陕西、山西、河南、甘肃、青海、宁夏、云南；日本，朝鲜，俄罗斯。

形态特征 翅展45～47mm；胸腹背面黑色；翅黄色，具褐色斑纹；翅端线黑色双线，其内具黑带5条，其中前翅亚基线黑宽；雌雄性的斑纹略有差异。

生物学特性 河北7月可见成虫。

帝网蛱蝶

网蛱蝶

目 鳞翅目 科 蛱蝶科

学名 *Melitaea protomedia* Ménétriés

分布 河北、北京、山西、宁夏、河南等；俄罗斯，朝鲜等。

寄主和危害 成虫取食花蜜。

形态特征 翅展40mm左右；翅正面主色橙色至黄褐色，翅底和脉纹黑色；前后翅的外缘有1列月牙形斑，亚外缘和中域有2列宽带状斑纹，斑纹不规则；中室内有飞鸟形图案，翅基部有不规则斑纹；翅反面，前翅顶角处斑纹色淡，后翅有2条不规则褐色横带。

生物学特性 河北1年发生1代。河北7～8月可见成虫。

网蛱蝶

网蛱蝶

罗网蛱蝶

目 鳞翅目 科 蛱蝶科

学名 *Melitaea romanovi* Btemer et Gray

分布 河北、陕西、青海。

形态特征 翅展36～42mm；体背黑色，腹背节间具黄色鳞毛，翅面橙黄，前翅中室3个黑斑，1个白斑，端斑为飞鸟形，其外侧有1个黑斑；后翅中室2个黑斑；反面前翅淡黄褐色，顶角及外缘色淡，其他斑纹同正面，但较细弱；后翅淡黄白色，基半部具3个两侧带黑边的橙黄色斑和许多黑点，亚端带橙黄色，两侧均有2列波状纹或新月形斑纹，外缘有1列较大的黑圆斑。

生物学特性 河北6月可见成虫。

罗网蛱蝶

黑网蛱蝶

目 鳞翅目 科 蛱蝶科

学名 *Melitaea jazaber* Oberthür

分布 河北、四川、西藏、云南。

形态特征 翅展37～40mm；触角黑白相间，雄腹背面黑色，腹面黄色；翅面橘红色，具黑色斑纹；前翅端线黑色较粗，亚端线黑色较细，中室内有2个环状斑，中室另有2条断续黑线。

生物学特性 河北7月可见成虫。

黑网蛱蝶

斐豹蛱蝶

 鳞翅目  蛱蝶科

学名 *Argyreus hyperbius* (Linnaeus, 1763)

分布 全国各地；日本，朝鲜等。

形态特征 翅长65～75mm；雄雌异形；雄翅面红黄色，有黑色豹斑，前翅中室内有4横纹；后翅面外缘有两条波纹状线，中间夹有青蓝色新月斑；前翅里顶用暗绿色，有几个小银色斑纹；后翅里有银白色斑和绿色圆斑；雌前翅面端半部紫黑色，有1条宽的白色斜带；顶角有几个白色小斑。

生物学特性 河北6～9月可见成虫。雄蝶飞翔迅速而且能持久，而雌蝶较慢，飞不长距离即停歇下来。

斐豹蛱蝶

斐豹蛱蝶

严珍蛱蝶

目 鳞翅目 科 蛱蝶科

学名 *Clossiana iphigenia* (Graeser)

分布 河北、内蒙古、黑龙江。

形态特征 翅展40～50mm；胸腹黑色，翅橘黄色具黑色斑纹；翅正面斑纹清晰；反面前翅顶角、后翅中域有蓝白色区域和横带，后翅中后域白块斑列相连。

生物学特性 河北6月下旬可见成虫。

严珍蛱蝶

严珍蛱蝶

灿福蛱蝶

目 鳞翅目 科 蛱蝶科

学名 *Fabriciana adippe* Denis et Schiffermüller

分布 河北、陕西、山东、河南、湖北、江苏、云南、西藏、青海、四川、黑龙江；日本，朝鲜，俄罗斯及欧洲。

寄主和危害 幼虫取食堇科植物。

形态特征 翅展65～70mm；翅面橙黄色，有黑色斑纹；雄蝶前翅中室有4条弯曲的条纹，亚缘区有1列黑色圆斑，共6个；后翅中室有2条黑色斑纹，亚缘区有黑色圆斑5个；雌蝶翅面色淡，前翅顶角处有银斑。

生物学特性 河北6月中旬至8月下旬可见成虫。

灿福蛱蝶

灿福蛱蝶

云豹蛱蝶

目 鳞翅目 科 蛱蝶科

学名 *Nephargynnis anadyomene* (Felder et Felder)

分布 河北、黑龙江、吉林、辽宁、山东、山西、陕西、河南、宁夏、甘肃、湖北、湖南、江西、浙江、福建；日本，朝鲜，俄罗斯。

形态特征 翅展65～75mm；翅橙黄色，除两翅基部外满布黑色圆斑，外缘脉端的斑菱形；翅反面色淡，前翅中室有3个黑色纹，中室外有2大1小黑斑，中室后有5个黑斑；后翅无黑斑，端半部淡绿色，有灰白色云状纹，中部4个暗色斑中有白色小点；雌性在顶角可见1个三角形白斑点。

生物学特性 河北8月可见成虫。

云豹蛱蝶

云豹蛱蝶

曲纹银豹蛱蝶

目 鳞翅目 科 蛱蝶科

学名 *Childrena zenobia* (Leech, 1890)

分布 河北、北京、陕西、河南、四川、西藏、云南。

寄主和危害 堇科植物。

形态特征 翅展80～85mm；雌雄异型；雄蛾前翅正面橙黄色，雌蛾青橙色；翅外缘内侧有2列大小较一致的近圆形黑斑；雄蛾前翅有条性标；反面前翅淡橙色，顶角暗绿色，两侧围有白色纹；后翅暗绿色，全部被多条不规则白色细纹分割。

生物学特性 河北1年发生1代。河北6～8月可见成虫。

曲纹银豹蛱蝶

老豹蛱蝶

目 鳞翅目 科 蛱蝶科

学名 *Argyronome laodice* (Pallas)

分布 河北、陕西、青海、四川、辽宁、黑龙江；日本，朝鲜，欧洲。

寄主和危害 幼虫取食华山松、紫花地丁等堇菜科植物、豆科植物。

形态特征 翅展59～67mm；翅面斑纹仍为黑色；前翅中室4个横纹，端部1个膨大常呈三角形；中室外侧和后方共有6个斑，其后方3个较大近圆形；外缘3列平行斑，内1列前端内侧有1个边缘模糊的小斑；后翅中室端及外侧几个斑色较深，呈圆形、长圆形，但不连成线状或波状；沿外缘具和前翅同样的3列斑纹。

生物学特性 河北7月下旬至8月下旬可见成虫。

老豹蛱蝶

老豹蛱蝶

红老豹蛱蝶

目 鳞翅目 科 蛱蝶科

学名 *Argyronome ruslana* (Motschulsky, 1866)

分布 河北、陕西、湖北、四川、黑龙江；日本，朝鲜。

寄主和危害 幼虫取食堇科植物。

形态特征 翅展60～72mm；体背黑褐色；胸背密被黄绿色短绒毛；雄蝶翅橙黄色，斑纹黑色，性标存在于前翅最后3条脉纹上，极为明显；后翅中域黑斑连续，未间断；前翅反面顶角暗褐色，后翅反面绿褐色，外缘带紫色，中部有3条银灰色横带，亚缘有绿褐色斑纹。

生物学特性 河北7月下旬至8月下旬可见成虫。

红老豹蛱蝶

白矩朱桦蛱蝶

目 鳞翅目　科 蛱蝶科

又名 桦蛱蝶　学名 *Nymphalis vau-album* (Schiffermüller)

分布 河北、吉林、山西、新疆、云南；日本，朝鲜。

形态特征 翅展60～65mm；翅面颜色较暗，在前翅端区、前缘中部和中下部以及后翅前缘中下部、近基部各有1块白斑。

生物学特性 河北6月上旬至7月中旬可见成虫。

白矩朱桦蛱蝶

大红蛱蝶

 鳞翅目　

学名 *Vanessa indica* (Herbst)

分布 河北、陕西、青海、宁夏、湖南、四川、台湾、辽宁、吉林、黑龙江；朝鲜，日本，东南亚。

寄主和危害 幼虫取食榆、桦、马尾松、榉、荨麻、黄麻、赤松、葎草。

形态特征 翅展53～63mm；体背深黑褐色，密被绒毛；触角黑褐，端尖黄白；前翅顶角突出呈钩状，顶角端部平截；翅面大部黑色，基部及后缘暗褐色，近顶角有几个大小不等的白斑；后翅暗褐色，端带橙黄色，带中有4～5个小黑斑。

生物学特性 河北5月下旬至10月上旬可见成虫。

大红蛱蝶

豆灰蝶

目 鳞翅目　科 灰蝶科

学名 *Plebejus argus* Linnaeus

豆灰蝶

分布 河北、陕西、青海、山西、山东、河南、甘肃、湖南、新疆、内蒙古、辽宁、吉林、黑龙江；日本，朝鲜以及欧洲。

寄主和危害 幼虫取食大豆、苜蓿、大蓟、小蓟、牛蒡、艾等植物。

形态特征 体长9～11mm，翅展25～30mm；雌雄异型；雄翅正面青蓝色，具青色闪光，黑色缘带宽，缘毛白色且长；前翅前缘多白色鳞片，后翅具1列黑色圆点与外缘带混合；雌翅棕褐色，前、后翅亚外缘的黑色斑镶有橙色新月斑，反面灰白色；前、后翅具3列黑斑，外列圆形与中列新月形斑点平行，中间夹有橙红色带，内列斑点圆形，排列不整齐，第2室1个，圆形，显著内移，与中室端长形斑上下对应，后翅基部另具黑点4个，排成直线；黑色圆斑外围具白色环。

生物学特性 河北5月下旬至8月中旬可见成虫。

褐红珠灰蝶

目 鳞翅目　科 灰蝶科

学名 *Lycaeides subsolana* (Eversmann)

分布 河北、辽宁、吉林、黑龙江、陕西、甘肃；日本，朝鲜。

寄主和危害 幼虫取食豆科植物。

形态特征 翅展32～36mm；雌雄异色；雄性翅面深绿色并有比同类多的褐色，基部有金属光泽；雌性黑褐色，外缘具黑边，后翅亚端线处有橙色边；翅反面灰色，亚端线橙黄色。

生物学特性 河北5月下旬至8月可见成虫。

褐红珠灰蝶

褐红珠灰蝶

蓝灰蝶

目 鳞翅目 科 灰蝶科

学名 *Everes argiades* Pallas, 1771

蓝灰蝶

蓝灰蝶

分布 河北、黑龙江、吉林、辽宁、陕西、四川、山东、西藏、云南、浙江、福建、江西、台湾、海南；日本，朝鲜，欧洲。

寄主和危害 幼虫取食青杠、苜蓿、紫云英、豌豆、苦参、大巢菜、车前子。

形态特征 体长12mm左右，翅展30～33mm；雌雄异型。雄蝶翅蓝紫色，外缘黑色，缘毛白色；前翅中室端部有微小暗色纹；后翅沿外缘有1列黑色小点，尾状突起很细，黑色，末端白色。雌蝶夏型翅黑褐色，前翅无斑纹，后翅近臀角有2～4个橙黄色斑及黑色圆点；雌蝶春型前翅基后部及后翅外部多青蓝色鳞片。

生物学特性 河北4月中旬至8月可见成虫。

红灰蝶

目 鳞翅目 科 灰蝶科

学名 *Lycaena phlaeas* Linnaeus

红灰蝶

红灰蝶

分布 河北、北京、黑龙江、吉林、河南、浙江、江西、福建、贵州、西藏；朝鲜，日本，欧洲，美洲，非洲等。

寄主和危害 幼虫取食何首乌、羊蹄草、酸模等。

形态特征 体长13～16mm，翅展42mm左右；体背黑色，被黄褐色绒毛；前翅朱红色，斑纹黑色；翅周缘黑色，外缘较宽；中室中部和横脉处各具1个斑，亚端区1列斑圆形，前3个外斜，后4个内倾与外缘平行，外缘内1列斑与端带外缘相嵌合；后翅黑褐，中室端内外朱红色，中室中部斑隐约可见；外缘为1列相连的斑，其内侧有1条橙红色带。

生物学特性 河北6月上旬至8月下旬可见成虫。

橙灰蝶

目 鳞翅目 科 灰蝶科

学名 *Lycaena dispar* Haworth

分布 河北、陕西、青海、辽宁、吉林、黑龙江、西藏；朝鲜，俄罗斯。

寄主和危害 幼虫取食酸模。

形态特征 体长约13mm，翅展35～40mm；雌雄异型；雄蝶除外缘有黑带黑点外，基本均为橘红色；雌翅外缘、亚缘及中域黑斑点排列整齐，中室域有2个黑圆斑；翅反面雌雄基本相同，但中域黑斑排列不太整齐。

生物学特性 河北6月中下旬可见成虫。

橙灰蝶

玄灰蝶

目 鳞翅目 科 灰蝶科

学名 *Tongeia fischeri* (Eversmann)

分布 河北、陕西、黑龙江、辽宁、山东、山西、河南、江西、福建、台湾；日本，朝鲜。

寄主和危害 幼虫取食景天科植物。

形态特征 体长8～11mm，翅展24～27mm；体背黑色，翅面黑褐色，前翅中室端具黑色细横纹，常不明显；后翅外缘隐约可见黑斑1列，内侧有不显著的红色新月斑，尾状突极细短；翅反面暗灰色，斑纹黑色具白边，中室端斑明显，外缘3列黑斑纹；内列近后缘2个斑明显内靠，中列斑较大，外列斑较小，后翅基部有4个黑斑排成1列。

生物学特性 河北6月上旬至7月上旬可见成虫。

玄灰蝶

珞灰蝶

目 鳞翅目 科 灰蝶科

学名 *Scolitantides orion* Pallas

分布 河北、陕西、青海、黑龙江、吉林、辽宁、山西、河南、甘肃、湖南、四川、江西、福建；日本，朝鲜。

寄主和危害 幼虫取食天堇科植物。

形态特征 体长11～14mm，翅展28～32mm；体翅背面黑褐色，闪蓝光；中室端1个黑斑及外缘1列黑斑，前翅隐约，后翅较明显，缘毛黑白色相间；翅反面灰白色，但雄的为淡灰褐色，斑纹黑色较大而显著；前翅中室内和中室端部各有1个斑，翅外半部3列斑纹。

生物学特性 河北5月中旬至8月中旬可见成虫。

珞灰蝶

刺痣洒灰蝶

目 鳞翅目 科 灰蝶科

学名 *Satyrium spini* (Denis et Schiffermüller)

分布 河北、吉林、河南、山西、山东、辽宁、黑龙江等。

寄主和危害 幼虫取食鼠李等。

形态特征 翅展34～40mm；雄性前翅中室性标窄长，后翅反面臀角附近蓝斑特大，无后斑色围；前翅外缘基本无斑纹，中横线下端显著勾内弯曲；后翅中部的白横线向内微弯，末端的“W”形白纹平直，臀角稍圆有1尾突。

生物学特性 河北7月可见成虫。

刺痣洒灰蝶

诚洒灰蝶

目 鳞翅目 科 灰蝶科

学名 *Satyrium w-album* Knoch

分布 河北、河南、陕西、青海、吉林；日本，朝鲜，俄罗斯。

寄主和危害 幼虫取食榆、椴、栎、槭、山毛榉、苹果、乌荆子等。

形态特征 体长9～11mm，翅展27～31mm；翅面黑褐，无斑纹；雄前翅中室端靠前有1个近椭圆形的淡色鳞区；后翅尾状突起尖细，端尖白色；翅反面色较正面淡，前翅亚端线白色较细，其内侧附近有1个黑褐色细纹，其外侧有不明显的橙色带痕迹；后翅有"W"形白线纹，白纹内侧有黑褐色细线，端线橙红色，其内侧有黑色新月形斑1列，其外侧具黑色点，近臀角2个黑点大而显著，外缘有1条细白线。

生物学特性 河北5月中旬至7月下旬可见成虫。

诚洒灰蝶

多眼灰蝶

目 鳞翅目 科 灰蝶科

学名 *Polyommatus eros* (Ochsenheimer, 1808)

分布 河北、黑龙江、吉林、山东、河南、陕西、宁夏、甘肃、四川、青海、西藏；朝鲜，日本，欧洲。

形态特征 翅展约30mm；雌性赭黑色，亚端线由1列近圆形黄斑组成，翅反面黄褐色，布有黑点，亚端线橘黄色；雄反面同雌性，但颜色稍浅。

生物学特性 河北8月上旬可见成虫。

多眼灰蝶

霓纱燕灰蝶

目 鳞翅目　科 灰蝶科

学名 *Rapara nissa* (Kollar)

分布　河北、黑龙江、陕西、湖北、江西、浙江、北京、河南、广西、云南、台湾；马来西亚，泰国，印度。

形态特征　翅展约31mm；翅色斑纹有地域性、季节性变化；翅红褐至蓝黑色；前翅基半部和后翅大部有紫色闪光，中室端外有时有红色斑；后翅基部有1个长椭圆形毛丛丝，此为雄性斑；后翅臀角呈叶状，有蓝色斑，其中臀角端有镶白边。

生物学特性　河北7月中旬～8月下旬可见成虫。

霓纱燕灰蝶

霾灰蝶

目 鳞翅目　科 灰蝶科

又名 黑星琉璃小灰蝶　学名 *Maculinea arion* (Linnaeus)

分布　河北、黑龙江、内蒙古、甘肃；朝鲜，俄罗斯。

寄主和危害　幼虫取食百里香、蚁卵和蛴螬。

形态特征　翅展34～38mm；翅面浅蓝色，前翅外缘及后翅前缘、外缘有黑色带，雌性的外缘黑边较宽，个体及前后翅的中域斑略小；翅反面前翅中室内有斑点2个，后翅中基部有闪蓝区域，翅面类型有地域变化。

生物学特性　河北7月下旬可见成虫。

霾灰蝶

线灰蝶

目 鳞翅目　科 灰蝶科

学名 *Thecla betulae* (Linnaeus)

分布 河北、黑龙江、吉林、浙江；朝鲜。

寄主和危害 樱桃属、榆叶梅属植物。

形态特征 翅展38～40mm；雄性体翅棕褐色，前翅中室端可见黑斑，臀角内外具橘红色斑2个；雌性体翅黑褐色，前翅中区具6个橘红色斑斜向相连；后翅外缘锯齿状；翅反面，雄性灰黄色，雌性橘红色，翅的中部和前部各具1条横带，此带上宽下窄，两侧镶白黑边；尾部外缘黑色；有白色缘毛。

生物学特性 河北7月中旬可见成虫。

雾驳灰蝶

目 鳞翅目　科 灰蝶科

学名 *Bothrinia nebulosa* (Leech)

分布 河北、黑龙江、吉林、宁夏、陕西、河南、湖北。

形态特征 翅展约33mm；雄翅正面暗蓝色，前翅前缘及外缘有黑色宽带，后翅外缘黑带窄；缘毛黑色；雌翅暗黑色，翅反面的斑纹在正面模糊可见，呈斑驳的雾状；翅反面乳白色或灰白色，外缘列黑点与亚缘列黑点略平行；后翅前缘与后缘各有黑点。

生物学特性 河北7月可见成虫。

琉璃灰碟

目 鳞翅目 科 灰蝶科

学名 *Celastrina argiolus* (Linnaeus)

琉璃灰碟

分布 河北、陕西、青海、四川、台湾、黑龙江、辽宁、山东、浙江、云南；日本，朝鲜，俄罗斯。

寄主和危害 幼虫取食桦、刺槐、醋栗、苹果、山楂、李、鼠李、悬钩子、胡枝子、蚕豆、大巢菜等。

形态特征 体长10～12mm，翅展29～34mm；翅面蓝灰色，有闪光；缘毛白色；雄翅面无斑纹，暗褐色端带较狭；雌翅前缘及暗褐色带较宽，闪光性差；翅反面青灰白色，外缘内侧有3列黑褐色细的斑纹；前翅内列有3～4个近长圆形，在后翅排列不整齐，中列为新月形，外列斑圆而小，中室端斑呈细短线状，不显著；雌翅反面色略深，斑纹与雄相同。

生物学特性 河北5月上旬至6月中旬可见成虫。

胡麻霾灰碟

目 鳞翅目 科 灰蝶科

学名 *Maculinea teleia* (Bergstrasser)

胡麻霾灰碟

分布 河北、黑龙江、吉林、辽宁、内蒙古、山东、山西、河南；日本，朝鲜，俄罗斯。

寄主和危害 地榆等。

形态特征 翅展约40mm；体翅褐色，翅中域闪有蓝光；翅面较模糊，但仍可在中域见潜在黑长斑；翅反面蓝灰色斑点圆形。

生物学特性 河北4月下旬至7月下旬可见成虫。

彩燕灰蝶

目 鳞翅目 科 灰蝶科

学名 *Rapala selira* (Moore)

分布 河北、陕西、青海、黑龙江、辽宁、甘肃、浙江、云南、西藏；印度。

形态特征 翅展34～36mm；体背黑色，翅面黑褐，前翅基大半部、前后缘和后翅有蓝紫闪光；前翅中室外具1个大型橙红色斑；后翅臀角内有橙红色斑，尾状突细长，端尖白色；翅反面青灰褐色，基半部稍暗，中室端有1条中间外细白线分割的短横褐带；外侧有1条由前缘2/3处伸向后缘但不达后缘的斜褐带。前翅带纹较直，后翅带纹呈“W”形曲向内缘，两带纹镶有白边，由前向后渐狭。

生物学特性 河北6月可见成虫。

彩燕灰蝶

乌酒灰蝶

目 鳞翅目 科 灰蝶科

学名 *Satyrium w-album* Knoch, 1782

分布 河北、河南、陕西、青海、宁夏、甘肃，北京、黑龙江、吉林、辽宁；日本、欧洲。

寄主和危害 苹果、山毛榉等。

形态特征 翅展35~38mm；体翅黑褐色，雄前翅平直，中室端上方有1近椭圆形性标；后翅具尾突2对，1条长，1条极短，臀角处圆形突出，橙红色；翅面反灰褐色，前翅亚缘有1条白色横线纹，末端向内弯曲；后翅从近前缘中部向臀角处有1条白色波状细线纹，在臀角上方呈“W”形，沿外缘有2条不明显白色波状线，内夹橙色带纹；臀角黑色。

乌酒灰蝶

黑灰碟

目 鳞翅目　科 灰蝶科

学名 *Niphanda fusca* Bremer et Grey

分布 河北、北京、河南、陕西、甘肃。

寄主和危害 幼虫是由蚂蚁来抚养长大，长大后的成虫为了“回报”，也会把身上的甜汁液给蚂蚁们喝。

形态特征 翅展32～45mm；雌雄异型；翅正面暗褐色，雄蝶翅有蓝色闪光，无斑纹及尾状突起，翅反面暗灰色，斑纹暗褐色，围有白色边，前翅基部有1个大的，中室端部1个，外方4个，后方3个斑纹，后翅有几个同色斑纹，前后翅外缘列模糊。

生物学特性 成虫发生期5～8月。以老龄幼虫被蚂蚁运进巢内与蚂蚁共栖越冬。

黑灰碟

艳灰碟

目 鳞翅目　科 灰蝶科

学名 *Favonius orientalis* (Murray)

分布 河北、陕西、辽宁、内蒙古、青海、山西、河南、江西；日本，朝鲜。

寄主和危害 幼虫取食栎、橡、榛、板栗等壳斗科植物。

形态特征 体长14～15mm；翅展36～40mm；体背及翅面黑褐色；雄翅面满布金绿色鳞片，具紫蓝色闪光，无斑纹；翅缘具黑色线，缘毛白色；后翅端线黑色较宽，尾状突黑色，尖端白色；翅反面后翅有显著的白色“W”形纹，其内侧有2条平行的白色波状粗线纹，臀角端黑色，2个橙色斑内具黑点；雌翅面黑褐色。

生物学特性 河北7月中下旬可见成虫。

艳灰碟

黄灰蝶

目 鳞翅目　科 灰蝶科

学名 *Japonica lutea* (Hewitson, 1865)

分布 河北、黑龙江、吉林、辽宁、河南、甘肃、宁夏、山西、陕西、湖北、浙江、台湾。

形态特征 翅橙黄色，前翅顶角黑色，后翅臀角有1个黑圆点，尾突黑色，末端白色，翅反面色深，前翅外缘有宽的黄红色带，内侧有黑斑及白色细线，中室端及外方各有1条深色带，两侧镶白色细线。

生物学特性 河北6月可见成虫。

黄灰蝶

北方花弄蝶

目 鳞翅目　科 弄蝶科

学名 *Pyrgus alveus* Hübner

分布 河北、黑龙江、山西、甘肃、四川。

形态特征 翅展24～35mm；翅正面赭色，前翅前缘有褶，无外缘斑列，后翅白斑模糊，后翅反面白色，有3条棕褐色带。

生物学特性 河北1年发生2代。河北7、8月可见成虫。

北方花弄蝶

花弄蝶

目 鳞翅目　科 弄蝶科

学名 *Pyrgus maculatus* (Bremer et Grey)

花弄蝶

花弄蝶

分布 河北、陕西、黑龙江、吉林、辽宁、内蒙古、山西、山东、河南、浙江、江西、湖北、福建、广东、四川、云南；日本，朝鲜，俄罗斯。

寄主和危害 幼虫取食绣线菊、委陵菜等。

形态特征 体长12～14mm，翅展27～30mm；体背及翅面黑色，翅基及后翅内缘区被灰绿色细绒毛；前翅中部有7个白斑组成横列，中室端2个最大，近前缘2个最小，极不明显；中室端外侧有1条细而不显著的横短线纹，亚端区由前缘至后缘有由9个大小不一的白斑排成弯曲的1列斑纹，缘毛长，黑白相间；后翅中央有3个白斑明显，其外侧有4～6个1列微小的淡色点，极模糊不清。

生物学特性 河北7月下旬至8月下旬可见成虫。

白斑赭弄蝶

目 鳞翅目　科 弄蝶科

学名 *Ochlodes subhyalina* (Bremer et Grey)

白斑赭弄蝶

白斑赭弄蝶

分布 河北、陕西、青海、辽宁、吉林、山东、河南、浙江、江西、福建、台湾、四川、贵州、云南、西藏；日本，朝鲜，缅甸，印度。

寄主和危害 幼虫取食莎草等。

形态特征 体长15～17mm，翅展21～33mm；体背黑褐色，被棕黄色毛，翅赭红色，翅脉黑色；前翅基部、顶角及后翅黑褐斑连成黑褐区，中室端外侧有1个前部分叉的黑褐斑，雄性中室后有1个纺锤形黑色香鳞区，雌的黑斑狭长。

生物学特性 河北5月下旬至8月下旬可见成虫。

宽边赭弄蝶

目 鳞翅目 科 弄蝶科

学名 *Ochlodes ochracea* (Bremer, 1861)

宽边赭弄蝶

宽边赭弄蝶

分布 河北、吉林、黑龙江、陕西、河南、浙江；日本，朝鲜，俄罗斯。

寄主和危害 幼虫取食禾本科的植物。

形态特征 翅展约27mm；雌性个体翅黑褐色，翅面有赭色绒毛，前翅中室斑1～2个，中横列斑下1个呈横“V”形，后翅中域具浅色斑3～6个；雄性赭色，外缘具黑色宽带，前翅顶角具3个长方形小斑列，性标黑色纹状，其中央具1条银灰色细线；后翅赭褐色，具黑褐色宽缘带；翅反面橘黄色。

生物学特性 河北7月中旬可见成虫。

河伯锷弄蝶

目 鳞翅目 科 弄蝶科

学名 *Aeromachus inachus* (Ménétriès)

分布 河北、黑龙江、吉林、辽宁、陕西、甘肃、浙江、山西、山东、河南、湖北、湖南、福建、台湾、四川、贵州、云南、北京；日本，朝鲜。

寄主和危害 幼虫取食禾本科植物。

形态特征 翅展24mm；深褐色；前翅中横白斑弧形排列，后翅无斑纹，中室端有1个白点；翅反面前翅前半部有2半列白斑，后翅斑纹蛛网状。

生物学特性 河北8月可见成虫。

河伯锷弄蝶

黑豹弄蝶

目 鳞翅目 科 弄蝶科

学名 *Thymelicus sylvaticus* Bremer

分布 河北、陕西、黑龙江、辽宁、山东、山西、河南、甘肃、湖北、湖南、江西、福建；日本，朝鲜。

寄主和危害 幼虫取食禾本科植物。

形态特征 体长14～15mm，翅展28～32mm；体背黑褐色，翅面黄褐色，脉纹黑褐色，放射状显著；前翅黑褐色端带往臀角渐宽，中室端部前方和外侧前方有边缘模糊的黑褐色斑，翅基后半部及后缘黑褐；后翅中室外侧黄褐区明显较大，其周围暗褐色，翅反面黄褐色，脉纹及外缘线黑褐色，其余斑纹同正面。

生物学特性 河北7月下旬至8月上旬可见成虫。

黑豹弄蝶

豹弄蝶

目 鳞翅目 科 弄蝶科

学名 *Thymericus leoninus* (Butler)

分布 河北、黑龙江、青海、甘肃、陕西、山西、河南、浙江、四川、云南；日本，朝鲜。

寄主和危害 幼虫取食鹅冠草、冰草等禾本科植物。

形态特征 翅展28mm；翅橘黄色；翅脉及其边缘有细而醒目的褐色，雄性前翅中室有1斜细线，为香鳞区；翅反面色较淡；雌性翅色较深，翅边缘的黑带也较宽，各翅基部为浅黑色。

生物学特性 河北1年发生1代。河北7月可见成虫。

豹弄蝶

深山珠弄蝶

目 鳞翅目 科 弄蝶科

学名 *Erynnis montana* (Bremer)

分布 河北、陕西、山西、黑龙江、青海、山东、河南、浙江、四川、云南；日本，朝鲜，俄罗斯。

寄主和危害 栎属植物。

形态特征 翅展25～40mm；体翅褐色，前翅外半部有深灰色波状横带，其前缘有模糊的白点列，雌性较雄性波状带色浅，明显且宽；后翅亚缘及中域具2行不规则的黄色斑列，中室端具斑。

生物学特性 河北5月下旬至8月上旬可见成虫。

深山珠弄蝶

深山珠弄蝶

星点弄蝶

目 鳞翅目 科 弄蝶科

学名 *Syzichtus tessellum* (Hübner, 1802)

分布 河北、陕西、山西、内蒙古、吉林、辽宁、黑龙江。

形态特征 翅展30～45mm；黑褐色；翅外缘有黑白相间锯齿状斑；亚端线为1列白斑，中域白斑不规则，亚顶点斑3个；后翅具1个基斑，反面白斑分布同正面。

生物学特性 河北7月中下旬可见成虫。

星点弄蝶

中华谷弄蝶

目 鳞翅目　科 弄蝶科

学名 *Pelopidas sinensis* Mabille

分布 河北、辽宁、河南、山西、安徽、浙江、湖北、江西、广东、四川、云南、西藏、台湾；印度。

寄主和危害 水稻等。

形态特征 翅展33mm左右；翅面黑褐色，前翅8个半透明白斑排列成半环状；雄性在中室下方有1线条性标，雌性在中室下方有2个斑。

生物学特性 河北7月中旬可见成虫。

中华谷弄蝶

小黄斑银弄蝶

目 鳞翅目　科 弄蝶科

学名 *Carterocephalus argyostigma* (Eversmann)

分布 河北、内蒙古、黑龙江、四川、甘肃。

形态特征 翅展22～25mm；褐色，斑纹黄色；前翅斑纹较大而成块状；后翅斑点除基部有白点外，中域和亚缘有由3～4块黄斑组成的斑列；前、后翅反面顶角色较浅，其他斑纹同正面。

生物学特性 河北5月中旬可见成虫。

小黄斑银弄蝶

链弄蝶

目 鳞翅目　科 弄蝶科

学名 *Heteropterus morpheus* Pallas, 1771

分布 河北、吉林、黑龙江、内蒙古、山西、河南、陕西；朝鲜，俄罗斯，土耳其，欧洲。

寄主和危害 莎草科、禾本科植物。

形态特征 翅展约35mm左右；体翅黑色至黑褐色；前翅具黄色亚顶端斑，后翅无斑；翅反面前翅黑褐色，具黄色前缘纹及亚前缘纹；后翅淡黄色，具银白色镶有黑边的椭圆形斑3列，外列7～8个斑链状排列，中列3个，内列2个卵状斑。

生物学特性 河北7月可见成虫。

链弄蝶

朴喙蝶

目 鳞翅目　科 喙蝶科

学名 *Libythea celtis* Laicharting

分布 河北、陕西、甘肃、湖南、湖北、云南、贵州、广东、广西、台湾、辽宁、吉林、黑龙江、北京、山西、河南、浙江、四川、福建；日本，朝鲜，印度，缅甸，泰国，斯里兰卡以及欧洲。

寄主和危害 朴、榆。

形态特征 体长19～20mm，翅展48～50mm；体背黑色，翅面黑褐色；前翅顶角突出如钩镰状，中室内有1个钩状红褐色斑，中室外侧有1个大的红褐色近圆形斑；顶角内侧有3个小白斑，靠前缘的在第2斑的内侧角上方，最小，而第3个的后方有1个与之相邻、大小相似的橙色斑，后翅中部具1条由4个斑连成的褐色横带，外缘锯齿状。

生物学特性 河北1年发生1代。以成虫越冬，6月前所见的都是越冬成虫。

朴喙蝶

朴喙蝶

参考文献

蔡荣权. 中国经济昆虫志 鳞翅目 舟蛾科[M]. 北京: 科学出版社, 1981.

陈树椿, 何允恒. 中国 目昆虫[M]. 北京: 中国林业出版社, 2008.

范迪. 山东林木昆虫志[M]. 北京: 中国林业出版社, 1993.

康志远. 常见昆虫[M]. 北京: 中国林业出版社, 2008.

李铁生. 中国经济昆虫志(13册) 双翅目 蠓科[M]. 北京: 科学出版社, 1978.

李喜升, 李树英, 秦利. 中国柞树害虫原色图鉴[M]. 沈阳: 辽宁科学技术出版社, 2016.

刘崇乐. 中国经济昆虫志 鞘翅目 瓢虫科[M]. 北京: 科学出版社, 1963.

刘友樵, 白九维. 中国经济昆虫志 鳞翅目 卷蛾科. (11册)[M]. 北京: 科学出版社, 1977.

孟庆繁, 高文韬. 长白山访花甲虫[M]. 北京: 中国林业出版社, 2008.

庞雄飞, 毛金龙. 中国经济昆虫志 鞘翅目 瓢虫科(二)[M]. 北京: 科学出版社, 1979.

蒲富基. 中国经济昆虫志(19册) 鞘翅目 天牛科[M]. 北京: 科学出版社, 1980.

陶万强, 关玲. 北京林业有害生物[M]. 哈尔滨: 东北林业大学出版社, 2017.

王平远, 王林瑶, 方承莱, 等. 中国蛾类图签[M]. 北京: 科学出版社, 1983.

王平远. 中国经济昆虫志 鳞翅目 螟蛾科(21册)[M]. 北京: 科学出版社, 1980.

王小奇, 方红, 张治良. 辽宁甲虫原色图鉴[M]. 沈阳: 辽宁科学技术出版社, 2012.

王心丽. 夜幕下的昆虫[M]. 北京: 中国林业出版社, 2008.

王绪捷. 河北森林昆虫图册[M]. 石家庄: 河北科学技术出版社, 1985.

王焱. 上海林业病虫[M]. 上海: 上海科学技术出版社, 2007.

王直诚. 原色中国东北天牛志[M]. 长春: 吉林科学技术出版社, 2003.

王子清. 中国经济昆虫志(24册) 同翅目 粉蚧科[M]. 北京: 科学出版社, 1982.

吴宏道. 惠州蜻蜓[M]. 北京: 中国林业出版社, 2012.

吴鸿, 吕建中. 浙江天目山昆虫实习手册[M]. 北京: 中国林业出版社, 2009.

吴燕如. 中国经济昆虫志(9册) 膜翅目 蜜蜂总科[M]. 北京: 科学出版社, 1965.

萧刚柔, 李镇宇. 中国森林昆虫[M]. 北京: 中国林业出版社, 2020.

徐公天, 杨志华. 中国园林害虫[M]. 北京: 中国林业出版社, 2007.

徐天森, 舒金平. 昆虫采集制作及主要目科简易识别手册[M]. 北京: 中国林业出版社, 2015.

徐志华, 郭书彬, 彭进友. 小五台山昆虫资源[M]. 北京: 中国林业出版社, 2013.

杨惟义. 中国经济昆虫志(2册) 半翅目 蝽科[M]. 北京: 科学出版社, 1962.

杨星科, 刘思孔, 崔俊芝. 身边的昆虫[M]. 北京: 中国林业出版社, 2005.

虞国跃, 王合, 冯术快. 王家园昆虫[M]. 北京: 科学出版社, 2016.

虞国跃, 王合. 北京林业昆虫图谱(1)[M]. 北京: 科学出版社, 2018.

虞国跃, 王合. 北京蚜虫生态图谱(1)[M]. 北京: 科学出版社, 2019.

虞国跃, 王合. 北京林业昆虫图谱(2)[M]. 北京: 科学出版社, 2021.

虞国跃. 北京蛾类图谱[M]. 北京: 科学出版社, 2015.

虞国跃. 我的家园——昆虫图记[M]. 北京: 电子工业出版社, 2017.

虞国跃. 北京访花昆虫图谱[M]. 北京: 电子工业出版社, 2019.

虞国跃. 北京甲虫生态图谱[M]. 北京: 科学出版社, 2020.

张培毅. 雾灵山昆虫生态图鉴[M]. 哈尔滨: 东北林业大学出版社, 2013.
张魏魏, 李元胜. 中国昆虫生态大图鉴[M]. 重庆: 重庆大学出版社, 2011.
张魏魏. 昆虫家谱[M]. 重庆: 重庆大学出版社, 2014.
张治良, 赵颖, 丁秀云. 沈阳昆虫原色图鉴[M]. 沈阳: 辽宁民族出版社, 2009.
赵养昌, 陈元清. 中国经济昆虫志(20册) 鞘翅目 象虫科[M]. 北京: 科学出版社, 1980.
赵养昌. 中国经济昆虫志(4册) 鞘翅目 拟步行虫科[M]. 北京: 科学出版社, 1965.
赵仲岑. 中国经济昆虫志 鳞翅目 毒蛾科(12册)[M]. 北京: 科学出版社, 1978.
朱弘复, 陈一心. 中国经济昆虫志 鳞翅目 夜蛾科(一)[M]. 北京: 科学出版社, 1965.
朱弘复, 王林瑶. 中国经济昆虫志(22册) 鳞翅目 天蛾科[M]. 北京: 科学出版社, 1980.
朱弘复, 杨集昆, 陆近仁, 等. 中国经济昆虫志 鳞翅目 夜蛾科(二)[M]. 北京: 科学出版社, 1965.
祝长清, 朱东明, 尹新明. 河南昆虫志 鞘翅目(一)[M]. 郑州: 河南科学技术出版社, 1999.

中文名称索引

拉丁学名索引

D

E

F

G

H

N

O